U0455707

喜欢你时，如见春光

猫尾茶 著

北京燕山出版社

目　录

我和我今后的人生，

欢迎你的到来。

第1缕光

初相见

许多年后，记者发来采访提纲，请林晚谈一谈对周衍川的看法。

她在书房沉思了一整晚，直到天光初明，才敲下一行字——

"我的先生，是一位浪漫至极的理想主义者。"

十月，南江市。

路边的三角花开得鲜艳，在烈日下迎风招摇。

林晚刚打开车门，就被扑面而来的热浪糊了一脸。她对着后视镜检查了一下妆容，心想南江的夏季真是越来越长，今年连续几次降温失败，眼看十月即将结束，也不见凉快。

这种天气就应该窝在家里吹空调，而不是出门与人相亲。

搭乘电梯到达位于顶层的旋转咖啡厅，林晚见到了今天的相亲对象唐先生。

男人长得还算周正，举手投足间彰显出混迹于中央商务区的精英范儿，看向她的眼神移动得异常缓慢，带着某种慢慢审视的意味，最后才露出一个满意的笑容说："林小姐本人比照片更漂亮。"

"谢谢夸奖，你也不差。"

林晚跟服务员点了杯拿铁，转头对他礼貌地笑了一下。

友善的赞美，仿佛为对方注入了一针强心剂。

没过多久，唐先生就开始用一种玩笑的语气，跟她讲自己的办公室在国金中心的57层。因为楼层太高，三不五时会被撞上玻璃幕墙的小鸟吓一跳。

国金中心位于南江寸土寸金的地段，能在里面拥有独立办公室的，全是人中翘楚。

林晚猜他想听几句恭维话，却没忍住提醒道："国金中心的整体墙面全是玻璃，容易导致飞鸟误撞，你可以装上百叶窗减少反光。"

唐先生没当回事，反问了林晚一句："说起来，林小姐在鸟类研究所工作？"

"嗯，负责科普宣传。"

"事业单位，很清闲吧？"

"……也还好。"

"不需要谦虚，这是份好工作。有时候真羡慕你们女人，读完大学找份安稳的工作，接下来便等着嫁人就好。哪像我们男人，注定要在外面奋斗一辈子。"

很傲慢的口吻，配上他理所当然的神情，简直就差把"男尊女卑"四个字写在脸上。

听到这里，林晚不想跟他废话了。她稍偏过头，送上一个灿烂的笑容道："干我们这行其实也有风险。去年我跟老师到草海保护区考察黑颈鹤，差点儿陷进沼泽出不来。"

唐先生的笑容逐渐消失了。

林晚继续说："而且做动物保护也很容易在网上得罪人。来，给你看看我昨天收到的恐吓图片。"

唐先生的反应慢了半拍，眼睁睁地看着林晚把手机递到他眼皮底下。微博私信里一张血肉模糊的动物尸体图片，让他嘴里的咖啡变了味，连带着对林晚姣好面容的兴趣也大幅下降。

林晚不想浪费时间，等到一杯咖啡见底，便轻声开口道："时间不早了，我该回去了。"

话音未落，几缕霞光恰到好处地从窗外照进来。

林晚今天的妆很淡，可架不住五官轮廓长得太好，此刻她的半边脸浸在暖融融的夕阳的余晖里，更凸显出眼尾眉梢的风情。

唐先生忽然觉得，自己不应该计较那恶作剧般的小小照片。

他抬起手腕，刻意看向腕间那块百达翡丽的手表道："我知道附近有家不错的法餐，不如我们……"

"不好意思啊，"林晚扬扬手机道，"朋友约我喝晚茶。"

林晚下楼坐进车内，还没系好安全带，就收到了钟佳宁的消息："饿到肚子贴着脊椎骨啦，快点儿啦！到没到？"

林晚一挑眉，回她一句"马上，你先吃"，就设好导航前往南江最有名的玉堂春茶楼。

十几分钟后，夜色笼罩了整座城市。沿途的街灯次第亮起，为铅灰色的夜空染上一层五彩斑斓的流光。

林晚把车停在附近的停车场，她步行穿过躁动浮华的街道，拉开茶楼的黑漆大门，一头扎进飘浮着茶点香气的人间烟火里。

玉堂春是营业将近百年的老字号，每日从开门到打烊永远都不缺食客。

此时正是晚饭时间，服务员推着推车穿梭在大堂内，沿桌兜售刚刚做好的一笼笼点心。

林晚费了番工夫，才找到坐在角落里的钟佳宁。

钟佳宁是她的中学同窗，本科毕业后进了一家外贸公司，跟公司的小妖精们斗了三年，终于练就了一身"白骨精"的光鲜外表，但心里最爱的，还是从小吃到大的传统茶点。

"不是让你先吃吗？"林晚坐下来问。

钟佳宁把手边的热水壶递过来道："一个人吃饭也太没趣了，好东西当然要留着跟你一起分享了。今天相亲怎么样？"

林晚用热水烫过碗筷，顺便让身后路过的服务员上了几笼点心，才说："别提了，他都不配让我吐槽。"

她刚夹起一块排骨，余光就看见隔壁桌一个四五岁的小女孩，正趴在椅背上看她。

两人的视线对上，小女孩咧开嘴，很不好意思地笑了笑。

林晚向来活泼开朗，跟谁都能聊得开。见小女孩仍然目不转睛地盯着她，便笑着问："你看姐姐做什么？想吃排骨呀？"

小女孩突然就红了脸，奶声奶气地说："姐姐真好看。"

"怎么还脸红呢，我对你做什么了？"林晚觉得这妹妹挺好玩，想逗逗她。

"你现在连小孩子都不放过？"钟佳宁看不下去，转移话题，"上周同学聚会，你怎么没来？"

林晚喝了口茶，说："观鸟去了。"

钟佳宁嘴里塞着半个虾饺，含糊地问："为什么要把鸟关起来？"

林晚被她逗笑了，解释道："不是关闭的关，是观察的观。就是选一个地点，去看那里有些什么鸟。"

"那你直接说看鸟不就行了？观鸟这说法，也太专业了吧。"

"还是不太一样，但你这样理解也行。"

严格来说，观鸟是一项科研活动。在不影响鸟类生活的前提下，利用设备观察它们的行为、种类与集群数量，再将观察到的情况记录下来，能为今后相关研究提供底层数据支持。

不过，钟佳宁一直对动物保护不感兴趣，她便没有详细解释。

两个女人边吃边聊，快晚上 9 点时，林晚的手机响了起来。屏幕显示着"魏主任"三个字，令她顿时感到一阵头痛。

魏主任是研究所宣传科的主任，林晚的顶头上司，五十出头的中年男人。很和蔼的一位领导，没什么大毛病，就是说话啰唆，声音又小，每回听他讲话都很费劲。

林晚点下接听，隐约听见那边传来一声"喂"，剩下的话就全被大堂里热闹的人声给掩盖了。

她捂住话筒问钟佳宁："哪里有安静的地方？"

钟佳宁指指楼上说："三楼全是包间，走廊里没人吵。"

林晚冲手机回了一句"稍等"，便加快脚步往楼梯走去。

钟佳宁果然没有骗她，走廊里连个人影都没有，只有包间里的欢笑声隐隐约约传来。

魏主任的蚊子嗓此刻终于能听清："林晚啊，你能不能明天抽空整理一份资料？周一我们开个会，把上回说的科普图鉴的主题定下来。"

林晚盯着脚下的地毯花纹，回道："能是能，但我下周还要准备自然博物馆的展览材料，担心忙不过来。"

"可以同时开工嘛，能者多劳，宣传科所有同事都很看好你啊。"

"谢谢，不过宣传科好像只有我们两个人。"

"……"

手机那头的沉默，让林晚哭笑不得。

像他们研究所这种不赚钱的单位，向来都是大家求职时会谨慎避开的雷区。毕竟工作虽然稳定，但工资实在少得可怜。加上做的又是动物保护这种与某些人利益有冲突的行业，除非真心热爱大自然，否则一般人还真不愿意来蹚这趟浑水。

短暂的尴尬过后，魏主任清清嗓子道："这样吧，你先做着。最迟到年后，我保证给你再找一个搭档。"

同样的话，上半年林晚刚入职时就听过了。她心里半点儿波澜也没有，低头沿着走廊边走边问："真的假的？"

"真的真的，找不到我胖十斤。"

"那我可信了啊。如果这次您再骗我……"林晚不知不觉来到走廊的拐角处，前面似乎有风，送进来几许凉意，"我就直接从窗户跳下去，到医院休息两个月，谁也别想拦住我。"

话音未落，地毯上映出的一道人影，让林晚停下了脚步。

她下意识望过去，发现不远处居然站着一个年轻男人，正靠在窗边玩手机。

窗外路灯的光晕洒进来，将他高大匀称的身影罩在一层清辉里。宽肩窄腰，一身黑衣黑裤，衬衫纽扣松开两颗，露出他修长的脖颈与凹陷的锁骨上窝，皮肤很白，在灯光下仿佛上了一层清雅的釉色。

哪怕不声不响，光是站在那里，就足够引人注目。

林晚忍不住多看了几眼。

察觉到林晚的动静，男人缓缓地抬起头来。

摸着良心说，长得很帅。

下颌线清晰紧致，眼尾一颗深色的泪痣，衬托着那双深情迷离的桃花眼。但偏偏气质清冷，有种不容侵犯的禁欲感。

美色当前，林晚有些许的恍惚。

男人大概听见了她刚才说的"从窗户跳下去"和"谁也别想拦住我"，

他淡淡地扫她一眼，又侧过脸看了一眼身后，然后往旁边退开几步，为她留出发挥的空间。

林晚："？"

林晚活了二十几年，第一回遇见如此"周到"的陌生人。听见她说要跳楼，就特别自觉地腾地方。害得她一时竟产生了"我不跳会不会显得很不给面子"的想法。

不过，这种荒谬的想法只存在了不到一秒。

林晚轻咳了声说："谢谢，我跟人开玩笑呢，没有真的想不开。"

她的声音在空荡荡的走廊里响起，没有激起半点儿涟漪。

又过了两秒……

"稍等。"男人终于出声了，他的目光落在林晚脸上，淡声问，"你在跟我说话？"

林晚怔了怔。

他或许不是南江本地人，普通话里带着一点儿北方口音。声线清冽，语调舒缓，会让人联想到加了冰块的薄荷水，在稍显闷热的夜晚，显得尤为悦耳。

魏主任还在手机里问："你遇到谁了？"

"没谁，我明天整理好资料再联系您。"

林晚按下挂断，抬眼正想说什么，却突然意识到——

男人戴着一对黑色的蓝牙耳机，而就在窗户旁边不到半米的位置，还有一扇包间的门。

也就是说，他一直在这儿打电话，其实根本没听见她的"跳楼威胁论"。刚才他之所以往旁边让开，不过是以为自己挡了她进包间的路。就连最初那句"稍等"，应该都是对手机那头的人说的。

这就……很尴尬啊。而更为尴尬的是，在这四目相对的静止画面中，男人微眯起漂亮的桃花眼，渐渐流露出即将反应过来的意思。

赶在他恍然大悟之前，林晚灵机一动，唇角微勾道："没事，就想说一句，你这件衬衫蛮好看的，很衬你。"

说完，不管对方是何反应，她转身逃离了现场。

到了楼下，林晚顺便把账单付了。回去时见钟佳宁还在喝粥，便问她："等下去逛街吗？"

"逛逛逛，刚好我想买双鞋。"钟佳宁瞥见她手里的收据，问道，"你买单了？不好吧，是我约你出来的。"

林晚随手把收据塞进包里说："也没多少钱。"

"那下次换我请你。"钟佳宁顿了顿，问，"怎么上去这么久？你们主任唐僧转世啊？"

"不是，我刚才在上面丢人了。"

钟佳宁一挑眉，摆出一副洗耳恭听的模样。

林晚将事情的经过从头讲了一遍，末了，还忍不住感叹道："可惜了，长得特别对我胃口。"

熟悉的朋友都知道，林晚自己长得漂亮，对异性的审美标准也很严格。从中学情窦初开那阵算起，追过她的男生不少，但最终能得到她青睐荣升为男朋友的，多年以来也只有两位。今晚难得遇见让她一眼就看中的男人，要不是闹出那样的乌龙，原本还可以试着加个微信什么的。

钟佳宁睨她一眼问："这就是你最后调戏人家的理由？"

"……"

玉堂春，三楼走廊。

周衍川接完电话，反身回到走廊尽头的包间。

刚进去，离门边最近的曹枫就转过头问："聊完了？"

"嗯。"周衍川拉开椅子坐下，侧过脸说，"他们代理的几家九轴传感器，配合新算法都合适，回头你让人直接去谈。"

曹枫打断他道："不是说这个。有女孩子跟你搭讪，我可都听见了。"

"我也听见她夸你了，"有人接话道，"说你衬衫蛮好看的。"

周衍川连眼皮都懒得抬，摘掉蓝牙耳机说："误会，就一走错路的。"

他的声音听起来很冷淡，带着点儿惯有的疏离感。但一双桃花眼却像含了抹水盈盈的春光，又像藏了摄人的钩子，看手机都深情得仿佛在看情人。

众人默默交换着眼神，想起刚才他们一行人进店的时候，带路的服务员眼睛就跟粘在周衍川身上似的没移开过。

曹枫贼兮兮地凑过来问："我给你介绍个女朋友，怎么样？"

周衍川拒绝道："不用。"

"你先听我说完。其实是今天出门的时候，我未婚妻提起来的。她认识一个女孩子，就比你小一岁，从小到大都是校花，人见人爱花见花开那种。

"如果是普通美女也就算了，关键听说这女孩子还是个学霸，南江大学毕业的硕士，才貌双全啊。"

旁边的人听得怦然心动，跃跃欲试道："曹总，要不介绍给我吧？"

"一边去，麻烦你看看衍川，再看看自己。从长相到智商，哪一点配跟人家争？"曹枫转头吐槽道。

周衍川不着痕迹地皱了下眉，往后靠上椅背，懒懒地说："你打算转行开婚介所？"

曹枫哽了一下说："至少加个微信聊一聊，否则我没办法交代。你知道的，我家那位……"

周围几人发出善意的哄笑声。朋友圈里谁都知道，曹枫的未婚妻是个娇蛮任性的姑娘。

周衍川这才轻笑一声，不咸不淡地回道："行。"

周日上午，阳光沿着百叶窗的缝隙一格一格地爬进来，在房间内投下斑驳的光影。

一阵突兀的手机铃声响起，将被窝里睡得正沉的人吵醒了。

林晚揉揉眼睛，迷糊地伸手往床头柜摸了一会儿，才终于找到手机，闷声闷气道："喂？"

电话是她母亲同事的女儿打来的，说是想介绍一个男人给她认识。

林晚的困意彻底消散，她"噌"地坐起来，拨了拨蓬松的长发，口齿也清楚了许多说："不用了，谢谢！我最近没打算交男朋友。"

"这怎么行呢？人家已经答应了，我不管，至少你们先加下微信聊聊嘛。相信我，这个男人真的很绝，你只要见了面，肯定会喜欢的。那我把你的微信给他了哦，就这么说定啦！拜拜！"

一气呵成的连珠炮，让人根本没机会继续拒绝。

林晚看了一眼已经结束的通话，莫名有种被人强买强卖的感觉。

此刻，她早已睡意全无，只好掀开被单起床。

她现在住的这套房子，是她爸生前留下来的。房龄虽老，但位置靠近市中心，上班和逛街都很方便。两层小楼带一个小花园，一个人住起来既宽敞，又惬意。

今天依旧有点儿热，林晚随手拿了一支铅笔将长发盘起来，趿着拖鞋进了卫生间洗漱。卫生间的全身镜，清晰地照出女人骨肉匀称的身影。

墨绿色的真丝睡裙包裹着她的身体，将每一寸曼妙的弧度都衬得一清二楚。

林晚擦完面霜，下楼到厨房里做早餐。把全麦吐司放进吐司炉时，她手撑着台面想了想，为什么最近总有人要给她介绍对象？难道真的因为空窗太久，引得周围人都开始担心了？

可林晚本人对此却毫无危机感。

她有一份薪水不多但真心热爱的工作，下班后有一个完全属于自己的小天地，周末还能回去陪妈妈散步。这种自由而安全的生活状态，让她非常满足。

但如果有人问她"你想不想谈恋爱"，林晚认为她的回答，应该是"想，但找不到合适的人选"。

毕竟，她既想要好看的皮囊，又想要有趣的灵魂。

窗外飞过两三只乌鸦，站在树上"叽叽喳喳"地叫着。林晚想起今天还有工作要处理，索性将早餐和笔记本都拿到窗边的餐桌上，打算借着晨光悠闲地在家加班。

她点开电脑端微信，用手机验证登录后，发现通讯录里有一条新的好友申请。

"我是周衍川。"

大概就是她的新晋相亲对象。

林晚通过了他的申请，心想这名字还挺好听。但头像和朋友圈里都没发照片，不知道究竟长什么样。

她不是腼腆的人，主动点开聊天窗口输入："你好。"

等她吃掉了一片吐司，又吃掉了三颗草莓，那边才回："你好。"

然后，就没有下文了。

回复的速度和内容，都透着一股淡淡的、被迫营业的感觉，很像是无奈且随意的敷衍式聊天。

林晚打开文档，把今天需要整理的资料大致列好后，才切换到微信："周先生没有关于我的问题想了解吗？"

周衍川："林小姐平时喜欢做什么？"

林晚原本想回"我喜欢观鸟"，可即将点下发送键的瞬间，却想起昨晚在玉堂春与钟佳宁的对话。

周衍川想必也是外行，她想了想，换成了更直接的说法："我喜欢看鸟。"

消息刚发出去，桌上的手机就响了起来。

又是魏主任。

林晚按下免提，心想正好先和对方提前探讨探讨一些初步的想法。

聊了没几句，电脑里又收到了新消息。

研究所的一位同事跟她炫耀："今天运气爆棚，竟然看见一群鸬鹚在筑巢！"

林晚手指落到键盘上，刚要回复，就看见一只漆黑的乌鸦从树梢一跃而下飞进屋内，叼走了她盘里吃剩的坚果不说，还去而复返想叼走牛奶吸管的塑料包装。

林晚担心它会误食包装，想也没想，便轻拍了几下键盘，吓跑了这只胆大又淘气的小家伙，然后一边继续和魏主任保持手机通话，一边打字输入："你拍给我看看。"

一心多用的坏处，在此刻显露无遗。

几分钟后，林晚和魏主任打完电话，才迟钝地意识到没再收到任何消息。

她疑惑地看向对话框，当发现那里显示着周衍川的名字时，眼皮忽然跳了几下。

"我喜欢看鸟。"

"你拍给我看看。"

好像哪里怪怪的。

消息发送时间已经超过两分钟，早已无法撤回。林晚看着屏幕上亲手打出来的两行虎狼之词（网络用语，意指一些词语一旦说出口，就变得不纯洁了），感觉自己就像个为非作歹的女流氓。她连忙解释："不好意思，发错了。"

为了表达歉意，她还挺真诚地多问了一句："周先生做哪行？"

介绍人不知是马虎，还是希望他们慢慢培养感情，从头到尾都没有透露过周衍川的任何信息。林晚不清楚周衍川对她有多少了解，但自认从工作聊起，是最利于在缓解尴尬的同时打开局面的聊天方式。

又等了几分钟，周衍川才回："无人机。"

林晚抿抿唇角，本就微弱的接触欲望直接跌至谷底。

无人机诚然是一项高新科技产业，可她在野外考察的时候，经常遇到某些人为了近距离拍摄更为壮观的场面，毫无节制地利用无人机驱赶鸟群。这会干扰鸟类的正常栖息不说，还经常会在空中发生撞击，造成机毁鸟亡的惨剧。

林晚必须承认，这种屡禁不止的破坏现象，让她对玩无人机的人已经抱有了某种偏见。

于是，她有些敷衍地回了句："哦，我不太了解这行。"

所幸周衍川对她也没什么兴趣，两人仿佛达成了某种默契，继续公式化地闲聊了几句，就同时以"有工作要处理"为借口，非常熟练地结束了这次对话。

林晚原以为，她和周衍川的这次接触，只不过是一段不值一提的小插曲，然而令她万万没有想到的是，半个月后的某天下午，介绍人居然打来了电话，询问她和周衍川究竟发生了什么。

当时，林晚正在写新一期的专栏。

她毕业前开设了一个微博科普账号，研究所知道后，认为这是一个不错的宣传媒介，就让她每月固定在微博上发一篇比较正式的科普文章。

"我们只是简单地聊了几句，"林晚把拍摄的照片插入到文档中间，敲下回车，"什么都没来得及发生。"

介绍人纳闷了，问道："是吗？那他怎么……"

"他说我坏话了？"林晚尾音上扬问。

"嗯……是有点儿啦。"

林晚在心里嗤笑一声，亏她认为周衍川和她一样是一个成熟的人，哪怕相亲初次接触就宣告失败，但至少买卖不成仁义在，被人问起也能用"我们性格不合"这种无伤大雅的话忽悠过去。

没想到……

"他说我什么？"

介绍人吞吞吐吐道："呃，他说你，俗不可耐。"

"俗不可耐？！"

林晚猛地拍了下桌子，吓得身后的魏主任险些原地起跳。

她一边歪头夹住手机，一边双手在键盘上"噼里啪啦"地继续敲字："我长这么大，缺点是不少，但从来没人说过我俗。"

而且他不光嫌她俗，还嫌弃到了俗不可耐的地步。这简直是奇耻大辱！

介绍人忙说："哎呀，我猜肯定是微信上没说清楚，你们中间就产生了误会。要不然这样吧，明年五一我办婚礼，周衍川跟我未婚夫关系蛮好的，他肯定也会来参加。到时我再正式介绍你们认识一下？"

林晚说："不用了，让他有多远滚多远。"

但她很快转念一想，觉得不能就这么算了，又说："等下，好像也可以。那就等你婚礼那天见吧。"

挂掉电话，林晚看向窗外，牙齿轻咬着嫣红的嘴唇。

"俗不可耐"的评价，她一定要当面还给周衍川。

随后的日子，平淡得像一杯白开水。

南江终于降了温，入了冬，过完春节又迫不及待地开始升温。

日历翻到三月。万物复苏的初春时节，其他城市或许能用"韶光淑气"形容，而南江，却只叫人怨声载道。回南天将整座城市变成闷热的蒸笼，空气里满是湿漉漉的水汽，凝聚成一颗颗水珠，再沿着墙壁与地板渗出来。

又是一个周末，林晚不想待在室内发霉，就带上设备去野外拍鸟。

春天是许多鸟类开始繁衍的季节。运气好的话，应该能拍到一些特殊行为。

两个多小时后，前方出现了宁州山的指示牌。繁华的都市景观被远远地抛在身后，车窗两旁不断闪过连绵不绝的树林，潮湿的空气中掺杂了山林间特有的清新，让人心旷神怡。

林晚把车停在山脚，换上迷彩服外套，按照事先查询的观鸟路线步行上山。

宁州山不高，是南江人民闲暇时最爱的观光场所之一。

不过，或许是受了回南天恶劣天气的影响，今天一路都没看见什么行人。如此安静的氛围，恰好是观鸟所需要的。

林晚心情大好，她在低矮处选了一个较为平坦的位置，将三脚架立稳，把超远摄像头安装到相机上。

一切准备就绪，她开始寻找栖息在丛林间的精灵。

观鸟是一项极其需要耐心的活动。有时分明听见了鸟叫声，但当镜头转过去时，却只来得及看见微微颤动的空树枝。

林晚从中学时就开始观鸟，自然不会急于一时。她慢慢地调整镜头的方向，半小时后终于在靠近山崖的大树枝丫上，发现了一个相当简陋的鸟巢。

如果用人类世界的标准评判，它几乎可以算作危房。

可放在林晚这种专业人士眼中，却很快就能分辨出，这种简陋松散的鸟巢，十有八九是斑鸠的杰作。

她迅速拿出手机，用专门的科研软件记录下当前地点，并在后面备注了一句"疑似有斑鸠在此栖息"。

像是为了印证她的猜测，又过了一阵，一只翅膀羽毛呈深灰扇贝图案的鸟儿，衔着枯枝从树林间飞来。

是城市里极其罕见的山斑鸠。

林晚不自觉地放轻呼吸，唯恐吓走了这只正在搭建新房的小鸟。她手里的动作不停，不断按下快门捕捉它飞翔的姿态。

意外发生在山斑鸠离鸟巢只有咫尺之遥的一刻。

突如其来的机械噪声打破了山林的宁静，一架无人机从山崖下蹿了上来，沿着树林的边缘急速飞翔，张牙舞爪的螺旋桨，吓得山斑鸠扑扇着翅膀仓促逃离。

"……"无数句脏话，在林晚脑海中呼啸而过。

她抬头瞪向眼前这位不速之客，看见它身上搭载的摄像头后，瞬间想起了之前经历过许多次的糟心事。

更气人的是，这架无人机居然还堂而皇之地在她头顶不远处盘旋了起来。

嚣张得要死。

林晚想也不想，凶巴巴地朝它竖起了中指。

与此同时，山脚下。

周衍川看向手机屏幕里实时传回的画面。4K 高清画质名不虚传，将女孩白皙脸蛋上表现出的愤怒，捕捉得丝毫不差。

操控无人机的飞手莫名其妙道："她居然冲我们比中指？我们没得罪

她吧？"

周衍川双手抱怀，低垂着眼说："你把她的鸟吓走了。"

飞手回忆了一下，想起刚才确实有一只灰不溜秋的鸟从镜头前掠过，很不服气地说："我又不知道。"

他们这次出来，是要测试无人机快速变换飞行高度时的电量消耗，吓到几只鸟难道是他能控制的吗？

周衍川没有说话，高大的身影往地面投下一道长而浅的影子。

片刻之后，他抬起手，揉了下眉心。

其实，当林晚出现在镜头中时，周衍川就认出了她，那个侧脸的角度和她的微信头像一模一样。而且他必须承认，林晚长得很有辨识度，只要看过一眼，就会在脑海中留下深刻的印象。就像半年前他添加林晚为好友时，也很快认出了，这就是在玉堂春用戏谑的口吻与他搭话的那个女孩。只不过如今回想起来，当初她所说的"看鸟"，还真就是特别正经的"鸟"。

飞手颤颤悠悠的声音打断了他的回忆："老大，她好像在找我们。"

"嗯？"

周衍川侧过脸，果然从开始返航的无人机镜头里，看到林晚正牢牢地盯着无人机航行的方向。

"怎么办啊，她会跟我们吵架吗？"飞手无端紧张了起来。

周衍川思索片刻，淡声道："等着道歉吧。"

林晚下山只花了十几分钟。她刚才看得很仔细，那架无人机返回的位置就是山下的停车场。果不其然，停车场旁边的空地上围着五六个男人，地上还放着刚才那架"罪魁祸首"的无人机。

林晚走到自己车边，把设备放进后备厢，然后"啪"的一声甩上了车门。

短靴在地面踩出利落的声响，当她离人群越来越近时，男人中个子最高的那位慢慢转过了身。

林晚一怔，觉得这人有点儿眼熟。

很快她就想了起来，是半年前在玉堂春见过的那位。她一时不知该佩服自己的记忆力，还是该佩服男人出众的相貌令人过目不忘。

但更多的，则是心间涌起的一阵失落。颇有种"卿本佳人，奈何做贼"的伤感，好好一个神清骨秀的帅哥，为何要用这种不科学的方式影响环境生态。

她在心里默默叹了口气，走到众人面前说："能跟你们提个意见吗？"

话刚出口，其余人齐刷刷地往后退开半步。

林晚皱了皱眉，视线扫过那些不敢与她对视的几位，发现这几个人长得……特别像干IT（指信息技术行业）的。就是那种发际线堪忧、戴眼镜、穿格子衫的经典形象。

有了大家的对比，站得离她最近的男人，越发显得英俊非凡。

他今天穿了一件长款的风衣，里面搭一件白色T恤，长裤裤脚扎进短靴里，整个人看起来高大挺拔。很帅，并且还不是那种刻意彰显的帅，就好像他随意地往那儿一站，微风与阳光便会情不自禁地眷顾他。

林晚再次惋惜，接着抬起头说："能不能麻烦你们，以后不要近距离用无人机拍鸟？"

周衍川稍低下头，声音很轻地说："抱歉。下次我们会注意。"

还挺听劝告。

林晚见状，便也笑了一下说："喜欢观鸟的话，我更推荐用望远镜或超远镜头，不用惊动它们就能欣赏到最自然的状态。"

周衍川浅浅地勾了下唇角，往后指向地上那架略显简单的模型机，解释说："我们在测试无人机的功能，这是专门为山林巡逻设计的新机型，不用这种方式测试，可能很难得到直观的数据。"

林晚愣了半晌，想从男人脸上找到撒谎的痕迹，但目光对上他那双天生含情的眼睛时，只能悻悻地收了回来。

"所以……你们不是在观鸟？"

"不是。"

林晚眨了眨眼，瞬间失去了指责的立场。虽然她对无人机没什么好印象，但并不是蛮不讲理的人。同样都是工作需要，她总不能强行把人家赶走。

"好吧，都是误会。"林晚故作镇定地点点头道，"打扰了。"

回到车上后，林晚又朝窗外看了一眼，发现男人依旧站在原地，似乎在看她，又似乎在望向别处。

山间的风吹动他的衣摆，如同扬起一面猎猎作响的风帆。

要不，还是下车问个微信？

林晚心中的天平刚发生偏移，又被她拨了回来。算了吧，他看起来有点儿冷淡，这种性格其实不是她喜欢的类型。

林晚系好安全带，打算开车回城。

谁知准备启动车辆时，却发现发动机的故障灯亮了起来。她皱了皱眉，又试了一遍，还是无法启动。

今天运气不太好。

她在心里嘀咕了一句，打开车门下车检查。

车内复杂的部件看得她眼花缭乱，身后传来的脚步声，让她慢慢地回过了头。那群人收拾好东西，也准备回城了。不知名的帅哥远远地看了她一眼，然后越走越近。

"车坏了？"他问。

林晚无奈地说："显示发动机有故障，而且没办法启动。"

她有点儿郁闷，明明来的时候还好好的。

他走到林晚身边站定，弯下腰帮她检查，很快得出了结论："点火系统坏了，开不了。"

林晚"啊"了一声。都这个点了，也不知道拖车公司愿不愿意跑这一趟。

周衍川垂下眼眸，看向面露难色的女孩，轻声开口道："林小姐。"

熟悉的姓氏从他嘴里念出来，别有一番动听的滋味，以至于林晚疏忽了一件重要的事。她转过脑袋问："怎么了？"

周衍川抬起手，指向不远处的那辆越野车说："不介意的话，我可以送你回去，明天再找人把车挪走。"

林晚看他一眼，后知后觉地想：她刚才说过自己姓林吗？

周衍川看出了她眼中的困惑，却以为她在担心安全问题，于是拿出随身携带的名片递过去道："你放心，我不是坏人。"

薄而精致的名片，清楚地印着他的职位与姓名。

——星创科技 CTO，周衍川。

周衍川？

有句话怎么说来着，惊喜来得太突然。

林晚不清楚此刻自己心中有没有喜悦，反正惊讶倒是源源不断地冒了出来。

转瞬之间，她对这人皮相的欣赏荡然无存。

"原来你就是周衍川啊。"林晚垂眸扫过名片，抬头打量着他那双漂亮的桃花眼，几秒后勾唇一笑，"果然俗不可耐。"

"……"

林晚唇角翘起的弧度越来越明显。

君子报仇半年不晚，她今天就要亲眼看看，周衍川会做何反应。

然而出乎意料的是，周衍川只怔了一秒不到。他单手揣进口袋，视线扫过林晚写满"大仇得报"的明艳面容，好像看穿了她趾高气扬的小情绪。

沉默几秒后，他倏地笑了笑。

林晚："？"

被当面骂了，还能笑得出来，这人是变态吧？

十几米开外的车边，星创科技测试部一众宅男，头顶冒出了许多问号。

"老大和那个妹妹聊什么呢？"

"看起来聊得还挺开心？你看她笑得多好看。"

"老大刚才是不是也笑了？哎哟，这气氛。不行，我得拍下来，回去好让公司的姑娘们都死心。"

"快住手，老大看过来了！"

周衍川表情略显冷淡地扫了员工们一眼，就收回了目光。他帮林晚把车前盖关好，骨节分明的手指往上面轻叩了一下说："是我不对，之前不该那样说你。"

这是在道歉的意思。

可林晚总感觉有些挫败——并不是周衍川的语气不够诚恳，而是她苦心等待长达半年的反击，就像一拳头砸进了棉花里一样，轻飘飘地就没了。简直令她怀疑，周衍川可能根本不在乎被人如何评价。

对手淡然到这种地步，反而叫她无从计较。更何况，她确实需要搭人家的顺风车。

林晚给4S店（汽车销售服务店）约好明天上午过来拖车，就拿上东西锁好车门，走到了那辆黑色的越野车边。

把设备放进后备厢时，她多留意了一眼旁边被收起来的无人机。之前离得远还不觉得，如今凑近了看，她才发现这架无人机看上去十分普通，外壳就是3D打印出来的原始涂装，连个品牌标志都没有。

看起来不像什么正经无人机。

不过，她本来对这行也不了解，也没妄加评论，放好东西就准备去后座上车。

不料刚绕到车门边，就看见后座不知何时已被两个男人占领了。

迎上林晚不解的目光，他们指着副驾，非常懂事地说："你坐老大旁边吧。"

林晚只好往前一步，拉开副驾的车门。

周衍川手搭在方向盘上，袖口露出一截肌理流畅的小臂，偏白的皮肤下有青色的筋脉延伸。他把头探出窗外，示意其他人乘坐的另一辆车先走，然后才侧过脸问："你回哪儿？"

"东山路。不顺路的话，在市区找个地铁站让我下去就好。"

林晚嫌发髻硌后脑勺，干脆将其解开。乌黑的长发带着被发圈勒出来的卷，蓬松地在肩头披散开来，发丝间半遮半掩地露出锁骨的线条。

周衍川的目光有片刻的停滞。

林晚穿的是一件迷彩服外套，利落宽松的剪裁显得整个人气质很飒。这会儿她把头发放下来，就平添了几分女性特有的柔和。加上她今天没有化妆，光滑细嫩的皮肤大大方方地迎着阳光，美得十分招摇。

周衍川单手打转方向盘，问道："市中心？他俩住得比较近，我先送他们，再送你，可以吗？"

"可以啊，谢谢！"

回城需要两个多小时，来时叫人心旷神怡的风景，再次重重叠叠地出现在车窗外。然而，林晚却没什么心情去欣赏，主要是刚出发没多久就经过了一个隧道，车窗瞬时将周衍川的侧脸映衬出来，偏偏男人还凑巧往她这边看了一眼。

两人的视线无意中碰到一起，搞得很像林晚在偷看他。

于是，她干脆调整了一个舒服的姿势，闭上眼睛假装睡觉。

出了隧道，阳光一下子涌入车内，在眼皮上跳跃着。当眼睛闭紧的时候，听觉就变得特别敏锐。车里只剩舒缓的音乐声流淌，气氛有些凝固。

还好没过多久，后排的人就耐不住寂寞，开始出声了。

"老大，你认识她吗？"坐在林晚身后的人问。

"嗯。"

"哇，你上哪儿认识的美女？亏得曹总还费尽心思地给你介绍女朋友，依我看你不如……"

周衍川语气平静地说："想下车走回去？"

"……"对方听出他话里的威胁，老老实实地闭了嘴。

但没过几分钟，另外一人就好奇地问："什么介绍女朋友？我怎么不知道？"

之前的人把声音压得很低地说："是去年的事了，那时候你还没来公司呢。反正有天我在公司加班，跟老大讨论测试流程的时候，看见他在跟人微信聊天。我这不刚好坐的位置凑巧嘛，就不小心看见他们的聊天内容了。"

"劲爆吗？"

"那简直太劲爆了。"那人音量更小，像是凑到耳边低语了几句。

林晚依稀听见了几声"看鸟""拍给我看"之类的话。她悄悄地咬了下牙，琢磨着是不是应该跳出来制止他们继续八卦。

没等她想好，后排又有声音传来："真的假的？这……这年头的女孩子，我的天啊。我一直找不到对象，是因为我不够浪吗？"

八卦传播者说："浪也没用。后来又过了一阵，我在电梯里遇到曹总和老大，就听见曹总问'我给你介绍的林小姐怎么样'。"他清清嗓子，模仿周衍川冰冷而厌恶的语气说："俗不可耐。"

"哈哈哈——"

后排爆发出一阵听起来不太聪明的傻笑声。

林晚觉得自己被嘲讽了。

她忍无可忍地睁开眼，扭头冲后面两个笑作一团的男人说："不好意思，你们说的林小姐就是我。"

两人不约而同地被按下了静音，嘴巴傻乎乎地张成"O"形，眼中写满了震惊。

很好，气氛又凝固了。

林晚心满意足，朝他们嫣然一笑，转过身重新坐好，余光就瞥见周衍川正似笑非笑地看着她。

她不甘示弱地回瞪过去，心想：笑什么笑，你堂堂一个CTO（首席技术官），对员工一点儿震慑力都没有。

"醒了？"周衍川明知故问道，"帮个忙。"

"干吗？"

他轻声说出了三个地址："帮我查一下，送你们三个回家，走哪条路比较近。"

林晚往地图软件上依次输入完地址，又问："你家住哪里，要顺便帮你查吗？"

"云峰府。"

林晚指尖一顿。她知道云峰府在哪里，南江前几年新修的别墅楼盘，开盘之初就创下了历史最高单价，正儿八经的顶级豪宅小区。而且这地方离她住的东山路很远。

她把手机拿到两人中间，给他看地图软件建议的行驶路线："你还是别送我回家了，不然你几乎要绕半个南江。"

前面就是高速路收费站，周衍川放缓车速，垂眸看向屏幕。

临近傍晚 6 点的阳光不再刺眼，温温柔柔地落在他的睫毛上，在眼底扫出一片淡淡的阴影。他的眼睛长得实在勾人，薄薄的眼皮半耷下来，也盖不过深棕色瞳孔的光，手机彩色的界面映入他的眼中，像纷纷扬扬的桃花飘进一片静谧的湖。

林晚盯着他右眼尾下的泪痣，指尖不自觉地动了动。

这男人的长相，真的能蛊惑人。

"没事。"周衍川看完，轻声笑了一下说，"就当是给你道歉。"

上了绕城高速，沿途的风景更加单调。道路两旁的护栏板乏味地矗立在栏杆上，隔绝了灰尘与噪音，也隔绝了人与自然的距离。

林晚的眼皮渐渐重了起来，这回她不需要再刻意假装，不知不觉就睡了过去。

半梦半醒间，她恍惚听见周衍川接了一个电话，像是怕吵醒她似的，声音放得很低，压出了一种性感的低哑。

等她再醒来时，越野车早已开进了市区。她依旧觉得有些困倦，懒洋洋地闭着眼不想睁开，耳朵里听见后排人正在给周衍川指路，应该是有人快到家了。

车辆在路边停下，随即响起了车门打开和互相道别的声音。

"谢谢老大，我跟他一起下了吧，正好还能搭伙吃饭。时间不早了，你先送林小姐回去。"

"嗯，路上小心。"周衍川的声音在林晚身边响起。

看不见人的时候，他的语气听起来更加冷淡。嗓子像在冰水里滚过了一圈，带着几分疏离又矜持的调子。

很快，周衍川又按下车窗，音量提高了点儿，似乎在对车外的人说话："对了，之前我和林小姐一些误会，是我的错。曹枫那边我会去解释，你们也别随便议论她。"

两声规矩的"知道了"，重叠着响起。

由此可见，CTO的震慑力只用在该用的时机，而且还是趁她睡着后才用，半点儿没有故意彰显的意思。

林晚估算着从这里到东山路要开多少分钟。等到半途的时候，她才揉揉眼睛，装作刚刚清醒过来的样子。

她缓慢地伸了一个懒腰，语调慵懒地说："好像快到了。"

"有点儿堵车，估计还要十几分钟。"周衍川回应道。看见她稍稍舔了下嘴唇，问道："口渴？后面有矿泉水，自己拿。"

林晚一下午没喝水，现在是有点儿渴。

她想着反正马上就快到家了，就懒得放低椅背去拿。但这不长不短的十几分钟，一直保持沉默，也不是她的风格。

正在她思索着该聊点儿什么的时候，路边一所中学的校门缓缓进入视野。

林晚顺势就说："哎，路过我母校了。"

"是吗？"周衍川的语气有点儿迟疑。

林晚说："是呀，我妈是南江大学的老师，我中学就在南大附中念的。"说完，她又想起周衍川仿佛是北方人，还贴心地问："你听过南大附中和南江三中的故事吗？"

"什么？"

"就是这两所学校是南江最好的中学。只不过，南江三中的升学率每年刚好压过附中一头，经常有人拿这事来笑话附中，所以读书的时候，我们提起三中就恨得牙痒。"

车内安静了数秒。

直到周衍川慢条斯理地开口："其实我知道。"他看她一眼说："我是三中毕业的。嗯，就是你们最讨厌的那个三中。"

林晚一时无言以对。

归根结底人家也没炫耀什么，而是非常客观地说出了事实。附中的学生就是讨厌三中没错嘛。可这话听起来，怎么就那么扎心呢？

林晚面无表情地拍拍巴掌说："了不起，了不起！"

周衍川一抬眼，从后视镜里若有所思地看着她。桃花眼中盛了一点点困惑，仿佛不清楚她又在气什么。

林晚的逆反心理一下子就上来了，她慢吞吞地转过去，用一种循循善诱的语气问："后面那架无人机，是你们自己研发的吗？"

话题跳跃太大，周衍川缓了半拍才说："是，怎么？"

"没怎么。"林晚眨眨眼睛，一脸真诚地说，"就觉得看起来挺破的。"

本来前半句周衍川还听得很认真，估计以为她有什么真知灼见要发表。结果听完后半句，他终于意识到林晚是在嘲讽，这才偏过头低声笑了一下问："哪儿破了？"

林晚用手机上网搜了几张无人机的图片，递给他道："你看看别人的无人机，造型多酷炫。再看看你的，就像个半成品一样，也好意思拿出来飞？"

周衍川根本没看她搜的图片。他边打转方向盘，边说："因为它就是个半成品。"

"啊？"

周衍川见她一脸茫然，就知道以前她说"对无人机不太了解"不是在撒谎。

无人机不像有些产品，要等全部设计完成之后才进入测试环节，而是在设计开始之初，就已经同步开启测试流程。

拿他们今天测试电池消耗来说，用 3D 打印的基础工程机模拟出设计师想要的重量与框架大小，带到户外飞一圈，就能很快拿到相关性能的测试数据。有任何问题，也能立刻反馈给设计部与硬件部做出相应的调整。

所以，在开发一款无人机的过程中，最先拟定的往往是贯穿整个开发过程的测试方案。

听完周衍川的解释，林晚这才恍然大悟地点点头。她不是那种死不认错的类型，听明白后就心想：之前自己表现出来的态度，会不会太武断了些？

她这边还在默默反省，那边周衍川竟然又绕回了之前的话题。

"你们真的很讨厌三中的学生？"

林晚几乎都快忘了这茬儿，被他一提又有点儿郁闷地说："没到深仇大恨的地步，但就是不服气吧。举个例子，比如你本来已经很优秀，但偏偏身边有人比你更优秀。每次大家提起你们两个，总会习惯去夸另一个人，说你处处不如他。时间长了，谁能做到心平气和？"

周衍川一皱眉，嗓音喑哑道："是吗？"

不知何时降临的夜幕，将他眉间的怅然描绘得更深，显得整个人都有些忧郁。

林晚一怔，问道："你该不会是以前喜欢过我们学校的女生，然后因为你是三中的，就被人拒绝了？"

周衍川喉结滚动几下，锐利的轮廓在昏暗中反而更加明显。

他冷淡地勾了下唇，说："没有。"

林晚狐疑地看他一眼，越发肯定自己的猜测。

不过，面对这种人间极品，也能因为学校恩怨而拒绝，那女生对附中爱得也太深沉了吧。

转念又一想，周衍川只大她一岁，那么他喜欢的女生说不定她还认识。

会是谁呢？

林晚把学校里有印象的女生名字过了一遍，发现还挺难猜。主要是她根本猜不出周衍川会喜欢什么类型的。明明长了一双天生含情的桃花眼，却时常露出淡漠疏离的一面。可通过今天的接触来看，他又不是冷得不近人情的那款，有时的言谈举止简直称得上温和。

这人身上有一种矛盾的气质。

剩下的一段路程，两人没再交流。

林晚刷起朋友圈，刚点开就看见研究所一位同事的状态。仔细浏览过内容后，她脑子里"嗡"的一声，意识到情况有些不妙。

研究所前段时间救助了几只垂危的小灰雁。发现的时候，它们的父母就已经不知所终——其实大家都清楚，十有八九是被人盗猎了。

小灰雁被安置在研究所的动保基地里治疗，眼看一天天恢复了健康，棘手的问题也紧随而来。

这几只失去父母的灰雁，根本不会飞。

如今已是三月，正常的候鸟都已经开始迁徙。如果继续耽搁下去，等到南江一天天炎热起来，它们不仅很难繁育后代，甚至连生存都会出现问题。

研究所的全体同事，最近为这几只小家伙操碎了心。

毕竟大家救助野生鸟类的最终目的，并非让它们永远留在小小的动保基地里，而是希望它们能回归大自然。

然而，根据同事刚发的消息来看，南江附近能发现的所有雁群都已经相继离开。被救助的灰雁，已经错过了最佳的时机。

林晚抱着最后一线希望，在几个观鸟爱好者的群里开始发出求助消息，试图寻找研究所没有发现的雁群。

消息发出去后，回复的人不少，但却始终没有她想看到的消息。

周衍川踩下刹车，将车停在东山路路口。他不知道林晚家的具体地址，原本打算把人送到东山路就好，谁知到了之后她一直忙着看手机，似乎完全没有下车的意思。

"林小姐，到了。"周衍川缓声提醒道。

林晚仓促地抬起头，看见车窗外东山路的路牌后愣了一下，然后才反应过来。她这会儿心思全在灰雁身上，也没注意语气，稍显草率地说："谢谢！我先下了。"说着，就一边盯着手机，一边伸手去开门。

越野车刚好停在路灯下，车门刚一打开，挥洒而入的昏黄光晕，就照亮了她眼中的焦虑。

周衍川下意识叫住她问："出什么事了？"

她站到车外，弯下腰说："工作方面的事，有几只灰雁可能赶不上今年迁徙了。"

林晚其实只是礼节性地回答一下，她没指望周衍川听见这句话后，能有什么特别的表示。花费大量精力去救几只鸟，在许多人眼里是毫无意义的行为，更有甚者或许还会嘲笑一句"闲得慌"。

然而，周衍川却只思考了极短的一刹那，就推开另一边的车门，往林晚这边走来。

林晚神色一滞，愣愣地看着男人颀长的身影越靠越近。

周衍川站到她身前，低头平静地问："需要我帮忙吗？"

"你可能……"

她想说"你可能帮不上忙"，但两人隔得太近，周衍川那张过分英俊的脸近在眼前，让她恍惚中换了一个说法："你有办法吗？"

"或许有。"他说，"我们找家店先吃饭，慢慢谈。"

东山路一带，是南江市的老城区。整条街遍布着20世纪修建的西式洋房，自从近几年被炒作成网红景点后，文艺又精致的餐厅、展馆与咖啡店，便如雨后春笋般冒了出来。

林晚没有浪费时间，直接把周衍川带进了离他们最近的一家西餐厅。

推开门时，屋檐下的门铃发出清脆的响动。店内的服务员回过头来，看见这对俊男靓女的组合，眼中闪过一丝惊艳。会在东山路出没的顾客里，装扮时髦的年轻人不少，但很少有人能像这两位一样，一露面就让人感觉像在拍偶像剧。

西餐厅正在举办周年庆活动，情侣同来能够打折。服务员想也不想，就从花瓶里抽出一枝玫瑰，微笑着递到林晚面前道："欢迎光临，两位想坐一楼，还是二楼？"

"都可以。"林晚回了一句，却没有伸手接花。

服务员以为她不好意思，转而把玫瑰朝向周衍川，还故作俏皮地表示道："看来平时都是男朋友负责拿花呢。"

周衍川懒洋洋地掀起眼皮，随口解释了一句："我不是她男朋友。"

"……"服务员笑容凝固的瞬间，也听见自己一颗少女心破碎的声音。

嘤嘤嘤，长得那么登对，居然不是情侣！

林晚在旁边看得莫名其妙，这小姑娘一脸悲痛是几个意思啊？

服务员把他们带到座位上，点单时还不死心地强调了一句："今天情侣可以打八折！"

换作是平时，林晚或许还有心情调侃几句。可这会儿她整颗心都挂在了那几只灰雁上，心不在焉地翻着菜单说："就算打骨折，我们也不是情侣。"

周衍川无声地笑了一下。

送走了仍在遗憾的服务员，林晚端着水杯润润喉咙，直接问道："你有什么办法？我不是质疑你，只是客观地说一下情况。目前我们找不到任何雁群，而且鸟类的排外意识通常都很强烈，让它们跟其他种类的候鸟迁徙也不可能。"

周衍川脱掉风衣，将其搭在旁边的椅背上说："你看过一部由真人真事改编的电影吗？讲一个小女孩驾驶滑翔机带领大雁回栖息地的故事。"

林晚点头道："看过，但我们没有滑翔机。"

周衍川说："但我有无人机。"

"用无人机教它们飞？大雁虽然智商不高，但它们也不会傻到把没有翅膀的东西当作同类。"

周衍川拿起桌边的留言本和笔说："你以前经常看见的应该是航拍无人机？像这样有好几条机臂，展开后像蜘蛛的形状。"

男人干净修长的手指握住铅笔，在白纸上草草地涂了几笔，一架无人机的大致结构便跃然纸上。

林晚凑过去看了看，意外于他的绘画功底，挑眉说："嗯，差不多都长这样。"

周衍川翻到新的一页，继续画给她看："事实上无人机的种类有很多，有机翼的滑翔无人机也是其中一种。如果想模仿鸟类翅膀扇动的动作，拿现有机型改造就能完成。"

平静而轻缓的语调，莫名有种令人信服的力量。

林晚卷翘的睫毛颤了几下，意识到他提出的解决方案的确有可行性。

她想了想，抬起头说："有一个问题，等它们学会飞了，如果能在途中遇见其他雁群最好，如果没有遇见……"

周衍川仿佛听懂了她的潜台词，他放下铅笔，薄而宽大的手掌自然交叠着轻松地说："行，我帮你送它们回家。"

我帮你送它们回家。

非常淡然的一句承诺，仿佛一颗石子落在林晚的心中，荡开一圈圈的涟漪。

她定定地望着周衍川的眼睛，片刻后错开视线，小声说："你知道大雁迁徙要经过多远的距离吗？"

几千公里的旅途，从南往北，跨越整个中国。

林晚突然有点儿犯难："至少要飞一个多月，你们……嗯，收费方面的话，价格是怎么算的？"

哪怕她再不懂无人机，多少也能估算到这趟飞行成本必定很高，也不知道研究所今年的救助经费还剩多少。

周衍川如实交代道："我的公司一般只提供产品，不提供服务。"

"嗯？"林晚彻底茫然了。

周衍川继续说："所以我不清楚该怎么收费。"他垂眸望向林晚，神色坦然道："交给你决定吧。"

西餐厅的灯光调得稍暗，中间一架钢琴演奏出暧昧又抒情的曲调，琴声流淌四散，周围手持玫瑰的情侣，在甜蜜的氛围中腻腻乎乎地谈情说爱。

林晚手撑着下巴，感到万分为难。她最怕遇到没有明码实价的事，给少了怕占别人便宜，给多了怕研究所会把她的头打爆。

等服务员把餐品送上，林晚边切牛排边问："你以前一次也没做过这种服务？那你的同行呢，能不能问问他们是怎么收费的？"

周衍川平静地说："都是竞争关系，不方便打听。何况你的要求比较特殊，其他人应该也没遇到过。"

他吃东西的动作很斯文，斯文到有点儿冷傲的地步。很像家教很好的少爷，养出了挑剔的口味，偶尔在街边餐厅吃一顿，心里对厨师的水平嫌弃得要死，但碍于教养不好直接表现出来，所以只能慢条斯理地吃几口，把食物咽下去时，清晰的喉结会上下滚动几次。

林晚也觉得这家店的西餐一般，索性把更多的注意力放在周衍川那张令人赏心悦目的脸上，看着他说："说不定这次之后，有需要还会再找你，所以……"

她话还没说完，突然察觉到邻桌两位四五十岁的阿姨正盯着他们看。确切来说，是在盯着周衍川，目光像 X 光似的，上上下下把他从头到脚扫视了好几遍，窥探中还夹杂着一点儿跃跃欲试的期待。特别像她以前和钟佳宁出去逛街，看中的最后一条限量款裙子在其他顾客手里，于是就虎视眈眈地守在一旁，等人家嫌贵放弃之后，立刻就冲上去买下来。

林晚从两位阿姨身后的窗户里，看见了周衍川的身影。

干净的白 T 恤贴合着他的身体，胸膛那里能看出匀称结实的轮廓，往下到了腰的位置，又窄窄地收进去，是一看就知道身材很好的那种类型。

她回忆了一下刚才的对话，有点儿头皮发麻，赶紧结束话题："那回头再说吧。"

周衍川却以为是研究所经费有限，而她囊中羞涩不好意思讲，便想说"第一次免费也行"。谁知他刚张开嘴，林晚就马上冲他使眼色。

她把手放在唇边，挡住邻桌如狼似虎的目光，小声说："再聊下去，我怕那两个阿姨过来约你。"

周衍川这才冷淡地往那边看了一眼。

两个阿姨总算看清了他的正脸，眼中惊喜更甚。其中一位还很轻佻地直朝他挤眉弄眼，明目张胆地表现出"不想努力的话，可以来阿姨这里"的意思。

林晚要崩溃了，莫名产生了她连累周衍川被人盯上的罪恶感，她干脆大大方方地转过身，用不高不低的音量解释道："阿姨别误会，我们说的是正经服务。"然后转过来对他说："对不住，早知道不来这家店了。"

周衍川似笑非笑地勾了勾唇角道："没事，无所谓。"

半分没有计较的意思。

林晚一时哑然。

这人是真不在乎别人怎么看待他。

隐隐约约的想法在林晚脑海中逐渐成形，仿佛有无形的钩子把她心底深处的疑问拉扯了出来。她忽然开始好奇，周衍川究竟是怎样的一个人？

月明星稀的夜晚，一盏路灯时明时灭，很不尽职地照着家门外的小巷。花园里枝繁叶茂的木棉树伸出几许枝丫，往院墙上点缀鲜艳的花朵。

林晚从包里摸出钥匙开门，回家洗了个澡，就坐在客厅的沙发上，跟魏主任汇报用无人机帮助灰雁迁徙的计划。

严格说来，这不是宣传科该负责的工作。

魏主任马上答应由他出面和所里对应的部门沟通，以便尽快开始实施。

"对了，他们是哪家公司？"魏主任在电话里问。

林晚回忆了一下道："星创科技。"

笔记本电脑就在身边，她抱过来打开浏览器，顺手在搜索栏输入了"星创科技"四个字。

搜索结果很快出现了。

魏主任在那边问："我不太了解现在的新兴产业，这家公司靠谱吗？"

林晚迟疑了几秒，心里不太确定。这几年无人机行业发展迅猛，最出名的几家无人机品牌她多少也略有耳闻，但仔细回想起来，其中似乎并没有星创的名字。

她点进公司介绍一栏，看到公司的发展历程时愣了一下。星创成立仅仅两年多，去年十月她第一次见到周衍川时，他们的第一架无人机才刚问世不久。

林晚顿时有点儿茫然了。

虽说周衍川能住在云峰府那种地方，可一家成立不到三年、默默无闻的公司，怎么想也还处于发展初期。

"魏主任，"她想了想，语气里带着几分恳切道，"服务费方面，您看看能不能……多申请一点儿吧。"

周一上午，研究所就迅速做出了决定。

这事其实没什么好犹豫的，不管星创的实力究竟是否雄厚，目前是唯一能站出来帮忙的公司。

所里为此专门召开了一次会议，把这次行动命名为"灰雁回家计划"，让宣传科配合记录整个过程，到时候发到微博上去。

一来可以告诉大家，鸟类研究所不是游手好闲的事业单位，他们的确在办实事。

二来也可以借助这种宣传方式，呼吁普罗大众关爱野生动物。

魏主任当初承诺的搭档，如今连个影子都没有，记录的任务自然落到了林晚头上。

星创那边的配合也很给力，公司专门派设计师去动保基地学习大雁迁徙时的飞行要领。回去之后不到一周，就像周衍川说的那样，利用现有的滑翔无人机型改造出了一架专门为迁徙准备的无人机。

灰雁学习飞行的当天，林晚带上相机去动保基地。

飞手正在设定今天的训练路线，见她来了，面上一喜道："林小姐，这么巧。"

"你是？"

"你不记得我了？"飞手摘下头顶的鸭舌帽，指着自己那张毫无记忆点的大众脸说，"我们在宁州山见过的，我叫郝帅！"

林晚眯起眼睛打量了他几秒，才终于想了起来。

这就是在回城的车上，模仿周衍川的语气八卦她的那个男生。

林晚笑了笑说："谢谢你能过来帮忙，接下来就辛苦你了。"

郝帅摆手客气道："这不是上回把你的鸟吓跑了，惹你不开心了嘛。为了将功赎罪，我主动跟老大申请，必须完成这个光荣而艰巨的任务。"

话还挺多的。

林晚点点头，用相机给他拍了张照片，好奇地问："你们公司的人都管周衍川叫老大？"

郝帅继续设置无人机路线，答道："也不是全部。像其他部门的小姑娘，见了老大都会红着脸喊周总，你是没听见她们的声音，娇滴滴的，能掐出水来。"

"……"

"不过我要是个女的，肯定也会喜欢老大。老大长得又帅，脑子又聪明，试问哪个女人能拒绝他双重的魅力呢？"

林晚挑眉问："你很崇拜他？"

郝帅抬起头，直直地望向她，郑重表态道："不光是我，也不光是我们公司的人。你出去问，老大的名字在无人机研发圈子里，提起来简直就是如雷贯耳。"

"这么厉害？"林晚不禁感到一阵诧异，她问，"你们公司才成立两年吧，他就已经这么出名了吗？"

郝帅顿了一下，指腹摩挲着手机，声音变得有些郁闷地说："星创是刚成立两年没错，但老大入行已经八年了。你别看有的大公司现在牛哄哄的，当初可是求着我们老大去帮他们研发无人机。"

一席话里，半是骄傲，半是不忿。

林晚直觉其中必定发生过不愉快的往事，便没再继续追问，只是在心里大致估算了一下时间。

八年前她还在念高三。如果周衍川是按正常年龄入学的话，那么当时他不过是个刚进大学的大一新生。意识到这一点后，林晚有些愣怔，这已不是区区"学霸"二字可以形容的。

就在她走神的时间里，基地的同事把那几只灰雁带到了空地上。林晚退到一旁，架起相机开始捕捉训练的画面。

灰雁是大雁的一种，在鸟类中不算聪明，但是又有点儿傻乎乎的乖巧。当它们看见无人机在前方扑扇着"翅膀"前行时，先呆头呆脑地围观了一阵，很快就成群结队地跟在了它的后面。

郝帅尝试着把无人机稍微升高，灰雁们也跟着扑棱了几下。可等无人机再飞到一定高度后，它们就在地面上仰起脑袋，毛茸茸的翅膀拍打几下，像是不理解这个动作的意义，又像是想尝试却害怕会跌下来。

几次失败之后，林晚与同事商量一番，提醒郝帅说："你试试改变无人机的机翼方向形成气流，这样它们飞起来会比较省力。"

郝帅恍然大悟，转过头来说："那我再试——老大！"

林晚一愣，顺着他的目光望去。

周衍川不知何时，已经站在了基地的栏杆外面。

他脸上没什么表情，模样有几分冷淡，看见他们后倒是温和地笑了笑，但只要仔细观察，就会发现他的笑意未及眼底。

林晚走过去把大门打开，问道："你怎么会来？"

她还以为正式开始合作以后，周衍川不会再为这种小事出面。

"担心他处理不好，过来看看。"他简短地回了一句，又远远地朝其他人点了下头。

他穿着白衬衫，搭配黑色长裤，纽扣一如既往地解开了两颗，显得脖颈线条修长而流畅。宽肩窄腰的身形，加上恰到好处的肌肉线条，将白衬衫穿得禁欲又勾人。

有女孩子顿时红了脸，星星眼地望着他，又不好意思过来搭讪。

这人的颜值杀伤力果然太强劲，一般的小姑娘根本扛不住。

林晚在心中感叹一句，带他到长椅边坐下。

周衍川出现以后，郝帅整个人都变得严肃了许多，没再时不时地跟大家闲扯几句，而是全神贯注地盯紧无人机，一副非常明显想好好表现的样子。

林晚担心郝帅压力太大，正思考着该如何转移周衍川的注意力，就听见有同事试探着问："你是……周衍川？"

没想到研究所居然也有人认识他。

林晚感到有些意外，却看见周衍川缓慢地抬眼瞥向那人，表情似乎与方才无异，眼神却彻底冷了下来。

林晚认识刚才说话的人，是研究所的一位前辈。比她早几年入职，工作上没有太多交集，偶尔在食堂打个照面寒暄几句，总体来说不是什么招人嫌弃的极品。

还好，周衍川流露出的不耐烦只持续了很短的时间，短暂到只有林晚察觉了他的异样。

他很快恢复了平静，颔首示意道："好久不见。"

前辈还想过来跟他攀谈几句，结果周衍川根本没给人机会，竟直接转过身，只留下一个好看的后脑勺供人欣赏。

林晚又拍了几张照，才轻声问："你跟他有仇？"

周衍川摇了摇头，修长的双腿自然交叠着，声音同样很轻地说："不熟。"

与此同时，前辈与人交谈的声音在后面响起："那是我高中同学，我都不知道所里居然能找到他来帮忙。以前在三中谁不认识他，总是年级第一。"语气里带着几分明显的炫耀。

林晚眨了眨眼，忽然明白为什么周衍川不想理这人了。

怎么说都是二十几岁的社会人士了，私底下回忆往昔还没什么，当众把中学时的辉煌履历拿出来讲，确实有种微妙的尴尬。就好像人生中只有那几年的成绩可以吹嘘似的。

那位前辈还在继续说："这位可是牛人，高二就拿到了 NOI（全国青少年信息学奥林匹克竞赛）的国家一等奖，几所名校抢着要，专业随便挑，那时候可羡慕死我们了。"

"NOI 是什么？"

"奥数你总知道吧？跟那个差不多的，只不过他们搞的是信息奥赛，就编程写代码那套。"

林晚用相机挡住脸，悄悄用余光打量周衍川。

随着身后的议论越久，他眼中的寒意也就越浓。当 NOI 的经历被人提起时，他用手肘撑着膝盖，脑袋微微低了下去，后颈被拉伸出冷冽而修长的线条，嘴角也渐渐抿成了一条直线。

不知道的还以为他被提到了见不得光的黑历史。

这人设不对啊。你不是根本不在乎别人的看法吗？

林晚在心里嘀咕一句，潜意识里觉得再任由后面的人说下去，周衍川可能会抛弃涵养站起来叫那人闭嘴。

于是，她装作突然想起的样子，回头喊道："邓老师，迁徙路线你们定好了没？"

"早定好了。"姓邓的前辈总算止住了话题，"你要用？"

林晚弯起眼笑了笑说："发给我一份好不好呀？"

"哎哟，我手机上没有啊，晚上发你邮件吧。"

"但我有认识的媒体朋友想报道'灰雁回家计划'，她在微信上催我要迁徙路线写新闻稿呢。能不能麻烦你帮帮忙？"

漂亮女孩的请求，总是叫人难以拒绝。

对方思考片刻，便答应说："行吧，那我回一趟办公室。"

"谢谢啦！"林晚笑得灿烂又真诚地说。

从动保基地回研究所有很远一段路程，邓老师这一走，今天多半也懒得再回来了。等他出了基地大门，林晚才朝周衍川扬扬下巴道："换个地方看看？"

周衍川没什么情绪地扫她一眼，点了点头。

郝帅眼睁睁地看着老板走到了更近的位置，整个人都不好了。

他哀怨地望向林晚，没明白这妹妹怎么回事，还能不能有打工人的共鸣？谁会希望业务不熟练的时候，被老板近距离监督啊？

然而，林晚根本没关心郝帅的感受，她重新调整过光圈，一边拍照，一边问："研究所的经费给了吗？"

"给了。"

"没有亏待你们吧？"林晚顿了顿，补充道，"别看我们是事业单位，其实每年的研究经费不多的。我担心给得太少，让你们做赔本生意。"

周衍川静了几秒，目光毫无遮拦地从她脸上扫过。

虽然明知眉目含情并非出自他本人的意愿，但被如此深情的桃花眼注视一会儿，林晚就感到了些许的不自在。

她按下快门，捕捉到一只胆大的灰雁腾空的画面，清清嗓子说："看什么看，我今天特别美？"

周衍川低笑一声，遍布周身的冷冽骤然消散了许多。再开口时，嗓音舒缓道："谢了。"

他没有明说，但林晚能猜到他在谢什么。

"我主要怕你站起来打他，你不知道自己刚才的眼神有多吓人。"

林晚是第一次见到周衍川沾染上戾气的一面，这下既然聊到了，也不打算按捺好奇心，问道："你很不喜欢听别人提信息奥赛吗？"

周衍川眼底掠过一抹自嘲的笑意，淡声说："那么久以前的事，有什么好提的？"

"也是，好汉不提当年勇嘛。"林晚附和了一句，突然觉得哪里不对劲，"你不是只大我一岁？怎么会跟邓老师是同学？"

周衍川说："我跳过级。"

"……"林晚这下是真实感受到了实力的碾压。

虽说大家都是成年人，中学时期的"荣誉之争"早已能够轻轻放下。但身边出现了一位既有母校光环，又有跳级光环的人，终究让从小作为"别人家的孩子"成长起来的她，多少想感叹一句：果然是人外有人，天外有天。

眼看她即将进入"小时候读书不够刻苦，长大了处处被人羞辱"的环节，一阵缓慢却有力的声响及时打断了她的反省。

林晚心神微动，她透过相机镜头，看见了让人惊喜的一幕。

郝帅操作的无人机宛如带队的头雁，张开双翼飞向蓝天。

而在它的身后，数只灰雁齐齐扇动翅膀，棕白交错的羽毛在阳光下熠熠生辉，它们发出洪亮而高亢的鸣叫声，在无人机的带领下，不疾不徐地展翅高飞。

基地里突然陷入了安静。

无人机与灰雁在空中组成一支井然有序的队伍，在湛蓝的天空中自由地翱翔。动物蓬勃的生命力，在刹那间完全释放了出来。

郝帅张大嘴，脸上还带着点儿难以置信的表情，双手微微颤抖。他扭过头，激动又自豪地道："飞起来了！"

语言仿佛会传染一般，一声叠一声的"飞起来了"很快在人群中传开了。

林晚不断地按下快门，心跳越来越快，直到头顶的天空只剩下白云悠闲地游走，她才缓缓放下相机，一把抓住周衍川的手腕说："你看见没有？真的做到了！"

周衍川一怔，手腕处传来温暖而柔软的触感。

他垂下眼眸，看着眼前笑逐颜开的女人，巴掌大的脸上洋溢着真实的喜悦，乌黑明亮的眼睛染上了一层让人目眩的光。

生动而鲜艳的美貌，哪里有半分俗气的样子？

"嗯，看见了。"周衍川轻声回道，"开心了？"

林晚用力地点点头，还想跟他再说什么，思路就被郝帅发出的猛男咆哮打断了。

"啊啊啊！我太厉害了！"

郝帅举起手机，四下看了看，就一路狂奔到他们面前，在即将撞上周衍川的瞬间，凭借打工人的自我修养陡然掉转方向。但他又实在控制不住内心的狂喜，干脆朝着林晚傻笑。

"我强不强？我帅不帅？南江第一飞手，就是我！"

"……"

林晚差点被他的高音声浪给震蒙，连忙松开周衍川的手腕，抽回手捂住耳朵，笑盈盈地夸他说："帅，特别帅！"

郝帅这会儿又有点儿害羞了，他不好意思地挠挠脑袋，谦虚道："这才是第一步呢，今天带它们沿着基地飞一圈，过两天备用机调试好就能带它们出发了。"

林晚觉得这种技术宅男的情感表达方式很好玩，忍不住弯起眉眼笑道："你害羞什么？真的很帅，差不多你就是它们的妈妈了。"

郝帅清清嗓子，正色道："不，我是它们的爸爸。"

林晚"扑哧"一下笑出声来。和煦的春风拂过她的脸颊，明媚的阳光落入她的眼中，又在眼尾扫出一笔欢快的色彩。

周衍川安静地站在一边，淡然旁观着眼前一唱一和的两个人，手腕还维持着刚才被人握过的角度，骨节分明，白净清瘦，指尖稍稍蜷缩的姿势稍显落寞。

静了片刻，他低声问："闹够了没？"

郝帅的笑声戛然而止，他控制住面部肌肉，摆出一张敬业脸，正经道："喀，好了，我再继续观察。"说完，他就特别自觉地退回到之前的位置，伴装专注地盯着屏幕显示的飞行路线。

林晚的手机凑巧振了振，她拿出来低头一看，发现是邓老师发来的迁徙路线规划。虽然她是故意支开对方，但的确有媒体朋友问她要此次计划的资料，于是便动动手指把路线规划发了出去。

周衍川在旁边说："那我先走了。"

林晚脱口而出："现在就走？"她仰起脸看向男人，很自然地邀请道："不等灰雁回来？"

周衍川已经在往前走，不咸不淡地抛出了一句："等它们做什么？我又不是它们的爸爸。"

林晚嘴角一抽，想起一件事，便跟上去问："对了，你们以前接过这种跨省的项目吗？等正式迁徙的时候，后续的调整能跟上吧？"

一架无人机的航行时间有限，要确保灰雁安全返回北方，星创需要提供好几架无人机轮番上阵。在南江市境内倒还好说，万一飞到中间出现了什么意外，总要有后续补充方案才行。

周衍川腿长，无需刻意加速也走得比较快。两句话的工夫，基地大门就近在眼前了。他没有停下来慢慢闲聊的意思，只是稍微放慢速度说："有。"

"比如说？"林晚有些好奇地问。

周衍川打开基地的大门，在铁门发出的"嘎吱"声中停下了脚步。他侧过身，逆着光，高大且极具存在感的身影挡住了林晚的视野，然后视线往远处扫了扫，就抬手指向地平线的尽头。

"看那边的高压线。"

林晚转头顺着他手指的方向望去，只见一座座输电塔仿佛钢铁巨人一般，屹立在宽广无垠的原野上，电缆线长长地跨越天际，连接着它们之间遥远的距离。

她迷茫地点点头问："然后呢？"

周衍川在她身后稍低头，呼吸轻浅地漫过她的耳廓说："知道为了确保电力正常供应，全国每天有多少人冒着生命危险爬到高处检查电网和风力发电机吗？"

林晚还真不知道，她诚心请教地问："有多少人？"

"10万。"

林晚被如此庞大的数字震惊了。她以前看电视时，偶尔也会看见电力工人在恶劣天气下检查线路的新闻。虽然心里对他们的勇敢感到佩服，但却从未意识到，这种与危险相伴的工作会牵连多少个家庭的悲欢离合。

周衍川说："星创开发的第一款无人机，就是代替人工进行电力巡逻，从南往北，由东到西，今后将逐步实现在全国的推广。在你的标准里，算不算跨省项目？"

林晚认真地点点头，发现星创的无人机好像并不是那种普通消费者拿来随便玩的，而是某种具有更深远的意义，对社会更有价值的产品。尽管产品本身并没有贵贱之分，但她必须承认，通过对周衍川的了解，她心中对无人机的偏见，也在不知不觉中发生了转变。

可有些话直白地说出来会显得矫情，于是她想了想，夸奖道："这种项目需要跟国家电网合作吧？那你们比我想象中厉害多了。"

这句话她说得格外真诚，但落在周衍川耳中，却延伸出了异样的含义。

他收回手，靠在墙边，凉飕飕地扫她一眼，拖长音调问："你该不会认为，星创的实力很一般吧？"

林晚神色一滞，片刻后露出了尴尬而不失礼貌的微笑。

对，她就是这么认为的。

周衍川漫不经心地嗤笑一声。他个子高高瘦瘦的，懒洋洋地靠在动保基地斑驳的红墙边，就很像杂志封面的构图，拿出去能打破当年的销量纪录。

虽然他这声笑带着嘲讽，但林晚决定宽宏大量，不跟他计较。毕竟周衍川刚好长在了她的审美点上。

林晚长这么大，认识不少英俊的男人，可他们之中，没有哪一个能像周衍川这样，看起来干干净净的。他的眉眼长得太好看，眼尾略弯的桃花眼足够深情，那颗泪痣又显得清冷，分明反差到了极致，却又产生了惊人的化学反应，反而平添了更多的吸引力。

当然最为关键的一点，如果有谁敢在林晚面前小看她的工作，她可能会把对方的头打爆。

推己及人，周衍川只不过笑了一声，已经算很有礼貌了。

她还在若有所思的时候，一辆黑色宾利从停车场的方向驶来，稳稳停在了动保基地的大门外。西装革履的年轻男人从副驾上下来问道："周总，现在走吗？"

"嗯。"周衍川应了一声，转头看向林晚说，"先走了。"

助理模样的年轻男人帮周衍川打开后排的车门，等他长腿一迈坐上去后，便轻轻关上车门，朝林晚点了下头，加快脚步绕到另一边上车。

宾利立刻启动，扬长而去。留给林晚最后的画面，是周衍川坐在车里矜贵的侧脸。

林晚回过神来，终于后知后觉地意识到——这大概真的是位大佬。

第 2 缕光

少年时

傍晚回到市区后，林晚对周衍川的印象再次刷新。

当时她正坐在潮汕火锅店里和钟佳宁吃晚饭，等待锅底翻滚的时间里，便跟钟佳宁聊起了今天下午发生的事。

"这怎么能怪你呢？"钟佳宁慢吞吞地往碗里加调料，认真地回忆了一下说，"出名的无人机公司就那几家吧，德森、中盛、普蓝，这就是国内无人机三巨头了。星创的确在普通人眼里没有名气嘛。"

林晚问："那其中最厉害的是哪家？"

"好像是德森，"钟佳宁并不是特别了解地说，"你记得钟展吧？就我二叔家那个堂弟，他是德森的死忠粉。"

林晚点点头，如今连各大手机品牌都有忠实拥趸，无人机品牌有粉丝，也并不奇怪。

钟佳宁看她一眼，八卦道："你喜欢周衍川呀？"

"不至于，也就见过几面罢了，根本不了解，谈什么喜欢？"林晚说。

钟佳宁狡黠地眨眨眼道："那你就是馋人家的身子啰？去年在玉堂春就看上人家了，对不对？"

"……"林晚不想跟她说话了。

钟佳宁却来劲了，她迅速拿出手机点了几下说："钟展的学校就在附近，我把他叫过来，你有任何关于无人机的问题可以问他。我懂的，选男朋友嘛，总要看看他有几分真本事才行。"

林晚想说完全不是那么一回事，但见钟佳宁消息都发出去了，也只能随她去了。

听说有火锅可以蹭，钟展用最快的速度赶到了店内。

"我玩无人机好几年了，你有什么问题尽管问。"他拍着胸口保证道。

林晚往自己碗里夹了片牛肉，笑着说："别听你堂姐胡说，好好吃饭吧。"

钟展一听不乐意了，反问道："你瞧不起我的知识储备量？"

"好吧，那你知道星创吗？"

"听说过，这两年刚成立的新公司。不过他们只开发民用级无人机，跟我们这种爱好者没什么关系。"

钟佳宁好奇地问："民用级怎么会跟你们无关？"

"因为我们平时玩的航拍无人机是消费级的，民用是提供给其他公司或政府使用的产品，比如农业植保啊、灾区救援啊之类的。"

林晚把裹满酱料的嫩滑牛肉放进嘴里，边嚼边想，难怪周衍川的无人机可以用来电力巡逻，原来人家从一开始的路线就和航拍无人机不一样。

钟展继续说："我没想到你一来就问星创，我对这家确实不太了解。但听说他们的飞控算法是自己研发的，技术实力应该很强。"

林晚歪过头，有点儿难以启齿地问："飞控算法是什么？"

钟展抽抽嘴角，推了下眼镜，镜片在灯光下反射出资深爱好者对无知小白的蔑视。

林晚笑着假装要打他："谁都有知识盲区的嘛，信不信我现在就让你看鸟脚猜鸟名？"

"别别别，我生物超级烂的。"钟展赶紧求饶，笑嘻嘻地躲到一旁解释道，"你就把飞控算法理解成控制无人机运作的核心系统就行。没有它，就造不出无人机。"

林晚挑了下眉问："这么说的话，难道其他公司不用研发飞控算法？"

"这东西耗时耗力，开发成本特别大。一般小公司或个人想接触无人机，直接买别人做好的就行。能有自己的飞控，至少说明这家公司有技术大佬。"

说到这里，钟展做作地清了清嗓子道："比如我最喜欢的德森，他家的飞控那叫一个牛，简直就是艺术品。"

林晚和钟佳宁交换了一个眼神，觉得不能再让钟展说下去了，否则他分分钟就要站到椅子上为德森激情应援了。

钟佳宁喝了口汤，转移话题说："反正我听明白了，周衍川的公司虽然初出茅庐，但来势汹汹，说明他是只潜力股，你不如跟他试试。"

"我真没……"

林晚后面的话还未说完，钟展仿佛被人按下暂停键一样，整个人愣在了那里。几秒钟后，他又僵硬地转动脖子，直勾勾地盯着林晚。

细看之下，他眼中有惊喜交错的情绪。

林晚被他盯得发毛，不解地问："干什么？"

"你们刚才，提到了周衍川？"钟展嗓音发涩地问，"他在星创？"

林晚问："你认识？"

钟展梦游般摇了摇头，紧接着又用力地点了点头，脸上还洋溢着难以置信的神色，双手却不受控制般握紧拳头，半站起身凑近问道："姐姐你别骗我，周衍川真的回来了？"

林晚一怔，脑海中忽然响起了郝帅说过的话——"你出去问问，老大的名字在无人机研发圈子里，提起来简直就是如雷贯耳。"

钟展跌坐回椅子上，捂住额头感叹道："我的天！"

林晚茫然地望向钟佳宁，对方还她一个"别看我，他可能疯了"的眼神。

正在两人一头雾水之际，钟展总算正常了点儿。他抬起头来，认真地说："德森的飞控算法，就是周衍川开发的。"

林晚握着筷子的手一顿。

经过钟展的科普，她现在已经懂得了飞控算法的重要性，也懂得德森这家公司在中国的无人机界，其实就是当之无愧的领军者。

可她无论如何也没有想到，周衍川竟然是奠定德森行业地位的关键人物。

这种感觉该怎么形容呢？就像在武侠小说里，某天出门无意中遇见了一个风度翩翩的贵公子，你以为他是个轻功都玩得够呛的新手，结果转头有人告诉你，这就是我们江湖上人人敬仰的武林盟主。

林晚被密集的信息冲击了世界观，再回想起自己之前在周衍川面前表现出来的"你们小公司也挺不容易"的态度……

周衍川没有当场跟她亮明身份，简直太给她面子了。

走出火锅店，林晚好不容易拒绝了钟展"姐姐求求你，让我用你的微信跟他打个招呼"的苦苦哀求，在路边拦了辆车回家。

夜色如水，杂糅了街边绚烂的霓虹灯光，在车窗上留下一道道光影。

林晚一边琢磨着周末去 4S 店把她那辆车开回来，一边听见手机"嗡嗡"振了两下。

研究所的同事群里有人说："今天是什么好日子？不仅灰雁能飞了，动保基金居然还收到一笔匿名捐款。"

"捐了多少？"

刚才说话的人报了个数说："该不会是星创捐的吧？跟前几天付给他们的服务费一模一样。"

很快有人问林晚："你跟星创的人熟，要么你去问问？"

林晚垂下眼睫，稍做思考，没有吱声。

不管是不是星创捐的，捐款方既然选择了匿名，那就代表人家不想被公之于众。

不过，林晚难免还是有些好奇。她退出群聊界面后，想了想就从通讯录里找到周衍川，直接问："你们把服务费退回来了？不太好吧，总不能让大家做白工。"

没过多久，手机收到了一条语音。男人清冽的音色经过手机的变化，显得越发沉静："没走公司的账户，我自己捐的。"

林晚有些意外，打字问："怎么会想到捐款？"

周衍川好像还在公司，下一条语音里有轻微的人声背景。他语带困惑，不解地问："看见了研究所公开的捐款渠道，就顺手捐点儿，有问题？"

听起来他还有点儿诧异，翻译过来的意思很可能是：我有钱，想捐就捐，难道不行吗？

行倒是行。

林晚抿抿嘴角，她主要是担心周衍川被她的有眼不识泰山给刺激得冲动消费。不过，既然他是理智捐款，于公于私她都没有让人收回去的道理。

林晚道了声谢，又低头打字："我今天遇见了你的一位迷弟，他初中的时候就特别崇拜你，刚才跟我讲了一些关于你的事。"

周衍川："？"

林晚："我以前太外行了，不了解星创的实力，但我绝对没有轻视你的意思。这次你们能帮忙，我也很感谢，所以希望你别往心里去。"

今晚知道周衍川的经历后，林晚认真想了想，觉得她需要表达歉意。倒不是想趁机抱大腿拉近与他的关系，而是认为"被外行人误解专业水平"的滋味，多少还是有些微妙的憋屈。

这一次，周衍川没有马上回复。

出租车在十字路口汇入主干道的车流中，走走停停过了好一阵，林晚才收到了他新发来的语音消息。

"嗯？"他声音里带着散漫的笑意，能让人联想到他勾起的唇角，"可我已经往心里去了，怎么办？"

林晚想，那我们互删吧，别聊了。

林晚安静半响，才继续回复："噢，那委屈你一下，自己忍着吧。"

周衍川估计被她这句话给噎住了，再也没有回复她。

林晚把手机放回包里，按下车窗，车水马龙的喧哗声与湿润的春风同时翻涌进来。她把被风吹乱的头发捋到耳后，觉得从来没有遇到过周衍川这种类型的男人。不知是仗着自己声音好听还是怎么的，明明是顺着她的话往下接，偏又能把那句"往心里去"说得仿佛是一个情场高手在调情。

如果林晚是一个单纯无知的小女孩，恐怕听完这条语音就直接沦陷了。

坦白说，除去刚认识时产生的误会不谈，周衍川给人的感觉还算好相处。哪怕他待人的态度并不主动，可在你需要的时候他会主动帮忙，而且还不是口头上表示一下就算了，而是真正地尽量协助解决问题。

况且下午他来了一趟动保基地，晚上就不声不响地捐款。这非常拉好感的行为，会不禁让人觉得他只不过是外表冷淡，其实内心很温柔。

然而，只要稍微细心一点儿，林晚就能意识到，周衍川很少主动谈及自己的过往。就算偶尔聊到了，他也会一笔带过，从来不会将过往当作与其他人打开话题的谈资。真想畅谈他曾经的人生，那么待遇就会和研究所的那位邓老师一样，被他不咸不淡地晾在那里不搭理。

周衍川始终保持着清醒，在无形中与他人隔开了一道疏远的距离。

今晚那顿潮汕火锅吃到后半段，话题始终围绕着周衍川展开。钟展应该是真的很崇拜他，一直在滔滔不绝地说他。

"他大二参加一场国际无人机比赛拿了冠军，德森的老板也在现场看比赛。颁奖仪式刚结束那老板就直接去找周衍川，邀请他加入德森研发无人机。

"周衍川一边上学，一边帮德森写飞控。到了大四还没毕业呢，德森就宣布由他担任研发主管。

"他那时候才二十出头，年纪轻轻的，前途无量，背地里不知道多少人羡慕嫉妒恨。"

少年天才的故事，听起来像一个传奇。

林晚一言不发地听着，想象二十岁左右的周衍川会是什么样子。帅肯定是特别帅的，脸应该比现在要嫩一点儿，眼神肆意而坦荡，好像张开双臂就能拥抱全世界。

鲜衣怒马少年郎。

钟展沉痛地叹息道："后来周衍川大学毕业，德森的势头越来越猛，结果才过了一年吧，不知道怎么搞的，他就离开德森了。"

林晚问："是辞职出来创业？"

"创什么业啊？"钟展揉揉太阳穴，情绪越发低迷地说，"德森让他签了竞业禁止协议，要求他两年内不能从事相关行业。再后来，周衍川就没消息了。"

电梯"叮"的一声响，停在了4楼的测试部。

曹枫昂首阔步走出电梯，在测试部的办公间兜了一圈，拦住一个加班的员工问："看见周总没有？"

员工先礼貌地喊了声"曹总好"，才指向走廊尽头说："周总刚才来过一趟，现在好像去'烤箱'那边了。"

公司所谓的"烤箱"，并非能烤出奶香味面包的厨房工具，而是专门用来给无人机做老化测试的实验室，在某些公司也被叫作烧机房。

推门而入后，曹枫一眼就看见周衍川站在里面，衬衫袖口挽起一截，双手撑在桌面上。他微低下头，轮廓流畅，下颌线勾出清晰的一笔，划分出侧脸与脖颈。

他身后的观察窗里，一架无人机正保持运转状态，在不断变化的高低温环境里接受考验。

曹枫忍不住在心中哀叹，同样都是人，大家都长两只眼睛、一个鼻子、一张嘴，怎么就周衍川长得这么出众？无论皮相还是骨相，都比寻常人要优越几分。

还好婚礼没请他当伴郎，否则结婚当天的风头，还不都得被他抢光了？

曹枫正琢磨着，突然听见笔记本里传来"德森"两个字，顿时想起自己大晚上跑来公司找人的目的。

他清清嗓子，引来周衍川抬头看了一眼。

"出来一下，跟你说点儿事。"曹枫说。

周衍川走过来，顺手把门带上问："怎么？"

曹枫没说话，走到安全楼梯的吸烟区，摸出烟盒分给周衍川一根，然后惆怅地点了根烟，望着袅袅升起的白色烟雾问："你在看德森的新品发布会？"

周衍川低头把烟点上道："嗯。"

"心里不好受吧？"曹枫理解地点了下头，"换作是我，肯定也过不去这道坎。你要是难受就别看了，需要资料让人整理好给你就是。"

周衍川静静地看着他，瞳孔在烟雾的衬托下显得清澈且平静："我没什么特别的感受。"

曹枫接下来的安慰，全堵在嗓子眼儿里："啊？"

周衍川轻声笑了一下，掸掉烟灰说："分析德森的新品是每家公司都会做的事，对我来说也一样。刚好在等老化测试结果，就顺便跟大家一起看看。你少替我伤春悲秋了。"

"……"曹枫一时哑然，有许多话想说，却又不知该从何说起。

他和周衍川认识了好些年，关于和德森的那些纠葛往事也很清楚。但仔细回想起来，他却从未见过周衍川流露出消沉的情绪。

可曹枫以己度人，总想着换作是他遭遇了周衍川的经历，哪怕重新再出发，恐怕也很难对德森保持这么心平气和的态度。

周围人都觉得，周衍川的大脑构造就是为无人机而生的。让这样一个人硬生生与无人机领域分开两年，的确是一件太残忍且太不公平的事。

周衍川转身靠着墙，下颌扬起一道凌厉的弧线，视线望着天花板的吊灯说："曹枫，人的一生很长，离开两年而已，算不了什么。"

曹枫点点头，倏地想起读书时听老师说："越是平庸的人，才越计较一时的得失。你们要知道世界上有一种人，哪怕你把他推进深渊里，只要他心中的光还没有灭，那么你就会再一次在山顶看见他。"

周衍川或许就是这种人。不管过去多久，任由外面沧海桑田，他心中永远住着一个赤忱的少年。

"行，那就不说这个了。"

曹枫吐出一个烟圈，扭过头来问："你最近和林晚发展得怎么样？"

"测试结果差不多该出了。"周衍川也不想聊这个，见场面眼看要进入闲聊环节，就把手里还剩半截的烟头掐灭了，打算回实验室继续看无人机。

曹枫在他身后嚷嚷道："五一我办婚礼，安排你们坐一起啊！"

周衍川没说话，留给他一个顾长的背影。

日子就这么来到了下周。

"灰雁回家计划"进行得很顺利，四月的第一天，林晚按照惯例拍了几张照，又和同事一起确认过灰雁身上的远程跟踪仪运行正常后，就跑到路边通知郝帅一切准备就绪。

"接下来就交给你们啦！"她冲郝帅笑了笑，又同车里另外两名飞手打过招呼说，"等你们回南江了，我再请大家吃饭。"

郝帅摆出自认为帅气的姿势，骚完了又问："我代表个人八卦一句，你和我们老大，现在是什么关系？"

林晚认真地说："你和我是什么关系，他就和我是什么关系。"

"那我哪能跟老大比呢。"郝帅很有自知之明地说，"不过我们老大真的蛮不错的，你要不要考虑一下？"

林晚退开几步，当作没听见，笑眯眯地跟他挥手告别。

随后的二十几天，林晚每天都在微博上更新灰雁的动态。

自从试飞成功之后，不少同行和鸟类爱好者都注意到了这次的"跨界合作"。如今眼看几只无父无母的灰雁要在无人机的带领下穿越大半个中国，便个个化身为操心的老母亲，每天定时在评论里问"到哪儿了""还顺利吗""有没有遇到危险"。

当然，除了爱护动物的热心网友以外，难免也会遇到少数杠精。说来说去还是老一套，觉得这帮人都是吃多了撑的，为了几只鸟大费周章，有这钱还不如捐给山区的儿童。

林晚读书时还经常与这种人争论,如今时间长了,也就麻木了。反正许多道理,不愿意懂的人,永远也不会懂。

天气逐渐变得炎热起来,南江漫长的夏季正式来临。

五一当天傍晚,林晚换上一条小礼裙,出门参加罗婷婷的婚礼。

罗婷婷就是把周衍川介绍给她的那个姑娘。

林晚也是后来才知道,原来罗婷婷的未婚夫,竟然是星创的另一位合伙人曹枫。

理清这一层关系后,林晚终于明白,为什么当初周衍川没想到她说的"鸟"就是最正常意义的"鸟"。因为她和罗婷婷根本就不熟,对方估计只知道她研究生毕业后找了一份工作,具体哪家单位哪个职位,估计一概不知。

就连收到的结婚请柬,都是罗婷婷的父母送到她妈妈家的。

不过,林晚的妈妈这几天没空,家里决定派她作为代表出席婚礼。

婚礼现场,宴会厅被灯光与鲜花包围,处处洋溢着浪漫。

林晚在入口处将礼金交给伴娘,刚往里走就接到了出国旅游的钟佳宁的电话,问她当地某家甜品店的详细店名。

"我都三年前去了,哪里还记得清楚。"林晚说,"晚点儿我回家帮你查查叫什么名字,电脑里应该存了当时的攻略。"

钟佳宁问:"你现在在外面呀?"

"嗯,这不是有人结婚嘛。"

林晚脚步稍顿,侧脸看向左边的圆桌,发现了一个熟悉的身影,招呼道:"哎,周衍川!"

宴会厅内人声鼎沸,她嗓音又轻,直接导致钟佳宁没听清楚。

钟佳宁一怔,问:"你瞒着我和周衍川结婚啦?呜呜呜,我们还是不是朋友啦,你结婚都不告诉我!"

脑补就脑补吧,居然还自己委屈上了。

林晚抽了抽嘴角,提高音量打断她道:"我没和周衍川结婚!你才和他结婚,你全家都和他结婚!"

话音未落,原本正在低头玩手机的男人闻声抬起了眼。

四目相对之下,空气死一般的寂静。

"……"

林晚挂断电话，深吸了一口气，告诫自己，今后不管打字还是说话，一定要慎之又慎。

她撩了下头发，装作若无其事的样子朝周衍川淡定一笑，转身留给他一个高贵冷艳的背影，笑盈盈地对引路的伴娘说："我的座位在哪里？"

今天婚礼宴请的宾客众多，座位都是提前安排好的。

伴娘对着手机确认，然后指向她身后说："到了，就是这桌。"

林晚的笑容顿时僵住了，她硬着头皮又转回去，再三确认。

对，没错，伴娘指的方向就是周衍川所在的那桌。

伴娘羡慕地看她一眼道："就是那位先生左边的位置。"脸上还浮起可疑的红晕，大概恨不得自己能取代"幸福"的林晚，整晚与帅哥并肩吃饭。

林晚心中有千万只羊驼正在狂奔，两只脚仿佛生了根似的，半天没有挪动一步。

周衍川似笑非笑地回望着她，怎么看都是一副"你过来，我们好好谈谈"的模样。

伴娘见她不动，问："林小姐，怎么了？"

"没怎么，"林晚弯起眉眼朝她笑道，"宝贝儿，你的指甲涂得真好看。"说完就施施然走到圆桌边，拉开椅子坐下了。

已经入座的客人，忍不住把目光落到她身上。

林晚的五官本来就精致，加上今天出席正式场合又精心打扮了一番，裸粉色的长裙包裹着她曼妙的身材，一举一动都格外引人注目。

很快就有人主动与她攀谈。

林晚的态度拿捏得适当，既不拒人于千里之外，又不显得过分热情，说说笑笑间就把这桌的陌生人认全了。

周衍川始终一言不发，用手机处理完公事，才淡淡地扫了她一眼。

她正在与人聊天，嘴唇微微张开，唇形饱满，色泽水润，就像清晨初绽放的玫瑰。

林晚注意到周衍川在看她，便与他对上视线，微笑着说："周先生，晚上好。"

"晚上好。"周衍川说。

太棒了！林晚暗自欢呼，就应该这样才对嘛，何必介意刚才发生的小小意外。若无其事地将尴尬翻篇，这就是属于成年人之间的默契。

林晚满意地朝他眨眨眼，放松了警惕，端起面前的水杯喝水。

周衍川仿佛看准时机似的，突然淡声开口问："听说我结婚了？"

"咯咯咯——"林晚被呛到了，连忙用纸巾捂住嘴。

"而且还是跟一家人结婚？"

"……"

"林小姐热心安排我重婚，"周衍川侧目睨着她反问，"想让我被抓起来？"

他此刻的心情大概很不错，嗓音清冽，尾音又有点儿不易察觉的上扬，就像往话里加了一个小钩子，等人上钩。

林晚用纸巾遮住半张脸，只露出一双黑白分明的眼睛，亮晶晶地瞪着他。她还没从咳嗽中缓过来，眼尾带了抹红。

周衍川欺负她无法开口，勾了勾唇角，慵懒地说："这么狠呢？"

"你还没完了，是吧？"林晚把纸巾揉作一团扔到旁边，清清嗓子，把事情的来龙去脉交代了一遍，"就是个误会而已，你能不能有点儿风度？"

周衍川抬了抬眉梢道："委屈你一下，自己忍着吧。"

"啊？"

林晚一头雾水，花了半分钟才明白他话中有话。他们整个四月都没有联系，最后一回交流时，她给人家扔下了一句"自己忍着吧"，就没有后话了。

想清楚之后，林晚简直无语了。这都隔月的仇恨了，还惦记着呢？

林晚按捺住吐槽的冲动，朝他甜美一笑，然后就扭过头不再看他。

没过多久，婚礼正式开始。罗婷婷身穿白色的婚纱，在台上和打扮得人模狗样的曹枫互诉海誓山盟。

林晚跟这两人都不熟，今天过来也就是完成任务。她心不在焉地看着台上的新人交换戒指，脑子里琢磨着去年魏主任说的野生鸟类图鉴的事。别看研究所在"灰雁回家计划"上表现得雷厉风行，那全都是因为再耽误下去会产生恶劣的后果。换作其他没有时间限制的工作，事业单位的悠闲懒散就显露无遗，催着要的时候恨不得第二天就要交。等林晚拼死拼活地把图鉴全画完了，稿子就跟石沉大海一样，再也掀不起一点儿波浪。要等研究所想起还有这么一桩事，估计得猴年马月。

林晚为了这本图鉴熬过几个通宵，实在不甘心自己的劳动成果就此浪费，就打算等哪天魏主任有空的时候再跟他谈谈。

就在此时，侧前方某个粉紫相间的东西从空中飞了过来。

林晚的心思没放在婚礼上，反应也慢了半拍，等她看清那是新娘抛出来的花束时，已经根本来不及躲闪，只能愣愣地盯着那束捧花朝她砸过来。

电光石火的一瞬间，她还抽空走神，心想罗婷婷看起来挺纤弱的一个姑娘，没想到此刻居然如此孔武有力。

伴随着挤在台前抢捧花的单身女性们失望的惊叹声，一只清瘦修长的手骤然闯入林晚的视野。她全身的运动神经仿佛瞬间被激活，下意识往后一躲，手肘碰翻了旁边的红酒杯。

"啪"的一声轻响，新娘抛出的捧花掉在了桌上。与此同时，泼洒的红酒漫过桌沿，尽数被她的小礼裙接纳。

林晚愣怔半晌，抬头不可思议地瞪着那只手的主人。

周衍川也有点儿意外，他皱了皱眉问："你躲什么？"

"突然看见一只手伸出来，你难道不躲？"林晚感到十分委屈。

周衍川也怔了怔，然后侧过脸像是笑了一下，而后又望向她，语气里带着点儿无可奈何地说："那么大一束花飞过来，你怎么不躲？"

"……"林晚仿佛遭遇了灵魂拷问，一时竟想不起该怎么回敬他。

那边罗婷婷拿过司仪的话筒，愧疚地说："不好意思，我力气太大了，林晚你没事吧？"

林晚摆了摆手，不想为这点儿小事破坏人家婚礼的气氛。

"那这束捧花就算你抢到啦！"罗婷婷还挺会说俏皮话，"祝你早日找到心上人！"

我谢谢您了。林晚扯出笑容，在心里嘀咕了一句。

等到大家没再注意这边的情况了，她才挪开椅子，起身往卫生间走去。

周衍川若有所思地注视着她的背影，片刻后拿上外套跟了过去。

宴会厅外的卫生间里，林晚郁闷地低着头，慢吞吞地用纸巾擦拭裙子上的酒渍。红酒这玩意儿太麻烦，不光帮她把裙子染了色，还把单薄的面料浸出了半透明的效果。

要不跟罗婷婷借用酒店的房间，用吹风机再处理一下？

她正这么想着，就听见外面响起了叩门声。

林晚不解地抬起头，从镜子里看向女厕所的木门。这又不是独立卫生间，门也没锁，外面的人直接进来不就行了？

静了几秒，叩门声再次响起，同时响起的，还有周衍川的声音："林晚。"

"嗯？"她走过去把门打开，认真地说，"男厕所在隔壁。"

周衍川目光沉沉地看她几秒，问道："处理好没？"

其实不用林晚回答，答案就明晃晃地摆在他的面前。酒渍湿润地淌过胸前那层薄纱，只要稍微留神，就能看见大片白皙的皮肤与内衣的轮廓。

周衍川错开视线，把深色的西装外套递过来说："你先穿上。"

"谢谢。"林晚声音放得很轻，接了他手里的外套。

她的身高放在女孩子里面还算高挑，可一穿上周衍川的衣服，就莫名娇小了几分。西装下摆松松地悬在腿边，等她系好纽扣之后，又往里收了一圈，把自己严丝合缝地包裹了起来。

林晚出了卫生间，对周衍川说："我去跟罗婷婷说一声，今天先回去了。"

周衍川不置可否，跟在她身后一起回了宴会厅。

新郎新娘刚好在他们这桌敬酒，见到两人回来了，罗婷婷就又开始道歉："对不起呀，回头你把干洗的账单给我吧。"

"真的没事，"林晚用装水的杯子倒了点儿酒，跟她碰了碰说，"新婚快乐！"

曹枫在旁边挑了下眉，认出她身上的外套是周衍川的。国外一家百年西装店定制的，袖口还有一对白金的袖扣，贵得要死。

几人寒暄几句，跟罗婷婷打过招呼后，林晚便拿上皮包打算回去。

裙子还有点儿湿，贴在身上太难受了。

她刚往前迈出一步，周衍川就朝周围人点点头，一副要跟她一起离开的样子。

林晚有些意外地问："你也要走？今天是你公司合伙人的婚礼，这么早退场真的好吗？"

周衍川垂下眼眸，慢条斯理地开口道："不然呢，我西装不要了？"

"哦。"

月色糅合了灯光，倾泻在酒店门外的马路边。夏夜的微风吹拂着大叶榕的枝丫，"沙沙"作响之余，稀释了空气里残余的热度。

林晚叫了代驾，等待的时间里，把之前被人硬塞进怀里的捧花抱紧了些。这束捧花虽然不大，可除了里面那圈粉粉紫紫的玫瑰，外面还扎了一层装饰用的芦苇。芦苇散乱地垂下来，加上她穿着周衍川的西装，袖口长出一截遮住了手，怎么都不好拿。

"你搭我的车走吗？"她一边跟捧花较劲，一边问。

周衍川点头，他今天提前从婚宴离开，助理来不及赶过来。

他看着林晚把捧花从左换到右，又从右换到左，最后终于看不下去了，直接伸手接了过去。

林晚诧异地扭过头说："看不出来呀，原来你还挺有眼力见儿。"

周衍川微微低下头，露出意味深长的散漫表情问："哦，要么你自己拿着？"

林晚当然不肯拿。她背着手往旁边挪开一步，装作没听见的样子，往停车场的方向看去，好像特别专注地在等代驾把她的车开过来。

周衍川低笑一声，自己也没想明白。他明明是不喜欢与人争辩的性格，为何每次遇到林晚，两人不互撑几句，就不舒服。

可能是当初微信聊天发生误会的原因，阴错阳差地奠定了他们今后交流的基调。

车很快就到了。两人坐在后排，中间隔着那束醒目的捧花，时不时随着车辆转弯的惯性，在他们之间左摇右晃。

林晚有点儿热。

南江的夏天来得早，又来得猛，街上的行人早早地换上了短袖衫，也就像周衍川这种经常在空调房出入的人，才会多带一件外套以备不时之需。

她把车窗放下来，稍稍牵起领口扇风，问道："说起来，我们的座位为什么会挨着？男方的客人和女方的客人，一般不都是分开坐吗？"

"故意安排的吧，"周衍川想起曹枫似乎提过这事，语气平静地说，"他和他老婆想撮合我们，想方设法地给我们制造机会。"

林晚简直佩服他冷淡又无所谓的态度，怎么会有人把"朋友希望我们交往"这种事，说得好像在背诵产品说明书？

"在这件事上，他们两个还挺般配的。不过，其实我和罗婷婷根本就不熟，她父母和我妈妈是同事，以前在系里团拜会的时候见过几面而已。"她侧过脸问，"你和曹枫是怎么认识的？"

周衍川把腿伸直了些，抵着前面的座椅，有种腿太长施展不开的感觉。

他转头与林晚对视，没有急于回答，像是拿不准她提问的目的。

林晚说："别这么看着我，从这里到东山路有半小时，我只是随便找点儿话题跟你聊聊，免得大家在沉默中尴尬。你不想说也不用勉强，我不是喜欢打探别人隐私的人。"

周衍川静了几秒，解释道："我读书时喜欢去一个无人机论坛，曹枫也在上面混，一来二去就加了好友。前几年我打算开公司，经人介绍认识了他，后来才知道原来我们早就在网上交流过。"

整个过程有点儿曲折，所以他才犹豫了一下，思考着该从哪里说起。

林晚点点头说："我还以为你为了保持神秘感，连这种事都不愿意告诉别人。"

"不至于。"

周衍川笑了一下，车窗外的路灯一闪而过，晃了晃他眼尾那颗泪痣。

林晚发现她是真喜欢周衍川的长相，宛如上帝造人时提前分析过她的审美，严格按照她的喜好，一笔一画，丝毫不差。

他皮肤的白净不是那种女气的感觉，只是让他显得干净而清爽。眼睛是整张脸最出色的部分，但哪怕抛开眼睛不谈，他鼻梁高挺，嘴唇薄且清晰，连喉结锐利的程度与禁欲骄矜的气质，都几乎倾向于完美。

可能是离开酒店前那杯酒喝得太急，林晚觉得自己又被男人的美色俘获了。她没怎么犹豫，直接问："有人夸过你长得很帅吗？"

周衍川愣了一下，显然没料到她会突然转变话题。可她这句话问得自然又坦荡，反而不会让他产生不适的感觉。

"有。"于是，他也简短地答了。

林晚对他的回答一点儿也不意外，她甚至可以想象，按照周衍川的妖孽长相，加之因为跳级又是班里最小的男生，不知道三中有多少女生曾动过与他谈姐弟恋的想法。

长得这么帅，或许和他谈谈恋爱也行？

颜控的本质眼看即将发作，林晚又很快清醒了过来。

这种难得一见的帅哥，从小成长起来不知被多少人惯着。光看他俩每回见面后唇枪舌剑的风格，就知道他肯定不懂得哄女孩子高兴。而且最重要的，还是周衍川身上那层朦朦胧胧的疏离感，会让人感到很难和他交心。

林晚想了想，觉得还是算了。

每天上班已经很累了，她还是喜欢轻松一点儿的恋爱方式。

到了东山路，林晚挥手告别代驾司机，站在巷口问："你确定西装不用洗过再还给你？"

"不用，你也没穿多久。"周衍川把手抄进兜里，看见巷子里的路灯明明灭灭的，下意识多问了一句，"要我陪你进去吗？"

林晚挑眉道："行呀。"

这条巷子的路灯长年累月都在坏，由于不在东山路的主干道上，市政管理相对也没那么上心，每次路灯坏了，就隔十天半个月再来统一修理。

她虽然不是那种娇弱胆怯的小女生，但晚上回家有个男人护送，总好过她独自穿过那条昏暗的长巷。

两人的脚步声，在寂寥的路上交错响起。

这一带的洋房里大多居住着南江本地的老人家，太阳落山后就不爱出来活动，从巷口到林晚家门口的一段路，只有他们的身影伴随着淡淡的月光前行。

林晚摸了下裙摆，发现酒渍已经干了，便把西装脱下来搭在手肘处说："今天谢谢你了！"

"不客气。"周衍川顿了顿，继续说，"不怪我那时伸手吓到你就好。"

"？"又来了是吗？又开始翻旧账提醒她，捧花飞过来的时候，是她没有及时向出手相助的他道谢？

林晚清清嗓子道："周先生，我想了一下你没有女朋友的原因，问题肯定出在你的性格上。今后说话温柔一点儿，做人大度一点儿，可能不久之后，我就能参加你的婚礼了。"

周衍川不怒反笑，嘴角勾了勾说："谁说我结婚要请你？"

林晚脚下一个趔趄，难以置信地抬起头问："能不能好好聊天？不就随便一说嘛，我还不想给你送礼金呢。"

语气还挺悲愤。

完全忘了是她率先发动的嘲讽技能。

周衍川从容地打量着她气急败坏的模样，唇边笑意的弧度更大。

她喝酒应该会上脸，这会儿白皙的脸颊泛起了红，带着几分无辜的迷离。蓬松微卷的黑发从她的肩头垂下来，巷子里有风，在她裸粉色的礼裙上荡起黑色的花。

面对周衍川不咸不淡的态度，林晚感觉自己根本就是在无能狂怒。

她四下看了看，走进了一家开在居民院子里的凉茶铺，转身朝周衍川勾了勾手指，笑得狡黠地说："我不是知恩不报的人，请你喝杯凉茶吧。"

"……"

凉茶是南江人又爱又恨的东西。

南江位于岭南，气候湿热，但凡谁想清热去火，别人必定会顺理成章地推荐他去喝凉茶。然而，虽然名字里带了个"茶"字，但实际上却是用中草药加水煎成的饮料，喝进嘴里没有半分甘甜，只有浓郁且余味悠长的苦。

凉茶都是提前煎好的，没过 1 分钟，林晚就端着两个纸杯出来，不由分说地将其中一杯递到了周衍川面前。

"你喝过没有？"她眨眨眼睛，装出一副好心的样子说，"这个对身体蛮好的呢，很养生的。"

周衍川提醒她道："我中学在南江念的。"意思就是肯定喝过。

但林晚马上想到了新的说辞："那你应该喝习惯了，来吧，不要浪费。"

周衍川无声地叹了口气，怀疑他如果不接，林晚恐怕会当街把那杯凉茶灌到他嘴里。

凉茶铺的老板坐在柜台后面，正撑着下巴看电视，不时将目光扫向院子里的两位客人。

一男一女，都是特别抢眼的外形，就是不知道怎么回事，气氛有点儿剑拔弩张的。

最终还是周衍川认输，把纸杯接了过来。

院子两边的路灯，一盏亮着，一盏熄灭。光影洒落下来，在他们身上蒙了一层浅淡的滤镜。

周衍川的故乡在北方，哪怕在南江生活了好多年，骨子里也没培养出对凉茶的爱。他慢条斯理地喝了一口，下一秒就皱紧了眉头。

"你是真喝不惯？"林晚起身进店里拿了两颗陈皮糖说，"吃点儿这个，就没那么苦了。"

周衍川摇头道："以前吃过，没用，还是很苦。"他把那束碍事的捧花放到户外桌上，不解地问："难道你喜欢喝？"

林晚咬着吸管点点头，发音有点儿含糊："喜欢呀，可能就和榴梿一样，一旦接受了这个设定，就觉得挺带感的。"

周衍川无法理解她奇特的喜好。

"小时候我也不肯喝，有一回嘴角长疱，妈妈为了哄我喝下去，就说'等你长大了就懂了，能吃进嘴里的苦都不算苦'。"提起母亲，林晚的语气也温柔了下来，"我以前不信，直到小学五年级那年，我爸生病去世了。突然就发现，我妈说的话简直太有道理了。"

"是吗？"

"是啊，你想想看，人一生要经历的苦实在太多了。喝凉茶喊苦，至少还能喊得出来。但是有一些苦，是把人的嗓子都堵住了，哪怕心里已经痛苦得要疯了，却什么声音都发不出来。"

周衍川一怔，浸在昏暗夜色中的下颌线陡然绷紧，目光也随之黯淡下来。

光线太暗，林晚没有察觉出他的异样。她释然地笑了笑，举起纸杯转向他说："所以这点儿苦算什么，来，干杯！"

话音未落，头顶原本漆黑的路灯闪烁了几下，竟又亮了起来。明晃晃的灯光照亮了她眉眼间的笑意，刹那间散发出夺目的明媚风情。

空气中依旧有难耐的暑气，提醒他们此时正是南江漫长夏季的开端。

可在那一瞬间，周衍川仿佛看见了春光。

这个月明星稀的夜晚，留给周衍川最后的印象，是一股难以形容的中药味。但许多年后回首往事，他才想起当林晚软硬兼施地逼他喝下整杯凉茶之后，他竟然不觉得那有多苦。

回到家里，林晚睡了一个好觉。

次日把礼服送去干洗店，又开车回南江大学家属区。

刚出电梯，就看见她尊敬的母亲大人扶着腰站在门口问："听说你昨天抢到了新娘的捧花，还跟一个男人离开了？"

林晚简直服气。她妈前两天不小心扭到了腰，医生建议卧床静养，没想到这人大门不出二门不迈的，竟然能长出千里眼和顺风耳。不知道的，还以为往她身上安了监控呢。

林晚走过去扶她进屋："赵老师，我奉劝你们这些高级知识分子多把时间花在学术研究上，不要像娱乐记者一样成天盯着花边新闻。"

赵莉扬起单边眉毛，脚步慢吞吞的，语速却很快地说："我关心自己的女儿哪里能算花边新闻？来，跟妈妈说说，那个男孩子怎么样？"

"就那样吧，长得不错。"

"有多不错？"赵莉非常严谨，容不得半点儿敷衍。

林晚扶她到沙发上坐好，诚实表扬道："一个'帅'字贯穿了一生。"

"有照片吗？"赵莉一听感兴趣了，"你从小眼光就好，我倒要看看有多帅。"

"哎呀，妈妈——"林晚眨了眨眼睛，拖长语调跟她撒娇道，"我难得假期回来一次，能不能聊点儿轻松的话题呢？"

赵莉问："那中午吃什么？"

"……"还不如聊周衍川呢。

林晚打开手机上的外卖软件，搜寻附近的商家，又问："医生嘱咐过你忌口吗？"

赵莉拿靠枕垫着腰，仰起头，摆出挑剔的姿势说："我不吃外卖。"

林晚愣了一下，心想既然不吃外卖，那你在家养伤的几天吃的什么？不过这念头也就一闪而过，她再三确定地问："你吃饭那么挑剔，我做的菜不会被嫌弃吧？"

赵莉勉为其难地说："一顿而已，毒不死人。"

林晚笑了笑，转身走进厨房翻冰箱，想看看需不需要她下楼再买点儿食材。结果冰箱打开的一刹那，她差点以为自己眼花了。四门冰箱满满当当地装满了食材，蔬果肉蛋奶一应俱全。林晚看了一眼牛奶的生产日期，是昨天。

她望着百宝库一般的冰箱怔了怔，往客厅里探出头问："妈妈，谁给你买的菜？"

赵莉眼中掠过一抹少女般的娇羞说："数学系的郑老师。"

"这几天，都是他上门给你做饭？"

"是啊，郑老师手艺特别好。"

"你说是在舞蹈班扭伤了腰，该不会也是跟他跳舞吧？"

"那是我不小心踩到了裙摆，如果不是郑老师眼疾手快，你恐怕只能在医院见到我了。"

短短几句话里，林晚慢慢理清了头绪。

——妈妈恋爱了。

而且看这形势，或许已经谈了好长一段时间。

林晚从冰箱里取出新鲜的食材放到水龙头下冲洗，听着"哗哗"的流水声，她漫无目的地想，难怪她妈最近总催她找男朋友，甚至连罗婷婷那种跟她并不亲近的人都张罗上了。估计妈妈是担心自己和郑叔叔结了婚，她会感到孤独。

林晚牵起嘴角笑了笑，笑容里有几分落寞与怅然。

赵莉是外地人，大学考到南江认识了林晚她爸，两人一路从校园走进家庭。

林家在南江还算富有，她父亲毕业后便理所当然地继承了家业，赵莉则留校任教做老师。

曾几何时，不知有多少同学羡慕林晚。老爸是有钱人，老妈是文化人，而且父母还特别恩爱。就连赵莉本人都曾对她说："我怀孕的那段时间，每天中午要么是家里的用人送饭，要么去南江大学对面的五星级酒店吃饭。院领导还为此找我谈话，说我的消费太过奢侈，容易引起其他教职员工的不满。"

当时林晚还小，尚未懂得"消费差距引人嫉妒"的道理，只歪歪头说："爸爸愿意对妈妈好，关他们什么事？"

赵莉笑着捏她的脸，眼睛弯成月牙说："就是说嘛，爸爸愿意宠妈妈，其他人才没资格评价。"

父亲去世之后，赵莉带林晚搬到了南大家属区，无论如何都不愿意再回东山路的老洋房。

"到处都有他的影子，我受不了。"

伉俪情深，但那时候的林晚还不明白。她只是隐约觉得，或许以后再也不能从妈妈脸上看见那么幸福的笑容了。

林晚叹了口气，关掉水龙头走出厨房。

赵莉还保持着之前的姿势，略带不安地望向她问："晚晚，你会怪妈妈吗？"

"我是电视剧里拆散恩爱情侣的恶毒反派吗？"林晚上前几步，蹲下身，把头靠在母亲的膝头道，"你不知道自己刚才笑得有多好看，大美人。"

林晚在家陪母亲过完假期，又回到东山路，按部就班地去研究所上班。

她这几天的情绪有点儿分裂：一会儿为赵莉感到高兴；一会儿想起父

亲还在的那几年；一会儿又琢磨万一今后郑叔叔搬过来了，那她回家是不是都会不自在。

某天午休的时候，她甚至恍恍惚惚地打开了一家设计婚纱的网店，想提前看看有没有适合赵莉的婚纱。

赵莉年轻时就是远近闻名的美人，如今虽然临近退休了，皮肤和身材也依然保持得很好，穿上婚纱的样子一定会很美。

魏主任从外面回来，扫了一眼她的电脑屏幕问："你要结婚了？"

"帮我妈看的，她交了男朋友。"林晚回了一句，突然转过头问，"魏主任，去年年底说的野生鸟类图鉴，最近有进展了吗？"

魏主任捧着他的茶杯"啊"了一声，才慢条斯理地说："好像还在推进。"

"都快半年了，怎么一点儿消息都没有呢……"林晚沮丧地嘀咕了一句，她实在受不了单位的慢节奏。

魏主任摆出一副过来人的模样劝她说："年轻人不要心急，做好手头该做的事。至于所里的安排嘛，慢慢来，你把图鉴都画好了，放在那里又不会跑，总有一天会出的。"

"我不心急，慢慢等。"林晚弯起唇角笑了笑说，"毕竟我的搭档还在念小学呢。"

魏主任脸色一僵，这才想起当初承诺的搭档还没招到。他讪讪地摸了下鼻子，转移话题问："咳，那群灰雁到北方了没有？"

林晚无奈地看他一眼，说："前天就到了自然保护区，目前都还算适应，郝帅他们今天就要回南江了。"

魏主任想了想，说："这样，你们年轻人有共同话题，你代表研究所请他们吃顿饭吧。"

傍晚时分，天空氤氲出橙粉色的晚霞。

郝帅的飞机刚落地，就收到了林晚的消息。他兴高采烈地把这个消息告诉了同行的两位飞手，一行三人打车回公司，打算把无人机放下就出发赴约。

进电梯时凑巧遇到周衍川，郝帅立刻挺直背说："老大好。"

"回来了？"周衍川按下总裁办的楼层，淡声问，"都还顺利吗？"

"特别顺利，研究所跟那边的林业局打过招呼，我们直接把灰雁带到了当地的自然保护区，给它们找了块靠近水边的地盘，你不知道它们到那里就开始……"

周衍川连续几天加班，被狭窄空间里的喋喋不休吵得头疼。他揉揉眉心，嗓音有些疲惫地说："记得把飞行报告交上来。"

"呃，明天上班再交可以吗？"郝帅与同事交换了一个眼神，犹豫着道，"今晚林小姐请我们吃饭。"

周衍川动作一顿，问："请你们？"

郝帅莫名感到电梯里的温度下降了好几摄氏度。他愣愣地点点头，心想该不该把周衍川叫上。可是林晚没有特意说明，他贸然多带一个人，似乎又不太好。

在他迟疑不定的时间里，电梯门打开了。

周衍川冷淡地看他一眼问："还不走？"

郝帅三人麻溜地滚出电梯，等到厢门关闭之后，才心有余悸地各自拍着胸口。

"老大今天心情不好？"

"嘤嘤嘤，他刚才看起来好凶啊，我都不敢说话了。但是老大生气的样子也好帅。"

"大男人不要嘤！"郝帅被恶心出了一身鸡皮疙瘩，他想了想说，"可能工作太忙压力太大吧，不要紧的。"

嗯，不要紧，绝对不是因为林小姐没有邀请他吃饭而生气。

半小时后，飞手三人组到达林晚预定的餐厅。

考虑到勉强算是商务宴请，林晚特意订了一个包间，并提前了十几分钟到店里等星创的人。包间门打开后，她站起身笑着朝大家打招呼，等到最后一个人关上了门，才问："你们老大呢？"

郝帅顿感不妙，他瞪大眼睛，有些委屈地说："你没说要叫上他啊。"

林晚说："我不是让你……把所有人都叫上吗？"

郝帅的脸色顿时变得万分尴尬。他左右看了看同样愣住的两位飞手，又扭过头不好意思地傻笑了一下。

林晚看明白了，这三个人可能最近和灰雁相处太久，智商出现了滑坡，以为他们三人就是所谓的"所有人"。

"算了，没关系，先坐吧。"她招手让大家坐下，说，"今天主要是为你们接风，回头我再买点儿礼物，麻烦你们给周总和其他帮过忙的同事带去。"

郝帅郑重地点了点头。

晚上10点多，周衍川回到云峰府。

电子门锁打开的一刹那，智能家居助理立刻唤醒了玄关与客厅的灯源。暖黄色的灯光在别墅里铺出一层温暖的氛围，也没能消减他常年只有一人居住的寂寥感。

周衍川一边往里走，一边解开衬衫的纽扣。灯光沿着他的步伐，一路延伸到厨房。他用玻璃杯接了杯水，稍显倦怠地靠在岛台边，一口一口地喝着。

周衍川今晚和设计部与硬件部开了一场会，现在已经有点儿累了，喝完水后顺手将玻璃杯摆在手边，手撑着岛台的边缘闭眼养神。

窗外忽然响起了一阵窸窸窣窣的动静。

周衍川不由得睁开了眼。

外面的窗台下是为厨房安装的空调外机，现在空调并未打开，按理说应该不会有奇怪的声音。他皱了皱眉，走过去打开窗户，探出身往外望去，然后神色中流露出一丝茫然。

两只不知名的鸟，不知何时竟在沿墙种植的灌木丛里，搭了一个鸟巢。

这会儿它们被他开窗的声音吓了一跳，纷纷用绿豆大小的眼睛看着他，既像害怕他会伤害它们，又像在可怜巴巴地央求他不要动手。

天空中飘过几朵云，遮掩了朦胧的月色。

周衍川沉思片刻，忙绕到花园打开地灯，用手机将这两位不速之客拍下来，然后给林晚发消息："有两只鸟在我家搭巢，要紧吗？"

不到1分钟，林晚回复说："看样子应该是小鸦鹃，借你家孵宝宝呢，不要紧的。"

周衍川垂首静了几秒，又问："不需要给它们换地方？"

消息发出去后，他侧过脸，审视过不请自来的两只小鸦鹃后，又低下头，修长的手指触碰着屏幕："能不能请你过来……"

一句话还没打完，林晚那边就发来了新消息。

"等小鸟能飞了它们就会走，你就当它们不存在就行，不需要做任何处理，也别叫其他人来看。"

林晚卸完妆洗完脸，坐在床上翻看手机。

周衍川大概是把她的话听进去了，之后只回了一个"好"字。这种听从专业指挥的配合态度，让她感到万分欣慰。

鸟类到人类家中筑巢虽然不频繁，但也绝非多么罕见。

就拿大家童年时都唱过的《小燕子》来说，燕子从农耕时代就和人类组成了伴生关系，人类提供屋檐让它们繁殖，它们则帮忙吃掉害虫保护人类的农田。

只不过如今城市面积越来越大，野生动物的生存空间被一步步压缩，大家变得对此越来越不了解。有些讨厌动物的人直接破坏鸟巢；有些则是好心办坏事，大张旗鼓地想悉心照料，结果反而害了它们。

其实，普通人保护野生动物哪有那么麻烦，在它们正常生活的前提下，做到不介入、不干涉，就是最正确的保护方式。

林晚动动手指，把聊天界面往上滑。

刚才她一手卸妆，一手看微信还没发现，如今仔细一瞧，发现周衍川这张照片拍得倒是挺好。构图完整，画质清晰，花园灯光或许还请专业人士设计过，连光效都呈现出了某种精致的艺术感。

她想了想，问："我能把照片发到微博吗？"

"可以。"

过了半分钟，周衍川又问："微博叫什么？"

"林子大了。"

"……"

林晚从六个点里，看出了周衍川对她取名品位的鄙夷。她倒在床上，舒舒服服地翻了个身，抱住被子想：这名字哪里不好了？俗话说"林子大了，什么鸟都有"，特别符合她鸟类科普学者的身份，刚好她又姓林，简直最适合不过。

林晚："周先生，今天我心情很好，不想斗嘴，劝你不要评价我的网名。"

界面顶端的"对方正在输入……"瞬间消失。

嗯？这么听话的？

林晚反倒有些诧异了，她点开微博看了一眼粉丝名单，最新几个的微博昵称都很大众，也看不出来周衍川关注她没有。

不过，等她切换到自己的主页，瞄到置顶微博的内容后，心中就有了合理的解释。

她那条置顶写得特别简单粗暴，就一句话："保护野生动物就是关爱人类自己，不赞同的别来抬杠，吵架我从不认输。"

对，一定是这样。

周衍川肯定搜到了她的微博，见识了她在网上的战斗力，所以理智地决定放弃与她互撑。

林晚眨了眨眼睛，正想夸自己机智又美貌，微信就收到了一条消息。

周衍川："林小姐今天心情很好？行，不打扰了。"

不知是不是错觉，林晚总觉得他这句话看起来……

酸酸的。

当天晚上，林晚把小鸦鹃鸟窝的照片发到微博，顺便科普了一下如何正确与处于繁殖期的鸟类相处。

粉丝纷纷在评论里贴出了自己拍到的另类鸟巢选址，阳台水管、油烟机通风管道、轿车后视镜……五花八门什么样的都有，但大家都乖乖地表示会尽量不去打扰它们。

但也有人另辟蹊径，把周衍川映在墙上的侧影用红笔画出重点说："林子说是朋友发来的，我仔细一看，这位朋友的轮廓好像长得不错。"

有人立刻附和道："都让开，我专业颜控二十年！根据影子可以判断，肯定是个帅哥，腿还挺长呢！"

作为小有名气的科普博主，林晚在微博上有十几万粉丝，自然没时间逐条查看评论。等几天后那条评论被顶成热门，她才坐在办公室里挑了挑眉，心想这届网友抓重点的能力简直匪夷所思。

眼看下面已经开始猜测所谓的朋友会不会是博主的男朋友，林晚思考着是不是该上去解释几句。她可是正经的科普博主，被网友讨论感情问题算几个意思？

还在犹豫的时候，魏主任推门而入，身后还跟了一个怯生生的女孩子。

"林晚，这是所里新来的同事。"魏主任招手示意林晚过去，为她介绍道，"何雨桐，南江师范中文系毕业的。"

林晚一怔，但很快收敛了表情，笑眯眯地伸手道："你好，我叫林晚，今后请多指教！"

何雨桐个子不高，下巴尖尖小小的，跟她握手时就像没力气般软绵绵的。小姑娘温温柔柔地说："林姐好。"

林晚当时就哽了一下。

虽说她确实比何雨桐大一点儿，但这声"林姐"怎么听都有点儿不顺耳。不过考虑到何雨桐一副乖巧学生妹的样子，便也没往心里去。

等何雨桐去人事科填资料的时候，林晚才向魏主任问出心里的疑惑："怎么会是中文系？她对鸟类有了解吗？"

"中文系的写文章有一手，专业方面你多教教吧。"魏主任压低嗓音，偷偷告诫她道，"科学院副院长的外甥女，人家想往研究所塞人，我们正好又缺人，两全其美嘛。"

林晚心领神会地点点头，当即明白了过来。

他们研究所并不是一个独立的单位，而是和其他兄弟单位一起，统一归南江科学院管理。

何雨桐的背景还挺硬，领导的领导扔过来的人，小小宣传科哪里有不接的道理？

林晚并非那种顽固迂腐的人，反正只要何雨桐认真工作，她当然愿意和对方好好相处。

结果没想到，还不到一周，林晚就发现这姑娘不简单。

起因是有天中午食堂人太多，林晚就带她到外面去吃午饭。路上经过一个公园的时候，何雨桐见草丛里有几只野猫，就非要去便利店买妙鲜包喂它们。

林晚想了想，劝她说："你既然在鸟类研究所工作，有些情况可能需要了解一下。我们不提倡喂养城市里的流浪猫，除非你能把它们带回家或者出钱给它们绝育。"

"为什么不能喂？小猫咪多可爱呀，林姐你不爱护动物哦。"

"你知道猫是名副其实的'生态杀手'吗？世界上已经有几十种物种，因为流浪猫灭绝了。"

何雨桐当时没说什么，等进了餐厅遇到研究所的另外几个同事，却忽然装作刚刚想起的样子，当着众人的面说："林姐，我认为你之前的说法不对。"

林晚端起水杯反问："嗯？"

"你不能自己喜欢鸟，就讨厌猫。你这样做和那些打鸟的人有什么区别呢？凭个人的喜好决定动物的生死，难道因为它们会伤害鸟，就要把它们赶尽杀绝吗？可猫咪又做错什么了？它们也不愿意流浪的呀，它们吃鸟只不过是为了填饱肚子而已。"

林晚被她这番义正词严的话给逗笑了。

偏偏何雨桐还转向另一位男同事问道："张楚，你觉得呢？"

林晚："……"

如果没记错的话，张楚比她还要大两岁，怎么轮到她就变成"林姐"了。

张楚在研究所里算是很受姑娘们欢迎的一个男人，白净清秀，斯斯文文的模样。

听完何雨桐的话，他笑了一下说："谁说林晚讨厌猫？她没跟你说过吗？小时候她养的猫生病离开，她哭得眼睛都肿了。"

何雨桐语塞："那……"

张楚是个铁骨铮铮的直男，没看穿那些小心机，以为她是真的不懂，还耐心解释道："不喂养流浪猫是野生动物保护界的一项共识。别看猫咪长得可爱，其实许多鸟不是被它们吃掉的，而纯粹是被它们玩死的。"

何雨桐还想再说什么，张楚又继续说："你说猫咪为了填饱肚子才捕鸟，从根本上来说就不正确。普通的捕食关系不会引起生物灭绝，只有过度破坏才会。"

"原来是这样啊。"何雨桐脸色变得很快，马上崇拜地望向张楚说，"这样说我就明白啦！那我向你保证，以后绝对不会再做错事了。"

林晚勾起唇角，冷笑一声道："何雨桐，你今年几岁？"

"二十三呀，林姐。"

"哦，也不小了。"林晚拿起勺子，慢吞吞地往碗里捞了颗牛肉丸道，"我看同样的道理要两个人说你才能听懂，还以为你三岁呢。"

说完，她也懒得管何雨桐什么脸色，另一只手拿起手机，找到钟佳宁疯狂吐槽。

钟佳宁迅速评价："低端'白莲花'（网络用语，指外表纯洁，实则心思很深的人），放我们公司活不过三天。"

林晚："再低端又怎样？放我们研究所能活到退休。"

"也是。遇到这种小'白莲'是挺烦心的，晚上出来吃饭我陪你骂骂？"

林晚叹了口气："今晚就算了，我要去见我妈的男朋友。"

赵莉这两天腰伤痊愈，想着反正林晚已经知情了，索性订了一家餐厅，介绍女儿和男朋友正式认识。

林晚对郑老师的印象不错，他身材高大，气质儒雅，说话也有一种知识分子特有的温润感。虽然两人初次见面稍显生疏，但总体而言，这是一个值得母亲托付后半辈子的人。

然而，和睦的会面在服务员上甜点的时候被打断了。

这家店把奶黄包做成了憨态可掬的猫咪模样，让郑老师连连感叹下不了手。

"我这人最喜欢猫了，每天晚上出去跑步的时候，都会带一小包猫粮，看见学校的流浪猫就喂几颗。"

林晚太阳穴跳了跳，抬起头说："郑叔叔，其实……"

话还没有说完，就被赵莉一个眼神制止了。

林晚握住筷子的手指紧了几分。她忽然意识到，对方不是网上的爱猫人士，也不是科普讲座的受众，更不是单位里的小"白莲"。这是今后将代替她父亲，陪伴她母亲走过余生的男人。

郑老师觉察出了母女间的眼神交流，很快反应过来道："哎呀，我忘记晚晚是做鸟类研究的了，你们好像很反对大家喂养流浪猫。"

林晚尴尬地笑了笑，不知该如何回答。

她明白赵莉为什么阻止——她和郑老师是第一次见面，今后的关系也会比较特殊，现在并非劝导别人改变习惯的好时机。

或许是为了缓和气氛，赵莉自然地转移了话题，与郑老师说起他们在舞蹈班的趣事。

林晚无法融入中老年交际舞的话题，只能闷头喝汤。

突然响起的手机铃声，拯救了她的尴尬。

周衍川的声音从手机那端传来，变得比平时要低哑几分："你现在有空吗？能不能来我家一趟？"

林晚一皱眉，问："大晚上约我去你家？"

"不是那个意思。"他没开玩笑，而是很认真地说，"有只鸟受伤了，我不清楚该不该处理。"

林晚没有犹豫地道："等我过去。"

夜色渐深，一钩弯月悬挂在枝头，在一片寂静中洒下点点清辉。

林晚按照导航找到云峰府的大门，一眼便看见周衍川正站在外面等她。男人的身影浸在暧昧的光线里，显得格外修长清俊。

等她把车开近了，他转身同门外的保安沟通几句，然后便走过来叩响她的车窗说："我带你进去。"

林晚开车门让他上来，边往里开，边问："具体怎么回事？"

"我不清楚，回家后看见它倒在窗台上，身上有血迹，"周衍川说，"我看了一下翅膀，应该是被弹弓打折了。"

林晚握紧方向盘，指节泛起道道青白的印记，问："你按照我说的方法做紧急处理了吗？"

周衍川点头道："但我不确定做得是否正确。"

他是第一次接触鸟类救助，全靠林晚赶来的路上远程指挥。可实际效果究竟如何，他根本无从判断。

"但愿你做对了。"林晚抽了抽鼻子，看向他的眼睛亮晶晶的，在昏暗的环境中，竟仿佛有泪光闪烁，"我今天遇到了好多烦心事，心情特别差，你能不能……"

周衍川听出了她话里隐约的哽咽，神经猛然一颤，像被无形的手拉扯住了。

林晚很快转过头，直视道路的前方问："你能不能让我高兴一点儿？"

许久之后，周衍川听见了自己的声音。

"好。"

进入周衍川家中，林晚的情绪已经恢复了平静。她没有驻足欣赏豪宅的装潢摆设，而是在周衍川的带领下直接去了厨房。

地上摆放着一个纸箱，里面用干净的毛毯铺成了舒适的窝，受伤的小鸦鹃躺在毛毯上，眼睛被一块毛巾仔仔细细地挡了起来。淡栗色的翅端耷拉在身边，多余的血迹已经清理干净，只有伤口周围还残余着让人心疼的红色斑点。

林晚没有啰唆，她用发圈把碍事的长发束好，洗净双手就在纸箱边蹲下身，拿出了提前准备的生理盐水，慢而少量地滴在小鸦鹃的嘴角。

生理盐水缓缓流入小鸦鹃的嘴里，它稍显不安地动了动，很快就有气无力地放弃了挣扎。

"谢谢，你处理得很好，也很及时。"林晚在包里翻棉签和消毒溶液，没忘了称赞道，"你救了它的命。"

周衍川靠在岛台边，交叠的双腿从林晚的角度看过去，长得逆天。

灯光照在他的脸上，配合他半垂着眼的角度，莫名显得有几分薄情。像是迟疑了一瞬，他才缓声问："能活？"

"大概率能活。"林晚用棉签蘸了消毒溶液说，"来搭下手。"

周衍川忙走过去，单膝跪地，双手帮她扶住小鸦鹃的身体。

今晚之前，他从来没有触碰过鸟的身体，那是一种异于常见的猫狗，手感也不够柔软的触觉。刚才他独自给鸟做紧急处理的时候，始终有种不适应的微妙。

但他的力度依然用得适中，白净修长的手指虚握着，既不让鸟挣脱，也不让它受惊。

消完毒后，林晚拿出了一卷医用绷带，将受伤的患肢稳稳地固定在躯干上。

"来的路上我联系了动保基地的同事，他们应该快到了。"

林晚把七零八碎的药品收好，抬眼看向周衍川道："可惜翅膀骨折了，很可能今后飞不起来了，只能送动物园。"

周衍川"嗯"了一声，站起身去洗手时才问："动物园会收吗？"

"国家二级保护动物呢，怎么能不收？"

林晚的声音还有点儿蔫蔫的，静了静，她张开嘴想骂几句，又不知道该从何骂起。

流水声代替了交谈声，渐渐充斥了整个厨房。

周衍川低垂下眼，看她的影子从地板那端蔓延到他的脚下。女孩子蹲下来的样子，整个人就感觉小了一圈，也不像平时那么鲜活。

周衍川的喉结上下滚动着，唇角抿成一条直线。

他还没见过如此失落的林晚。

突然，林晚先开了口："还记得我第一次在玉堂春见到你的时候吗？"

"嗯？"

"就是我夸你衬衫好看那次。"她的声音淡淡地响起，融进"哗哗"作响的水声之中，仿佛掩盖了一些不为人知的情绪，"那时候我在跟主任说找新搭档的事，我刚入职的时候他就说要找人，结果等到这个月，才终于找到了。"

周衍川拧紧水龙头，走到一边拿杯子给她倒水，问："然后呢？"

"谁知道是个一窍不通的小'白莲'。今天当着同事的面想让我难堪，虽然最后没有成功吧，但总让人觉得很不舒服。

"这也就算了，下了班陪我妈吃饭——哦，你还不知道，我妈交了男朋友，是学校的一位老师。没想到他居然跟小'白莲'有一样的爱好，都喜欢喂外面的流浪猫。我当然想说'这样不对'嘛，可是却被我妈拦住了。你知道当时我是什么感受吗？"

周衍川把水杯递到她面前道："先站起来，蹲久了头晕。"

林晚这回倒是听话，她乖乖地站起来接过水杯喝了几口，眼睛始终看着地面说："她今后不再是我爸爸的妻子，也不再仅仅是我的母亲。我知道，能从我爸去世的阴影里走出来很好，能再次找到自己的幸福也很好，我也知道郑叔叔不是坏人，他只是不懂……"

周衍川没有打断她，清俊的脸上也没什么表情，只是沉默地望向她。

林晚说："这种时候，你难道不该安慰我几句？"

"我以为你只是想说出来，并不是向我寻求帮助。"周衍川轻声回道，"你知道该怎么做，只不过一时无法适应。"

林晚哽了一下，没法反驳。

她的确是想找人倾诉一下，但周衍川这种"我就静静听你发泄"的态度，又让她难得的惆怅直接被堵住了。

末了，她只能摇摇头问："你父母还在一起吗？"

"嗯。"

"难怪，人类的悲喜并不相通。"

她好像逐渐恢复到了平时的状态，声音也变得欢快地说："其实你今天处理的手法很不错，有没有兴趣加入义务护鸟组织？"

周衍川挑眉问："怎么，拉我当免费苦力？"

"试试看嘛，你看你和鸟多有缘分呀。"

"不试。"他拒绝得极其果断。

林晚还不死心地继续游说："义务组织不是强制的，有空的时候就参与一下。而且你不觉得这些鸟都很可爱吗？"

"不觉得。"周衍川被她极力推荐的语气逗得牵起唇角，说出来的话却极其果断，"我不喜欢鸟。"

林晚一怔，她万万没有料到会是这样的回答。

虽说她能看出来周衍川不了解鸟，但他先帮灰雁迁徙，再给研究所捐款，今天还参与了救助小䴙䴘，怎么说都至少有那么一点点……喜欢吧？

推荐未遂，林晚只能点点头道："好吧，你就只爱你的无人机。"

周衍川神色微滞，片刻后若有若无地扫了她一眼。他眼皮很薄，加上眼型又是深情款的桃花眼，往往轻微的一个眼神，就容易让人产生误会。

林晚近距离与他对视几秒后，默默移开了目光。

心跳有点儿快，纯粹是被近距离的颜值攻击给震慑的，要不是厨房里还躺着一只受伤的鸟，她简直怀疑周衍川刚才是在故意勾引她。

应该是太久没谈恋爱，少女心又出来捣乱了。

林晚在心中做出了判断，接着她又拿出手机，刚好看见同事发来定位，说已经到云峰府附近了。

林晚把纸盒抱上车，系好安全带后，想了一下，又打开车窗说："周衍川。"

男人站在花园外，抬起眼问道："不记得出去的路了？"

"不是。"林晚指了下副驾的纸盒说，"等它情况好转了，你可以来探望它，我再请你吃顿饭。"

顺便弥补郝帅那个傻子犯下的低级错误。

周衍川抱着双臂笑了一下说："需要探望？我又不是它……"

他话还没说完，林晚就以一副"我知道你要说什么"的表情打断道："对，我知道你不是它爸爸。"她弯起眼，在皎洁的月光下笑得动人地说："但你是它的救命恩人，说不定它看你长得帅，愿意以身相许呢。"

"……"周衍川敛了笑意，转过身，朝后挥手道别。

受伤的小䴙䴘当晚就被送到了动保基地，拍片，做手术，然后住进笼子里静养。

说来还算幸运。那天周衍川没有加班，回去得早，给它及时止血并通知林晚，才让它保住了性命。

不过正如林晚诊断的那样，它的右翅被弹弓打成了粉碎性骨折，做完手术哪怕勉强恢复了滑翔的能力，也无法再在野外生存下去，只能等伤好后送到动物园居住。

几天后，林晚让基地的同事发来照片，又将其转发给周衍川："过段时间就要送到动物园了，你确定不来看看它？"

"不看，怕它以身相许。"

"拜托你清醒一点儿，人家是国家二级保护动物，很尊贵的！"

"所以……？"

"所以，你配不上它。"

周衍川又不理她了。

林晚发现跟他斗嘴还挺有意思，拿着手机笑了好一会儿，才认真回复道："好了，放轻松，只是按照制度向救助人汇报它的近况而已。不过你哪天有空，我把欠你的那顿饭补上？"

周衍川："最近都没时间。"

林晚撑着下巴，把他这短短六个字从头到尾看了四五遍，心想这算几个意思，还矫情上了？

好在周衍川很快就补充道："我明天出国参加无人机论坛，预计半个月后回国。"

人不在国内，这顿饭只好继续欠下去了。

林晚见午休时间马上结束，便回了他一句"等你回来再说"，然后点开了何雨桐午饭前交上来的PPT（演示文稿）。

从这周开始，林晚要代表研究所前往南江各所中小学校，开展爱鸟护鸟的科普讲座。讲座是由科学院与教育局牵头发起的，算是本年上半年度的重点项目，可偏偏林晚手头还有其他工作需要处理，只好把做PPT的工作交给了何雨桐。

鸟类图片与介绍都是林晚提前整理好的，何雨桐只需要把它们完善成一个到时用来展示的PPT就行。

可林晚没想到，这种基础得不能再基础的工作，小"白莲"也能给她搞出岔子。

"何雨桐，你过来一下。"林晚把人叫到办公桌前，指着屏幕上张冠李戴的文档说，"从这一页开始，后面所有的资料和图片都对不上。"

何雨桐望着屏幕看了半天，也没看出来哪里不对。

毕竟她根本就不认识。

"林姐，我是按照你给的资料做的呀。可能资料太乱了，加上我又不太懂……"

"需要我马上调资料出来确认吗？"一听这试图甩锅的语气，林晚就冷冷地笑了起来说，"你进宣传科半个月了，连鸟的六大生态类群都记不住？"

何雨桐见她态度严厉，悄悄翻了个白眼，正想张口再辩，突然看见有同事从走廊进来，好像找林晚有什么事。她立刻垂下头，捏紧裙摆柔声说："对不起，林姐你别生气啊，我马上就去改。"

变脸的速度之快，让林晚很想自费送她去川剧院进修。

送走了一脸无辜的小"白莲"，林晚走向门边的同事问道："怎么了？"

这位同事和她同期进的研究所，两人虽然不在一个科室，但关系向来不错。

对方冲何雨桐的背影轻蔑地笑了笑，然后才说："出来一下，有情况。"

林晚茫然地跟了出去，等到四下无人了，才听见对方问："你们宣传科新来的何雨桐，是不是特别烦人？"

提到何雨桐，林晚就忍不住叹气道："我还蛮奇怪的，她成天跟我作妖，到底是想干吗？我和她之间又没有竞争关系。"

"谁说没有？"同事勾勾手指，示意她凑近些，"我也是刚收到的消息，科学院下属几个单位要缩减人员编制了。"

林晚睫毛颤了颤，问道："真的？"

"千真万确，何雨桐估计提前知道了。"

"你是说……？"

"小心点儿，她绝对想抢你的位置。"

回到办公室，林晚往何雨桐的方向扫了一眼。她总感觉自己刚才听了一场天方夜谭，以至于怀疑最近是不是梁静茹终于开始不限量派送勇气，才会导致何雨桐觉得能够从她这儿抢走宣传科科普专员的职位。

与此相比，她更在意的是研究所即将缩编的事。

最近一直有消息在传，南江不少事业单位将改制为企业，但像鸟类研究所这种涉及公益属性的单位，真放到市场上根本没办法创造太多营收，所以基本属于能够保留事业编制的那一拨。除了会减少人数以外，根本不会有大影响。

可坦白来讲，林晚不认为缩编就能改变这里的现状。

就拿几乎已经没有下文的野生鸟类科普图鉴来说，以图文并茂的形式向大家介绍这种与人类息息相关的动物，原本是一个很好的主意，市场上也出现过成功的案例。

然而等到研究所想要制作科普图鉴了，就会有无数烦琐的流程在前方等待，毕竟没有压力，人难免会懒散一些。有时候看着魏主任捧着茶杯优哉游哉的模样，林晚都忍不住会想，难道几十年后，她也会变成那样？

只要一想到那种可能性，她心中那股不安分的小火苗，就跃跃欲试地烧了起来。

随后两天，办公室里都有魏主任坐镇。

何雨桐也顺势化身为乖巧新员工，不仅准确地将 PPT 整理了出来，闲暇时还坐在办公桌前，认认真真地翻看资料。

她不作妖，林晚也不会主动去跟她玩智斗，两人相安无事地迎来了第一场科普讲座开办的日子。

临出发前，魏主任嘱咐道："这次讲座何雨桐也一起参加。"又转头额外叮嘱何雨桐："你看看林晚是如何做科普的，今后帮她分担一些工作。"

何雨桐软绵绵地应了声"好"，便赶紧去收拾东西。

林晚倒是无所谓，反正今天的主讲人只有她一位，何雨桐在不在场都不重要。

今天的目的地是南江一中。一中是以素质教育为特色的学校，面向学生开展课外科普讲座也是他们的一大传统，加上被选为讲座的第一站，校领导为表重视，还特意请了记者和相关人士到场。

刚进报告厅，林晚就被前排的摄像头震了一下。

场面搞得还挺大。

学生们都已经陆续到场，一片黑压压的脑袋填满了报告厅的座位，人头攒动之中，隐约传来了细碎的议论声。

林晚没浪费时间，直接上台把笔记本交给现场负责调试设备的老师。等待的时候顺便往台下看了一眼，发现几位记者身后，坐着一位西装革履的男人，五十岁左右的年纪，两鬓斑白，但看起来却很有精神。

这人有点儿眼熟，但一时想不起来他叫什么。

旁边传来的声音打断了她的思绪："林小姐，你只带了一台电脑吗？"

"坏了吗？"林晚回过头诧异地问。不应该啊，她离开研究所前明明才用过。

对方笑了笑道："没坏，只不过我们的投影仪无法识别。要不然这样吧，讲座马上开始了，你先跟同学们聊会儿天，稍微耽搁几分钟，我去办公室另外拿一台过来。"

"也行，那就麻烦你……"

林晚的话才说到一半，何雨桐就不知从哪里冒出来说道："不如用我的吧，反正我的电脑里也有 PPT。"

学校老师当然乐意少跑一趟，接过何雨桐的笔记本试了试，发现还真连上了。

如此一来，小小的报告桌就放不下两台笔记本了。

何雨桐主动伸出手道："这台笔记本给我拿着吧。"她在外人面前表现得特别友好，还微笑着对林晚握了下拳头："加油哦！"

林晚不动声色地皱了下眉。何雨桐这种无事献殷勤的态度，实在让她感到微妙。

她站到报告桌前，点开桌面的 PPT，想要确认这究竟是不是正确的那一份文档。

不料，旁边的老师却误以为她准备开始了，便拿起话筒示意现场安静："同学们，让我们用热烈的掌声欢迎鸟类研究所的科普老师！"

台下立刻爆发出热烈的掌声。

林晚却在连绵不断的掌声中咬紧了嘴唇。

何雨桐的电脑里，只有被她打回去的错误版本，除了前面几页的信息正确，剩下十几页的内容完全就是笑话。

然而，台下哪里还有何雨桐的身影。

同学们的掌声渐渐减弱，一双双眼睛不明所以地望向讲台，不明白今天的科普老师还在等什么。难道是嫌刚才的掌声不够热烈？又或者是紧张了说不出话？

交头接耳的嘈杂声中，林晚不屑地勾了勾唇角。

"各位同学下午好！很荣幸今天能来到这里，和大家一起探讨关于保护鸟类的话题。我知道一中每学期都会不定期举办各种讲座，所以相信大家对于用PPT照本宣科的方式已经很熟悉了。"

柔和的声音通过话筒传递到报告厅的每一个角落，不高不低，不疾不徐，哪里有半分紧张的样子。

林晚抬起头，镇定地看向台下。灯光从天花板垂落进她的眼睛里，像在里面点亮了满天星河。她总夸周衍川的眼睛好看，其实她自己的眼睛长得也很美，睫毛浓密卷翘，眼神灵动，与人对视的时候，便显得格外明亮。

台下立刻有男生坐不住了，跟身旁的好友感叹道："这姐姐好漂亮！"

"嘘，别吵，听听她要说什么。"

林晚握住鼠标，把投射在大屏幕上的PPT上下滑动了几下说："如果你们对鸟类稍感兴趣，这些知识其实都有免费的渠道可以学习，所以……"

她迅速点开浏览器登录微博，往自己主页的搜索栏里输入关键词，凭着记忆找到了好几条相关的微博，又握住鼠标轻轻一点，将浏览器页面投放到了大屏幕上。

然后直接关掉了PPT。

林晚弯起眼睛，笑得明朗地说："不如今天换种方式，我给你们讲一个抢救鸟类繁殖地的故事。"

这绝对是一场别开生面的科普讲座。许多原本是被学校强制要求参加的学生，也逐渐被林晚的故事吸引了进去。

故事的开端简直集各种精彩剧情于一身，一边是需要马上动工的国家重点工程，一边是数万只候鸟在预定施工地点搭巢繁殖，工期与生命在同一片土地上，形成了抗衡对峙的紧迫模式。

随着故事的深入，林晚调出一条条微博，用最直观的形式告诉大家，当时有多少人在为数以万计的生命奔走求助，而事态又是如何一步步发展的。

等她讲到施工方经过多方商讨，愿意为这些鸟儿延后开工时，报告厅里响起了一片齐刷刷的欢呼声。

讲座结束后，台下的掌声比刚开始那次还要热烈。

林晚合上笔记本，回答了一些同学的问题，才笑着向大家挥挥手走出报告厅。

一出报告厅，林晚的脸色瞬间冷了下来。她一边给何雨桐打电话，一边下楼。还没走到教学楼的底层，就看见何雨桐匆匆忙忙地从走廊那头跑了过来。

"林姐，讲座还顺利吧？"

"你说呢？"

何雨桐貌似无辜地说："不好意思啊，我早上可能吃坏了肚子，刚才一直在卫生间呢。"

"我看你肚子没坏，脑子倒是坏了。"

林晚夺过她手里的笔记本，同时把何雨桐的那台直接拍到她身上，也没管她"啊"的一声尖叫，直接道："何雨桐，我懒得跟你玩那些小学生的把戏，今天干脆告诉你……"

抽泣声忽然响起。

何雨桐缓慢地眨眨眼睛，嘴角跟着往下撇，虽然没能成功掉下眼泪，但竟也把"委屈"二字诠释出了七八分来。

"哭，马上哭，你今天哭不出来别想走。"

林晚根本不吃她这套，干脆把笔记本放在教室的窗台边，身体懒洋洋地往墙边一靠，然后动作就僵在了那里。

难怪小"白莲"紧急发动演技，附近不知什么时候站了一个人。

林晚再一细看，发现站在离她们不到十米距离的男人，就是刚才在报告厅里看着眼熟的中年男人。到底叫什么来着，居然一下子死活都想不起来。

中年男人意识到林晚的目光，礼貌地朝她笑了一下招呼道："林小姐。"

林晚愣道："你认识我？"

这人该不会是小"白莲"的亲戚吧，以为她在这儿欺负小姑娘，准备过来教训她？

仿佛为了印证她的猜想，何雨桐演得更努力了。只可惜，中年男人根本没欣赏何雨桐的拙劣演技。确切来说，他好像根本没发现在场还有第三人似的，径直走到林晚面前说："我是曾楷文，你应该听说过我的名字。"

林晚当然听说过，国内赫赫有名的鸟类生态学专家。大学时她用过的某本教材，就是这人编写的。

"曾老师好！"林晚站直身体，恭恭敬敬地点了下头。

曾楷文一摆手，示意她不用客气地说："我刚才在台下看完了你的讲座，觉得很有意思，没想到原来你就是我关注了很久的科普博主。不知道林小姐有没有兴趣，约个时间我们聊聊？"

存在感稀薄到即将透明的何雨桐一怔，错愕地抬起头来。

讲座很有意思？怎么可能……

林晚心中的惊讶其实不比何雨桐少，但她悄悄捏紧手指，假装轻松地笑了笑说："好啊，不过曾老师想谈哪方面的内容？我可能需要提前补补课。"

"不用。"曾楷文也是个妙人，竟然直接说，"我想请你跳槽，来我的基金会工作。"

"……"林晚彻底蒙了。

第 3 缕光

鸟鸣涧

林晚忘了她是如何回答的，也忘了何雨桐露出了怎样的表情，事实上她只隐约记得和曾楷文交换了联系方式。

她的脑神经亢奋地跃动着，在头皮留下突突的跳动声，震得她整个人的灵魂都开始发麻。

范进中举也不过如此。

曾楷文的基金会，算是国内数一数二的综合生态环境保护组织。林晚对他们的重点项目"鸟鸣涧"颇为了解。

顾名思义，这是专门针对鸟类保护而开设的项目。而且他们的资金实力与行动力都远超研究所，成立以来已在全国建立了数十个鸟类自然保护区。

能收到曾楷文伸出的橄榄枝，当然是一件意料之外的喜事。不过，林晚还是决定把接下来的科普讲座办完，再跟所里提辞职的事。一来她不喜欢做事半途而废，二来她不愿意把自己的成果拱手让人。

经过笔记本这场风波后，林晚算是彻底和何雨桐撕破脸了。有工作需要沟通时态度还算平常，出了办公室的门，她就当不认识这个人。

没过几天，提前进入养老状态的魏主任发现了不对劲，私底下把林晚叫进一间会议室，问道："你跟何雨桐闹矛盾了？"

林晚没有隐瞒，原原本本地将事情的经过说了出来。

魏主任听得茶都喝不下去了，坐在那儿跟只海獭似的不停地用手搓脸。要不是他年纪大了皮肤比较耐造，林晚都怕他当场搓破皮。

"这……这何雨桐……"魏主任估计心里在疯狂地骂人，可又不好直接骂出来，只能委婉地劝道，"她可能忘了电脑上没有正确的版本，你别往心里去，等下我就好好批评她，让她跟你道歉！"

林晚一听这话，就猜魏主任是打算和稀泥了。不痛不痒地教训几句而已，又伤不了何雨桐一根汗毛，说不定人家还能借机再演一场戏，博得众人的同情。

"我不在乎她道不道歉。"林晚摇了摇头，犹豫了一下，还是决定说出来，"魏主任，等做完讲座，我就要辞职了。"

魏主任差点从椅子上摔下来。他连忙扶住桌沿，总是笑眯眯的圆脸上挤出一丝慌张问："这么委屈？哎哎哎，你别辞别辞，真的，年轻人不要冲动，有话好好说，你走了宣传科怎么办？"后面半句话，他几乎用上了恳求的语气。

林晚心中一酸。

魏主任其实并不讨厌，对待下属也没有什么官威，有时候被她怼了，还会笑呵呵地摇头晃脑，表示他不介意。

总体来说，就是一个标准的老好人，不争不抢，不急不躁。否则也不至于五十多岁了，还只是一个小小的科室主任。

魏主任急得顾不上其他，直接说："你可能还不知道，下半年所里要缩减编制。何雨桐我是管不了，但你的位置，我无论如何都会保住。"

"您别这样，年轻人出去见见世面是应该的嘛。只不过等我走了，您手里没了能用的人，记得下次所里再放新人名额时，胆子大一点儿，有需要就去申请，别再让给其他科。好人当久了，没人会感谢你的。"

魏主任被她说中了弱点，动动嘴唇想反驳，最终却佝偻下背，望着陪伴他多年的搪瓷茶杯静了许久。再开口时，他语气复杂地说："我这宣传科主任的位置，本来打算退休后留给你的。唉……"

林晚莞尔道："没关系呀，以后留给其他人吧。"

反正只要不是何雨桐就行。

走出会议室时，林晚的脚步久违地轻快起来。有种她自己都感到陌生的情绪，从胸口沿着血管，舒展到她每一寸皮肤的脉络。就像春天枝头浸润过雨水的嫩芽，在万物复苏的季节里醒过来，等待一场生机勃勃的旅程。

她想起今天是周衍川回国的日子，发消息问："今天晚上出来吃饭，别怪我没提醒你，错过这个村，就没这个店啦！"

周衍川刚下飞机，坐在回城的车里，笑着问："你这顿饭还有时限？"

"上回代表研究所请客，忘记叫上你了嘛。"林晚十分仗义，没有把锅甩给郝帅，"我很快就不是研究所的人了，等我一辞职，凭什么还要请这顿饭？"

周衍川视线低垂，看见她的消息传来时，轻笑了一声。光凭文字内容，他都能想象出林晚脸上那种灵动又理直气壮的神色。

"那就明天？"

"明天是周五，我想和小姐妹看电影呢。今天真的不行吗？你要倒时差吗？"

"今晚有饭局，明天我会去你单位附近办事，刚好顺路接你。"

"好吧，那明天见！"

放下手机，周衍川捏了下眉心，长途飞行的倦意渐渐消散。他让助理把今晚饭局的情况说明了一遍，便没再说话，低头用笔记本看起了文件。

40多分钟后，车辆停靠在饭店门外。周衍川迈出车门，神色淡漠地系好领口。

男人一身衬衫西裤，衬得身形利落而匀称，刚进店内，就吸引了数道半遮半掩的目光。

周衍川一概没有回视，他直接进入电梯，去往楼上的包间。

服务员帮他推开包间沉重的木门，里面已经有交谈声传出。见到他来了，围坐在沙发上的几人都回头与他打招呼。

周衍川一一应了，最后才看向坐在最里面的中年男人，颔首示意道："曾教授。"

曾楷文和气地招呼他坐下来说："辛苦周总，刚下飞机就赶过来了。怎么样？这趟出国还顺利？"

"还不错。"

"岂止不错啊？我看了你在论坛当天发表的演讲，对星创新一代无人机很是期待啊。'年轻有为'四个字，就是为你量身定做的。"

周衍川极浅地笑了笑，没有否认，也没顺着对方的话往下自夸。

这种商业场合，他向来懂得如何拿捏分寸。

此时还未到饭局开始的时间，话题自然也没有急于往商谈合作的方向聊。没过多久，曾楷文就聊起了前几天受邀参加一场讲座时发生的趣事。周衍川原本只分了一半精力留神听着，结果听到一半，便忍不住抬起了眼。

曾楷文还在继续说："多亏在场的大多是学生，孩子们没看出问题。那位小姑娘表面上不慌不忙，实际上我一看就知道，她肯定是为临时救场才决定讲故事。不过她倒是聪明，反应也很快，加上肚子里有干货，才不至于当场下不了台。"

在场的一位女士问："您因为这个就叫她来我们基金会？万一她不过是运气好糊弄过关呢？"

曾楷文指着自己的额头说："我像那么傻的人？虽然那天我和她是第一次见面，但我在网上已经关注她很久了。"

周衍川问："您说的小姑娘究竟是哪位？"

"你可能不认识，"曾楷文说，"南江鸟研所的科普专员，微博名叫'林子大了'，真名叫林晚。"

周衍川挑了下眉。

曾楷文看出了他神色的变化，问："是你认识的人？"

"嗯。"周衍川勾起唇角，笑了一下说，"认识。"

曾楷文心领神会地点点头。气氛安静了一会儿，他抬手招来在水吧那边准备茶具的秘书，低声嘱咐道："你去打听打听，鸟研所有个叫何雨桐的人是什么来历，就说是我问的。"

第二天下午，林晚又参加完一场科普讲座，回到办公室时，就发现何雨桐正趴在桌子上哭。

听动静，像是真哭。

她以为是魏主任终于拿出领导的做派把她给骂哭了，心里还有点儿意外，觉得自己可能一直以来小看了魏主任。不过她跟何雨桐的关系肉眼可见的差，当然不会在这种时候还装好心安慰，干脆默默地坐回自己的位置上，打开电脑开始忙工作。

没过多久，何雨桐的手机响了。

林晚听见她哭哭啼啼地接起来，话语断断续续的。

"妈，我……我知道……你帮我跟舅舅求求情，好吗？我再也不会了，我……我会好好工作，别让我走……"

"？"

林晚愣了愣，发现这对话怎么听都仿佛是何雨桐在她舅舅那儿翻车了。魏主任这么强的吗？还是说他的隐藏身份是研究所的扫地僧？

林晚越想越糊涂，偏偏何雨桐在那边哭得肝肠寸断的，实在干扰她的工作状态。于是她想了想，便抱着笔记本去档案室查资料了。

在档案室耗掉一个多小时，等到下班时间了，林晚才重新回到办公室。结果一进门，就险些被何雨桐吓到尖叫。

何雨桐就站在门边，脸上满是泪痕，一张小脸惨白惨白的，眼睛直勾勾地看着她。

林晚把笔记本抵在胸前说："麻烦让一让。"

"林晚……"何雨桐刚张开嘴，眼泪就又掉了下来，"对不起！之前的事都是我不对，你能不能别生气了？"

哇哦，精彩。居然都不叫她"林姐"了。

林晚琢磨着回头得给魏主任送一面锦旗，但就像她之前所说的那样，她根本不在乎何雨桐所谓的道歉。

她侧过身与对方擦肩而过，一边收拾，一边说："我不管你为什么向我道歉，但我只有一句话，不接受。并且不是因为生气，而是因为我觉得你不配。"

把手机放进包里时，林晚发现周衍川发来消息说，他已经在研究所外面等候，便加快动作，头也不回地出了办公室。

出了研究所的大门，林晚一眼便看见了等在路边的周衍川。

不知是不是错觉，周衍川今天似乎帅得格外明显。他慵懒地靠在车边，单手插兜，好像还没看见她，眼神有些许的放空，却因此而显得非常干净。户外的阳光也不愿意辜负他的到来，一笔一画组合得精确，沿着他的额头往下，温柔地描出他整张脸的轮廓。

因为何雨桐而产生的不悦，瞬间被抛到了九霄云外。

林晚放缓脚步，走到他面前说："好久不见！"

"好久不见。"周衍川说,"想吃什么?我请你。"

林晚睫毛颤了颤,问道:"嗯?你为什么请我?"

"庆祝你即将加入曾楷文的基金会。"

"哎,你怎么知道的?"

周衍川稍低下头,望向女孩那双清澈的大眼睛,片刻后低声笑了笑。

"因为曾楷文是我的合作伙伴。"

研究所和东山路一样,都在南江的老城区一带。但是和许多城市老城区日渐冷清的情况不同,附近来来往往的人群未曾减少,永远保留着童年记忆里那种热闹而繁华的景象。

林晚记得离研究所不远的地方,有一家远近闻名的海鲜店。

她让周衍川就近找地方把车停好,就轻车熟路地带他往目的地走。

街道两边都是颇具南洋风情的骑楼,从建筑底层往外再扩展出与人行道同宽的外廊,遮阳避雨最有用不过。

林晚怕晒,她专带周衍川往骑楼钻。有时候遇上刚放学的小学生,就不得不跟他靠近一些,让那帮叽叽喳喳的小豆丁从他们身边鱼贯而过。

"咦,现在还有这种汽水卖呢?"

又一次避让行人后,林晚在一家老店面里发现了童年回忆。她当即付款买下两瓶,然后顺手分享给周衍川一瓶。

细长复古的玻璃瓶上贴着红白色的包装纸,周衍川拿在手里看了半天,终于从记忆深处挖掘出了一点儿印象。好像是他小时候第一次来南江玩的时候,堂哥买过一瓶给他解渴。

林晚以为他有凉茶的阴影不敢喝,凑过来认真地说:"是水蜜桃味的,不苦。我们小时候夏天都爱喝这个。"

"你从小住在南江?"

周衍川没有当街饮食的习惯,他修长的手指握住瓶颈,继续往前走,边走边说:"其实你长得不像南江本地人。"

林晚皮肤白皙细腻,身高在女孩子里也算高挑。鼻尖小巧微翘,唇形饱满却不厚,除了眼型偏圆,眼窝也较深以外,很容易让人误以为她是外地过来的。

"我妈妈是北方人。"林晚下意识回道。

周衍川问："北方哪里？"

她长得并不像北方姑娘，五官有种细腻的明媚感。

"沪城。"林晚清清嗓子，拿捏着吴侬软语的腔调说，"侬看我像伐？"

"……"

周衍川确信，她的确从小在这里长大。除了中国最南边的几个省市，其他地区在他们眼中一律算作北方。

从研究所到海鲜店，短短十几分钟的路程，林晚的目光一路扫着街边小店，发现什么新奇的就指给他看。几次之后，周衍川简直怀疑她的眼睛里是不是装了一个雷达，扫过去就能发现别人不曾留意的小角落。

可这种有点儿游玩意味的步行，又不会让人感到厌烦。反而让一条令人隔天就忘的普通街道，慢慢在记忆里落了地，生了根。好像很久以后回忆起来，还能记得关于它的声音与气味。

走走停停闲逛了一阵，两人终于在晚饭高峰期抵达海鲜店。运气还算不错，店内只剩最后一张小桌。

服务员过来问他们喝什么茶，然后就叫他们去店外选海鲜。

"你去吧，"周衍川按照南江人的习惯，一边用热水烫碗筷，一边说，"想吃什么自己选。"

"这么阔气？小心我吃到你破产。"林晚笑盈盈地留下了一句"威胁"，跟在服务员身后出去点单了。

五月过后，所有海区进入休渔期。店内出售的也全是养殖或进口海鲜，林晚虽然口口声声要吃到周衍川破产，可等她真的走到水箱前，还是避开了那些价格昂贵的进口货，只挑些常见的品种。

厨房加工需要一段时间。

回到座位上，林晚喝了小半杯茶，才转而问起正事："你和曾楷文怎么会有合作？"

周衍川看着她说："基金会想用无人机巡逻自然保护区，从而搭建更完善的数据网络。曾先生找到我，希望星创能提供无人机和技术上的支持。"

这是一种比较新颖的合作方式。以往检测保护区的情况，要么利用人工，要么利用无线红外监测仪。前者费时费力还有危险，后者又容易受多方面因素的影响而出现故障。

林晚露出好奇的表情问："现在进行到哪个阶段了？"

"才刚开始谈，"周衍川单手搭在桌边上说，"等你入职，说不定就要接手这部分工作。"

决定辞职之后，林晚就和曾楷文通过一次电话。基金会的要求很明确，表示希望她将来不只做鸟类知识科普。言下之意，便是机会与挑战并存，做不好可能就要卷铺盖走人。

林晚能离开研究所，就没想继续过以往那种单调安稳的生活。她把双手并到一起，做了个"拜托"的动作："如果真是那样，你得多帮帮我。"

周衍川笑了笑，觉得难得能见到她乖巧的一面。

不过，林晚还是对基金会直接找星创合作感到好奇。虽然如今她已经清楚，星创科技的实力很强，但基金会的体量显然比星创要大出太多倍。按照一般思路来看，商业合作强强联手，难道不该找像德森那种更出名的公司吗？

面对她的疑问，周衍川淡淡地说："有位看着我长大的叔叔，是曾楷文的朋友。"

林晚抽了抽嘴角，她能得到曾楷文的赏识，完全是靠撞大运。

曾楷文是南江一中的知名校友，讲座恰好是他专业相关的内容，一中校领导才会在那天将他请到现场。加上何雨桐当天作妖，使她不得不打开微博讲故事，阴错阳差让曾楷文注意到她在网络上的身份，两相结合之下，才有了现在的结果。

否则，就凭曾楷文的顶级专家身份，林晚可能还要再奋斗许多年，才能进入大佬的视野。毕竟曾楷文不仅是知名鸟类生态专家，更是嘴里含着金汤匙出生的富 N 代，年轻时搞学术从不担心生计，年纪大了参与筹建基金会，也很顺利地拉到了许多资源。

如此想来，林晚发现她还是小看了周衍川的背景。原来他仅凭身边的人脉，就能直接接触到曾楷文这样的大人物。

理清这一点后，林晚望着周衍川，眼神复杂地说："你好像一直在刷新我对你的认知呢？"

周衍川抬起头，端着茶杯问："嗯？你现在认为我是什么样的人？"

林晚看着他意味深长地说："一个创业失败就要回去继承家产的少爷。"

"……"

海鲜店的生意很好，人影憧憧之间满是欢声笑语。

服务员抬高手臂端着做好的海鲜在桌子间的空隙里来回穿梭，沿途留下菜肴的香味，让嗷嗷待哺的食客垂涎欲滴。

周衍川就在如此欢腾的氛围里，沉默了半晌。他侧过脸，目光淡而虚无，不知落在哪里。

有那么一瞬间，林晚以为他想看的，并不是海鲜店里的景象。可她又说不上来，那句平平无奇的玩笑话，究竟让他想到了什么。直到服务员把菜端上桌，周衍川才转回视线，另一只手搭在椅背上，人往后靠了靠。

散漫又矜贵的少爷劲儿，好像在他身上活了过来。

"是吗？"他勾起唇角，笑着逗她说，"那你是不是该表现得殷勤点儿？说不定将来哪天有需要的时候，我还能一掷千金送你上青云。"

林晚拿起面前的一只蟹钳，"咔嚓"一口咬开，才抬起头凶巴巴道："又开始了是不是？不如我现在就送你上天吧。"

周衍川笑而不语，收回手重新坐好，慢条斯理地用筷子理鱼肉。

"再说，我干吗要费心讨好你？"林晚振振有词地说，"我自己又不差，虽然不是大富大贵，但也算衣食无忧。信不信哪天我上班不高兴了回家吃利息，也能快快乐乐地活到老呢？"

周衍川点头道："信。"

他看得出来，林晚的话里没半分夸张的成分。

她虽然不是那种吃穿用度样样都挑最贵的人，但从她开的车、住的地段，都能看出她的确不差钱。更明显的，还是她身上那种自信明朗的气质，绝非为钱所困的家庭能培养出来的。

聊到这里，林晚又不自觉地想起了下班时的情况。

她其实不是心狠的人，如果何雨桐没有三番五次让她不痛快，面对缩编这种关乎生计的情况，对方好声好气地跟她商量，说不定她还真愿意主动退出。

反正她之前就有了离开研究所的想法，又能成人之美，何乐而不为呢？

当然，现在她肯定不在乎何雨桐的死活了。

"说起来，我不是跟你提过，研究所新来的同事很烦心吗？"她把剥开的蟹壳在盘子里码得整整齐齐地说，"今天下班的时候，我听见她接电话，好像工作保不住了。"

周衍川动作一顿，又听她继续说："我没想到魏主任竟然这么有能耐，能直接把事情捅到她舅舅那里去。"

周衍川接话道："我没猜错的话，是曾楷文和你们领导说过什么。"

他将饭局那天的前因后果讲述了一遍，连曾楷文看出林晚那天在讲座上是用讲故事仓促应对都说了出来。

林晚听完愣了好半天，她先是感叹大佬不愧是大佬，一眼就看穿了事实真相。后是诧异于曾楷文居然有这份闲心，愿意插手处理这些小打小闹。

她不会盲目地理解成曾楷文是在替她出气。对于曾楷文而言，她不过是一个可堪任用的晚辈，即便再优秀，也不至于让对方在工作之外多加照拂。

思来想去，这完全是卖周衍川一个人情。

理清了这一点，林晚觉得这顿饭不能再让周衍川请了。她借着去卫生间的机会，出来溜到收银台爽快地买好了单。再回去时，她眼前一亮，脸上浮现出了看好戏的神色。

林晚知道周衍川英俊非凡，却也没料到她就离开那么几分钟的工夫，就有人乘虚而入。

一个模样标致的女孩子站在桌前，正拿着手机跟他要微信。

女孩子一看就是个熟手，大大方方地说明了来意："我听见你和那个小姐姐聊天了，她应该不是你女朋友吧？那你不如考虑考虑我呀，先交个朋友，我们慢慢发展嘛。"

林晚暗赞一句有眼光，有勇气。明知周衍川顶着一张生人勿近的冷淡脸，还能笑盈盈地走到他面前表示欣赏，好像完全不怕被他拒绝似的。

这姑娘是个干大事的人。

不过转念一想，去年在玉堂春见到周衍川时，她也有过相同的想法来着。

想到这里，林晚干脆没有着急回去，而是双手抱怀地站在附近，打算看周衍川会如何处理。反正她的确不是周衍川的女朋友，何必关键时刻过去凑热闹。万一打扰人家发挥怎么办？

谁知周衍川幽幽地抬起眼皮，目光越过女孩的肩膀，似笑非笑地扫了林晚一眼。他放下筷子，抬手指向林晚，对那女孩说："你问问她同不同意。"

"……"你有事吗？这跟我有什么关系？林晚在心中咆哮起来。

女孩子转过头，认出林晚就是方才和周衍川吃饭的人，表情瞬时变得有几分狐疑。

林晚硬着头皮走过去，没好气地说："想加就加嘛，拿我当借口算几个意思？我看这位小姐姐蛮漂亮的，加了不亏。"

拿手机的女孩语气诚恳地说："你也很漂亮，真的。"

"谢谢！"林晚嫣然一笑道，"不如你加我微信呀，我再把他的发你，你就能同时收获两个朋友呢，多划算。"

周衍川一皱眉，这是什么奇怪的逻辑？

没想到那女孩也不是个普通人，竟然当场答应了。

两人就在初次见面极其投缘的轻松氛围里，互相加了好友。

"那我不打扰你们啦！"女孩心满意足地挥挥手告辞了。

林晚坐下来，撑着下巴歪着脑袋说："考虑得怎么样了？想要微信随时告诉我哦。"

周衍川真没见识过这种操作。

他心中有些微妙的不爽，可又说不出来具体是哪里让他不爽。

见他神色渐渐冷漠，林晚脑子里"嗡"的一声。她坐直身体，小声问："不是吧？你真想加？"

她还以为周衍川之所以把她拉下水，是因为他不想伤害那女孩的自尊呢。亏她急中生智想出了办法，对方也脑子清醒地顺着台阶往下走，才没让场面变得难堪。

"想加的话，"林晚打开手机，屏幕朝上递到他眼前道，"喏，号码就在这里，现在申请好友还来得及。"

周衍川还当真垂下眼眸，缓慢且仔细地看着。

林晚抿抿唇角，心想至于看那么久吗？难道是被人家的自拍头像吸引到了？

安静片刻，周衍川缓声开口道："'五月傅记海鲜店短发女'，你加好友还备注资料？"

"是啊。"林晚没有否认。她因为工作原因，经常需要加一些陌生人的微信，有时加了很久还不知道对方姓甚名谁。后来索性按照认识的时间、地点、性别和外貌特征做备注，等熟悉之后再改成正确的名字。

这个方法特别好用，自诞生之日起就沿用至今。

"看不出来啊。"

周衍川的身体往前倾，不慌不忙地勾起唇角，语气里杂糅进几分调侃的意味道:"原来林小姐是个'海王'(指暧昧关系众多的人)。"

林晚:"……"

请问气死我,对你有什么好处吗?

林晚喝光杯中的茶水,放下茶杯时已经想好了说辞。

"对呀,你不知道微信就是我的鱼塘,住满了我的三千后宫吗?"

黑白分明的眼眸灵动地闪烁几下,配合她弯起的唇角,让整句话听起来都格外欢快。

"像周先生这样嘴不够甜的,最多也就是个答应吧。"

"周答应"低下头,不咸不淡地轻笑了一声。

从林晚的角度看过去,男人的脸很窄,轮廓深邃,眼尾那颗痣被店内的光线衬得分外清晰,更别提他身上那种干净又勾人的劲儿了。

她在心中撤回前言,周衍川凭这张脸就能荣登贵妃的宝座,还是祸国殃民的那种。

周衍川不知道他实现了史上最快的晋升速度,抬手把她的手机推回去道:"我不加她,你把手机收好。"

林晚耸耸肩,默默对"五月傅记海鲜店短发女"说了声抱歉。

不好意思,我尽力了,只能帮你到这里了。

离开海鲜店前,周衍川叫服务员过来结账,得知林晚已经提前买过单后,也没多说什么,只道了声谢,并表示下次再由他请。

林晚对他的态度非常受用。她很不喜欢成年男女出来吃饭就必须是男方付款的潜规则,更不喜欢为一点儿餐费就嚷嚷着"怎么能让女人花钱"的大男子主义。显得好像女人天生没有赚钱的能力,不配请客似的。

受此影响,原路返回的时候,她的心情很不错,决定不再计较"海王"的事。

到了周衍川之前泊车的地点,林晚想说她干脆步行回家,反正离得也不远,她还可以走走路消消食。

主意一定,她就转头准备跟周衍川告别。

然而出乎意料的是,他忽然停住脚步,眼睛牢牢地盯紧停车场的某个方向,连呼吸都瞬间慢了下来。

这架势,难道是遇到前女友了吗?

林晚挑了下眉,顺着他的视线往前望去,却看见一对六十多岁的老年夫妻，共同提着一袋重物，慢慢地往一辆车走去。

能看出两人的身体都不算康健，步伐比许多同龄的老人都慢。

尤其那位女士，明明看脸还不算苍老，却不知为何生出了满头白发，单薄的身影拖出凄楚寂寥的影子。

"要过去帮忙吗？"林晚问。

周衍川没有回答，事实上他仿佛没听见林晚的声音，只是绷紧了下颌旁观着，锋利的喉结微微滚动，泄露出某些不为人知的压抑情绪。

林晚满头问号，她不得不眯起眼，再看清楚些。

这一回，她意识到了关键所在。那位身材高大瘦削的男人，年轻时应该算是很英俊的类型，而且他的脸型和眉眼与周衍川有几分相似之处。

直到两位老人上了车，周衍川才收回目光。他用变得沙哑低沉的嗓音说："上车吧，我送你回家。"

此时的气氛太过怪异，林晚不好拒绝，只能老老实实地坐进副驾。

发动机还未启动，载着老年夫妻的那辆车先从后方开了过来。

两车交错的一刹那，林晚透过车窗，看见两位老人也注意到了周衍川的存在。分明只有十多秒的对视，却好似度日如年般的煎熬，连空气都变得黏稠了起来。

那位女士打开车窗，目光仿佛淬了毒，阴冷地从周衍川身上刮过，直至车辆完全驶离停车场都没有收回。

而周衍川却只平静地目送他们远去。

林晚下意识地抓紧安全带，反复犹豫几次，终于出声询问道："你们认识？该不会是你爸妈吧？"

"认识，不是。"周衍川声音很轻，几乎微不可闻。

之后的一路很顺畅，也很安静。

林晚能感觉到，她无意中撞见了不该看到的一幕。背后的真相或许极其不堪，否则她想不通一个长辈为何会对晚辈露出那样的表情。就好像周衍川是罪不可赦的犯人，与他们之间有着一段无法原谅的血海深仇。

回到家后，林晚坐在院子里发了会儿呆。

等到夜幕降临，墙外的路灯一盏盏亮起来，记忆深处某张早已淡得快要被她遗忘的脸，陡然变得鲜明清晰。

林晚猛地一怔，她见过比周衍川更像那位老年男人的一个人。是她还在附中念初三时，意外认识的一位高三学长。

林晚依稀记得，学长的名字应该是叫……

周源晖。

周末两天，林晚与周衍川没有再联系。那晚的意外像是一个休止符，变成了两人都不好再来往的象征。

不过，微信却没有因此沉寂。因为"五月傅记海鲜店短发女"这两天和林晚打得火热。

林晚把备注改成了对方的真名蒋珂，每次打开微信，总能看见她时不时发来的几条消息。

自从周五海鲜店一遇，蒋珂就对林晚产生了极深的印象。用她的话来说，就是"我长这么大，没见过比我还能撩妹的妹"。

林晚当时就发去一个拱手的表情："承让，谁叫我是海王呢。"

蒋珂非常上道："想在姐姐的鱼塘里游泳，想咬住姐姐的鱼竿不松口，想为姐姐喝下女巫的药水上岸行走。"

林晚发现这位姐妹是个人才："你 freestyle（即兴说唱）说得不错，可以当个 rapper（说唱歌手）。"

蒋珂回她一张哈哈大笑的表情包，接着发来了一家酒吧的地址："rapper就不必了，我有个乐队，每周二、四、六在这里演出，有空来玩啊，我请你喝酒。"

林晚把地址存好，也回了她一张表情包。

表情包是三只圆啾啾的小鸟，雄赳赳气昂昂地排着队，摆出随时准备出发的兴奋姿态。

其实就是用表情包表示答应的意思，但蒋珂却注意到了别的细节："为什么表情包的名字叫'吃脑花去'？什么鸟啊，这么凶残？"

林晚马上进入了科普状态："大山雀，猛禽，食脑狂魔。"

蒋珂大概去搜索了一番，很快就被大山雀与软萌外表不符的凶残本性震惊了，飞快发出了一串感叹号，然后问："你还挺了解？"

林晚："忘记介绍了，我是个鸟类科普学者。"

"……"

"？"

蒋珂："恕我直言，我没想到你的工作这么有文化，毕竟你漂亮得不太正经。"

林晚："巧了，你也是。"

两个女人的友情，在奇妙的商业互吹中得到了飞速升华。

没过多久，蒋珂又问："那天的帅哥，到底是不是你男朋友？"

"不是。"林晚说，"你喜欢他的长相？劝你三思，他的嘴特别毒，跟他说话能气得你吃不下饭。"

蒋珂："可我那天看你吃得很香呢。"

"……"林晚悻悻地放下手机，摸了摸脸颊，怎么感觉像打脸了一样？

她躺在沙发上望着天花板，过了一会儿终于得出结论——一定是海鲜店的厨师手艺太好的错。

随后的一周，阳光一天比一天猛烈，灼热的天气蒸发着南江的湿气，把整座城市变成一个巨大的蒸笼，闷热潮湿地将人笼罩在里面，连同枝头的树叶都失去了往日的生机。

林晚要辞职的消息，在研究所不胫而走。

明里暗里来向她打听消息的人不少，她全部大方承认了，只不过出于保险考虑，没有过早地公布她已经拿到了某家基金会的录用通知。

研究所最近本就是人心惶惶的时候，听说她要走，许多人也情不自禁地思考起自己的职业规划。

平心而论，抛开办事效率太低和裙带关系复杂不谈，研究所其实是一家很不错的单位。

他们的科研设备和科研人才都是南江顶尖的好，过去几十年中也发表过不少颇有见地的学术成果。但近几年止步不前，却也是不争的事实。

然而出乎众人意料的是，最终的缩编名单还没出，林晚也没做完讲座，第一个离开研究所的人就出现了。

何雨桐走的那天神情失落，再也不复当初的神采。

她走到楼下，见林晚和几个同事站在那儿谈事，便故意走上前阴阳怪气道："林晚，你赢了，现在得意了吧？"

几个不清楚何雨桐真实面目的人纷纷一愣，心想这小姑娘是吃错药了不成？

林晚倒是一点儿也不意外，她只掸了掸肩头并不存在的灰尘，微笑着说："说什么输赢呀，我都没把你当对手，你也别惦记我了。"

　　何雨桐双眼通红地说："别以为有几分姿色就了不起，你不就是靠男人上位的吗？"

　　"？"

　　小"白莲"刚才说她靠什么来着？

　　几位同事齐齐转过头来问："你交男朋友了？"

　　何雨桐刻意提高音量道："上周五下班的时候我都看见了，有男人开豪车在外面接你。我回家打听过了，你托人找到曾……"

　　"说够了吗？说够了就把工卡交到保安处，赶紧滚！"

　　林晚不耐烦地挥挥手，扭头借旁边的玻璃当镜子，理了下头发道："谢谢你眼睛还没瞎，知道夸我漂亮。没办法呀，我就是人美心善林小晚。"

　　周围有人"扑哧"一下笑出声来，气得何雨桐咬牙切齿地跺跺脚，扭过头扬长而去。

　　有同事望着她的背影感叹道："这小姑娘，看不出来啊，临死也要拖个垫背的。不过，她说的男人是谁，你瞒着我们交男朋友了？"

　　林晚叹气道："哪有什么男朋友？她说的是星创科技的周衍川，我代表研究所请人家吃饭而已。"

　　众人不约而同地"哦"了一声。

　　因为帮助灰雁迁徙的关系，研究所的人对星创的印象非常好。听说是周衍川来接她下班后，更加认为何雨桐纯属是散布谣言。

　　末了，有人建议道："不过仔细一想，你们看起来蛮般配的。"

　　"对啊对啊，如果你成了他的女朋友，今后我们跟星创借无人机，说不定还能享受内部价呢。"

　　林晚哽了一下，莫名想起之前蒋珂那句"吃得很香"的评价。

　　她用手在脸边扇了扇风，好半天后才慢吞吞地嘟哝了一句："我是看出来了，你们就是想靠我捡便宜而已，没良心。"

　　大家嘻嘻哈哈又闹了几句，才转而聊正事，然后各自回到自己的办公室。

　　林晚则上楼拿上东西，出发去南江三中开讲座。这是本年度科普讲座的最后一站，结束之后，林晚就打算正式将辞呈交给魏主任。

迈入三中的校门，林晚心中感慨万千。这就是中学时期碾压他们附中学子的万恶宿敌啊！她是不是应该在这儿搞点儿破坏什么的，才对得起那憋屈的六年中学生涯？

感慨归感慨，林晚还不至于真在三中干坏事。

见到负责接待的老师后，她就露出和煦如春风的笑容，跟随对方的脚步往报告厅走。

经过一条长长的走廊时，墙上的照片吸引了她的注意力。

接待老师注意到她的目光，介绍道："这里全是三中毕业的杰出校友，您如果感兴趣的话，讲座结束后可以来看看，说不定还有您认识的人呢。"

林晚笑着点点头，心想大可不必。她才不想瞻仰曾经在升学率上打败过附中的敌人们。而且万一看到周衍川的照片，岂不是以后每次见到他，就又要勾起自己对三中的深深怨念？

最后一次讲座，林晚讲得比以往任何一次都认真。既是因为这是她在研究所处理的最后一份工作，也是因为三中的学生足够配合。当她偶尔讲到相对冷门的内容时，也有那么几个人能和她互动回应。

真不愧是传说中的学霸根据地啊。

林晚输得心服口服。

讲座结束，进入提问环节。

一位女生把手举得高高的，等林晚示意她站起来后，就拿过话筒问："您好，我和您一样是一名鸟类爱好者，前段时间关注过'灰雁回家计划'。请问你们是怎么想到和星创科技合作，利用无人机率领灰雁迁徙呢？"

林晚怔了怔，才说："这个计划其实是星创科技的人提出的，当时他得知有几只灰雁滞留南江无法回北方后，很快就想到了曾经有过利用滑翔机送大雁回栖息地的故事……"

她把事实复述了一遍，想了想，又用玩笑的语气补充道："说起来，星创科技的这位CTO还是你们的学长呢，名字叫周衍川，你们听说过吗？"

"听说过！"

"老师成天拿他当例子来教育我们！"

"校友墙上有他的照片，超帅的！"

"现在的男生都是渣渣，根本比不过他！"

"说什么呢？我们不要面子的吗？"

乱七八糟的回答让林晚忍俊不禁，等到她走出报告厅，唇边的笑意都没能完全收敛。她一边想着周衍川那张照片究竟有多帅，一边想着要么干脆去看一眼。毕竟她确实有些好奇，想知道十几岁的周衍川长什么样。

走到楼梯转角，身后忽然传来了脚步声。

林晚回过头，看见一位戴着黑框眼镜的中年女性跟在自己身后，见她停下便也止步道："林小姐，你好！"

"……"

这场面是不是有点儿熟悉？该不会又是哪家基金会的吧？

林晚打断自己天马行空的想象，笑着回应道："您好！"

中年女性几步走下台阶，来到她面前，自我介绍说："我是三中的老师，姓张，你叫我张老师就好。刚才听你提到周衍川，就想跟你打听打听他的近况，他最近一切都还好吗？"

"很好啊，自己开了一家公司。"林晚猜测出了她的身份，问道："您以前教过他？"

张老师说："对，初中三年，我是他的班主任。"

林晚点点头，想起上周在停车场见到的一幕，内心深处的疑问突然就翻涌了上来。

她抱紧笔记本，有点儿不好意思地问："哦，张老师，您了解周衍川的家人吗？我没有别的意思，就是前一阵和他出去吃饭，看见一个和他长得很像的男人，六十多岁的样子。他当时表现得有点儿异常，然后我和他的关系还不错，作为朋友就比较担心。"

张老师推了下眼镜，稍做思考后说："可能是他的伯父吧。"

"这样啊。"

那就没什么奇怪的了，说不定就是两家人有矛盾，彼此都不待见对方而已。亲戚之间关系差，也不是什么很稀奇的新闻。

林晚松了口气，笑着说："那就好，我还以为是他父亲。"

张老师眼中的笑意眨眼间便不见了，她问："他没告诉过你？"

"什么？"

张老师摇摇头，语带疼惜地说："这孩子，多少年了还没放下。"她揉了下太阳穴，低声说："周衍川的父母已经去世了。小学之后，就是他的伯父和伯母在照顾他。"

年长女人的一番话，像巨石坠落，"哐"的一声把林晚砸蒙了。

在一阵迷迷糊糊的懊恼中，她想起了自己与周衍川发生过的某些对话。

"你父母还在一起吗？"

"嗯。"

"难怪了，人类的悲喜并不相通。"

"嗯？你现在认为我是什么样的人？"

"一个创业失败就要回去继承家产的少爷。"

林晚愣愣地咬紧舌尖，被席卷而来的愧疚感和羞耻感狠狠地淹没了。

她当着周衍川的面，都说过些什么啊！

"那……"林晚的声音有些颤抖，轻声问，"他们是怎么去世的？"

…………

离开三中的校园，林晚在路边拦了辆车，疲倦地靠在椅背上闭上了眼。

胸中有种无法形容的滋味，密密麻麻地缠绕着林晚的心脏，令她想对周衍川说些什么，却又不知道能说什么。

几分钟前，空荡荡的楼梯转角。

绿色的墙面吸收了阳光的热度，又加强了张老师的音量，让它们一声叠一声地震得林晚的耳朵发麻。

"山体滑坡引起的泥石流，夫妻两人当场死亡。

"周衍川是车上唯一的幸存者。"

林晚花了一整晚，上网把关于星创科技的消息浏览了一遍。

星创成立近三年，除了周衍川给她讲过的电力巡逻以外，其他项目全部围绕环境保护展开。其中最具代表性的，就是荒漠绿化与治理水土流失两大类。

相关媒体报道放出了直观的卫星图片做对比，证明星创利用科技力量参与协助之后，多地的绿化与山林植被破坏的现象都有了极大的改善。

林晚看着图片里的大地从荒芜到葱郁的景象，感觉心脏一抽一抽的。她把台灯的亮度调至最低，于暗淡的房间里闭上眼，用心勾画周衍川的形象。

当巨石裹着泥沙从山林奔腾而下时，他是否也曾害怕无措？

如今，他将所有精力全部投入到改善环境的领域，是因为童年时遭遇的那次意外吗？

看见狰狞贫瘠的山脉重新焕发出绿意，他会不会感到哪怕一丁点儿的慰藉？

越想，林晚越无法平静。

他们明明好几次擦边讨论过类似的话题，他却始终没有表现出能引起林晚注意的特殊情绪。

这人太会藏了。

之后几天，林晚办理完辞职手续，抽空去医院做了一个入职需要的体检。

等体检报告出来后，她就和基金会的人事人员联系，定好下周一入职。

周一当天，她上班差点就迟到。

基金会根据项目不同，在全国多地设有办公点。南江地区主要负责鸟鸣涧项目，办公地点位于离东山路有一小时车程的科园大道。

她提前一个半小时出门，结果正好赶上了早高峰，在路上差点没被堵死。

在人事人员的带领下办完入职手续后，林晚抱着零零碎碎的一堆用品，问："科园大道的地铁站，平时上下班挤吗？"

人事人员面色沉痛地说："堪比丧尸围城。"

行吧。林晚露出一个"我懂"的表情，不禁怀念了一下自己曾经步行通勤的美好时光。

到了楼上的项目组，林晚见到了她未来的同事们。

组里基本全是年轻人，谁跟谁都能几句话打成一片。林晚刚把她的办公桌收拾好，就有两个女孩子神秘兮兮地带她去参观项目组的"5A 风景区"。

所谓"5A 风景区"，其实就是办公室外的露台。露台种了不少植物，还做了水景，往外能看见连绵不断的山脉与湖泊，环境确实雅致。只不过临近推拉门的位置有一棵树，每当有人从树下路过，树冠上几只仿真喜鹊就会发出嘈杂的"喳喳"声。

林晚扶额吐槽道："图什么啊？"

喜鹊的叫声是出了名的难听，这帮人何苦自己折磨自己呢？

同事甲津津有味地跟她科普道："以前没有这几只仿真喜鹊的时候，我们没事总爱来露台看风景。后来'大魔王'来了，认为这样不利于提高工作效率，干脆就想出了这招。从此以后，每当大家听见喜鹊叫'喳喳'，就会想起被'大魔王'支配的恐惧。"

林晚问："'大魔王'是谁？"

"舒斐，我们的项目总监。"同事乙小声说。

话音未落，林晚就看见总监办公室的门从里面打开了。走出来的女人约莫三十岁，凤眼、红唇、高鼻梁，细看不算美人，但看第一眼便叫人印象深刻，很像时装周上高贵冷艳的模特。

舒斐四下扫视一圈，目标锁定林晚，朝她勾了勾手指。

林晚的行动也很敏捷，她迅速告别"5A风景区"，在喜鹊的"喳喳"声中拿起办公桌上的记事本，直奔总监办公室而去。

舒斐没有辜负她"大魔王"的称号，开门见山道："我知道你是应曾先生的邀请加入鸟鸣涧的，但提前强调一点，曾先生是基金会的理事长，他不负责具体执行事务，带领团队的人是我。所以，只要你在这个项目组一天，一切就要听我的。"

林晚点头，她好歹是事业单位出身的，这点儿职场规则还是懂的。

"很好。今后你不仅需要做科普，还需要实时跟进每个保护区的进展与变化，分析鸟类群体的分布状态，定期向基金会合作的各个环保组织发布最新数据，配合他们展开公众宣传。其实还是你的科普老本行，只不过涉及的事务会更繁杂，所有工作要直接向我汇报。"

"好。"

林晚发现舒斐一句废话没有，交流起来格外顺畅。

舒斐稍做停顿，念出了几个人名："你出去通知这几位，10分钟后我带你们去星创。"

林晚一怔，她听到什么了？

舒斐挑眉道："星创科技今后将为保护区提供技术支持，上周四刚签完合同。有什么问题吗？"

"没有。"林晚起身推开椅子说，"我现在出去通知他们。"

10分钟后，包括林晚在内一行五人，搭乘电梯下楼进车库。

在拖拖拉拉的研究所待久了，好不容易遇到这种雷厉风行的办事风格，她不仅没有出现任何不适应，反而心里还有点儿小激动。

当然了，如果不是此行的目的地是星创科技的话，她的情绪可能会再高涨一些。见面来得如此突然，她还没想好要怎么面对周衍川。

他们坐的是舒斐的车。

舒斐直接把钥匙抛给了同行的一位男同事，示意由他开车，然后就走到另一边坐进了副驾。

林晚和之前带她参观露台的两个女孩坐在后排，三人体型都偏瘦，她坐在中间也不觉得挤。

车辆缓缓地开出车库。

科园大道一带，都是近几年新建起来的建筑。

林晚以前没来过这边，打算借此机会好好看看周边的配套设施。毕竟，不出意外的话，她很可能要在这里混好几年。

谁知出发没几分钟，她就眼睁睁地看着前排的同事打方向盘，一副准备靠边停车的样子。

林晚转头望向窗外，下一秒便看见一幢独立的深灰色建筑映入眼帘。

建筑外观的设计有种理工科的利落感，楼体线条笔直，黑色窗框沿层分布，靠近马路的一侧用砖红色涂料做出了灯光斜照的视觉效果，以此突出公司的名字。

——星创科技。

"……"她怎么一直没问过周衍川的工作地点？

这么近的距离，别说工作需要了，恐怕有时中午出来吃饭，都可能在同一家餐厅遇见吧，说不定哪天还能拼桌呢。

舒斐没有给林晚留出消化的时间，又风风火火地带他们进了星创的办公楼。

在前台做好登记后，貌美如花的前台小姐姐引他们上楼去会议室。

如果仅从建筑外观还看不出星创的业务范围，那么从踏进大门的那一刻起，基金会的众人便扎扎实实地感受到了，这就是一家科技公司。

透明电梯从下往上，每上升一层，便能看见一架无人机模型悬挂在外面。踏出电梯就是自流平的灰色水泥地面，撑起内部简约实用的设计风格基调，走廊里甚至还有一个触屏互动机器人。据前台介绍，员工不仅可以用它查询会议室的使用情况，还能借此查询同事通过刷卡进电梯到达了公司哪层，方便大家有需要的时候能马上找到人。

林晚看见舒斐眸光一闪，怀疑这台机器人不久后便会出现在他们的办公室。

一行人进入会议室，没等多久，星创的人就到了。

领头进来的就是周衍川。依旧是衬衫西裤的穿着，宽肩窄腰大长腿，一如既往的帅。

他与舒斐握了下手，目光扫到林晚时，桃花眼里掠过一丝浅淡的笑意。

林晚只好还他一个笑容。

与周衍川同时出现的，还有星创各部门参与此次合作的负责人。发言商讨大多由几位负责人进行介绍，周衍川基本不开口。只有在员工被舒斐强势的态度逼问得无法应付时，才轻描淡写地解释几句。

这是双方的初次正式会议，不少细枝末节的合作规则都需要在此时定下，一时半会儿结束不了。

一小时后，周衍川出去接电话，舒斐见他不在，便建议其他人先休息一阵，等他回来再继续。

技术宅男们被舒斐折腾了大半天，一听这话，立刻作鸟兽散，估计是出去聚众吐槽了。

"我去下卫生间。"舒斐对身边的林晚说了一句，也踩着高跟鞋出了会议室。

"大魔王"不在，会议室的气氛变得轻松起来，同行的两个女孩马上开始交流帅哥观后感。

"你知道吗？我全程不敢跟他对视。"

"我也是，我也是，中间不小心看到一眼，感觉我脖子都红了。"

"帅成这样还做什么无人机啊，一人血书求他出道好不好？"

"哎呀，你别胡说。我觉得他这种性冷淡的类型，再加上一个聪明的大脑，魅力值要翻好多倍的。"

林晚盯着笔记本屏幕，假装投入地回顾会议内容。

在场唯一的男同事也加入闲聊，他说："听说这位周总只负责技术这块，其他事务一概不管。你们要犯花痴的话，不如看看他们的曹总，长得也不错，而且还是 CEO（首席执行官）呢。"

"CTO 有哪里不好？反正都是合伙人。林晚，你说对不对？"

林晚突然被点名，只好弯起眼睛笑了笑道："太对了，职位是一时的，但帅是一辈子的。"

跟她搭话的同事脸色忽地一变，接着就变得通红。

林晚眨了下眼睛，心想不妙。

她回过头，果然看见周衍川就站在会议室门边，清瘦修长的手指还搭在把手上，显然是刚刚推门而入，就听见了他们的对话。

四目相对，林晚莫名怂了，小声说："我去倒杯水。"

她端着纸杯低着头，假装没看见会议室的饮水机，飞快地从周衍川身边闪过，奔向走廊尽头的茶水间。

不行啊，朋友，你这不是做贼心虚吗？

林晚站在饮水机前，默默唾弃自己：拿出你"海王"的气势来，不惧任何艰难险阻，永远笑对任何场面！

没等她想好"海王"到底该有怎样的气势，身后传来的脚步声就叫她神经一颤。

周衍川走过来，半靠在吧台边，稍偏过头，似笑非笑地看着她。

开会时，他把衬衫纽扣解开了两颗，清晰突出的喉结在脖颈处扫过一抹淡淡的阴影，再往下是平直凹陷的锁骨，英俊得惊心动魄。

林晚把心一横道："我解释一下……"

她想说刚才是同事在赞美他的颜值，她当然要礼节性地附和几句。然而话还没说出口，周衍川就勾唇笑了笑。

"行，你解释清楚，躲我做什么？"

他语气有几分散漫，逗她似的轻声低语道："几天不见，有新答应了？"

"……"

早知如此，当初就该说周衍川这种人只能被打进冷宫，永世不得面圣。

林晚关掉饮水机，把纸杯往吧台一放，理直气壮道："谁躲你了？我出来接杯水都不行吗？你们星创这么苛啬的吗？"

周衍川看了一眼纸杯，觉得他要再问下去，说不定这姑娘得当场把它捏扁。

他收回视线，继续打量着林晚的神色，好像看不出她有任何异常，但又不太对劲。

"上回遇见的人，"他想到了一个可能性，开口道，"是我伯父伯母。我跟他们关系不太好，说出来怕你感觉烦心。我没别的意思，也不是故意想瞒你什么。"

林晚没料到，他这回居然如此坦诚，让她一下子哑了火。

倘若是没去过三中的她，面对这个解释可能就不再深究了。可现在她知道，周衍川双亲过世后就来了南江由伯父伯母照顾，因此心里的小问号反而越来越多。

"哦，这样啊。其实你也不用解释，我就是……就是刚才跟同事在讨论你，不小心被当事人听见了，有点儿尴尬，就出来避一避。"她闷声闷气地说。

这个说法也算合理。

周衍川露出了然的表情问："现在还尴尬吗？"

"都说开了，还有什么可尴尬的？"

"那走吧，其他人都回来了。"

林晚和周衍川一前一后走进会议室，换来了基金会两位女孩充满艳羡的注视。

光看她们的表情，林晚就猜到这两人可能脑补出了什么粉红泡泡的故事，只能微微笑了一下，若无其事地坐回位置。

会议照常进行。

包括项目总监舒斐在内，鸟鸣涧团队的所有人都是第一次与无人机行业合作，星创方面不得不从原理上为他们讲解。

讲解部分交由现场知识最全面的周衍川负责。

他站到会议室的白板前，拿笔在上面一边画，一边说："我先梳理双方的工作范畴。基金会的诸位需要提供每个自然保护区的具体面积，通常来说，每架无人机一次飞行可管理的面积是一百万平方米，到时我们会根据你们提供的数据，为保护区配备相应的无人机数量。"

星创的办公楼，不是时下流行的全玻璃幕墙设计。

几扇窗框有序林立，离白板最近的那一扇，将阳光拢成一片画框。窗外无风，树叶静止，唯独周衍川一人是画中最抢眼的风景。

林晚目不转睛地望着他，忽然感觉，二十几岁真是一个再好不过的年龄。

没有少年的莽撞，也没有中年的认命。他就那么随意地站在那里，不用张扬，也无需修饰，举手投足之间，就好似有万丈骄阳与他同行。

"根据合同规定，三到六个月内就能开发出适用于保护区的无人机。

"与此同时，我们会在各个保护区的地面架设摄像头搭建虚拟的环境模型，今后配合无人机巡逻拍到的画面，一起通过云平台数据回传。

"你们不用去现场勘察，只需要坐在办公室里就能看到 3D 成像，保护区的各类变化都非常直观。"

舒斐问："能举例吗？比如哪些变化？"

"比如保护区的水位高度、空气质量、树林形状，以及……"周衍川放下笔，转过身，淡声说，"是否有盗猎者搭设捕鸟网。"

回到公司后，林晚坐在办公桌前沉思许久。

实话实说，听完周衍川的讲解后，她的内心有些兴奋，还有些震撼。她终于意识到自己以前的偏见有多浅薄。因为她完全局限在鸟类和无人机不共戴天的矛盾上，竟从未想过，无人机不需要对鸟类本身进行干涉，而是通过监控生态环境，就能做到保护鸟类。

就像鸟鸣涧的命名来源一样。

王维曾经写下"月出惊山鸟，时鸣春涧中"的优美诗句，他所描绘的其实也是一代代鸟类爱好者想要看到的画面。

山清水秀任鸟飞。

与林晚同样被刷新认知的大有人在，周围的同事还在谈论不久前结束的那场会议：

"无人机已经发展到这种地步了？到底是星创的技术强大，还是我们以前太无知？"

"多半是我们无知吧？我刚在网上搜过周衍川，除了跟星创有关的消息以外，就是他大学时期的一些事迹了。可你看他又不像刚毕业的样子，中间几年好像没什么作为。"

林晚皱了下眉，用微信问钟佳宁："你能帮我问问钟展吗？为什么现在网上都搜不到周衍川在德森时期的经历？"

没过多久，钟佳宁就把钟展的答复贴了过来。

林晚盯着屏幕愣怔许久，怒火渐渐席卷了她的整个身体。

周衍川离开德森后，德森不仅在企业资料里删掉了他的名字，还额外花费了一笔高价，用于删除与他相关的所有报道。因此，才导致圈外人根本不知道，德森之所以能够成为行业领先的品牌，还有他的一份功劳。

德森把属于周衍川应得的荣誉，全部一笔一笔地抹掉了。

凭什么？

林晚忍不住在心里骂了句脏话，千丝万缕的情绪涌上来，令她控制不住内心的冲动给周衍川发了一条消息。

"明晚有空没？出来喝酒。"

周二晚上，林晚加了会儿班，就开车前往蒋珂驻唱的酒吧。

周衍川今天不在科园大道这边，两人约好了直接在酒吧碰头。

蒋珂听说她约了周衍川后，笑着问："等下需要我帮你唱点儿情意绵绵的歌助兴吗？"

"你有没有热血一点儿，能激励人心的歌？"林晚认真地问。

蒋珂跟看外星人似的注视她三秒，很有自知之明地说："你看我这样子，像唱那种歌的人吗？"

说得也是。

林晚撇撇嘴，又兴致不高地跟蒋珂闲聊了几句。

有人过来通知蒋珂准备上台，她站起身，拍拍林晚的肩说："你真想打鸡血的话，给你推荐我家楼下那家理发店。每天早上他们都会做操喊话，听得我在梦里都热血沸腾的。"

"谢了，有空我会去的。"林晚挥挥手，目送她上台。

蒋珂站到立式话筒前，把她一身摇滚范儿的条条链链理了理，扭头冲吉他手做了个手势，爆炸般的扫弦便配合躁动的鼓点响了起来。

蒋珂唱歌的声音和她说话不同，稍微沙哑的烟嗓，唱着不知道为什么，反正就是今天觉得很颓废很无聊的歌词，竟比林晚想象中的要好听不少。

等唱到第二首歌时，周衍川到了。

他坐到林晚身边，抬眼看见台上的女主唱时愣了一下，显然他也认出了这就是那位"五月傅记海鲜店短发女"。

周衍川一言难尽地侧过脸问："你约我出来，就是让我看她？"

"不是。"林晚仰头喝下一杯酒道，"你就当作是我想见我的新欢吧。"

酒吧迷离的灯光扫在她脸上，卷翘睫毛下的眼睛低垂，莫名有几分郁闷。

周衍川问:"新工作不适应?"

"没有啊,蛮适应的。"

林晚不知不觉又连灌了几杯酒,才鼓起勇气问:"你为什么离开德森?"

骤然亮了一瞬的光芒,让她看见了周衍川眼中一闪而过的游移。

她加重语气再次问道:"为什么?"

周衍川静了一阵,才拿起桌上的酒杯,搁在唇边道:"理念不合。"

"再具体一点儿呢?"

"几年前,德森做了一个山林巡逻的项目。因为利润不高,他们没用心,导致那一年虫害爆发,死掉了不少树。"

林晚鼻子一酸。

周衍川继续说:"当地政府为推广退耕还林费了很多心神,刚开始环境好了,野生动物重新出没,经常下山咬死村民养殖的动物,政府为此赔了不少钱。"

"我懂,都是合理开销。"林晚闷声接话道,"我们也遇到过,保护区的老鹰飞出去捕食,也是要赔偿损失的,否则大家就不配合。"

周衍川的喉结滚动,沉默地喝下一杯酒。放下酒杯后,他声音有点儿沙哑地说:"最后一切都白费了。我忍不了,就离开了德森。"

林晚深呼吸了几次,问:"你做这样的选择,是因为你的父母吗?"

周衍川目光微沉,漂亮的桃花眼浸在昏暗的光线中,仿佛有无数情绪在翻涌。

林晚想,那么深情的眼睛,不应该用来看生离死别的悲怆。

这一次,周衍川安静得更久,久到她以为他会站起来走人的时候,他才重新抬起眼,嗓音比刚才更嘶哑。他说:"你知道了。"

他用的是肯定的语气。

林晚解释道:"我上周去过三中,遇到了你初中时的班主任。"

周衍川苦笑了一下说:"难怪。"

或许是酒精作祟,或许是林晚的目光太温柔。

他内心挣扎了片刻,就弯下腰,手肘撑在膝盖上,没看林晚,也没看任何人,只是凝视着脚底那片黑暗处,缓缓说道:"这么多年,我早就接受了,只是不喜欢对人提而已。你不用同情我,我后来过得并不惨。"

"我没同情你。"

"嗯。你之前说我是个少爷，其实差不多吧。我爸妈留下了不少遗产，我这辈子就算混吃等死也花不光。别看星创的 CEO 是曹枫，事实上我的股份比他的多，我是只想管技术，才把他推出来应付杂事的。"

"那你来南江之后，还会经常想起他们吗？"

"现在想得少了，刚开始一两年，每天都会梦见出事的那一幕。"

周衍川将十指交叉，头更低了些，酒吧的灯光照在他修长的后颈上，扫出一片流动的光影。

"我爸当时抱住了我妈，我妈往后伸出手想拉住我，然后一切就结束了。"

林晚听着他平淡的语气，不知喝下了多少酒。听到最后，她捂住胸口，一句话也说不出来。

周衍川闭了闭眼，再次坐好时，见她眉头紧皱的样子，问："喝多了？想吐？"

"不是。"只是有点儿心疼。

林晚感觉大脑昏昏沉沉的，心脏就像被人绞紧又松开，促使她的血液流通时慢时快。可能上头了，她想，说不定今晚会丢脸。

丢脸的念头才刚升起，她就"噌"的一下站起来，抓住周衍川的手腕就往外走。

服务员认得她是蒋珂的朋友，也不怕他们逃单，任由她跌跌撞撞地拽着男人出了酒吧。

被室外的风一吹，林晚反而更不清醒了。

这家酒吧在一栋大楼的顶层，她四下望了望，看见附近的观景台，又扭头往那边走去。

周衍川当她发酒疯，手指动了动，没费什么力气就变成了反握住她的姿势。

林晚一口气冲到观景台边缘，甩开他的手，从高处俯视着整座城市的繁华。接着，她大喊了一声："爱妃！"

"……"

林晚回过头，抬手指向远方，让他看川流不息的车流与灯火通明的街道。

她的长发被高楼的风吹乱，脸有些泛红，眼神却格外清澈，清澈得就像她并不是在胡言乱语。

"这是朕为你打下的江山！"

周衍川的眼皮跳了几下，估计她是真喝醉了。他无奈地摇摇头，上前一步，用了点儿力气，搂过她的肩膀把人往回带。

林晚哼唧几声，又不安分地扭了几下，就把最后的力气也耗光了。她软绵绵地靠在周衍川的胸口，仰起头，捧着他的脸，花瓣般诱人的嘴唇吐出些许酒气，然后认认真真、咬字清楚地说："所以你别难过，世界那么辽阔，那么美，它不会一直辜负你。"

浓稠如墨的夜空乍然被撕开了一道缝隙，绚丽的灯柱从鳞次栉比的高楼间穿梭变幻，仿佛有无数条身披鳞甲的巨龙蜿蜒而过。那些斑斓的光晕散落在林晚的身后，让周衍川有几分目眩。

他对此刻的感受很陌生，好像冥冥中要抓住点儿什么，可是又不敢伸出手，怕那只不过是昙花一现的错觉。

最终，他只能按住林晚的肩膀，想扶她站稳，至少两人不要贴这么紧。

谁知他刚有所动作，林晚就轻轻拍着他的脸道："不许乘人之危，我没醉。"口齿依旧清晰。

"没醉就自己走，"周衍川松开手，在她腰侧虚揽着，等她摇晃两下站稳后才拿开说，"我进去买单，里面人多，你到门口等我。"

林晚用力点头道："好！"

周衍川看她一眼，拿不准她到底清不清醒，只能叫来酒吧门口的服务员，让他帮忙看着点儿，然后自己进去把钱付了。刷卡时他留意了一下酒水单，也就是一些度数不高的鸡尾酒，才稍微放下心来。

结果再出酒吧时，周衍川放下去的心又吊了上去。

"人呢？"他问门口忙着接待新客的服务员。

服务员神色复杂地指向旁边说："帅哥，你女朋友拦不住啊。"

周衍川绕到另一边，在看清林晚在做什么后，顿时无话可说了。

酒吧旁边有个小型艺术装置，几根柱子从地面撑向天花板，配合几个涂得漆黑的人台，组成了一个艺术家本人可能也看不懂的玩意儿。

林晚此刻就甩着手，在柱子之间绕来绕去。

动作还挺敏捷，仿佛眼前有千军万马杀来似的，"咻咻咻"地就从一根柱子绕到了另一根柱子后面，估计是在忙着逃命。

周衍川站在原地看了会儿，拿出手机，打开了录像功能。

等林晚绕到离他最近的那根柱子时，他伸手一把将人揽了过来，这回没管她再哼唧什么，冷着脸带她到了楼下。

两人都喝了酒，只能叫代驾过来。

好在酒吧附近等着接活的代驾不少，很快有个年轻人出现在他们面前。他接过周衍川的车钥匙时眼睛亮了一下，好家伙，迈巴赫。

周衍川懒得管林晚的车了，直接把人塞进后座，对代驾说："先去东山路。"

林晚的醉酒方式极其别致，迷迷糊糊中还能记得自己把安全带系好，可见是个遵纪守法的好市民。然而酒量却差得惊人，不知道哪儿来的胆量敢约人在酒吧见面。

就这水平还想开后宫？也不怕几两酒下肚，江山就丢了。

周衍川经历了一整晚的心潮起伏，此刻本该是喧闹过后独自神伤的时候。现在被林晚这么一闹，他什么心情都没了，只能安安静静地看着她，目光在她被酒精浸润出光泽的嘴唇上停留数秒，然后悄无息声地错开了。

他一直不认为自己有多惨。

可能确实遭遇过一些坎坷，但命运待他并不薄——至少没有残酷到对他赶尽杀绝的地步。他也始终对自己说：往前看，别回头。

他还有许多想做的事，不能停下来消沉。否则，很可能会被那些沼泽般的过往困住，陷入其中，再也无法挣脱。

所以，多年以来他慢慢地学着习惯、忍耐、克制，不把伤口露出来给别人看，也不去计较过往岁月中经历的得与失。就好像天大地大无处宣泄，只有这样才能撑住，才能坚持下来。

但今天晚上，林晚就这么直接地站到他面前，迎着万家灯火的光辉，用只有彼此能听见的声音告诉他，"世界不会一直辜负你"。

灯影在车窗上流动荡漾，周衍川侧过脸，看向窗外，无声地笑了一下。

车子开到林晚家外面的巷口，周衍川把她扶下车，让代驾在外面再等一会儿。

今夜巷子的路灯全亮着，温和的光影将一切变得明亮。

林晚像是困了，软软地把脑袋靠在他的肩头，睫毛一颤一颤的，目光带着点儿懵懂的天真，她揉了下眼睛，轻声问："到家了？"

"你到底醉没醉？"周衍川无奈了，搀着她在院门外站好，说，"钥匙给我。"

林晚睁大眼睛瞪着他惊恐道："你怎么可以随便要女孩子家的钥匙？不要脸！"

"……"行，是他不对。

林晚低下头，把滑到身后的包拽回到身前，拉开拉链说："自己找。"

周衍川稍弯下腰，手指有点儿僵硬地拨开她散落在胸前的长发，从她塞满七零八碎小玩意儿的包里翻了好半天，才终于摸到一把冰冰凉凉的钥匙。

刚把钥匙插入锁孔，隔壁院子的门就先打开了。

一个初中生模样的女生探出头来说："你哋依家最好唔好入去（你们现在最好别进去）。"

周衍川不会说粤语，但能听懂，闻言忙问："怎么了？"

女生用下巴示意他看林晚家没关窗户的二楼，换成了普通话："最近一阵有白蚁，社区今天组织除虫。姐姐家的窗户没关，现在肯定遭殃了。"

周衍川往后退开几步，抬眼朝上看了看。他又转过身，望着眼巴巴等他开门的林晚，认真地沉思起来。

把她带去酒店，或者把她留在白蚁过境的家里。

到底该如何选择，才能避免明天早上被她痛骂一顿？

次日清晨，林晚睁开眼，意识尚有一半停留在梦中的刀光剑影里。

她爸从前爱看武侠片，她跟着看多了，导致经常都会梦见。昨天晚上她依稀记得做了一场声势浩大的梦，这回剧情升级加入了朝堂元素，反正乱七八糟得让她累得慌。

等她注意到头顶的天花板非常陌生时，已经是5分钟过后。

林晚一下子坐了起来，因起得太猛，又差点栽回去。

她抱住脑袋哀号一声，又赶紧掀开被子看了几眼。还好，衣衫完整，可见没有发生什么不该发生的事。

记忆停留在观景台的那个瞬间，当时仗着醉意还不觉得，如今清醒后再回想起来，简直羞耻心爆棚。

林晚就这么跟鸵鸟似的萎靡了一会儿，意识才渐渐回笼。

她左右观察了一下，发现自己身处一家酒店房间里，看装修还挺豪华的，多半是周少爷昨晚把她送到这里来的。

手机显示时间已是早上 7 点半，留给她收拾的时间不多了。

林晚匆匆忙忙地进卫生间洗完澡，拆洗护用品时看了一眼包装上的信息。就是离她家不远的一家酒店，现在退房还来得及回去换身衣服。

外面响起了敲门声。

林晚把沾着酒气的衣服穿好，一边拿毛巾擦头发，一边过去开门。

门刚打开，她就一怔。

这原来还是个套房。

周衍川不知起了多久，反正看神色很清醒。他站在门边，低头看着她问："醒了？吃早餐吗？"

林晚难得羞怯了一秒，小声说："我想回家换衣服。"

周衍川垂眸扫过她身上的连衣裙，其实看不出来脏，因为面料的关系穿了一天也没皱，想了想还是告诉她："你家很可能进白蚁了，确定现在回去？"

林晚仿佛被雷劈了似的愣在了当场，白皙明艳的脸庞写满了"我怎么这么惨"的错愕。几缕头发湿漉漉地贴在脸边，衬得整个人看起来生无可恋，哪里还有昨晚喊他"爱妃"时的意气风发？

周衍川转过头，唇边弯起一抹笑意。

"是人吗？你还笑？"林晚简直要崩溃了，一想到她可爱的小洋房此时正在遭遇什么，她就感到一阵心如刀绞。

周衍川轻咳一声，收敛了笑容。他不笑的时候，就又变回了那种疏离冷淡的样子，声音却是清冽的，还带了点儿哄她的安抚感。

"去把头发吹干，吃完饭先送你去公司。"

林晚无奈地转身去找吹风机，窈窕的背影透着一股沮丧。

等她吹完头发出来，周衍川叫的客房服务也把早餐送到了。种类还算丰富，西式、中式都有。可惜她没有享受美食的心情，几次与周衍川目光接触时，都隐隐流露出无法掩饰的哀怨。

周衍川单手拿着一块三明治，另一只手滑开手机屏幕说："星创合作过一家很好的虫害治理公司，我帮你预约一下？"

林晚眨眨眼睛，可怜兮兮地点头道："越快越好。"

"那就今天？"周衍川一边打字，一边说，"如果不介意，可以把钥匙留给你的邻居。"

林晚和隔壁那家人关系不错，也没多想就答应了。

直到周衍川告诉她"约好了"之后，她才迟疑着问："我昨天后来……没干丢脸的事吧？"

周衍川放下手机，懒洋洋道："那要看你对丢脸的定义是什么了。"

叮，不祥的预感。

林晚在脑海中迅速过了一遍丢脸的一百种方式，最终她认命地察觉到，其实她把人约出来想安慰几句，最后由于心情太沉重先把自己灌醉，本身就已经很丢脸了。

她有气无力地叉起几片蔬菜沙拉，小声嘀咕道："说吧，我承受得住。"

"不太好形容，"周衍川把手机推过来说，"你自己看视频。"

林晚狐疑地看他一眼，脑洞不受控制地往十八禁的方向疾驰而去。

男人的长相和身材都很对她胃口，难不成她借酒装疯见色起意，一个放飞自我对人家做了很不道德的事？

可他居然还录了下来？这种行为不合适吧？

林晚颤悠悠地点开相册，盯着最新的那个视频做了一下心理建设，一咬牙按下了播放键。

时间一分一秒地过去，空气一点一滴地凝固。

长达2分钟的视频播放结束后，林晚恨不得挖个地洞钻进去。

该如何形容呢？或许这就是传说中的"一世英名毁于一旦"吧。她也没想到自己喝多了，竟然会在那儿绕柱子，而且还绕得那么熟练！

林晚清清嗓子，装出无所谓的样子说："就这呀，还好。"

周衍川没说话，一双桃花眼无声地望着她，片刻后不知哪里来的闲心，忽然说："我不该开玩笑说你是'海王'。"

"？"

男人骨节分明的手指微曲，在手机上叩了一下说："你可能是秦王。"

"……"

林晚一口血差点吐出来，耳边甚至回响起高中语文课上的琅琅书声。

荆轲逐秦王，秦王还柱而走。

林晚觉得接下来的很长一段时间，她都不想再见到周衍川了。

真的，这事换了谁能忍？

她顺手拿起一块面包，狠狠咬下来一片，仿佛手里抓住的不是面包，而是对面那人的脖子。

周衍川望着她咬牙切齿的愤怒脸，笑了笑，淡声开口道："你昨天还说……"

林晚一惊，想叫他别说了，可惜嘴里的面包还没咽下去，只能悲痛欲绝地听见他的声音在房间里继续响起。

"你说这个世界都是你为我打下的江山，还说它不会一直辜负我。"

林晚心态崩了，抬头冷眼与他对视，等待他这回又要嘲讽出什么新鲜句子。

反正她都是秦王了，打江山有哪里不对吗？

向天再借五百年，她能统一全宇宙。

然而出乎她的意料，周衍川没有急于吐槽。他抿紧唇角，喉结上下滚动着，眼睛却在晨曦中慢慢低垂。阳光照进的角度刚好，在他的眼尾渲染出缱绻的光影，比平时还要勾人，甚至倾向于某种独特的性感。

"以前没人跟我说过这些。"

提到这里，他的声音还是很平静，但又有哪里不同。就像荒芜了很久的悬崖，不经意间抽出一株绿芽，等到来年春暖花开，就能还她漫山遍野、春意尽染的理想国。

"谢谢！你这句话，我会永远记住。"

林晚愣愣地点了下头，心中锣鼓喧天，旗帜飞扬。

她突然觉得，昨晚那几杯酒，喝得值了。

第 4 缕光

暧昧期

早上 8 点 15 分,林晚把钥匙交给邻居,告诉他们晚点儿会有人过来取,然后也来不及想家里是什么惨状,就急匆匆地走出巷子,上了停在路边的迈巴赫。

通往科园大道的路,依旧堵得厉害。

沿路司机把喇叭按得震天响,也无法撼动缓慢行进的车流。

六月的南江,已经热得人心浮气躁。

林晚吹着空调,听着外面那些嘈杂的声响,心想周衍川开车的时候倒是很淡定,偶尔遇到几个冒失的司机想抢位,能过的也就让他们过去了。不像有些人总爱争那一分半秒,其实根本快不到哪里去。

开车的事由周衍川全权负责,她坐在副驾关心起了别的事。

林晚有点儿轻微的洁癖,一天没换衣服就感觉浑身不自在。她趁着周衍川不注意,悄悄闻了下衣领,越闻越怀疑上面的酒味还没散去。

路口的红灯亮起,车流再次被阻断。

周衍川手指轻扣方向盘,往前面的后视镜里瞥了一眼,刚好看见她松开衣领,露出一脸不痛快的表情。

虽然全是她的心理作用,但他还是顺手从中间的抽屉翻出一瓶男士香水问道："用吗？"

"谢啦！"

林晚弯起眼睛笑了笑，如获至宝地接过来。

车内很快散发出干净清爽的香水味，偏冷的搭配，像冬天的松柏，又像雪融后的清泉。

林晚把瓶盖盖好，放回去的时候问："原来你会用香水啊？"

如今的年代，男人用香水并不罕见。她之所以会好奇地发问，只不过是因为平时没在他身上闻到过香水味，因此她一直以为周衍川是那种与香水绝缘的男人。

周衍川默数着红灯的倒计时，嘴上答道："有时候连续应酬，抽烟的人多，赶下一场来不及换衣服，就在车上准备了一瓶。"

林晚点了下头，发现跟周衍川熟悉之后，就能看出他身上的确有许多少爷习惯。倒不是说有多矫情，而是很自然地在细节处会比较注意。

不像有些男人，自诩纯爷们儿不在乎外表，浑然不知遭殃的是他周围的其他人。

趁她浮想联翩的时候，周衍川看了眼实时路况，问："你们几点上班？"

"没事，你慢慢开，反正堵得这么厉害，肯定会迟到。"

林晚已经开始琢磨，或许该在公司附近租套房子。否则长此以往，她很可能因为频繁迟到而被开除。

"到底几点？"

"9 点半。"

由于路上堵得太久，现在已经 9 点了。而十字路口对面那个方向，看起来也不像路况顺畅的样子。

周衍川没说话，等红灯亮起后驶过十字路口，然后在经过一条小路时打转方向盘拐了进去，同时车速忽然提升，接连将几辆车甩在身后。

七拐八绕的小路仿佛一座复杂的迷宫，可周衍川好像心里装着地图一般，该在哪里拐弯，该从哪里掉头，他比林晚这个开车全靠导航的本地人还清楚。

而且这种时候，他脸上也没什么炫耀的神色，唯有动作比刚才更利落了些，侧脸轮廓在窗外不断后退的街景衬托下，帅得让人移不开眼。

林晚想了想，问："星创难道不是 9 点半打卡？"

周衍川静了几秒，说："没有固定的打卡时间，所以我刚才就忘了这事。"

"……"

难怪他之前始终不慌不忙的，原来根本没意识到，这里还有个苦命的上班族不想被扣工资。

林晚叹了口气，叹完又感到好笑，幸好周衍川临时想起问了一句，否则他们两人一个心急如焚，一个心如止水，不知道还要在路上浪费多少时间。

9点25分，迈巴赫稳稳地停在了路边。

林晚揉了揉腰，一边打开车门，一边笑着说："难怪走这边不塞车，路也太破了吧？我半途差点儿以为要被颠散架了。"

"不然你以为大家都傻吗？"周衍川侧过脸，也笑了笑。

林晚还想再说什么，刚一回头，视线就与男人带着笑意的眼睛对上了。

车外的热浪卷进半开的车门内，冷热两股气流在车内交缠融合，悄然为时间按下了暂停键。空气里还浮动着淡雅的香水味，沾在她的肩头，落在他的腕间。

两人同时安静了下来，静静地注视着彼此。

一个恍惚的须臾过后，又不约而同地错开了视线。

林晚清清嗓子道："我先下了。"

"嗯。"

在楼下等电梯时，林晚找出镜子照了照。可能是今天的阳光太毒辣，她的脸居然有点儿红。

到了办公室后，林晚算了算昨晚的酒钱，又查了下酒店套房的房费，用微信把钱给周衍川转了过去。

转账迟迟没被接收。

她猜测周衍川估计在忙，也没太在意，打开从基金会内网下载的环保组织名单，争分夺秒地看了起来。

按照舒斐雷厉风行的办事风格，林晚相信，一周之内倘若她不把鸟鸣涧的资料背得滚瓜烂熟，绝对会被叫去总监办公室挨训。

上午的时间总是过得很快。

等林晚从屏幕前抬起头，就已经到了午饭的时间。她带上手机，和同事一起下楼吃饭。

科园大道沿途遍布办公大楼，每天一到中午 12 点，马路上就会冒出数不尽的男男女女，不管薪水多高、职位多光鲜，全部目的统一地奔向街边的各家餐厅觅食。

同事甲顶着烈日提议道："中午吃煲仔饭？"

"这么热的天吃煲仔饭？"同事乙摇头道，"不如去吃竹升面啦。"

"煲仔饭嘛。"

"竹升面啦。"

鸟鸣涧这群人真是好脾气，居然没一个人站出来吐槽他俩。反正都是热气腾腾的食物，选哪个其实都没差。

林晚初来乍到，当然也没开口，任由两人争论半天，最后决定兵分两路。

她见选择竹升面的刚好是和她同去星创开会的几人，比较熟，便和他们一起走进了一家人头攒动的面店。

等餐的时候，林晚无意中提了每天通勤路上的拥堵情况。

坐她对面的女孩叫郑小玲，听完后问她："你家住哪里？"

"东山路。"

"东山路？哇，过来要好远的……"对方敬佩地看着她说，"你每天往返至少都要两小时，时间长了很累的。"

实际上，林晚现在就已经感觉到累了。

她撑着下巴，撇撇嘴道："对呀，我想要么干脆在公司附近租房算了，每月房租抵油钱，还能多睡个美容觉。"

郑小玲一听，立刻来了精神。她指指左右两边的同事，笑眯眯地说："你不如跟我们合租啦，刚好我们多出了一间房。"

林晚面露犹豫地说："可我不太习惯和人共用卫生间。"

一般情况下，几个年轻人都是租套面积大点儿的房子。带卫生间的主卧租金最贵，住其他房间的人，则只能共用一个或两个公卫。

此时旁边还坐着一位男同事，考虑到性别不同，所以那间主卧多半是被他占了。

郑小玲却摇头说："不是啊，'大魔王'在周边有套闲置的别墅。她说反正空着也是浪费，就以比市场价低了不少的租金租给我们。每个房间都有卫生间和阳台，完全不需要担心的。"

"真的？"林晚一听就感兴趣了。

另一个女孩软绵绵地接话道："你不如住进来吧，正好我们下周打算在花园开烤肉派对呢，还能当作是给你开欢迎会呢。"

林晚这下还真有点儿心动，她问："不如今天下班，你们带我去看看？对了，是哪个楼盘？"

"云峰府。"郑小玲一脸羡慕地感叹道，"'大魔王'真是单身女性的榜样，有钱又有能力。"

林晚却是一怔。

云峰府，这不是周衍川住的地方吗？

仿佛冥冥中有人听见她的心声一般，下一秒，一个人影从旁边凑了过来。

郝帅不知从哪儿冒出来的，招手喊道："林晚！"

"嗨！这么巧。"

林晚笑着朝他挥挥手，大家同在科园大道上班，吃饭的时候能遇见简直太正常了。

郝帅见旁边那桌的人走了，就一个箭步跨过来，坐到椅子上问她："你怎么会在这里？"

"我换工作了。"

林晚回了一句，又为他们做了介绍。

一听郝帅是星创的人，郑小玲他们的态度也顺势变得热情起来。

那位男同事见郝帅一人占着一张大桌，提议说："不如你也坐过来？"

郝帅说："不用不用，我还有其他同事在后面，我专门跑在前面抢座的。"

话音未落，面店的玻璃门便从外面打开了。

郝帅原本还笑呵呵地站起来招手，不承想却看见周衍川也混在星创的人里，立马身体一僵，变成了一只老实的鹌鹑。

至于鸟鸣涧的几个人……

林晚左右看了看，两个女孩子正在用手机前置摄像头整理发型。

周衍川还没看见他们。他走在最后，在同一个年纪稍长的男人交谈着什么。

郝帅有点儿心虚地问最前面的同事："老大怎么也来了？"

"他和组长在谈工作，"同事说，"就顺便一起过来了。"

林晚发誓，她绝对看见郝帅用口型骂了一句。

打工人的通病在此时展露无遗。工作上的崇拜和信任是一回事，私底下同桌吃饭又是另一回事。换作是她现在要和舒斐面对面吃竹升面，她也会觉得碗里的面，它就不香了。

偏偏此时郝帅还幽幽地抬起眼，向她投来求助的目光。于是，林晚笑了一下说："要不你过来坐吧，你俩刚才不是聊得很投机吗？"说完，偷偷在桌子下碰了碰男同事的脚。

男同事心领神会地说："是啊，兄弟，快到我怀里来！"

几句话的工夫，周衍川已经走了过来。

看见几小时前还在他车上的熟悉身影时，不禁脚步一顿。还没等他下意识勾起唇角，下一秒，他就看见郝帅一脸幸福地直奔林晚那桌而去。

"……"周衍川轻哼一声，淡淡地收回了视线。

刚准备和他打招呼的林晚一看，脑袋里冒出了无数的小问号。

早上还好好的，怎么中午就装不认识了？

四人方桌坐了五个人，稍显拥挤。郝帅不得不把凳子往旁边挪了点儿，就与林晚挨得近了些。紧接着，他就顿住动作，皱皱鼻子嗅了嗅，小声说："咦，你身上的香水味好熟悉啊，好像和我们老大是同一款。"

林晚看他一眼，心想你属狗的吗？

都两个多小时了，这款又是留香不久的淡香，最多也就只剩下一点点后调而已。

郝帅看懂了她的眼神，点头认真地说："我从小鼻子就特别灵，真的能闻出来，应该就是我们老大那款吧，你们很有默契哦。"

林晚刚要开口，隔壁桌就传来了一道不咸不淡的声音。

"她用的是我那瓶。"

——她用的是我那瓶。

四周听见这句话的人，集体石化。特别是郑小玲他们几个，今天上班就察觉林晚穿的是昨天那条裙子。如今两相结合之下，更觉得真相扑朔迷离。

倒不是说鸟鸣涧的人有多肤浅，成天盯着人家穿什么。纯粹是因为昨天她们几个女同事就在茶水间议论，说林晚身上那条裙子蛮好看的，设计说不上哪里特别，但就是显得人很精致。后来郑小玲还打听过裙子的品牌，回去上网一搜，发现价格能抵她两个月工资，加上买家秀里其他人穿着显得很一般，才悻悻地打消了念头。

而星创某些没见过林晚的人，则更好奇这个"她"是何方神圣。

他们有时私底下也会讨论周衍川的感情生活，都认为他有种不近女色的禁欲感，很难想象他会选择和什么类型的异性展开工作之外的来往。

众人齐刷刷地转过头来，在看清林晚的长相后，彼此交换着眼神，觉得这事可以理解。

就两个字，漂亮。

简简单单地坐在那儿，没化妆也没戴首饰，根本不用特意拗什么造型，就已经足够出众。

光凭这样的条件，周衍川的心哪怕是远古冰川做的，也差不多该松动松动了。

众目睽睽之下，林晚笑眯眯地看着郝帅说："对呀，早上我搭你们老大的顺风车啦。你喜欢这款香水的话，去他车上找嘛。"

郝帅："？"我哪儿敢啊。

没等他说话，周衍川把菜单传给了身旁的人，眼睛没往这边看，话却是对郝帅说："或者不如送你一瓶，省得你去别人那儿闻。"

"……"

"没关系，喜欢这个味道就说。"林晚拿出手机，亲切地歪过头问，"你几月生日？我送你生日礼物吧。"

"……"

郝帅在心里暗骂一句，这是什么城门失火殃及池鱼的场景啊。作为一条躺姿最标准不过的咸鱼，他不过是鼻子灵敏了一点儿，难道就应该被这两人有来有往地当"工具人"吗？

咸鱼也是有尊严的好不好？

郝帅"啪"的一声拍响桌面，甩了下头发，站起来转过身，鼓足勇气直视周衍川。

这个动静闹得挺大，周衍川也配合地看了过来。一副气定神闲的模样，跟平时在公司里没太大区别，不过就是眼神稍微冷淡了点儿。

电光石火的一瞬间，郝帅想起前一阵在动保基地，他因为灰雁成功起飞跑去跟林晚吹嘘，他还想起有一回林晚请客，他忘了把周衍川叫上。

周衍川此刻的眼神，跟那两次一模一样。

"老大。"郝帅中气十足地走到他面前，露出灿烂的笑容说，"你们看好了吗？我去帮你们点单？"

周围顿时笑作一团，有人打趣道："刚才看你站起来，还以为你要干吗呢。郝帅，你不如改名叫'郝尿'？"

你们懂什么？

郝帅恨铁不成钢地瞪着这帮傻子，只有身处风暴中心的他，才能体会其中的刀光剑影！

郝帅去排队点单时，林晚他们的竹升面也送上桌了。

她把面里的云吞搁在汤勺里，小口吹了吹，放进嘴里后又扭过头去看周衍川，男人却对着这桌，只留给她一个流畅而冷峻的侧脸轮廓。

林晚眨了下眼睛，尝试代入周衍川的视角，想象一番他进店以来的所见所闻，似乎就明白了什么。

她收回目光，把云吞咽下去后，悄悄笑了笑。

等林晚专心吃她的面了，周衍川才放松姿势，往后靠上椅背。视野稍许开阔了些，能看见她吃东西时，脸颊微微鼓起来一点儿，会有一种与她明艳面容不同的可爱感。

她应该是人缘很好的类型。和郝帅见面的次数不多，就能大大方方地邀请他过去拼桌；明明刚换新工作没几天，和新同事吃饭时也能有说有笑的；哪怕是在海鲜店意外结识的陌生人，她都能跑去酒吧捧场当听众。

不知怎的，周衍川久违地想起了去年在玉堂春的那次见面。当时林晚站在走廊里，很坦然也很直白地对他说："这件衬衫蛮好看的，很衬你。"

分明是很唐突的话，可从她嘴里说出来，似乎就变成了顺理成章。就好像她生来便是这样，让人感觉不怎么走心，但又让人想把她的话听进去。

这样的性格，很容易讨人喜欢，也很容易和陌生人熟稔。

周衍川无声地笑了一下，薄薄的眼皮半合下来，遮住了桃花眼中的隐晦目光。随后便错开视线，继续与下属讨论工作。

几米开外的距离，郝帅双手捧着几个点餐的号码牌，被无意中目睹的一幕惊得灵魂出窍。

妈呀，难道这就是传说中的暗恋？

过了一会儿，林晚放下筷子开始玩手机，顺便等郑小玲吃完。

郑小玲说她在减肥，一口必定要嚼三十下才能咽。慢吞吞的动作直接导致星创那群后来的人都吃完了，她碗里的面还剩半碗。

林晚听见隔壁桌的动静，见郝帅也跟着大部队离开了，稍做思考便说："我出去一下。"

到了门外，星创一行人还未走远。一帮年轻人走路都不安稳，非得互相打闹几下才舒服，活脱脱一群小学生。

周衍川当然不会参与这种幼稚的行为，他独自走在最后，和其他人拉开了一段不远不近的距离。

林晚小跑几步追上前道："周衍川。"

男人停下脚步，回头时的表情有几分困惑，眼睛由于猛烈的阳光而微眯着，莫名让人联想到深情款款的形容。

"嗯？"

林晚说："微信转账记得收一下。"

周衍川神色中出现了瞬间的空白，顿了顿才想起来似的说："没事，不用给。"

"那怎么行呢？"林晚仰起头，一脸认真地说，"以后经常出来玩，总不能每次都是你付钱吧？有来有往才是长久之计嘛。"

周衍川眉眼低垂，安静地看着她。

过了片刻，仿佛被她所描述的"长久之计"给打动了，拿出手机点了几下。

林晚的手机同时振了振。不用看她也能猜到，这是他把钱收了。

钱给出去了，她却没有要走的打算，直接朝树荫下挪过去几步，问道："还有除白蚁的钱呢？我不清楚他们怎么收费，你知道吗？"

"我也不太清楚。"

林晚看他一眼，心想：我信你个鬼，这不是你合作过的公司吗？

周衍川被她的表情逗笑了，勾了一下唇道："他们通常都是治理大型虫害，这种家庭服务的收费，我是真不知道。回头我帮你问问，行吗？"

林晚点了点头说："那你记得发微信告诉我。"

"你特意追出来，就为了问这个？"周衍川挑了下眉，也走到阴凉的地方，淡声笑着道，"我们之间除了钱以外，没别的好谈了？"

林晚哽了一下。

正午时分，高温如火一般炙烤着大地。路上的行人步履匆忙，个个顶着一张"受不了这鬼天气"的脸，只有他俩就像不怕热似的，站在路边聊天。

林晚把耳边垂落的发丝捋过去说："我这不是看你好像有点儿不高兴吗？本来你们那桌人就多，我跟郝帅又见过几面，把他叫过来拼桌也很正常吧。"

她说这话时，耳垂被太阳晒得泛红。

周衍川盯着她薄而粉红的耳垂看了看，问："所以要追出来解释吗？"

末尾那个字他说得很轻，像轻飘飘的一缕烟，被送进林晚的耳中。

她缓缓抬眼道："不然呢？"

总不能是她看见"爱妃"一脸闷闷不乐的样子，为了后宫安宁，就急匆匆地跑来哄人吧？

周衍川低笑一声，看着她没说话。

被他那双桃花眼近距离注视，其实需要很强的定力，才能做到像林晚这般毫不躲闪地与他对视。但凡道行浅点儿的小姑娘，这会儿绝对已经面红耳赤了。

可即便是林晚，被他用这种貌若深情的目光看久了，心跳也在不自觉地加快。

她清清嗓子，挥挥手说："好了，你走吧，我继续回去宠幸新欢了。"

"行，不耽误你。"

周衍川从善如流，让她从身边擦肩而过。

林晚回到面店，开得很足的冷气让她一颗小心脏总算恢复了该有的节奏。她端起桌上凉透的茶杯，迎着三位同事好奇却又不好意思问的表情，隐隐约约地意识到，昨晚之后，她和周衍川之间的关系……

似乎有了点儿变化。

一整个下午，林晚都在和电脑里的资料做斗争，等大概记住七八成时，也到了该下班的时间。

按照之前的约定，她坐上郑小玲的车去看房子。

她上回来云峰府时是深夜，当时心里惦记着受伤的小鸦鹊，根本没有留神关心此处的环境。这回白天仔细一看，发现确实对得起它高昂的房价。

纯别墅小区，绿化做得很好，楼间距也很宽敞。

整体来说，除了贵，挑不出任何毛病。

舒斐租给他们的别墅靠近中庭，加地下室一共四层，一楼留作公共区域，二楼与三楼每层两个套房，现在剩下的就是三楼靠左的那一套。

郑小玲滔滔不绝地介绍道："两百平方米的私家花园，视野开阔无遮挡，鸟语花香随便逛。朋友，心动不如行动，快来帮我们分摊房租吧？"

"你哪天改行了，或许可以去当房产中介。"林晚眉眼弯弯地笑着说，"不过房子确实蛮好，我干脆周末就搬过来吧。"

"好好好。"郑小玲连连点头道，"你还能赶上我们的烤肉派对。"

一直没出声的男同事凑过来，挠挠脑袋说："烤肉派对能不能多叫点儿人？到时候全场就我一个男的，喝酒都热闹不起来。"

郑小玲问："你想叫谁？"

"你们住得近的朋友或公司同事，都叫上吧。"对方想了想，又补充道，"可以把郝帅也喊过来，这兄弟跟我很投缘。"

林晚的眼皮猛地一跳。

她打开手机微信，找到与周衍川的聊天窗口，慢吞吞地打字。

"周末想不想来我家烤肉？"

几分钟后，周衍川发来了一串省略号。

林晚还他一个问号，接着又问："到底来不来？"

周衍川直接发语音："你家不是刚除过白蚁？"迟疑中还带着点儿"到底是我疯了，还是你疯了"的无语。

林晚"扑哧"笑出声来，终于想起该把自己打算搬到云峰府的事告诉对方。

这回他没有犹豫，直接回了一个"来"字。

"我也带个朋友可以吗？"林晚加入郑小玲两人的对话，"周衍川，他就住在这个小区，万一缺点儿什么，还能问他借。"

郑小玲愣愣地点头，终是败给好奇心地问："你和星创的那位周总，是朋友呀？"

"对啊，之前认识的。"

林晚把烤肉派对的时间发过去，抬起头笑了笑说："他人其实蛮好的，以后熟了你就知道了。"

郑小玲心想她与周衍川可能一辈子都很难熟起来，她信奉人与人之间都有看不见的气场，像林晚这种就是和周衍川气场相投的，两个人站在一起就很养眼。所以，如今即便知道他们是朋友关系，郑小玲觉得也很正常。

帅哥从来都是和美女一起玩的嘛。

林晚办事很利索，决定搬过来后，就把钱转给郑小玲了。

除去付三押一的租金，还额外多给了一千，当作是烤肉派对的分摊费。

郑小玲说她给多了。

林晚摇摇头说："不多的，我周末要搬家恐怕没时间，到时候还要麻烦你们提前去准备食材。少出一份力，当然就该多出一点儿钱。"

她说完这句话，郑小玲看她的眼神就变得不一样了。

之前只当她是同事兼未来室友，现在发现她性格洒脱，一点儿都不斤斤计较，完全没有那种漂亮女孩子的作劲，真是亲切又可爱。

林晚不知道，自己无意中又俘获了郑小玲的芳心。

她离开云峰府，挤上传说中如丧尸围城般拥挤的地铁，去蒋珂驻唱的酒吧楼下拿车。

回到东山路时，已经临近晚上9点。

半路蒋珂还发了消息来，问她昨天究竟怎么回事。

林晚从邻居家拿到钥匙，站在院子里回复道："对不起啊，喝多了就提前撤了，下次再好好听你唱歌。"

蒋珂："我唱歌随便听听就行，不用太捧场。我就是八卦一下，你跟周衍川聊什么了呀，醉得那么快？"

晚风从小巷吹进院子，引得头顶的树叶"沙沙"作响，将路灯的影子摇摇晃晃地落进来。

林晚站在半明半暗的光线里，打字说："可能走心了。"

所以才酒不醉人，人自醉吗？

"没走肾？"

"没！我们像那种人吗？"

"周衍川不像，但你嘛……"

林晚抿抿唇角，打字说："不如先把我们友谊的大门关上？"

"哈哈哈！别呀。我知道你不是，没酒后乱性就好。我出去排练了，回头再聊。"

林晚收起手机，回头望向没有开灯的小洋房，有种逃避现实不想进去的感觉。主动罚站几分钟后，她还是把心一横，勇敢地打开了洋房的门。

情况比她想象中的要好不少。

空气里残留着除虫药剂的味道，窗边墙角零星散落着几只白蚁。虽然心理上不太舒服，但幸好没有出现令她崩溃的场面。而且家具摆饰都被放回到了原来的位置，连她昨天早上忘记扔掉的饼干包装，都被一应带走了。

可见周衍川找的公司服务水平相当优秀，值得打出五星好评。

林晚在心里默默道了声谢，上楼把这几天需要用的东西塞进行李箱，便出门投奔钟佳宁去了。

钟佳宁的公寓比东山路更靠近市中心，但只有一室一厅，比林晚家要小很多。

一进门，林晚踹掉鞋子就扑向客厅的懒人沙发，陷在里面绘声绘色地描述她的悲惨遭遇。

钟佳宁笑得面膜都要裂了，她毫不客气地嘲讽道："你到底是不是南江人？居然会犯这种低级错误？"

"早上出门的时候有心事嘛！"林晚伸长了腿，任由拖鞋在她脚上晃来晃去，"我满心就想着晚上要怎么和周衍川谈，完全忘了社区贴过通知，提醒大家要关好门窗。"

钟佳宁问："你和他谈了什么？"

谈点儿不方便对外人透露的话题。

林晚用手肘撑起身体，仰头对她说："具体不好讲，反正就是关于他过去的事。"

钟佳宁进卫生间洗脸，过了一会儿才探出头来问："你们都进展到这一步了？林晚，你该不会是喜欢上他了吧？"

"我不知道。"

"你又不是情窦初开的小女生，这有什么不知道的？"

钟佳宁转回去，对着浴室镜开始繁复的护肤程序，还不忘继续补充道："三番两次找钟展打听他的情况，至少说明你很在意他。"

林晚从懒人沙发里爬起来，凑到门边歪着头说："我确实在意他，但在意和喜欢不是一回事。就像我对你也很在意一样，那并不代表我想和你恋爱。"

"我也不想，谢谢！"钟佳宁笑着翻了个白眼道，"不是说长得很帅，又很有能力吗？换作是我，管那么多干吗？谈恋爱而已，又不是结婚，不合适再分手也不迟。"

话是这么说没错。

大家都是未婚的成年男女，先从外貌被吸引，再被能力所打动，最后再加上若有若无的小暧昧，差不多就组成了恋爱的先决条件，可以往情侣的方向发展了。

　　林晚读书时谈过两次恋爱，初恋还是在高中的时候。

　　那两次都谈得特别平静，也就比其他异性同学来往得更频繁一些，分手后可能失落了几天，但也没什么万念俱灰的悲痛。

　　学生时代的恋情，大家的流程都差不多。所以，林晚有信心，哪怕和周衍川分手，她也能处理得没有后顾之忧。

　　可是……

　　林晚扯着墙上一幅蜡染画的流苏，轻声说："我不想这样对他。"

　　钟佳宁放下精华液，从镜子里沉默地看着她。

　　"可能有点儿心疼他吧，他已经失去很多了。"林晚浑然不觉好友的打量，还在继续说，"我不希望今后，也成为他失去过的一部分。"

　　钟佳宁无话可说。她轻轻拍打着精华，等到皮肤全都吸收了，才说出了自己的判断："那你大概不仅是在意，或许还有点儿心动。"

　　"没办法呀，我就喜欢他的样子。"林晚笑嘻嘻地承认道，"不是跟你说过吗？去年在玉堂春时我就看中他了。"

　　钟佳宁挑眉道："究竟有多帅，能让你这么久都念念不忘？能不能拿明星或者认识的人举个例子，至少让我知道他的颜值是哪个级别的。"

　　林晚沉思片刻，想起了一个人："我们初三的时候，高中部的学生会会长周源晖，你还有印象吗？"

　　提到"周源晖"三个字，钟佳宁的神色中杂糅进几分唏嘘。她点点头道："记得，那是我学生时代见过最帅的男生了。"

　　林晚实话实说道："他和周源晖有点儿像，但更好看。"

　　"真的假的？"

　　钟佳宁随口回了一句，心思却没继续往颜值的方向放，而是惋惜地叹了口气道："你今天不提，我都好久没想起这个人了。"

　　林晚的情绪也随之低沉下来，喃喃道："我也是。"

　　要不是那天见到周衍川的伯父，她恐怕要再过好几年，才会无意中想起，初中时还认识过那样一个人。

　　钟佳宁打开面霜，皱了下眉说："我到现在都没想通，周源晖为什么会自杀呢？按理说他高考都考完了，录取的学校、专业听说都很好，怎么会选在那种时候……"

"也许有不为人知的烦恼吧。"

林晚轻声回了一句，有点儿泄气。

她一直没和周衍川提过周源晖。哪怕昨晚在酒吧，他们已经聊到德森，聊到了他的父母，她都不敢再追问一句"你是否认识一个叫周源晖的人"。

周衍川的伯母看他的眼神，太恨了。那种恨意如果能够化出实体，恐怕当场就能将他碎尸万段。

林晚想象不出，一位曾经抚养过周衍川的长辈，到底经历了什么，才会对几乎由她亲手养大的孩子，投以如此入骨的恨意？

思来想去，很大一种可能，就是与她自己的孩子有关。

但这个问题她不知该如何提。这像一个雷区，稍有不慎，就会彻底引爆。

南江附中建校多年，自杀过的学生不止周源晖一位。可其中也只有他一个人，让学校的老师和同学都想不明白缘由。

英俊、优秀、和善、风趣。大家习惯用类似的词汇，描述他们印象中的周源晖。对于林晚而言，后面还要加上一个"志同道合"。

周源晖和她一样，都很喜欢鸟。

他们之所以会认识，也是缘于某次在学校树林里的邂逅。

那天，林晚新买了一部相机，想起曾在树林里看见过几只画眉出没，就偷偷把相机藏进书包带去学校，打算午休时去拍几张。

结果到了树林，刚把相机拿出来，还没找到画眉在哪儿，就先撞见了周源晖。

周源晖在附中是个名人，林晚当然也认得他。她心里一惊，唯恐自己偷带相机，会被学生会会长抓去教导处，吓得转身就想跑。

"同学，等一下。"周源晖拦住她道，"学校不准带电子设备，你不知道吗？"

林晚把相机背到身后，小声辩解道："我是在做科学研究。"

"什么科学研究？"

"观鸟。"

两位鸟类爱好者就此意外相识。

从那以后，周源晖偶尔会带几本鸟类学相关的课外书借给她。空闲时，也会和她探讨一下有关野生鸟类生存环境之类的问题。

只不过他当时正值高三，学业压力大，除此以外和林晚并没有过多的交集。

林晚自认为，他们虽然不算交往多么亲密的朋友，但在关于鸟的话题上，的确是非常聊得来的同好。

在大多数同龄人只会闷头看课本的年纪，她和周源晖彼此之间，有种高山流水遇知音的欣赏。这种欣赏无关男女感情，仅仅是在爱好与兴趣萌芽的时候，遇见了一个能够互相理解的人。

特别纯粹，也特别值得铭记。

所以，倘若……

倘若周源晖确实是周衍川的堂哥，而他的死真的和周衍川有关……

林晚叹了口气，平生头一次产生了鸵鸟心态。

周六一大早，林晚预约的搬家公司就到了。行李零零碎碎地装满了整个车厢，随她一同搬进了舒斐的别墅。

她这间套房朝南，上午时分的阳光就足够明亮。

光线穿过百叶窗的缝隙，以极具艺术感的效果洒在木地板上，将室内的家具变成了仿佛精心陈设的布景。

林晚趿着拖鞋，在房间里来来回回地整理。等她整理得感到饥肠辘辘的时候，楼下花园里也传来了动静。

她打开窗户探出头，果然看见郑小玲他们提着满满当当的食材回来了。

林晚进卫生间冲完凉，洗去了一上午劳动的疲惫，换上白色短T恤和牛仔短裤，就赶紧下楼去帮忙。

郑小玲正从地下室把烧烤架搬上来，林晚过去搭手问道："徐康呢？他是这栋别墅里唯一的男生，怎么让你来干体力活？"

"徐康出去接郝帅了，"郑小玲全部的五官都在用力，面目狰狞地说，"郝帅买了三箱酒，他一个人拿不动。"

林晚点点头，没再说话。

她怀疑这烧烤架是用锇做的，看起来就沉，搬起来比她想象中的还要沉。

另一位女同事宋嫒见状，也想过来帮忙。

郑小玲咬牙切齿道："你力气那么小，还是离远一点儿，千万别砸到了。"

宋嫒只好乖乖地退回厨房。

林晚却有点儿扛不住了，在地下室通往一楼的拐角处她提议说："等等，休息一下。"

烧烤架被重重地放回地面。

两个女孩都止不住地喘气。

"不愧是'大魔王'的烧烤架，"郑小玲擦了擦额头的汗水，气喘吁吁道，"和她的话一样有分量。"

林晚揉着酸胀的手臂说："依我看吧，不如先放在这里，等男生来了，让他们搬。"

话音未落，客厅就响起了欢快的门铃声。

宋嫒跑过去看电子门铃，很快又急匆匆地跑过来，半是娇羞，半是紧张地说："林晚，周总来了。"

林晚扬眉欢笑道："来得好！"

周衍川被前所未有的热情迎了进来。他站在一楼楼梯，从上往下看了眼烧烤架，又侧过脸，看了眼一脸期待的林晚。

在他的印象里，还从未见过林晚如此素净的打扮。

长发扎成高马尾，白T恤干净，没有任何图案，浅蓝色的牛仔短裤下，露出一双笔直匀称的长腿。

林晚笑眯眯地说："周总，您请！"

"……"

周衍川勾了勾唇角，取下手表，然后轻轻往她怀里一抛道："帮我拿着。"

眼看周衍川往楼下走了，林晚拿着他的表退到一旁，目光又开始担忧。他今天穿得比较休闲，宽松的T恤与长裤，不像往日里的衬衫西裤那么显身材，一副高高瘦瘦的样子，其实不像是应该被她们使唤来搬重物的类型。

结果下一秒，林晚就被"啪啪"打脸。

周衍川稍弯下腰，骨节分明的手掌扣住烧烤架的两端，流畅的手臂线条骤然绷紧，白净皮肤下的青筋，也比平时更明显了些。

他稳稳地抬起烧烤架，用眼神示意女孩子们都让开，好像没费多少力气，就把烧烤架搬到了花园里。

"厉害厉害！周总好帅！"

林晚代表郑小玲与宋媛，喊出了在场三个女孩的心声。

周衍川调整了一下烧烤架的位置，转头淡淡地看她一眼道："差不多就行了。"

林晚牵起嘴角，刚想再说什么，就听见花园里传来了一声惨叫。

郝帅哭丧着脸说："啊！老大，你也在啊！"

伴随着他悲痛欲绝的凄惨叫声，脚下还应景地被台阶绊了一下，要不是旁边的徐康眼疾手快，一箱啤酒可能就要用来浇花了。

周衍川"嗯"了一声，像嫌郝帅不够悲催似的，补充道："怎么，你能来，我就不能来？"

"能，当然能。"

郝帅臊眉耷眼地缩缩脖子，把酒搬到另一边放好，亡羊补牢道："等下让你尝尝我祖传的烧烤手艺！"

事实证明，郝帅家的烧烤手艺或许失传已久。

人陆陆续续到齐后，林晚在花园里兜了四五圈，依旧没能听见烧烤部队研发成功的喜讯。她摇摇脑袋，跟两个新认识的小姑娘溜到甜品桌那边，决定先吃点儿蛋糕果腹。

今天到场的有二十人之多，周衍川不是爱凑热闹的性格，跟几个人寒暄几句后，就站到角落里接了一个供应商的电话。

手机里供应商夹杂着南江口音的普通话还在继续，他闲散地靠着栏杆，目光若有若无地追随着林晚。还是老样子，像一只漂亮的花蝴蝶一般在人群里穿来穿去，迅速和陌生人打成一片。

周衍川收回目光，神色莫测。

林晚吃掉一个小蛋糕，感觉有些口渴，就想去拿点儿酒来喝。

考虑到今天有一半女士，郝帅特意买了一箱酒精含量极低的水果酒。林晚喝过这个牌子，最喜欢水蜜桃味的。

她瞄准酒箱直接往前走，从周衍川身边经过时，突然被男人拦住了。

周衍川垂下眼眸，把手机从脸边拿开，低声问："你做什么？"

"拿酒啊。"林晚理所当然地答道。

周衍川眼神沉了沉，收回手，从身边的纸箱里拿出了一瓶橙汁。

"……"林晚不肯接，她又不是小孩子。

"别喝酒。"周衍川微皱着眉，把橙汁递到她手里。

两人的指尖碰到一起，传递着彼此温热的体温，不约而同地颤了颤。

"今天人太多，我怕看不住你。"

林晚不清楚周衍川是出于何种原因，会把看住她当作是他的责任。但胸口那颗小心脏显然很受用，还为此不争气地加速跳了几下。

她接过橙汁，假装使不上劲地拧了拧道："打不开。"

堕落啊，林某人！她在心中笑话自己，什么时候也学会用这种装柔弱的招式了？

周衍川眼梢带风，若有所思地扫她一眼。

"不肯帮忙啊？"她露出"这可不怪我了"的表情说，"那我去拿酒了。"

周衍川侧过一步，挡在她和酒箱的中间，左手还维持着拿手机的姿势，只伸出右手，修长白净的手指擦过她的皮肤，握住瓶盖说："拿稳了。"

林晚下意识用了点儿力，接着就感觉男人指间的力度透过瓶身传递过来，带着橙汁在她手心里转了小半圈。

她笑着眨了下眼睛，没说话。

周衍川把拧开的瓶盖塞到她的掌心里，又强调了一句："我没看见的时候别偷喝。"

他是真不信任林晚的酒量，更不信任她酒后的行为。

今天除他俩以外，还有十八个人在场，他怕林晚一个激动，管这院子里都是什么阿猫阿狗的，全部现场举办册封大典。

"那我不敢保证。"

林晚喝了一口橙汁，盖好后举起瓶子朝他做了个敬酒的动作说："有本事，就一直看着我啰。"

说完就转身往人多的地方去了，步子还挺欢快，引得高马尾一晃一晃的，莫名有种得意扬扬的气息。

周衍川无奈地叹了口气，重新对手机那头说："不好意思，您继续。"

供应商："……"原来您还记得有我在呢。

林晚经过烧烤架时，看见郝帅又把几串掌中宝烤糊了。

"浪费粮食可耻啊。"

她痛惜地摇摇头，也没有要过去帮忙的意思，见同样在烧烤架前操作的郑小玲率先拿出了至少看起来能吃的肉串，就伸手从郑小玲手里顺走了几串。

味道还不错，外焦里嫩，孜然撒得很足。

林晚回到嗷嗷待哺的小分队那边，找了个位置坐下，津津有味地品尝郑小玲的手艺。

花园里是几张三人座的户外长椅，她坐在最左边的座位，还没吃上两口，右边的座位就有人坐了过来。林晚回过头，认出了是今天认识的新朋友，也不知道是谁带来的，反正是个五官端正的小帅哥。

小帅哥与她相视而笑，又凑近了些问："终于有吃的了？"

"你现在过去抢，还来得及。"林晚语气诚恳地建议道，"记住不要拿郝帅的，吃了恐怕会死。"

小帅哥捧场地点点头，人却没往那边走，而是干脆将手臂搭在椅背上，侧过身面对着她说："你是叫林晚吧，刚才介绍的时候，我就注意到你了。"

林晚模仿某知名访谈节目主持人的语气夸张地说："真的吗？我不信。"

"真的，我没骗你。'停车坐爱枫林晚，霜叶红于二月花'，我一直特别喜欢这首诗里的氛围。"小帅哥夸人的方式非常别致，先抒发了一番对杜牧的欣赏，才奔向主题，"你的名字很有意境，和你的人一样。"

实话实说，林晚不觉得自己吃烤串的样子有什么意境，但还是笑了笑说："谢谢呀！"

其实，她之所以对小帅哥笑，完全是出自一种礼貌的社交礼仪。

面前这人好看倒是好看，三庭五眼都长在了该长的位置，但就是帅得有点儿平庸。完全不像周衍川那样，桃花眼搭泪痣，起到点睛之笔的作用，把他扔帅哥堆里都能脱颖而出。

小帅哥明显被她友好的态度鼓舞了。幸好大家都是人类，万一换作是鸟，他这会儿估计可以抖擞抖擞鲜艳的羽毛，表演一段求偶舞。

可惜还没等他想好下一个切入点，身旁就传来了冷淡的一声："麻烦让下位置。"

大概有人想坐过来。

他想也没想，就打算往林晚那边挪。

不料，林晚的笑容比刚才更灿烂了几分，朝来人道："你忙完了？"她弯起眼，对动作猛然停顿的小帅哥说："那你坐过去吧，我朋友来了。"

小帅哥哽了一下，这才舍得抬眼看究竟是谁敢打扰他的好事。

周衍川单手插兜，居高临下地看着他，清俊的容貌被阳光晒着，却意外地显得冷冽。

小帅哥看了看周衍川，又看了看林晚，好像明白了什么。

打扰了。

周衍川坐下来，长腿交叠伸展，背往后靠，稍显散漫地坐着。

刚才供应商说了没几句，就说要哄孩子睡觉，改成了微信消息继续聊。他握住手机慢慢打字，余光看见刚才搭讪林晚的那位正在起身告辞。

林晚微笑着送别了搭讪失败的小帅哥，从盘里拿起一串烤肉问他："吃吗？"

"你自己吃。"

林晚没跟他客气，咬下一块牛肉，边嚼边问："不是打算抢我的肉啊？那你过来干吗的？"

周衍川把消息发出去，等待回复的空隙里，他抬起头，慢条斯理地说："过来看着你啊。"

"……"林晚差点就噎住了。

经历过几次失败，烧烤小部队的效率终于有了显著提升。大半个小时后，二十个年轻人把买来的食材席卷一空。

酒足饭饱，外面阳光又猛烈，人就开始犯困。为了振奋士气，郑小玲提议大家进客厅吹空调，还顺便贡献了自己新买的游戏机。

游戏机手柄迅速被几个人占了，没抢到的人则默契地拿出手机，开始联网打手游。剩下不想玩游戏的几个人，突然就不知道该干什么了。

林晚灵机一动，建议道："不如我们看电影吧，我看地下室有投影仪。就是不知道能不能用。"

"能用的，"宋媛接话道，"我们住进来后用它看过好多部电影了。"

很快，七八个人就转移到了地下室。

朝向采光井的窗户被人关上，厚重的窗帘也拉了起来，关掉灯之后，还真有点儿电影院 VIP（贵宾）厅的气氛。

宋媛拿来她的笔记本，在投影仪幽幽白光的衬托下，轻声问："你们想看什么电影？"

她性格比较腼腆，人多的时候说话就特别小声。这会儿她长发披散地站在那里，看起来竟然有几分阴森。

有人被这一幕激发灵感，问道："有鬼片吗？天气这么热，最适合看清凉小电影了。"

宋媛还真有，她在电脑里翻了一阵，问："《山村老尸》，可以吗？"

林晚眼皮跳了跳，但见其他几人都在热烈响应，就不好出来表示反对。毕竟她看起来不像是胆小的人，也不想扫大家的兴。

电影很快开始播放。

这是一部中国香港电影，当年特别经典的恐怖片之一。大致内容就是讲有个枉死的女人，她的坟墓因为工地施工被毁了，她的冤魂却借此得到自由，跑到人间来报复的故事。

林晚缩在沙发角落，两眼放空，恨不得自己是个听不懂粤语的外地人，至少那样她就不知道故事在说什么。

周衍川坐在她的身边，看得并不专注，大半的注意力都放在了她那里。

他听见林晚"咕噜咕噜"喝光了一瓶橙汁，又蹑手蹑脚地走到沙发后面倒水，回来后一口一口地抿着，活生生把自己当成了一只水牛。

林晚接完第二杯回来时，周衍川侧过脸，压低嗓音说："你怕鬼，不想看？"

昏暗的光线里，他那双桃花眼显得深情款款。

"有一点儿。"林晚小声说，"没事，你看你的。"

周衍川其实也不想看。他倒不是害怕，而是对这种怪力乱神的故事不感兴趣。

偏偏就在此时，有个没看过的女孩问："是所有喝了水的人，都会看见鬼吗？"

"我记得她的尸体就在湖里，"郝帅为她解说道，"你就理解成水源地被污染了吧。不过这么一说，云峰府外面是不是也有片湖啊？嘿嘿，你们喝这里的水时要当心哦。"

林晚嘴角一抽，水也喝不下去了。

她放下水杯，皱了皱眉，发现大事不好，刚才水喝得太多了。思忖一阵，她悄悄扯了下周衍川的袖口问："你能陪我上楼吗？"她罕见地有些难

133

为情，声音小得几乎听不见："我想去卫生间。"

她知道周衍川一直留意到她在喝水，提出这个请求时，还自己做了一番心理建设，决定哪怕周衍川拿这事嘲笑她，她也要等去完卫生间再反击。

毕竟她现在真的很怕，需要有个阳气重的人陪着。

然而出乎意料的是，周衍川什么也没说，只是点点头，就起身陪她走了出去。

楼上的游戏爱好者们忙着对战，没人发现他们一前一后地从地下室走了上来，更没人察觉林晚这会儿脸颊泛红，跟在周衍川身后的模样是难得的乖巧。

一楼卫生间里有人。

林晚想了想，指了下楼上说："去我房间吧。"

周衍川看她一眼道："好。"

三楼安安静静的，除了两人的脚步声，再也没有其他声响。

林晚的套间很宽敞，卧室外面还有一个起居室。

她打开房门，觉得自己像个小学生似的，但还是不得不认真叮嘱道："你就在这里等我，别走哦。"

"嗯，等你。"

林晚一步三回头，确认过周衍川真的不会离开后，才关上了卧室的门。

周衍川独自留在起居室，片刻后勾唇笑了起来。他感到有些意外，没想到林晚原来并不是那种天不怕地不怕的人。

然而很快，他唇边的笑意就敛了起来。

林晚的行李还没完全收好。她或许是打算将起居室当作书房使用，厚厚一沓专业书籍堆在地毯上。摆在最上面的那本，封面泛黄，边角卷了起来，仿佛珍藏过许多年一般。

彻骨的寒意，霎时间遍布了周衍川的全身。

他在堂哥的书桌上看到过这本书，封面是一张翠鸟展翅的照片，因为那种鲜艳的蓝色太罕见，他当时还不经意地盯着看了很久。

周衍川放轻脚步，走了过去，下颌不自觉地绷紧，连带着伸出去的指尖也有些许的僵硬。

封面揭开的瞬间，答案也在眼前揭晓。扉页被人用龙飞凤舞的笔迹，签下了它原本主人的姓名——周源晖。

林晚洗手的时候都不敢看镜子，总害怕里面会有鬼影飘过。

她匆忙擦拭过双手，就快步走出了卧室。

周衍川还在起居室等她，从始至终好像没挪动过位置，依旧是她离开前的姿势。倚在门边看着窗外，干干净净的样子，看得她心跳加速。

"我不想下去看鬼片了。"林晚说，"要么你陪我收拾房间吧？"

周衍川把视线从窗外撤回，落在她脸上，静了几秒才说："我要回去了。"

"啊？太突然了吧。"

周衍川挥了下手机，声音平静道："供应商有点儿事，需要开一个视频会议。有些资料在笔记本里没带过来。"

合情合理的理由，林晚也没起疑。

她把周衍川送到花园外，隔着半人高的栅栏门说："那下次再来玩？"

"嗯。"周衍川笑了一下，眼底掠过一抹温柔的光，"怕鬼就别看电影了，去看他们玩游戏，记得别喝酒。还有你房间的门锁，最好尽快换掉。"

"……"

"对了，花园里那棵树，枝丫长到你窗户外面了，给物业打电话，他们会派人来修剪。"

林晚困惑地问："你是在跟我诀别吗？"

她在阳光下笑得明媚，白皙的皮肤发着光似的，尾音也带着欢快的笑意。

"开你的会去吧，再说下去，我会以为你在交代遗言。"

周衍川沉默了一瞬，然后退开两步笑了笑说："再见。"

"拜拜！"

林晚笑着跟他挥手，还没等他转过身，客厅里就有人叫她的名字，她便转过身，毫无警觉地离开了。

周衍川的眸色，也随之黯淡下来。

回到家中，他把手机扔到一边，缓慢地沿墙坐在地板上，将额头抵着膝盖，指腹重重地揉着太阳穴。思绪一片混乱，尘封已久的回忆，从灵魂深处被扯了出来，摊开在光天化日之下。

他记得高二那年，有一回在网上看见环保人士抗议京剧行业继续使用点翠工艺，一时好奇就去找周源晖，想问问那本书封面上亮蓝色的小鸟，是不是就是大家所说的翠鸟。

"就是翠鸟，等我把书找给你看。"

周源晖在书架上翻找了半天，然后一拍脑袋说："忘了，之前借给了学校的一个朋友，我看她很喜欢的样子，就干脆送给她了。"

周衍川也没在意，见他还在忙着做卷子，就关门离开了。

那一年，周源晖念高三，明显变得比从前忙碌了许多。伯父伯母对他这次高考的期望值也很高，几乎全家都围着他一个人转。

周衍川当时已经拿到了信息学奥赛的一等奖，明年的高考对他而言，不过就是走个形式。但他知道周源晖是真的想考个好成绩，有时还会主动询问，是否需要他帮忙。

有一次，周源晖笑着打趣道："这位高二的弟弟，你很跩啊，是觉得哥哥没你聪明吗？"

"我没这么说。"

"知道就好，"周源晖抬手在他额头上弹了下说，"乖乖回房间敲你的代码，不要打扰哥哥复习。"

周衍川当时不太明白周源晖的心理，他遇到拿不准的难题，宁愿舍近求远地跟同学打电话讨论，都不肯问一问住在家里的堂弟。甚至越到临近高考，他越不愿意和周衍川聊任何关于学业的话题。

就像初中的时候，他们同时学习写代码，遇到处理不了的 bug（漏洞）时，他也不愿意问周衍川一样。

其实如今想来，那就是一种不服输。不愿意承认从小事事优秀的自己，却事事都输给了小自己两岁的周衍川。

高考成绩出来后，周源晖消沉了几天。

老师都说他考得不错，但那个分数依旧没有达到他自己和父母的要求。伯父伯母因此念叨了几句，说他高中三年兴趣爱好太过广泛，分散了他在学习上的注意力。

录取通知书拿到的那天，这个话题再次被提起。

周源晖叼着筷子，用下巴指向周衍川问："有爱好难道是错吗？你们看他，喜欢写代码就去参加奥赛，直接跟学校预签约录取。"

伯母白他一眼道："那是人家聪明。"

"我难道就不聪明了？"周源晖还在笑。

"你们两个都聪明。"伯父放下筷子，似乎觉得应该鼓励儿子几句，"你这所学校也还可以，反正将来还能考研嘛，到时候考到衍川的学校就行。"

"不考。"周源晖说，"哥哥追在弟弟后面，像什么样子？"

周衍川怔了怔，心中隐约意识到了什么，可一时又分辨不清楚。

那天深夜，他写程序睡晚了，从房间出来倒水时，看见周源晖独自坐在客厅里。客厅没有开灯，男生的身影浸在昏暗中，莫名有几分阴郁。

"你还好吗？"周衍川问。

周源晖缓慢地转过头，脸上没有任何表情，完全不像平时那样，总是笑嘻嘻的。就像戴了一张无动于衷的面具，眼神直勾勾地盯着他。

"周衍川。"

"嗯？"

周源晖的声音低哑，像有人拿着刀，一下一下地刮在玻璃上。他说："你有没有想过？你取得的成绩对周围的其他人而言，是一个负担。"

周衍川握紧杯柄，在黑暗中挺直了背说："我……"

"你别说话，我不想听。"

周源晖站起身，从他身边经过时，投来冷冰冰的一眼道："我比不过你，我认输。"

那是周源晖留给世界的最后一句话。

从殡仪馆回来的车上，伯母佝偻着背，哭得泣不成声。伯父亦是同样，眼睛里布满了血丝，失神而憔悴，仿佛一夜之间老了十几岁。

天空昏昏沉沉地压在头顶，是暴雨来临前的阴暗时刻。

伯父转过头，看向坐在最后一排的周衍川，质问道："他为什么说认输？是不是那晚你跟他说了什么？"

周衍川摇头。

"他何必再说话，他不是全都做了吗？"伯母的嗓子哑得能咳出血来，转头看向他的眼神，就是在看一个仇人。

"你多了不起，成天在他面前炫耀得还不够多吗？"

往日和蔼可亲的伯母，此时惨白的脸色如同向他索命的女鬼一般。

周衍川一句话也说不出来。他想说"我没有炫耀"，可话到了嘴边，又被他咬牙咽了回去。

少年的沉默与隐忍，使他成为了车内唯一的箭靶。

歇斯底里的发泄化作铺天盖地的箭雨，将他钉在原地无法动弹。

"你是不是嫉妒他有幸福的家庭，就故意处处压他一头？他对你这个弟弟有哪里不好，啊？你告诉我，我替他担啊！

"你明知他学计算机不如你，还故意参加比赛拿奖，你就是心理变态！自己爸妈死了，就来害我儿子。你不配做人，就该跟他们一起去死！"

渐渐地，伯母狰狞的面容在周衍川眼中变得模糊起来。他抬起头，看向一言不发的伯父，从男人的脸上，他看见了一种默许与赞同。

车窗外的大雨倾盆如注，电闪雷鸣交加不断。周衍川在谩骂声中低下头，望着自己用力到骨节泛白的手，空荡荡的脑海中响起了一个声音。

"对，就是你害死他的。"

那个漫长的夏天，对于周源晖而言，是一场痛快的解脱。

对于周衍川而言，却是一场至今仍在继续的凌迟。

哪怕时过境迁的数年之后，他依旧无法控制内心撕扯的情绪。

太阳穴不断传来刀尖翻搅的剧烈疼痛，那些疼痛随着血液的流动，延伸到身体的每一个角落，最后又齐齐地往上翻涌，扼住他的喉咙，夺走他肺部稀缺的氧气。

周衍川皱着眉头，汗水沿着额角滴落下来。他用力掐紧手腕，直到白净的皮肤底下漫出紫红的血色，才终于找回了一线清明。

周衍川猛地喘了一口气，缓慢地睁开了眼。

他没想到，周源晖所说的朋友就是林晚。

不过现在知道，也还不算太迟。

在一切将要发生，却未来得及发生的时候，把所有翻涌的暗流都遏制在心里就好。虽然他现在感到很难受，但至少……

至少好过被林晚发现，原来他就是害死自己朋友的罪魁祸首。

林晚最近几天，有点儿空虚。

起初她以为是烤肉派对带来的后遗症，可等她把保护区的面积数据发给星创的负责人后，才意识到，她好像已经有几天没跟周衍川联系了。

虽然以前他们也不是天天联系，但那天周衍川提前离场，总让她觉得心里空落落的。就像一出电影没看到结尾似的，总感觉欠缺点儿什么。

周四的时候，林晚终于想到了一个借口。

她给周衍川发了条消息："除白蚁的费用，你还没告诉我呢。"

消息发出去后，石沉大海。

林晚挑了下眉，切换到前置摄像头照了下自己的模样。

没毁容啊，不应该啊，怎么突然就不理人了呢？总不能是周衍川发现她居然是个怕鬼的胆小鬼，顿时就不想再联系她了吧？

一个多小时后，周衍川才终于有了动静。

他贴了一张聊天记录的截图，上面显示着那次白蚁治理的费用清单。

林晚把钱转过去："麻烦帮我转交哦，谢谢！"

周衍川："收到。"

过了不到半分钟，又是一张转账记录截图，表示他已经转交了费用。

林晚看着手机屏幕，眼睛一眨不眨的。时间一分一秒地过去，直到手机彻底黑屏，她也没等来新的消息。

啧。

她把手机反扣在桌上，决定今天不再找他说话了。

谁还没点儿小矫情呢？

然而，林晚的矫情还没持续 10 分钟，舒斐就从总监办公室打开门说："林晚，郑小玲、宋媛、徐康，跟我去一趟星创。"

"大魔王"发话了，四个小兵闻风而动。

还是和上次一样，舒斐踩着高跟鞋昂首阔步地走进星创的办公大楼。他们四个加快脚步，紧紧地跟在总监身后。

舒斐今天带他们过来，是有部分地形特殊的保护区环境，需要与星创展开进一步沟通。

这回舒斐没再让林晚在旁边当忠实的听众，而是直接让她作为鸟鸣涧的代表，向星创众人讲解其中所涉及的生态原理。

林晚早已将相关资料背得滚瓜烂熟，她走到会议桌最前面，像以往开科普讲座那样，露出了一个自信而甜美的笑容。

结果嘴都还没张开，就被人打断了。

"稍等一下，"左手边一个星创的员工挠挠头道，"要不然，还是把老大叫过来吧。"

舒斐点头说："我同意，没他坐镇，我不太放心。"

星创众人："……"

伤自尊，真的。

刚才提议的那个员工灰溜溜地出了会议室，没过多久，就把周衍川请了进来。

林晚站在会议桌前，看见周衍川坐到她右手边的位置，把手机轻轻往桌上一放，抬头与她对视的时候，桃花眼中目光平静，还有点儿工作场合特有的疏离感，开口的声音也是冷冷清清的："可以开始了吗？"

林晚点了下头，从笔记本里调出相关文档，然后稍侧过身，按照文档里的地形资料轻声慢语地讲解起来。

会议室里只剩下她一个人的声音，所有人都在专注地听她讲。

林晚却稍稍有些走神，她不时往周衍川的方向扫上一眼，见男人的目光与她对视片刻后又错开了，可等她把目光投向在场的其他人时，又总感觉右边有人在看她。

这人该不会在跟她玩欲擒故纵的把戏吧？

她在心里嘀咕一句，抿抿嘴唇，再也没将视线往右移动分毫。

讲解结束后，林晚简单回答了星创方面提出的几个问题，接着就听见舒斐发话道："已经 12 点了，这样吧，我做东请大家吃饭，下午回来继续。周总，可以吗？"

周衍川矜持地"嗯"了一声。

态度其实不太热情，可他对其他人向来都是这副样子，舒斐也没觉得有哪里奇怪。反正她早就听曾楷文说过，星创的 CTO 性格挺冷淡的。

会议室中响起了一片齐刷刷的椅子拖动声。

林晚把笔记本放回原处，和郑小玲他们都走到门口了，才发现周衍川还坐在那儿没动。

"你不去吃饭吗？"她问。

"中午有点儿事，你们去吧。"

林晚往门外看了一眼，转头对他小声问："要不要帮你单独点一份吃的？我们总监很土豪的，她请客肯定是好吃的餐厅，不会亏待你的胃。"

周衍川轻笑一声。他一笑起来，两人之间若有若无的隔阂，便仿佛消散了一般。

"不用了。"他推开椅子站起身说，"我会叫人买单，记得提醒你们总监别破费。"说完朝林晚和几位同事点了下头，径直走了出去。

林晚望着他渐行渐远的高大身影，纳闷地拧紧了眉。

不对劲。

到了楼下，她突然捂住肚子，凑到郑小玲身边耳语道："我好像来例假了，你帮我跟'大魔王'说一声，这顿饭我先不吃了。"

同为女人，郑小玲理解有些不好直说的苦，她关心道："你要回家换裤子？"

"对，我会尽快赶回来的，放心吧。"

等到大部队走远了，林晚才退回星创的大楼，坐在大厅点了两份外卖。

外卖送到后，她用临时参观证刷开电梯，到刚才开会的楼层找了一圈，也没看见周衍川的人影。

正在迷茫的时候，她终于想起加过郝帅的微信，就拜托对方用星创的那个机器人查一查周衍川在哪层楼。

"四楼。"郝帅很快回复道，"估计是去'烤箱'了，今天有一场老化测试。"

林晚不得不又搭电梯来到四楼。

她是一张生面孔，刚踏进去，就有人问她想找谁。

"我找你们周总。"她抬起手里的外卖说，"我们约好一起吃饭的。"

对方上下打量了她几眼，见她胸前挂着临时参观证，也没有起疑，直接把她带到了走廊尽头的实验室。

林晚两只手都被占住了，只能用脚尖踢了踢门。

门从里面被打开了。

周衍川看见来的是她，神色一怔，淡声问："怎么？"

林晚往实验室里看了一眼，发现除了周衍川外，一个人也没有时，语气便瞬时变得娇纵地说："我还问你怎么了呢，一个人躲在这里干吗？"

周衍川无奈地笑了笑说："看测试数据。"

"看测试数据需要保持空腹状态吗？"

她仰着头盯着男人英俊的面孔，然后弯起眉眼，笑盈盈地问："爱妃，跟谁闹别扭呢？"

平时除了测试以外，实验室这边很少有人过来。这会儿又是午休时间，楼里的人出去了大半，剩下不愿外出觅食的，要么趴在座位前等外卖，要么三三两两地聚在一起打游戏。

零散的喧闹都隔得很远，走廊尽头只有他们两人互相注视着彼此。

周衍川看了眼她手里提的两份外卖，别过头，心中泛起一阵苦涩。末了，终究他还是轻声说："进来吧。"

林晚不知道该把外卖往哪儿放。

实验室里到处光洁如新，几台大屏幕上显示着她看不懂的测试数据，中间唯一的桌子上，又摆放着测试人员的工作用具，处处透露出认真严谨的学术氛围。

她到底在研究所待过那么久，担心这里同样也有对空气环境指标之类的要求。

"这里能吃饭吗？"林晚问。

周衍川把长桌一角的东西往旁边一挪，说："坐这儿吧，没事。"

其实按照公司的规定，老化测试实验室禁止饮食，这规定还是他让行政加上的。

南江的气候环境最容易滋生虫蚁。星创刚成立的时候，就因为有人把吃剩的食物放在这儿忘记带走，引发了星创史上第一次大规模的虫害。

周衍川当时还为此发过火，从此再也没人敢把食物带进来。

可此时，他不太想计较那些繁文缛节。

至少不想跟林晚计较。

林晚拆开外卖，从自己那份纸袋里拿出卖家赠送的鸳鸯奶茶，看见周衍川又走到控制台那边，一下一下地敲着按钮。

她喝了一口奶茶，诧异地问："你不吃？"

"你先吃。"周衍川没有回头，好像真的挺忙碌，"我的放在那儿吧。"

赠送的奶茶甜得过分，林晚试过两口就不想再碰了。

她拉开椅子坐下，突然感觉没什么胃口。男人始终背对着她，一手撑在控制台上，一手不知道在按钮上按些什么。黑色衬衫笼住了他的后背，能依稀看见背部匀称的线条。腰很窄，衬衫往下会在腰侧两边形成凹陷的弧度，最后统一束进笔挺的长裤里。

明明是很好看的背影，却不知为何显得如此冷清。

林晚撑着下巴问："你遇到什么事了？"

"没。"

"那你闹什么别扭？好端端的，不跟大家一起吃饭。我专门为你翘掉了总监的大餐呢，结果外卖送到眼前你也不肯动。"

周衍川眼眸低垂，设置好被测无人机一小时内的运行次数后，手指悬在启动按钮上方，迟迟没有动作。他咬紧下唇，竭力控制住逐渐沉重的呼吸，太阳穴一跳一跳地刺激着神经。

　　很难受，而且是连带着身体都变得难受起来。

　　周源晖死后，周衍川最后一年的高中生活也过得浑浑噩噩的。

　　伯父家是没办法继续住了，他独自搬到外面，一个人在家里过成什么样也没人看见。后来有一次月考跌出了年级前五十名，把各科老师完全吓了一跳。

　　班主任为此找他谈话："开学以来你的状态很不对，难道以为反正大学签约好了，这一年就可以随便玩？"

　　周衍川直到那时，才发现自己不对劲。

　　他为此看过半年心理医生，状态时好时坏，直到进大学后开始密集地接触无人机——或许是注意力被转移了——反正之后就没再出现过大问题。

　　他以为自己早就好了，结果这回意外碰到疤痕，才发现还没好。

　　林晚太明亮了，灿烂得像三月的春光。他不想自己伤疤鲜血淋漓的样子，就这么暴露在温暖的阳光里。

　　很不堪，也很卑劣。

　　林晚浑然不知周衍川在经历什么，她只是意兴阑珊地放下筷子，把一口未动的午餐重新装好，靠在椅背上把头往后一仰，漫不经心地数着天花板上有几盏射灯。

　　以前都是男生追她，她从里面挑个最顺眼的做男朋友。

　　像现在这样正儿八经地想好好谈恋爱，还是头一回。

　　可周衍川的态度堪比冬天的寒潮来袭，一夜之间变得冷冰冰，也确实让她很不开心。

　　数完之后，她轻声说："算了，你不想说就别说，不想理人就别理。今天当我自作多情了，还想关心一下朋友。"

　　她没看见周衍川的身影晃了一晃，在桌下伸长腿，两手垂在椅子边，将身体摆成一个舒服的姿势说："周衍川，我有点儿喜欢你。"

　　周衍川呼吸一滞。

　　"但到目前为止还没有特别喜欢。这么说吧，但凡你长得稍微平庸一点儿，我或许对你就没兴趣了。我对帅哥的确比较宽容，不过也没有宽容到放低自己的地步。"

她起身离开了，没看见身后的男人陡然弯下了腰。

几天后的傍晚时分，茶餐厅里热闹非凡。拖家带口的南江人围着一张张圆桌，享受他们精致又多样的晚餐。

"你真这么说了？"钟佳宁维持着筷子伸出的姿势，瞠目结舌地盯着林晚。

林晚咬下一口春卷，腮帮子鼓鼓地说："说了啊，谁还不是小公主呢？就许他莫名其妙地闹别扭，不许我有小情绪吗？"

钟佳宁赞叹道："不愧是你，这些话也能大大方方地讲出来。"

林晚中午没吃饭，这会儿她饿极了，一口气吃掉了面前几笼点心后，才端起茶杯歇气。她反问道："本来就是嘛，之前还好好的，突然一下不理人了，换了谁能受得了？"

"也许他遇到什么事了呢？"钟佳宁扫了眼空空如也的蒸笼，跑到旁边又端了几份过来，放在桌上后继续说，"然后那天心情不好，就冷落了你？"

林晚摇头，把手机拿出来给她看："那他心情不好的时间也太长了，我把话都说到那份上了，整整一周，连个标点符号都没发给我。"

她长长地叹了口气后说："所以只有一个可能，之前那些暧昧，完全是我想多了。"

钟佳宁诧异地睁大眼睛道："你是说他根本就不喜欢你？"

"否则还有别的可能吗？"林晚指着手机强调道，"我可是说了喜欢他，只要他对我有一点点动心，再怎么着也该有所表示吧。"

铁证如山，钟佳宁无法反驳。她一边心想周衍川可真不近女色，一边又紧急开启大脑风暴，琢磨着应该如何安慰林晚。

毕竟这事想想挺挫败的，心有好感的男人，居然完全不在意自己，哪个小姑娘能受得了这种委屈？

思考许久，钟佳宁咬牙道："上回你不是看中了一个包嫌贵吗？刚好我年中奖金发下来了，不如……"

"买来送给我呀？"林晚一摆手道，"我被周衍川气到的那天就已经买了，而且还买了两种颜色。"

"……"行吧，还有精力花钱，说明问题不大。

钟佳宁舀起碗里的艇仔粥，想了想又问："你接下来打算怎么办？"

林晚笑嘻嘻地说："有什么要紧？既然他若即若离，那我再找一个离不开我的就好了。"

其实，她当时也就过过嘴瘾，在钟佳宁面前撑面子而已。虽然她和周衍川并没有真正发生过什么，但这个男人的后劲很大。遇见他之后，再看其他长相英俊的男人，始终都觉得差了点儿什么。所以一时半会儿，林晚基本没考虑过找男朋友的事。

星创和鸟鸣涧经过前期频繁的商讨后，终于正式进入了开发流程。

舒斐把开发期间的沟通任务交给了徐康，已经好一阵没带其他三个女孩去星创开会了。

听徐康说，周衍川现在也不怎么在与鸟鸣涧的会议上露面。

不过想来也很正常，人家好歹是CTO，一次两次也就算了，怎么可能长期把工作重心放在一项合作上。

倒是郝帅的朋友圈最近的更新颇为频繁——

"天干物燥，小心老大！"

"我是谁，我在哪儿，我怎么今天又被训了？"

"有句讲句，职场冷暴力难道就不是暴力了吗？嘤嘤嘤，猛男落泪。"

有天晚上，林晚翻到最后一条时，给他点了一个赞。

没想到很快，郝帅就在微信找到她："林晚妹妹，最近怎么不找我们玩了？你在外面有别的狗了？"

林晚没好气地回："玩什么，玩你们老大？"

"这多不适合。"郝帅手速飞快，不愧他"南江第一飞手"的美名，"哎哟，一提起老大，我就胆战心惊。以前他虽然比较冷淡吧，但总体上还像个人。现在他不是人了，他是活阎王，每次跟他说话，我都觉得能被他的眼神冻死。信男愿三年不吃素，换回一个在阳间的老大。"

林晚："哦，你刚才那条，周衍川点赞了。"

郝帅："？"

过了会儿，他急得直接发语音："你怎么还骗人呢？吓死我了，我就说记得屏蔽了他的！"

林晚发过去一串"哈哈哈"，笑得在床上翻了个身。

郝帅严厉指控道："跟你诉苦呢，你还笑？没心没肺啊！"

林晚心想，这不是废话吗？她要不是没心没肺，肯定那天在实验室里就被周衍川气死了。

郝帅还在那边叨叨最近的周衍川有多不近人情，林晚见微信提示有新消息，就点进去看了一眼。

蒋珂问："想介绍个帅哥给你认识，有兴趣吗？"

林晚迟疑了一下，还是回复道："有多帅？"

"见了你就知道了。"

周六晚上，林晚盛装打扮一番，出发去见蒋珂介绍的帅哥。

酒吧还没开场，她刚进去，就看见蒋珂在吧台那儿冲她招手。

身边坐着一个戴耳钉的年轻男人，头发剃得很短，看起来很扎手，左边耳朵上面那块剃出了一个闪电的符号。

是个很帅的酷哥。

林晚一瞬间非常佩服蒋珂，不愧是在海鲜店就敢找周衍川搭讪的女人，挑帅哥的眼光一流。

"江决，乐队新来的贝斯手。"蒋珂介绍道，"林晚，我朋友，做鸟类科普的。"

林晚对江决笑了一下，眼睛弯弯的，盛着光。

江决的性格没他的长相那么躁，很友好地还她一个笑容说："喝什么？我请。"

"呃，果汁吧。"林晚很没骨气地向现实认输了，解释道，"我酒量不太好，上回来这里就喝醉了，最后还是被人拽回去的。"

江决挑眉道："没事儿，不能喝不要紧，我一般不跟姑娘劝酒，你随意就行。"

林晚道了声谢，心想他应该也不是南江人，口音和周衍川比较像。但周衍川咬字比他清晰，也没他的语气那么痞，听起来更有教养，很好的富家少爷的感觉。

酒保给林晚调了一杯青柠薄荷水，清冽冰凉的矿泉水，混合着青柠与薄荷特有的刺激，在舌尖留下了浓烈的口感。

林晚就着吸管抿了一口，脑子里鬼使神差地想：这水的口味很像周衍川给她的第一印象。

146

打住，看看旁边的酷哥。她在心里警醒了自己一句，转头跟江决聊了起来。

江决是个很健谈的人，并且还不是郝帅那种话痨，不管林晚说什么，他不仅能往下接，并且还能抛出自己的观点，交谈起来让人感觉很惬意。加上旁边还有蒋珂助攻，两人聊了一会儿对彼此的印象都还不错，赶在乐队登台前交换了联系方式。

表演开始前，蒋珂特意向大家介绍了江决。

男人懒洋洋地站在台上，低头来了一段个人秀，贝斯低沉的乐声，混合着女孩子们的尖叫，直接把酒吧当晚的气氛炸开了。

林晚坐在吧台跟着喊了几嗓子，然后就边喝水，边听蒋珂唱歌。

她今天出门前把发尾烫成了小卷，漆黑的头发海藻般散开来，配上黑色的吊带小短裙，衬得细腻的皮肤在昏暗光线中雪白雪白的。

两首歌不到的时间，就接连有几个男人来跟她搭讪。

林晚一一回绝了，等蒋珂他们表演结束了，就跟酒保要了张便笺，溜过去找她说："宝贝儿唱得真棒，快给我签名，等你红了，它就是我的不动产。"

蒋珂嘻嘻哈哈地拿唇釉给她签了，还不忘问道："让江决也给你签？"

林晚莫名犹豫了一下，然后才递了过去。

江决似笑非笑地扫她一眼，接过便笺写下一个字迹潦草的鬼画符。笔锋毫无章法可言，好几笔都蹿出去一截，跟蒋珂的名字混淆在一起。

蒋珂一看，不高兴地说："你签远点儿啊，占我位置干吗？不行不行，林晚你再找张纸来，我重新给你签。"

"不要紧，这算是限量版，"林晚把便笺塞进包里，笑着说，"等于两套联排别墅，我赚大了。"

乐队鼓手凑过来，提议大家一起去吃夜宵。

林晚想了想说："我明天还有点儿事，就先不去了。"

"好吧，下次再来玩啊。"蒋珂说着扭过头，问江决，"你呢？"

江决漫不经心地笑了笑，拖长音调说："我啊，要送她回家。"

两人在楼下拦了一辆出租车。

离开充斥着声浪与酒精的环境，初次见面的生疏感此刻便突显了出来。

静了一阵，江决问："你和蒋珂怎么认识的？"

林晚把在傅记海鲜店的经过简短说了一遍："我觉得她很可爱，一来二去，就成朋友了。"

江决却关注起了另一件事："她今儿跟我说，有个姐妹前几天刚跟暧昧对象断了，海鲜店的帅哥，就是你的暧昧对象吧？"

"是啊。"

江决勾起唇角，冷嘲道："她可以啊，出去吃饭还跟人搭讪呢。怎么着，后来你暧昧对象搭理她没？"

兄弟，你今晚生吃柠檬了吗？

"好了，你也别酸了。"林晚从包里拿出那张便笺，抬手递过去道，"拿去吧，暗暗把名字签在人家旁边，也没考虑下我的感受，这是什么'我暗恋你，你还给我介绍女朋友'的悲情戏啊？"

"……"江决酷哥的面具绷不住了。

林晚笑了笑说："真的，你拿着吧，万一将来哪天你们谈恋爱了，这还是一段美好回忆呢。"

"美好个鬼。"江决嗤笑一声，手还是很诚实地接了过去。

话题说开之后，车内的气氛变得活跃起来。

原来江决和蒋珂是在一次音乐节认识的，不过两人各自都有自己的乐队，加过微信后就没再怎么联系。

直到江决的乐队今年换排练场地，他才跟蒋珂熟悉起来。

蒋珂这姑娘古灵精怪的，模样也漂亮，一来二去，江决就对她动心了。

然而蒋珂本人对此毫无察觉，天天喊着想谈恋爱，却没发现身边就有个高品质的帅哥在看她。

这个月中旬，江决之前的乐队解散了，蒋珂这边的贝斯手恰好金盆洗手了，招贝斯手的消息一发出去，江决就打算来个近水楼台先得月。

谁知月亮还没捞到，蒋珂就先把林晚塞了过来。

"谈恋爱真不容易。"听完之后，林晚由衷地感叹道。

江决酷酷地比了个胜利的手势说："祝福我俩早日旗开得胜！"

林晚心想算了吧，还谈什么旗开得胜呢？她和周衍川几乎都算偃旗息鼓了。

出租车开到云峰府大门外停下，林晚跟江决道过晚安，等车子开出去后，才转身往小区大门走去。

刚往前迈出没几步，林晚脚步突然一停。大门外一棵行道树下，一个十三四岁的男生拿着手机，打开手机的手电筒，由下往上在树荫间晃来晃去，似乎正在寻找什么。

林晚借着路灯的光，看清他另一只手里，握紧了一只弹弓。

数月前受伤的小鸦鹃猛然闯入她的脑海，她记得很清楚，小鸦鹃的翅膀就是被弹弓打骨折的。

眼看男生把手机揣回兜，拉紧弹弓做出了危险的动作，她来不及细想，直接一个箭步冲了过去，怒斥道："你做什么？"

男生被她吓了一大跳，手一抖，绷紧的橡皮筋反弹回他手背上，瞄准的子弹不知射去了哪儿。只听见树杈间响起翅膀拍动的声响，紧接着便有一只麻雀慌张地飞向天空。

还真是在打鸟。

"你谁啊？"男生甩着被橡皮筋弹疼的手，在看清林晚的长相与打扮后愣了一下，但随即就因为被漂亮姐姐训斥的屈辱感，燃起了更大的怒火。他骂了句脏话，抬手把她往后一推道："我打麻雀关你屁事！"

林晚跟跄了几步，勉强站稳后皱紧了眉。考虑到对方还是学生，她克制住怒意，尽量用平静的口吻问："你知道那是保护动物吗？"

男生像听见什么笑话一般嘲讽道："神经病，麻雀到处都有，算哪门子的保护动物？再说了，打鸟怎么了？我从搬来这里就打过好多只，有本事你报警抓我啊。"

"你站在这里别走。"林晚懒得跟他啰唆，直接拿出手机开始报警。

男生怔了怔，大概没料到她真的会找警察来，一时间感觉既荒唐又害怕。

荒唐的是，他不认为打鸟是值得报警的大事。

害怕的是，倘若闹进派出所被父母知道了，回家说不定会挨骂。

情急之下，他直接扔掉弹弓，挥舞着双手朝林晚扑了过去。

初中男生的力气可不小，几乎就在他扑过来的那一刻，林晚感觉自己就像被巨石重重地撞了一下，高跟鞋猛地一歪，身体因失去平衡摔倒在地上。

男生抢走她的手机，慌乱挂断了已经接通的电话，嫌不解气，想往她身上再踹一脚。

伸出去的脚还没碰到林晚，衣领就被人从后面拽住往后一扯。

林晚抬起头，看见江决一边拦住男生，一边不解地看着她问："车才刚掉头，你就跟人打起来了？"

　　话音刚落，门岗的保安也发现异常，急忙赶过来扶起了林晚。

　　林晚揉了揉倒地时擦伤的手掌说："报警。"

　　派出所的民警很快赶到了，了解过情况后，把人一块儿带了回去。

　　林晚自出生以来，第一次坐上警车。她有些不自在地理了下衣服，透过车窗看见一辆眼熟的迈巴赫停在路边，因隔得太远，看不清车内那人的表情。

　　刚才人仰马翻的没太注意，估计是民警赶到后，才开过来停在那里的。

　　林晚扭过头，提醒自己不要在意。

　　到了派出所后，事实真相很快查清了。

　　林晚从始至终没出过手，江决也只扯了人家的衣领，勉强还能算是见义勇为。可打人的男生是未成年人，虽说林晚看见他企图打鸟，但说到底也没有确切的证据。

　　最后民警把男生的家长喊来，让他们把孩子领回去批评教育。

　　男生一家表现得不太服气，相比伤害动物而言，父母认为林晚更有毛病，为这么点儿小事就害他们儿子进派出所，丢他们的面子。

　　只不过当着民警的面不好发作，他们不情不愿地道歉后便走人了。

　　"不好意思，麻烦你们了。"离开派出所前，林晚对今晚值班的一位女警说。

　　女警微笑着看着她说："不客气，这是我们的工作，就像保护动物是你的工作一样。制止违法犯罪不是错，不过下次当心些，至少等你朋友赶到了再上去。"

　　林晚点点头，很不好意思。

　　她平时其实没那么冲动，保安就在附近不远处，她完全可以叫保安过来阻止。或许是最近心烦意乱的，才会一时忘了自己的安危。

　　离开派出所时，已是凌晨。白天下过一场雨，夜里稍有降温。林晚拢了拢手臂，一不小心碰到手上的伤口，疼得皱起了眉。

　　江决看她一眼说："在这儿等着，我去旁边买点儿药过来。"

　　"谢谢！你真是个好人，衷心祝福你和蒋珂有情人终成眷属。"

　　"我谢谢你了，"江决被她的调侃逗笑了，"你这姑娘真有意思，人还在派出所门口站着呢，就有心情调侃我了。"

林晚想说"我这不是苦中作乐吗"，结果嘴唇才刚刚张开，余光就瞥见派出所旁边的电线杆下站着一个人影。

她怔了怔，等江决走远了，才重新确认了一遍。

是周衍川。

周衍川站在路灯下，身后是凌晨时空旷而寂寥的街道，显得他的身影分外清冷，又分外遥远。

两人隔着微凉的空气彼此对视。

那种难以言喻的目光，将周衍川那双深情的眼睛点缀得越发好看，像是有许多诉说不尽的爱意，通通藏在了里面。

林晚扭过头不看他。

有什么可看的，桃花眼天生含情而已，信不信现在站在他面前的人是江决，他也能看得好像性向转变似的。

周衍川在原地站了许久，密密麻麻的情绪像一张网，将他罩在里面，看笑话一般看着他痛苦，看着他挣扎。

他甚至听见周源晖的声音在耳边对他说："你害死我还不够，还想碰我朋友？我妈没说错，你就是心理变态。"

周衍川拧了下眉，向着林晚的方向走去。

"那位是你的新朋友？"嗓子嘶哑得不像话，也不知道一个人在外面吹了多久的风。

林晚故意冷淡地说："是啊，弹贝斯的，超帅。等下介绍你们认识呀。"

周衍川的唇角绷成直线，喉结急迫地滚动着，仿佛有什么再也克制不住的野兽即将出笼，等待他下一个动作，就能把面前的女孩生吞活剥。

他点了下头，声音低哑地说："不是男朋友就行。"

林晚一愣，想抬头看他此时的表情。

然而就在她仰起头的瞬间，男人冰凉的嘴唇就裹挟着颓废的气息，一并拥了过来。

长街漫漫，夜色如画卷般铺开。

盛夏的亲吻，打翻了满天的星辰。

第 5 缕光

种小麦

　　周衍川亲上来的那一刻，林晚还在想：你要是敢伸舌头，我就转身把你扭送进派出所。

　　结果事实证明她想多了。

　　那是一个非常浅的吻。

　　只浅浅地在她嘴唇上碰了一下，还不如林晚小时候亲她家的小猫来得缠绵。结束得太快，害林晚愣在那里，不知该拉开距离，还是继续回应。

　　虽然只有短暂的一瞬，林晚发现她有点儿着迷。

　　周衍川的嘴唇很凉，又比她想象中的要柔软。亲完她后，就好像触碰了什么禁忌一般，克制地抿紧了。

　　他眼神里似乎有许多情绪，繁杂地混在一起，在夜色中低头沉默地看着她。

　　既禁欲，又性感。让人几乎以为是自己诱惑了他，引他犯了色戒。

　　林晚甚至开始想：吻技这么生涩，他该不会是初吻吧？

　　她抿抿嘴唇："你……"

　　话刚出口，便被汽车的鸣笛声打断了。

　　她转过头，看见江决在马路那边的斑马线上神情呆滞。也不知他在那儿站了多久，路过的司机不得不按喇叭提醒他赶紧走。

两人的距离一下子拉远了。

林晚理了下头发，余光看见江决顶着一张生人勿近的酷哥脸越走越近。

江决心中有千万匹羊驼在狂奔，他发现林晚这姑娘简直绝了，一不留神就跟未成年人打起来，再不留神就跟一个男的在街上亲起来。派出所还在你们身后呢，你们睁大眼睛看看门上那庄严而神圣的警徽啊！

周衍川冷淡地看了江决一眼，点了下头，没说话。

江决此刻也没办法跟他寒暄，因为这种情况下他突然登场，感觉很像是被迫进了一出三角恋的修罗场。

不过，他还是下意识打量着周衍川，猜测这个男人十有八九就是蒋珂在海鲜店搭讪未遂的那人。虽然很不情愿，但他也必须承认，这男的长得确实很抢眼。

一想到蒋珂或许喜欢这种淡漠清俊款的长相，江决心里就很不是滋味。

他把手里的塑料袋递给林晚，语气复杂道："你那手，能搞定的话，我就先退场了。"

"好的，你先回家吧，下次请你和蒋珂吃饭。"

林晚对自己非常无语，为什么要把"你和蒋珂"四个字加重音？她在心虚什么？

江决挥挥手，头也不回地往前走了一段路去打车，只留给他们一个潇洒的背影。

"手受伤了？"周衍川终于舍得开口了，声音还是哑的。

他不提还好，一提林晚就感觉掌心传来了钻心的刺痛。她撇了撇嘴角，摊开手掌给他看，不满道："你说呢？"

路灯朦胧的光线下，她白皙细腻的掌心红了一大片，几道细碎的伤口渗出的血迹已经干了，擦伤并不严重，但还是看得周衍川皱紧了眉。

"上车，给你擦药。"他说。

处理伤口的过程，周衍川一直低着头，仔细地给她清理、消毒。动作轻柔而熟练，如果换上一身白大褂，就是能让女病患宁愿永不痊愈的英俊医生。

碘伏棉片碰到伤口的时候，林晚假惺惺地喊了几声疼。她其实没那么娇弱，但反正这会儿就是想喊出来，想看他会有什么反应。

周衍川抬起眼问道："很疼吗？那我轻点儿。"

低哑的嗓音回荡在耳边，让林晚不自觉地联想到一些风光旖旎的场景。

等到伤口处理完了，她才用尽量保持平静的语气问："你刚才亲我是什么意思？被江决刺激了，发现原来对我有占有欲，不想看见我和别的男人说说笑笑？"

周衍川把用过的东西扔到袋子里，抽出几张湿巾擦手。

今晚刚见面时，他的模样是罕见的颓废。可现在还没过几分钟，随着清瘦的手指沾到的碘伏被湿巾一点点擦掉，他整个人又恢复了平时那种干干净净的状态。

几乎让林晚以为，他们之间莫名其妙的冷战，完全是一场幻觉。

周衍川按了下太阳穴，哑声解释道："我本来……"

"嗯？"

"本来今天去找过你，你室友说……"他转头朝着窗外咳了几声，清清嗓子继续说，"说你出门约会了。"

林晚哽了一下。她的确是这么对郑小玲说的，谁还没有负气打嘴炮的时候呢？

周衍川隔着座位间的距离，深深看她一眼问道："你上回说喜欢我，还算数吗？"

林晚反问他："那你喜欢我吗？"

周衍川沉思片刻，点了下头说："这段时间我一直在想关于你的事，很多次都想联系你。如果这算是喜欢的话，那应该就是了。"

应该……

林晚挑了下眉，下意识认为如此不确定的词汇，不该从周衍川口中说出来。

她想了想，问："你该不会是没谈过恋爱吧？"

周衍川没说话，算是默认了。

他高中的时候一门心思扑在竞赛上，觉得与其花时间谈恋爱，还不如多敲几行代码来得有意思。上了大学也没空闲多少，起初是准备无人机比赛的东西，后来是帮德森写飞控。

时间一长，看着身边的人交女朋友，也不会有什么羡慕的感觉。哪怕追他的异性几乎没有断过，但他始终都不太提得起劲。

曹枫有一回喝多了，还打趣他说："你不是看起来性冷淡，你是真的性冷淡。"

但林晚给他的感觉和其他女孩子不一样。

或许是她足够自信，所以对待他的态度向来很坦然，但坦然之下又有一点儿寻常人少见的细腻，因此能比别人多往他心里走几步。

车内、车外都安静了下来，只有马路边间或经过的车辆行驶声擦过耳膜。

林晚愣了好半天，发现事情远远超出了她的预料。

她一直觉得周衍川不像滥情的人，交往过的女朋友不会太多，可任凭她的思维再天马行空，今天以前她也没想到，他居然连初恋都没有。

不过至少，周衍川对她是有好感的，情况没她想象中那么糟糕。

林晚心情跌宕起伏地刷新完世界观，才轻声说："刚才那个吻我还蛮喜欢的，如果它发生在半个月前就更好了，那么我会欢天喜地扑进你怀里。我不清楚你怎么想的，但对我来说，现在不是最适当的时机。"

周衍川仰头靠着椅背，眉眼低垂，无声地注视着她。

"这么跟你说吧，我高中和大学谈过两次恋爱，但我一直都不是那种特别恋爱脑的小女生，我很清楚自己要的是什么。"

"嗯。"

"比如我很不喜欢男朋友对我有所隐瞒，你有心事，我们现在的情况很别扭，在一起也不痛快。"林晚转过头，认真地看着他的眼睛说，"我确实还喜欢你，而且打算只要在一起了，就会对你特别特别好。看在你这么好看的分上，今天的吻就当作定金，你把不能告诉我的事都处理好，然后再来找我。"

周衍川从来没遇见过像她这样的女孩。她能把所有复杂的局面，都用自己的方式不卑不亢地去解决，好像从小心里就装着勇敢的力量，鼓励她去表达，去热爱。

周衍川没再看林晚，收回的视线不知落在哪里，漫无目的地掠过窗外的街道。

许久之后，他低沉地回了一句："好，等我一个月，行吗？"

"行呀，谁叫你是我爱妃呢。"林晚没有讨价还价，她不喜欢把人逼得太急，"希望一个月之后，可以有机会教你正确的接吻方式。"

"……"

周衍川静了几秒，忽然侧过脸，勾唇笑了笑。

不知是不是林晚的错觉，他眼中压抑的色彩似乎变浅了一些。

车厢内的对话，从此成为林晚与周衍川之间心照不宣的约定。

随后几天，两人都没再碰面，只在微信上有交流。所谈的内容大多与工作相关，闲暇时林晚会跟他吐槽公司附近哪家餐厅不好吃，又或者上班时在电梯里遇见了什么不礼貌的人。

零碎的生活日常，慢慢重新填补了冷战阶段的那些空白。

某天下午，才刚起床的蒋珂打来电话，询问她和江决的感情进展。林晚当时正在茶水间买胶囊咖啡，一手握着手机，一手用员工卡在自动贩售机上刷卡。

"我和他不太合适。"

"是吗？那天我看你们聊得蛮投机呢。"

林晚反问道："我跟谁聊得不投机？你出去打听打听，我人美嘴甜林小晚，走到哪里都能跟人相谈甚欢。"

"是吗？"蒋珂那边传来刷牙的含糊声，"我怎么记得某个人曾经告诉我，说周衍川的嘴特别毒，跟他说话能被气死，难道那时候你们也是相谈甚欢吗？"

"……"

林晚都差点忘了自己当初说过这种话，她顿了一下，才小声说："偶尔也会有例外嘛。"

蒋珂无情地冷笑几声，咬着牙刷问："那你打算怎么办，还是和周衍川谈？其实从我局外人来看，你们两个的确蛮般配的，能互捶也算是相爱相杀嘛，哪怕有不愉快，说清楚就行，不是什么大问题。"

"怎么不是大问题？"林晚弯下腰，从贩售机里取出刚刚冲好的咖啡，轻轻呼出一口气道，"我心里的账记得很清楚呢。"

蒋珂不解地问："记清楚要干吗？"

林晚眨了下眼睛，在咖啡的氤氲热气中坏心眼地笑了笑说："当然是等到将来，一笔笔慢慢地跟他算呀。"

林晚不知道周衍川争取一个月是想干吗，也没有打算过问。

说给他一个月，她就留足三十一天的耐心。

情场进入停滞阶段的时候，与此相对，鸟鸣涧的工作忙碌了起来。

启动无人机巡逻只是鸟鸣涧众多事务中的一环，他们作为联合诸多环保组织的运转中心，不仅每天要和分散于天南海北的工作人员联系，还要审核排着队等待基金会拨款的新晋动保项目的资质。

林晚最近的主要任务，是编撰一套儿童科普手册，用于保护区在当地开展自然宣传教育。

舒斐专门嘱咐她道："许多保护区都在比较偏僻的区域，当地儿童获取专业知识的渠道有限，需要尽量做得生动易懂。我记得你简历里填的其他技能是会画画，我建议可以做成用图画讲故事的形式，寓教于乐，孩子们接受起来更容易。"

这对林晚来说不是难事，科普本就是她的老本行，画画也是她从小在课外班就学起的技能，至于讲故事，还真不是她自吹自擂，她最擅长的就是跟人叨叨。

而且换工作这段时间，她差不多对鸟鸣涧的办事效率也掌握清楚了。有"大魔王"舒斐坐镇，什么事都恨不得今天下令明天完成，像在研究所时画完的鸟类图鉴石沉大海的事绝不可能发生。

因此她领到任务之后，立马兴致勃勃地干了起来。

用图画讲故事的形式教育孩子们要保护动物不是多么新奇的主意，但作为专业人员，林晚必须要把每种鸟类的真实形象与亚种区分等细节都做到位。可她的大脑不是无限量的电脑硬盘，见过的鸟种也有限，多数时候还是要依靠专业文献辅佐，连打一大堆草稿，心里琢磨透彻了，才动手下笔。

其他同事有时候路过她的工位，也会饶有兴趣地围观一阵。

某天徐康突发灵感地建议道："你的画风很有设计感，下次开会的时候，可以建议'大魔王'考虑让你来做基金会的公益周边。"

林晚笔尖一顿，问："什么是公益周边？"

"我们每年都会和品牌合作生产用于义卖的限量商品。你懂的嘛，现代人都喜欢限量的东西，加上买了就等于做公益，所以在年轻人那里还挺受欢迎的。"

林晚若有所思地点点头道："可惜星创不做消费级无人机，不然配合这

157

次合作，还挺适合的。"

徐康八卦地看了她一眼。

"看什么看？我不是考虑到你跟星创的人混熟了，合作起来比较方便嘛。"林晚振振有词地说着，切换界面开始研究卷尾鸟的羽毛分布。

徐康挠挠下巴说："说到星创，你那位周总好像出差去外地参加国际气候会议了。听说有不少政要名人都会出席，来头好像很大。"

你那位周总……

林晚咬了下嘴唇，心里有点儿隐约的小欢喜，可又想到周衍川工作这么繁忙，也不知道这一个月够不够用，一时间五味杂陈，干脆笑嘻嘻地打趣道："了解得这么清楚？是你的郝帅告诉你的吗？"

徐康："……"早知如此，当初他就不该对郝帅说那句"快到我怀里来"，否则也不至于成天被三个小姑娘拿出来取笑。

送走一脸郁闷的徐康，林晚才放下笔，打开浏览器搜索本月在国内召开的国际气候会议。会议全程为期五天，举办地点就是北方城市燕都。

林晚盯着浏览器愣了几秒，忽然想到，周衍川似乎就是燕都人。

燕都的下午，暑热像点燃的火星，在空气中掀起干燥的热度。

周衍川走出会议厅时怔了怔，仿佛已经不太适应故乡的夏天。

意识到这一点后，他无声地笑了一下。明明大学四年和在德森的那段时间都在燕都生活，如今故地重游，却有种远客到访的感觉。

或许是心理作用，他此时竟有些怀念南江潮湿且漫长的夏天。

助理亦步亦趋地跟在他身侧说："今天下午3点在丽晶酒店有一场'气候变化与科技革新'的研讨会，会议预计5点结束；晚上7点请行舟科技的程总吃饭，中间有两个小时的空闲，到时安排您回酒店休息？"

周衍川坐进车内，松开两颗纽扣，闭目养了会儿神，才淡声说："不用，我有私人安排。"

傍晚时分，刺目的阳光终于趋向柔和。

周衍川独自开车来到燕北胡同。下车后往里步行几分钟，就能看见一间闹中取静的四合院。此时院门紧闭，古朴的院子被夕阳渲染得越发沉寂。

周衍川打开院门，迎面而来的就是宽敞雅致的院落。

因太久没人居住，院子里的海棠早已谢了，石缸里曾经养满的漂亮金鱼，此时也早已不知踪影。只有一尘不染的门扉，透露出时常有人过来打扫的印记。

院门在身后轻轻闭拢，周衍川经过前面的院落，径直走向后院。

后院的景致与前院同样冷清，他推开右侧一扇房门，走进他小时候的房间，坐在窗边看了会儿天空。

这是父母去世后，他逐渐养成的习惯。

每次回来也不住一晚，只在这里坐上几十分钟，宛如某种仪式一般，将最近经历的事在脑海里过一遍，既是整理过往，又是梳理头绪。

他上次回来，还是决定离开德森的时候。

中途间隔了好几年，他经历了签下竞业禁止协议暂离无人机行业、出国留学、回国创业、星创渐渐成长壮大，分明有许多人生轨迹中至关重要的大事。可不知为何此刻坐在这里，满脑子都只有一个人的身影。

手机突然一振，把林晚从他脑海中惊跑了。

周衍川拿过来看了一眼，发现是曹枫发来的消息。

曹枫："今年的'快递'送到了，我找借口说是公司文件拿过来了。还是老规矩，用碎纸机帮你处理掉？"

周衍川的手指在屏幕上碰了几下，始终没有发出那个"好"字。

此时窗外暮霭沉沉，将空旷的四合院浸润在黄昏的光线里。远处依稀传来隐约的笑声，兴许是哪家的几个小孩子正在外面玩耍，嘹亮而稚嫩的童音嘻嘻哈哈的，吵闹着穿过古旧安宁的胡同。

周衍川起身去卫生间。

最初带着杂质的水流尽之后，他弯下腰捧了一把水浇在脸上，濡湿的黑发稍显凌乱地垂下来，把不连贯的水珠从脸颊上送下去，滑过清晰突出的喉结，最后渐次隐入领口。

胸膛感受到了一阵凉意。

周衍川单手撑着水池，看向镜中神色淡漠的自己。

他从很小的时候开始，只要没笑，脸上差不多就是冷淡的表情。要不是那双桃花眼消减了轮廓的冷峻感，可能不会有太多女生敢给他递情书。她们总相信有桃花眼的人必定多情又温柔，非要撞了南墙，才会恼羞成怒地跟闺蜜抱怨："周衍川没有心！"

然而此时此刻，周衍川分明感到他的整颗心脏，都在有力地跳动着。

他低下头，按下语音对曹枫说："把东西留着，我回去之后，抽时间去见他们一次。"

曹枫迟疑地回他："要带保镖吗？"

周衍川低声笑了笑说："要不带你？"

"滚滚滚，我可是有老婆的人，不参与任何危险活动。"曹枫没好气地捶了他一句。

过了会儿，他又不放心地追问道："你确定绝对会去？其实依我看早就该这样，每年你堂哥忌日他们要发点儿恶心人的东西过来，我一个局外人都看不下去了。"

周衍川揉了揉眉心，没有接话。

曹枫之所以会知道周源晖的事，全是因为星创成立的第一年，周源晖的父母不知从哪里得知了这个消息，随即在那年的七月寄了一个快递给周衍川。

快递是用文件袋装着的，曹枫以为是他们那天急着要的一份合同，就直接拆开了。谁知道里面全是写满诅咒的纸张与恐怖阴森的图片，差点没把曹枫一个大男人吓得哭鼻子。

曹枫当时以为周衍川在外面有什么仇家——作为公司合伙人，他必须了解清楚——谁知经他再三询问，才知其中还牵涉了一条人命。

周衍川没说得太详细，但曹枫差不多听懂了。

听完后，他万分无语地说："这怎么能是你一个人的错？你堂哥肯定是长期心理压力太大，才会在高考结束后心态崩了。一个孩子能闹出自杀的事，跟父母肯定脱不了干系。"

"如果没有我，他不会自杀。"周衍川说，"快递的事你别告诉其他人，直接处理掉就行。"

曹枫问："听你这语气，不是第一次收到了？"

"嗯，以前寄到学校，后来寄到德森，再后来我出国留学他们找不到我。没事，每年就寄一回，可能是想提醒我别忘了。"

"……"曹枫不知道该说什么。

他们两人那时还只是合作关系，没建立起多么深厚的友情。但根据他对周衍川过往的了解，总觉得这人不是那么逆来顺受的类型。

周衍川敢跟德森叫板，敢放弃一切从头再来，他心中有气势如虹的辉煌理想，不应该被两个老人年复一年地折磨而不还手。

唯一的可能，就是周源晖的死，给他造成了很大的心理创伤，让他自己都相信了那些毫无道理的指责，才会因此甘愿承受这一切。

所以，今天听见周衍川终于愿意去跟两位老人谈谈，曹枫有种等到了号角吹响的激动。

他没忍住又发了条语音："能问一下，是什么原因让你想通了吗？"

周衍川的视线扫过手机屏幕，薄而白净的眼皮合下来，盖过了眼中的情绪。

其实原因很简单。

如果林晚知晓全部后，仍然愿意和他在一起，那么他不希望今后每年的夏天，她都有可能陪他经历一次胆战心惊的威胁。

那么怕鬼的姑娘，万一吓哭了，他要怎么哄？

林晚的科普手册画到第二周时，又遇到了一个需要查资料的小难关。

她把鸟鸣涧的资料数据库翻了个遍，也没找到有用的内容。

中午吃饭时，郑小玲说："要不然你跟'大魔王'请假去图书馆？我记得以前有本书讲过黄腹角雉的亚种种群生态，就是有点儿年头了，一时想不起来书名了。"

林晚握着筷子想了想说："这么一说，我也有点儿印象，那本书我好像还有呢，不知道有没有从家里带过来。"

郑小玲问："那你要现在回去找吗？"

林晚点了下头，飞快地把碗里的午餐吃干净。拿上手机准备离开时她说："我尽量在午休结束前赶回来，如果舒总监问起，记得帮我说一声。"

从科园大道回云峰府并不远，中午的地铁人不多，林晚出了地铁一路小跑着赶回家，上到三楼打开房门，蹲在起居室的矮柜前，一本本飞快地翻阅起来。

专业书籍就是这样，平时不用的时候摆在那里没什么存在感，等到真正需要的时候，就会直接淹没在知识的汪洋大海里看不到身影。

林晚心里有些着急，翻到第二层时一不小心，接连把好几本书都掀到了地上。

她眼前一亮，刚准备把想找的那本书抽出来，视线就被压在下面的另一本吸引住了。亮蓝色的翠鸟照片，一瞬间把她的记忆拉回到初三那年。

林晚眨了下眼睛，伸手把周源晖送她的那本书捡起来。

她翻开封面，看见泛黄的纸张上那个黑色的签名，想起当初自己还不太愿意收下这本"二手书"。要不是周源晖说这是已经买不到的绝版，她肯定宁愿重新买一本。

谁承想，这竟会成为朋友留给她的遗物。

林晚唇边扯开一抹苦涩的微笑，她重新把书放回书架，脑海中忽然闪过一个画面。

那天烤肉派对的尾声，周衍川站在起居室里看着窗外，离他不到一米远的距离，就是她搬家后还没来得及收拾完的行李。

记忆中某个淡掉的细节，在这个瞬间变得清晰起来。

那时放在书堆最上层的，是这一本书吗？

疑惑的念头一旦产生，所有细枝末节的意外，仿佛都在此刻有了合理的解释。

林晚屏住呼吸，想起周衍川从那天起对她开始变得疏远，迟迟未敢挑明的话题，在她脑中拉响了地雷的导火线，猛烈的爆炸声响，让她愣在了原地。

直到手机铃声重复响起第三遍，她才回过神来。

郑小玲在手机里催促道："先别管资料了！你快点儿回来，南江警方破获了一起跨省野生鸟类走私案，十几个冷冻泡沫箱里全是野鸟的尸体，'大魔王'气疯了，正在办公室里发飙呢！"

林晚赶回鸟鸣涧的时候，办公室里弥漫着一股低气压。

尽管办公室时常有"大魔王"坐镇，但整体而言，大家怀抱着同一个目标聚集在此处，许多观念彼此都非常合拍，因此鸟鸣涧的气氛还挺轻松和睦的。

然而此时此刻，几乎所有人都坐在自己的工位前，人人眉头紧锁，间或响起的键盘敲打声，也透露出愤怒的力道。

舒斐已经发完火了，正在外面的露台上打电话，整个人看起来依旧很焦躁，指间夹着一支女士烟，不断地踱来踱去，引得头顶的仿真喜鹊"喳喳"叫个不停。

林晚把参考书放下，问离得最近的郑小玲："怎么回事？"

郑小玲愁眉不展地说："还记得半个月前我们收到的几份报告吗？北方好几个鸟类保护区发现捕鸟网的那个。"

林晚当然记得。

从半个月前开始，与鸟鸣涧合作的几个鸟类保护组织，就不约而同地在邮件中提到，他们巡逻保护区时，发现区域内有人私自架设大量捕鸟网阵。根据捕鸟网残留的羽毛数量来看，很可能有大批鸟类已经遭到捕捉。

有些保护区的地理面积太辽阔，凭借人力很难每次都把所有区域巡视完整，盗猎人行踪诡异，有时今天巡逻完一片区域，明天就会发现另一片区域早有捕鸟网等着鸟儿一头撞上去。

郑小玲撇撇嘴道："而且不光是保护区，最近那边还接到消息，城市公园里也有人打鸟，毒鸟。后来他们当地几个志愿者找到了可疑的饲养场，只可惜一直没能打进内部。直到前几天，他们发现有一辆货车从饲养场开出来走高速，看起来鬼鬼祟祟的，就悄悄一路跟了上去。"

志愿者在发现那辆货车的目的地是南江后，就直接报了警。

警察在高速路出口设关卡盘查，终于拦截到那辆跨省运输的货车，货车用生鲜蔬菜做掩护，实际上十几个箱子里装的全是死鸟。

郑小玲小声说："加起来有四万多只。"

四万多只……

林晚被如此骇人的数量惊到手脚冰凉，这是她工作以来听闻过的最大数量的野生鸟类走私案。难怪连舒斐都无法淡定，这根本是一起大规模的屠杀。

林晚端起水杯抿了一口，连上午倒进去的咖啡早已凉掉都没发现。放下水杯时，她像是说服自己，又像是安慰郑小玲，轻声说："至少人赃并获，关进去一个个查，谁也跑不了。"

谁知，郑小玲却悲哀地摇了摇头。

林晚心中一寒，想到一个可能性，她问："都是些什么鸟？"

"麻雀、斑鸠、黄眉鹀之类的，运来肯定是打算当野味卖给餐馆的。保护动物归保护动物，可一个珍稀品种都没有，你懂的。"

这一次，林晚好半天没说话。

没有珍稀品种，就代表根据法律规定无法追究盗猎者刑事责任。哪怕捕获四万多只鸟会严重危害当地的生态环境，这些人所需要承担的，也不过仅是几万块的罚款而已。

相比走私野生动物的暴利而言，这点儿罚款对于他们来说，不痛不痒。

直到傍晚下班，林晚也有些提不起劲，慵懒地坐在那里走神。

宋媛把椅子滑过来，轻声细语地问："晚晚，下班一起吃饭吗？我请客。"

"啊？"林晚勉强回过神，不解地问，"好端端的请客干吗？"

宋媛低下头静了一阵。

她是那种典型的清秀小美人长相，纤细白净，看着就让人有保护欲。这会儿眼眶泛红地不说话，就更显得楚楚可怜了。

宋媛绞紧手指，过了许久才说："我想辞职啦。"

宋媛来鸟鸣涧一年，因为生性腼腆，和基金会的其他人都不算熟，这顿饭她只邀请了同住在别墅的其他三人。

从科园大道到云峰府的中途，有一家生意很好的海鲜粥店。

林晚以前跟他们来过一回，当时品尝着熬得软软糯糯的海鲜粥，再配上一大把美味的烧烤，心情有多美妙，自然不必多说。

可惜这一回，四人坐在桌前，情绪都十分低落。

徐康闷不作声地喝掉一罐啤酒，才问："你为什么想辞职？"

"你们别骂我。"宋媛声音很轻，险些被其他食客的谈话声盖过去，"我就是太郁闷了，明明大家做了那么多工作，但却永远阻止不了盗猎的人，太让人失望了。"

郑小玲看她一眼问："你真的想辞职？"

这句话刚出口，宋媛的眼睛就又红了："小玲你知道的，我爸妈一直不喜欢我做这行，但我喜欢动物，想保护它们。可是做得越久，就越明白不可能的。我们永远阻止不了有人伤害动物，不论大家再怎么努力，都阻止不了。"

"所以你就想跑？"郑小玲的脾气上来了，语气也变得生硬了许多，"人人都像你这样想，那鸟鸣涧趁早关门好了，所有保护组织都关门好了。反正总有一天地球会毁灭，大家全部完蛋嘛。"

宋媛显然不擅长与人争辩，几句话的工夫，泪水就要掉不掉地盈满眼眶。

徐康没想到两个女孩居然快吵起来了，只能左看看宋媛，右看看郑小玲，尴尬道："别吵别吵，有话好好说。今天大家心情不好，说的都不是真心话。"说完还朝林晚使了下眼色，暗示她赶紧也帮忙劝劝。

林晚却耸了下肩膀，表示无能为力。

郑小玲的想法没有错。

有些事总需要有人去做，如果没有人愿意保护动物，那么等到一个接一个的物种灭绝，等到地球环境彻底恶化，等到复杂的生态链断裂，位于食物链顶端的人类，肯定也逃不过灭亡的命运。

大家总爱说"拯救地球"，其实从亿万年来的历史看，地球哪里需要人类拯救？它跨越时间的长河，几十亿年来亘古不变地存在于那里。

地球对待寄居于此的生命，向来一视同仁，从不因为谁更强大，就多青睐几分。所以无论是保护鸟类抑或是保护其他动物，归根结底，要保护的还是人类自己。

人类若不自救，等待在前方的，必定是灭亡。

即便如此，林晚也做不到像郑小玲那样冲动地指责宋媛。

她还在读书的时候，导师就对他们说过："你们之中如果有人将来想从事动物保护行业，那我可以果断地告诉你们，这是一条充满悲观的路。也许通过不懈努力，部分物种可以在短时间内扩大种群数量。但放眼全世界来说，无数物种会在你们眼前不断地走向消亡，而你们根本就无能为力。"

所以多多少少，林晚能够理解宋媛会难过到想辞职。

屠杀了四万多条生命，却不用付出对等的代价，换了谁会心平气和地接受呢？

这顿饭吃到最后，四个人都没什么胃口。

临走时海鲜粥还剩下一大半，换来了老板娘自信心大受打击的错愕表情。

林晚歉意地对老板娘笑了笑，走到街上看见宋媛抱着郑小玲道歉，郑小玲的脸色青一阵红一阵的，别别扭扭地叫她别哭了。

徐康揉揉眉心道："是我不懂你们女孩子的友情。"

"总有一天你会懂的。"林晚挑眉笑道，"反正你是我们永远的'姐妹'。"

"……"

徐康被噎得哽了一下，好半天才说："我发现你心态特别稳啊，这种时候还有心情开玩笑。"

林晚跟他并肩往前走，边走边说："不然能怎样呢？"

淡淡的尾音融入风里，很快便被吹散到了远方。

是啊，不然能怎样呢？

回家的路上，大家都变得格外安静。好像所有的精力都在餐桌上发泄完了，只剩下消沉的情绪还堆积在心头，等待他们各自消化。

从海鲜店到云峰府不算远，步行20分钟左右就能到达。

到了小区门外，几人互相看了看彼此，眼神中都透露出不想进去的意思。有时候大家都不开心，与其回到房间里郁闷，还不如在室外多走走，说不定还能更有效地缓解心情。

徐康提议道："刚才都没吃饱吧？我去便利店买点儿东西，咱们今晚就坐在路边野餐好了。"

林晚想了一下那个画面，感觉有点儿丢人。可眼见郑小玲已经捂着肚子答应了，只好点点头表示可以。

三个女孩在路边的长椅上排排坐。

林晚仰头望着漆黑如墨的夜空，片刻后轻声说："宋媛，再努力一下吧。你今天哭得那么凶，我怕你今后会后悔。"

"可我饭都请了。"宋媛有些不好意思地说，"出尔反尔不太好呀，显得我多矫情似的。"

郑小玲凶巴巴地接话道："我们又没吃。"

"……"

林晚"扑哧"一声笑出来，转头捏着宋媛的脸说："矫情有什么关系啦？谁都会有不开心想矫情的时候啊，只要我们不说出去，没人会知道你动过辞职的念头。"

宋媛眨巴眨巴眼睛，还想开口说什么，目光就越过林晚的肩膀，望向了她身后某处。

"嗯？徐康回来了？"

林晚奇怪地扭过脑袋，顺着宋媛的视线望过去，结果就看见一辆宾利停在路边。

南江开豪车的人不少，可她就是没来由地觉得，这肯定是以前在动保基地的时候，看见周衍川坐过的那辆。

果然，下一秒，后排车窗缓缓落下了。

周衍川那张英俊非凡的脸出现在视野之中，漂亮的桃花眼隔着暑热未消的空气，在将暗未暗的黄昏中与她对视。

远处是城市绚烂的霓虹灯光，近处是路灯投下的层层光晕。

林晚下意识地松开正在对宋媛"耍流氓"的手，脑子里莫名闪过一个念头——她好像很久没看见周衍川了。

可是真的很久吗？距离他承诺的一个月，好像也才过去十多天。

更让她感到荒唐的是，在看见周衍川的一刹那，她竟然也隐约有几分想要矫情的想法。

周衍川推门下车，踩着一地暮色往长椅走来。

宋媛和郑小玲都很没骨气地站起身，用去便利店找徐康的借口迅速溜掉了。

"在这儿做什么？"他稍弯下腰，打量了一下她的神色问，"不开心？"

林晚鼻子忽然一酸，道："是呀，不开心。"

她怎么可能开心呢？宋媛感受到的失望，她同样也会感受到啊。

周衍川怔了怔，眼中有连日忙碌与长途奔波过后的倦怠。

但随着他在林晚身边坐下，那些倦怠便在倏忽间消散不见。他靠着椅背，长腿伸出交叠，轻声问："怎么了？"

随着他的话音落下，林晚克制了几个小时的积郁就如闸门打开一般，统统翻涌了出来。

林晚也不管他能不能感同身受，一股脑儿地把那些生气、失落和悲伤全部讲了出来。要不是尚有一丝理智存在，她甚至还想问"你是不是看到周源晖送给我的书了"。

"你知道吗？"她抿抿唇，看着周衍川的眼睛说，"贩卖野生动物，是世界三大非法贸易之一。"

周衍川点头道："嗯，和军火与毒品交易并列。"

"所以啊，我有时候也会想，既然永远有人愿意为它铤而走险，既然谁都无法阻止环境恶化，那么我们所做的一切……"

林晚顿了一下，她不太喜欢说出如此消极的话，可不知为何在周衍川面前，她愿意尝试一下，将那些不方便对别人倾倒的苦水全部说出来。

"我们所做的一切，真的有意义吗？"

面对她罕见的沮丧，周衍川眼神微动。

如果林晚是一名记者，他大可以拿出官方的态度，滴水不漏地为她解答。

但他不想这样。

男人清晰的喉结上下滚动几次，几秒后仿佛下定了决心一般说："有空吗？我带你去一个地方。"

"现在吗？"林晚茫然地问，"去干吗？"

周衍川垂下眼，语气淡然地说："去看我一生无法实现的理想。"

林晚原本猜想，周衍川口中"一生无法实现的理想"，很可能与他曾经美满的家庭有关，也很可能与星创的百年宏图大业有关，甚至与她尚未证实的周源晖有关。

所以一路上，她的大脑不受控制地浮想联翩。

一会儿猜周衍川要带她去看适合三代人居住的大宅，一会儿猜是高大上的无人机展馆，一会儿猜他和周源晖有个兄弟两人才知道的秘密基地。

结果眼看车子渐渐驶向市中心，她终于按捺不住内心的好奇。

"你到底带我去哪儿？"

周衍川抬眼扫向窗外道："快到了。"

厉害了，还跟她卖关子。

林晚鼓了鼓腮帮子，身体往前倾，问专心开车的助理："他刚才叫你开去哪里？"

助理微微笑了一下，脸上流露出"我就是个打工的，小姐你别为难我"的意思。

林晚没辙了，她沮丧地靠回椅背，盯着车内散发出金钱芳香的豪华内饰发呆。

她心里有些懊恼，情绪上来就不管不顾地发泄了一通，仔细回想起来还挺丢人的。周衍川毕竟是她的"爱妃"——哦，不对，是她的暧昧对象。在人家面前展现出如此软弱的一面，怎么想都有损她英明神武的形象。

她刚才该不会是在跟周衍川撒娇吧？

林晚睫毛猛颤几下，对自己感到万分无语。明明约定好了一个月的期限，现在这样，倒像她违约了似的。

月亮一点点爬上来，悬挂在彻底黑尽的夜空之中。

吃过晚饭的行人三三两两，在街边走走停停地散步，偶尔有几个打闹的小孩在人行道上跑来跑去，很快便被家长一把拽住，吵吵嚷嚷间氤氲出城市特有的烟火气息。

周衍川目光稍斜，无声地打量着林晚的脸。

她不知道在想些什么，眼神一会儿一变，仿佛脑内有一场激烈的斗争正在展开。可无论如何变化，始终都有一层淡淡的阴霾笼罩在她身上。

是比几个月前听说小鹨鹋受伤时，还要失落的样子。

林晚留意到身旁的目光，不自在地清清嗓子，索性把头扭向了一边。

正好此时，车辆减慢了行驶速度通过一个门卫岗。

电动闸门缓缓往两边拉开，一条宽敞笔直的道路映入眼帘，是她从小到大再熟悉不过的风景。

林晚一愣，这不是南江大学吗？

她一时间顾不上其他，又扭过头诧异地看着周衍川。

他显然不是第一次来这里，对七拐八绕的校园道路比助理还熟悉，时不时不忘提醒几句"左转""右转"，尽职地担当起一个导航，指挥助理最后把车停在了一幢实验楼外。

林晚抬眼一看，心中一阵发毛。

市区内的南江大学是老校区，建筑大多保持着 20 世纪的特色。

比如此刻矗立于窗外的农科院实验楼，就是一幢没有电梯的五层建筑。白墙灰砖很古朴，竖长形的窗框在路灯的照射下，隐隐映出树叶的影子。

偏偏此时还起了风，树影在玻璃窗上影影绰绰地晃了晃，越看越像恐怖电影里的鬼宅。

推门下车时，林晚郑重警告道："你如果敢带我来玩什么试胆大会，我就用高跟鞋砸破你的狗头。"

"嗯？"周衍川显然没跟上她跳跃的思维，怔了半拍才反应过来说，"没事，我联系过了，里面有人。"

林晚半信半疑地跟在他身后，快进去时突然停下脚步，硬着头皮说："我五岁那年，这幢楼还归以前的化学系使用，有一天实验发生意外，引发了爆炸。"

周衍川问："然后呢？"

"当时死了两个学生。"林晚的声音越来越小，"后来我再也没有在晚上来过这里。"

周衍川无奈地看她一眼，低声说："那你跟紧我，有鬼的话，我挡你前面。"

林晚暗自吐槽：你看没看过恐怖电影，鬼是可以穿墙的好不好？你一个大活人挡在面前有什么用，瞧不起鬼吗？

然而吐槽归吐槽，到底还是好奇心战胜了恐惧。

她紧跟在周衍川身侧进了实验楼，因为贴得太紧，走上狭窄的楼梯时，肩膀有时会不小心碰到对方，感受到对方身体的温热后，又悄无声息地错开了。

两人的脚步踩在古旧的木质楼梯上，发出低而沉稳的声响，一声叠着一声，从一楼到了四楼。

"到了。"周衍川往楼梯左边的实验室看去。

林晚刚才在外面看窗户全是黑漆漆的，却没想到走廊的另一边居然真的亮着灯。实验室内隐约有人声传来，应该是有学生在等实验结果。

她对实验室这种充满学术氛围的地方向来充满敬畏，下意识压低声音道："你确定外人可以进来？不会打扰到他们吧？"

万一等会儿人家把保卫处的人叫来，那她近在家属区的母亲大人，肯定会赶过来痛骂她一顿。

周衍川点点头，走过去抬手叩门时，他轻声说："我是实验项目的投资人。"

林晚愣了一下，没等她问出什么项目，里面就有人把门打开了。

一个男生站在里面，看到来人规规矩矩地喊了声"周先生"，又转头对里面说道："潘老师，周先生到了。"

男生后退两步，让他们两人进去。

与陈旧的建筑外观相比，实验室里面倒是一派窗明几净。工作台和仪器设备似乎没用过几年，看起来还算比较新的样子。

靠墙的六角桌边，一位五十多岁、头发花白的女人转过头来，推了下玳瑁色的老花眼镜，问："这位是？"

周衍川说："我朋友，林晚。"

"哦——"对方拖长音调，想起来似的说，"是物理学院赵主任的女儿吧？你和你妈妈长得很像。"

林晚笑了笑说："潘老师好！"

她以前偶尔听赵莉提过这人，记得全名应该是叫潘思静，南江大学鼎鼎有名的农业学教授。

潘思静和蔼地笑了一下说："不好意思，我现在走不开。让周先生带你参观吧，他知道哪些不能碰。"

"没关系，您先忙。"林晚礼貌地回了一句，再看向周衍川的目光，已经写满了问号。他一个研发无人机的，怎么会和潘思静扯上关系？

周衍川带她去看实验台那边的培养皿，默契地解答起她的疑问："潘老师近几年在带学生做一个新项目，刚开始没人愿意投资，认为她完全是异想天开。后来我听说了，就主动找上门跟她合作。"

林晚问："什么项目？"

"在火星种小麦。"

林晚险些以为自己幻听了，她抬头诧异地望着周衍川，发现他目光平静，完全不像是在开玩笑。

周衍川垂眸道："听起来很疯狂，是吗？"

林晚诚实地表示道："我在电影里看过在火星种土豆的故事，但我以为那只是科幻题材的夸张，没想到真的有人……"

周衍川轻声笑了一下，他完全可以理解林晚此时的震惊。当初曹枫听说他投了潘思静的项目后，也在办公室里瞪大了眼睛表示不理解。

"其实并没有你们想象的那么疯狂。你应该听说过，除了地球以外，火星是太阳系内最适合人类生存的星球，否则全世界的航天人，也不至于一个接一个地往火星发射卫星。

"但从目前的研究来看，火星的生态环境很像一个极端恶化后的地球。人类将来不管移居火星还是死守地球，要面临的一个重要难题，就是如何在被污染过的环境里种出食物。"

林晚点了点头，没有出声打断他。她发现此时的周衍川变得和平时有点儿不一样，并非他的语气多么有煽动性，而是他眼中那种渴望探索未来的目光，为他平添了一份热烈而昂扬的意气。

被苦难磨平了棱角的人，绝对无法露出他此刻的眼神。

林晚在这一刻无比确信，这个男人心中有比她想象的还要广阔的天地。

周衍川靠在墙边，稍低着头，清冽的嗓音在实验室内不疾不徐地响起："如果能在火星种出小麦，那么等到将来的某一天，哪怕地球变成了荒芜的废墟，人类也可以继续在这片土地上生存下去。"

不是环境恶化就注定灭亡的未来，而是保留了希望的另一种未来。

林晚无法形容自己现在的感受，换作其他认识的人对她说这番话，她或许会认为对方是在说一个天方夜谭般的故事。

但此时此刻，周衍川站在她的面前，灯光在他眼尾扫出淡淡一抹阴影，让他眼角的那颗泪痣看起来有几分虚幻，却又的确存在于那里。

空气安静了一阵，她才轻声问："那你们现在成功了吗？我是说，在地球模拟火星环境下的那种成功。"

周衍川轻轻地摇了下头说："现在还处于最初期的阶段——理论研究和环境分析，星创也在配合这个项目研发农业型无人机，但是等到模拟成功，恐怕还要好几年。"

林晚忽然明白了，他所说的"一生无法实现的理想"是什么。这将会是一段充满坎坷的漫长道路，人的生命毕竟有限，等到周衍川寿终正寝的那一天，他也无法见到道路尽头的风景。

他想在有生之年，做出一块支撑未来的基石。

林晚释怀地笑起来说："反正总有一天会实现的吧，就算我们看不到，将来的人也会看见。这么一想，不是特别浪漫吗？"

周衍川似乎也笑了下说："嗯，只是不清楚科技发展和环境恶化相比，哪边的速度更快一些。"

林晚恍惚了一下，然后就听见他低下头来，在她耳边轻声说："所以你看，你的工作不是没有意义，你们是在为人类争取时间。"

无法言喻的思绪猛地涌了上来，在林晚颓丧了一整晚的心间，荡开麦浪般的涟漪。

她下意识抬起头，看见他眼眸低垂，长长的睫毛往下垂着，本就深情的眼睛，比从前更多出了几分温柔缱绻。

不远处仍有人声轻微响起，可她却仿佛什么也听不见。

视野里只有周衍川近在咫尺的面容，还是她初见就颇感惊艳的帅气。但和那时相比，她现在更喜欢的，似乎是他英俊外表下藏着的常人难以触及的灵魂。

林晚抿了一下嘴唇，视线缓慢地描绘着他薄而清晰的嘴唇，听见内心的声音越来越强烈。

她不想等一个月了。

她现在就想吻他。

可林晚就算再开放，也不敢在德高望重的潘思静和她的学生面前激吻周衍川。

这里可是关系人类未来的实验室，她不想几百年后的大家讲起这段历史时，还往里面编派一段与她有关的"桃色八卦"。

刚好此时潘思静已和学生讨论完，走过来跟周衍川谈项目进展。

林晚自觉地到门外回避，关门时往里最后看了一眼。

潘思静个子矮，仰头说话很费劲。周衍川配合着她的身高，身体往下弯成利落流畅的线条，让林晚浮想联翩的嘴唇抿着，十足禁欲的模样，反而让人想看他意乱情迷的模样。

林晚没有走远，她就站在门边靠近走廊的地方，翻了翻微信通讯录里的名单，最后放弃了正经人钟佳宁，选择了蒋珂作为聊天对象。

她打字问："你主动吻过不是你男朋友的人吗？有没有心得体验可以传授？"

蒋珂发了一张肉嘟嘟的小宝宝的照片过来说："我表姐的儿子，刚亲完。亲之前记得把他嘴边的米糊擦干净，不然会蹭一脸。"

林晚："别闹，你懂我的意思。"

"干吗啦，你想亲周衍川？听我的，气氛到了直接上，瞻前顾后不是好海王。"

"好，不过我现在是'秦王'了。"

"？？？"

林晚听见实验室内的动静，忙收起手机，假装若无其事地低头数地板格子。

门打开的角度，往地板投下一片弧形的光影，周衍川的影子被灯光拉得很长，从门里一直延伸到她的身旁。

"这么快就聊完了？"林晚问。

周衍川说："嗯，本来就是临时带你过来。"那双桃花眼若有若无地从她脸上扫过，他继续道："再说你不是怕鬼吗？留你一个人在外面，不太好。"

林晚挑了一下眉，没好意思承认，她的恐惧此刻已经被蠢蠢欲动的小心思打败了。

随着周衍川反手将门在身后合拢，走廊里便只剩下他们两人。

灯光钻进地板深色的纹路里，铺出一条宁静而温柔的路。

两人并肩下楼，走到楼梯拐角时，月光透过楼梯间的通风窗，浅浅地洒进一层清辉。

林晚刻意放慢脚步，看着男人宽而平直的肩线，眨了眨眼睛。

台阶的高低差需要几步，才是适合他们身高的接吻角度呢？

还没等她盘算出结果，一道手电筒的光从二楼照了上来，巡逻的保安探出头，谨慎地询问道："你们两个，大半夜跑来这里干什么？"

林晚："……"

"过来找潘老师，刚从她的实验室出来。"周衍川没有发现她的失落，淡声解释道。

保安上下打量了他们几眼。两人都是二十多岁的年纪，气质干净，说是学校的研究生，也不会惹人怀疑。

"哦，那早点儿回宿舍吧。"保安真把他们当学生了，手电筒往上晃了晃，说："这么晚了，潘老师还没走呢？那可不行，我要上去赶人。"

林晚侧身给保安让路，听他"咚咚咚"地跑上楼去，脑子里那点儿花前月下的绮丽念头被震得七零八落。她无奈地叹了口气，心想算了，还是换个地方吧。

"既然来都来了，"她清清嗓子问，"想不想散步逛校园呀？"

"好。"

林晚从小在南江大学长大，知道实验楼出去没多远就是第一图书馆，那里地势比较高，馆外还有个搭满葡萄藤的花园，最适合夜深人静时，发生点儿不需要他人旁观的事。

结果走出去没几分钟，林晚的内心绝望极了。

她怎么忘了，周衍川的助理还在等他们！

这助理也不知是修了读心术看穿了她心怀不轨还是怎么的，开着辆宾利慢吞吞地跟在他们身边，一副"只要老板有需要，我立刻就能把车停在他身边"的气势。

一个着急赶回宿舍的学生，骑着自行车从宾利旁边飞驰而过。两车交错时，他还回头鄙夷地看了一眼，大概长这么大还没见过这么憋屈的豪车。

"让他把车停远点儿等吧，节能减排保护环境好不好？"林晚哭笑不得地建议道，"反正我们现在又不坐车。"

闲杂人等终于全部退出舞台，可林晚燃烧的激情，也凉得差不多了。

她耸耸肩，或许这就是寻欢作乐的气氛还不够到位，所以老天提醒她不要轻举妄动。

周衍川问她该往哪边走，事实上，他的心思也没放在游览校园风光上。

眼前的女孩已经恢复了平时的活力，黑白分明的眼睛在夜色中看起来亮晶晶的，证明他的安慰似乎还是起到了作用。

月色如水，树影婆娑，树林间不时传来夏日的虫鸣，陪伴他们漫无目的地行走在安静的校园内。

林晚走路不太老实，踩在人行道的边缘，身影摇摇晃晃的，全然不顾自己穿着一双高跟鞋。

周衍川蹙眉扫了她几眼，好几次想伸手扶稳她，却又在即将碰到她手肘的时候收了回去。

林晚用余光注意到他的动作，悄悄弯起唇角道："你既然要看着我，就看仔细点儿。万一我不小心摔了，你还要负责把我背回家的。"

"我不知道叫人把车开过来？"周衍川很轻地笑了笑说。

"你懂什么？这叫护驾。"林晚展开双臂保持平衡，恨铁不成钢地摇摇头道，"爱妃，我后宫那么多美人，你要学会努力表现才行。"

周衍川静了几秒，问："又有新朋友了？"

"哪有那么快？"林晚歪过头看向他，笑着问，"你还在意那天在派出所遇见的贝斯手？算了吧，人家喜欢蒋珂的。"

这么说好像不太对。哪怕江决不喜欢蒋珂，林晚也不会有和他交往的想法。帅倒是蛮帅的，可惜不是她喜欢的类型。

于是她体贴地补充道："而且我说过要等你一个月嘛，怎么样，还剩十多天，你想好用哪种姿势跟我告白了吗？"

周衍川目光沉了沉，片刻后怅然地笑了一下。

稍纵即逝的神情从林晚眼中闪过，连带着今天中午的某个猜测，也再次在她心头盘旋起来。她收回双臂，加快脚步站到周衍川面前，抬起头看着他。

"怎么了？"他问。

林晚是真的不想再等一个月了。特别是在参观完潘思静的实验室后，她能明显地感觉到，自己内心对周衍川的喜欢越来越多。它们交织混合在一起，仿若整个胸口都装不下似的，快要漫出来了。

她认真地注视着周衍川的眼睛，把很早以前就想问而不敢问的疑惑，轻声问了出来："你是不是认识周源晖？"

周衍川眼神动了动，没说话。

路灯柔和的光晕打散在他们头顶，两人安静地面对面站着。沉默蔓延开来的同时，林晚从他眼中找到了答案。

她说不清此刻心中是什么滋味，只觉得这就像在玩电脑自带的扫雷游戏，有时鼠标点下去时隐约就有预感，但还是想亲眼看看结果会是什么。

"所以真的是因为他？"林晚问。

周衍川别开视线，望着远方浸在墨色中的操场，调整了几次呼吸后，才低声开口道："周源晖是我堂哥，他在拿到大学录取通知书的当天自杀了。"

"我知道。可他的死，跟你有关吗？"

"有。"

林晚皱了皱眉，忽然有点儿晕眩。

她不喜欢看到周衍川现在露出的表情，隐忍地压抑着什么，哪怕只说一个字，都像是在经历难以启齿的自白。

说她被男人的美色冲昏了头脑也好，或者别的什么也罢，但此时此刻她的第一直觉，就是她不相信周衍川会害周源晖。

她走到路边的长椅上坐下，深吸一口气，继续问："告诉我，为什么这么说？"

周衍川揉揉太阳穴，用力地咬了下嘴唇想保持清醒。

理智在一而再，再而三地提醒他：林晚是周源晖的朋友，你以为她知道朋友被你害死之后，还能若无其事地和你在一起吗？她对你的喜欢只有那么多，负担不起一条人命的重量。你还没来得及找伯父伯母谈谈，你还处在每年七月就要被威胁一次的生活里，不要把她牵扯进来，她不应该面对这一切。

然而，当他们的视线在夜色中碰到一起时，他的喉咙里却说不出拒绝的话。

　　林晚在长椅上等待了半分钟，终于看见周衍川走到她身边坐下。他的脊背微微勾着，手肘撑在膝盖上，低头的动作拉长了脖颈流畅的线条。

　　之后的半小时，他们周围再也没有其他人经过。

　　天与地拥抱着他们，为他们创造出了无人打扰的环境，以此来消化数年之前那段沉痛而惨烈的往事。

　　周衍川每说一句话，林晚的心便往下沉一分。

　　等到她听完故事的结局后，心脏仿佛有密密麻麻的蚂蚁在啃噬一般，泛起酸胀的疼痛。

　　林晚震惊地张开嘴，声音颤抖地说："这么多年，你一直认为是自己害死了他？"

　　周衍川没有直接回答，他只是用手背抵着额头，哑声道："医生和朋友都劝过我，说不是我一个人的错，但是所有人都可以这么认为，只有我不行。"

　　因为，那将会变成一个罪人的辩解与开脱。

　　林晚垂下视线，看着他用力到骨节泛白的手指，声音不自觉地温柔起来："我不认识从前的你，所以我不会下任何判断。所有的是非对错总归摆在那里，你认或者不认，都不会改变它的结果。"

　　周衍川扼住手腕，低哑地喘了口气，好像刚才的坦白抽走了他所有的力量，让他变得万分疲惫。

　　"但是我认识周源晖，他有时会跟我聊到家里人，只不过他从来没有提起过你，所以我想，你确实是他所受压力的一部分。"林晚也弯下腰，双手交叠在膝盖上，疼惜地看着处于痛苦与自责之中的男人说，"可你知道吗？他每一次聊到父母的时候，讲的都不是开心的经历。"

　　曾经的周源晖估计永远不会想到，有朝一日，那个和他一样喜欢鸟的小学妹，会和那个处处比他优秀的堂弟认识。

　　他把林晚当作彼此理解，却又不过分亲密的朋友，有许多不方便对熟人提及的事，在她面前都可以毫无保留地说出。

　　他说小学有一次没考到年级第一，家长会结束后，父母把他所有的课外书都扔进了垃圾堆。

他说父亲在公司升职成为副总，母亲会嘲讽父亲比不过远在燕都的叔叔。

他说母亲想买一套环境优美的别墅，父亲实地看过之后，嫌弃遇到的几位邻居像暴发户，被人知道会怀疑他们的档次。

"他们永远在跟别人攀比，比权势，比家境，比孩子。"周源晖说这些话时，眼中有种漫不经心的意味，好像只是随便吐槽几句而已。

"这种日子过久了真的好累，会崩溃，你知道吗？我有时会梦见自己被他们装进箱子带到比赛现场，所有的优点和缺点都被裁判用尺子一寸一寸地丈量。"

那时的林晚仅仅是个懵懂稚嫩的小女生，她会友善地表达对周源晖的同情，会向他传授让心情好起来的办法，会用不太过分的话语陪他批评叔叔阿姨的错误。

但是她做了那么多，却唯独没有听懂周源晖内心深处最真实的潜台词。

——他在求救。

四周寂静了下来，唯有昆虫攀爬过草丛，发出"窸窸窣窣"的声响。

半晌后，周衍川缓缓吐出一口气，用手盖住了眼睛。

林晚不忍心看他这样，她伸手勾住他的脖子，将毫无防备的男人往下带了带，然后用饱满柔软的双唇封住了他痛苦的叹息。

"别再怪自己了，宝贝儿。"林晚的心脏跳得飞快，"扑通扑通"地拍打在她的胸口，让她根本听不见自己说了什么。

上回蜻蜓点水的那一吻，仅仅够她记住周衍川嘴唇的触感。

而这一回的深吻，被她拉长了时间，让她能够记住更多与他有关的细节。比如他后背绷紧的力度，比如他眼中涌动的暗潮，比如他与她唇齿相依时，喉结滚动的性感声音。

周衍川或许侧脸躲过一下，或许没有，他记不太清楚。

林晚身上洗发水的淡香味萦绕在他的呼吸里，像一剂裹着糖衣的良药，渐渐抚平了他内心旷日持久的刺痛。

彼此间连接的气息炽热滚烫，与林晚方才再温柔不过的安慰相比，就像喷发的火山将岩浆"哗啦啦"地倒在了冰川上，噼里啪啦响起的，既是火苗攒动的声响，也是冰块裂开的动静。

它们在高温下纠缠融合，再也分不出彼此的距离。

直到一只惊醒的野猫蹿出草丛，才打破了校园沉寂的宁静。

林晚嫣红的唇瓣仿佛被酒浸润过，在暗淡的夜色下泛着暧昧的光泽，口红不知被谁的温度融化了，模糊而放肆地越过唇线，让她的嘴唇显得比接吻之前还要动人。

她的呼吸还有些不稳，眼神却毫不掩饰地望着面前的男人。

周衍川还是刚才的样子，头有些不自然地稍低着，一副冷淡禁欲的模样。唯有衬衫底下的胸膛起伏，正在悄然宣泄激吻过后凌乱的呼吸。

周围的空气依旧灼热，带着点儿不够真实的虚幻感。

两人都像大梦初醒一般，思绪恍惚。

林晚悄悄抬了下眼皮，扫向距离他们不到一米远的摄像头，心中猛然一震。

啧，刚才怎么没发现此处还有一位"观众"。

她用手背擦了擦嘴唇，小声又含糊地说："惨了，好像全部被拍下来了。"

"嗯？你说什么？"周衍川根本没听清，他下意识往右靠过来。

明明前后不过几分钟，林晚却觉得现在的周衍川闻起来不太一样了。好像他身上沾染了属于她的味道，又好像是那种被称为荷尔蒙的男性气息变得有存在感了。

刚才当着摄像头的面"耍流氓"的威风瞬间烟消云散，她居然没来由地慌乱了起来，身体不自觉地往旁边退。

这条长椅根本就没有扶手，她一下子退得太远，直接失去了平衡，眼看着就要歪歪扭扭地栽到地面去了。

周衍川的动作很快，一把拽住她的手腕把人扯了回来，他皱了下眉，有点儿无语地说："亲完就躲？"

他的嗓音是哑的，声带像被砂纸打磨过似的更有磁性，在寂静的夜里被无限地放大。

林晚的睫毛颤了颤，发现了一件很不妙的事，她好像脸红了。

不过大晚上的，应该看不出来吧？

侥幸的念头刚在心中升起，男人的目光就从她脸上扫过，仿佛带着温度一般，从她不安的眼睛缓缓游向饱满的嘴唇。

"脸红了？"他嗓音低沉而平缓地问。

林晚："……"看破不说破懂不懂啊！她第一次干强吻的事，业务不熟练紧张了不行吗？为什么被强吻的人，现在反而比她还淡定呢？

周衍川的目光继续往下，扫过她骨肉均匀的身体，最后落在她因为紧张而绞紧的手指上，白皙的指尖微微颤抖，就像一下下地敲打在他的心上。

怔然良久后，周衍川叹了口气。

林晚不是第一个知道那段过往的人。在她之前，有曹枫，还有他陆陆续续看过的几位心理医生。每个人都告诉他：这不是你的错，你不用自责，也不需要愧疚，你没有做任何对不起周源晖的事。

然而周衍川做不到他们说的，他没办法置身事外，像局外人谈论新闻那样，用理智且客观的态度去分析堂哥的死因。

那是一个曾经鲜活而温暖的生命。

周衍川刚到南江时，经常整夜整夜地无法入睡。

他的父母刚过世不久，他独自来到人生地不熟的南江，气候、饮食、语言，每一样都与他所习惯的燕都有着巨大的差异。

从小养尊处优的少爷被扔进了一个完全陌生的环境，却又无比清醒地知道，他要学会察言观色，和伯父一家人处好关系，因为世界上已经没有会无条件容忍他的父母。

那是一个非常煎熬的暑假，他甚至没有信心能熬过去。

某天凌晨，周源晖敲开他的房门，随手扔给了他一件防潮的冲锋衣说："快点儿穿上，我跟朋友约了今晚上山看流星雨。"

周衍川一头雾水，坐在床边没动。

"快点儿啦，再晚当心被我爸妈发现就走不了啦。"周源晖笑嘻嘻地看着他说，"哥哥带你出去玩，明天不要告诉他们，知道吗？"

那年夏天的流星雨，被厚重的云层遮住了大半。

他们在山上等了几小时，到了最后也只看见了几颗流星划过。

但周衍川也是从那一晚开始，忽然觉得南江或许并没有他想象中的那么糟糕。

周源晖死后的这些年，他始终问心有愧。能让那个少年一步步走向绝望的漫长时光里，一定有他明明可以挽救却错失的许多个瞬间。

也许是他好意提出的帮助，也许是他赢得比赛后第一个打给周源晖的电话，也许……还有两人最后交谈的那个夜晚。

每当周衍川意识到这些，林林总总的情绪便会重叠在一起，冲刷过心脏，拉扯着神经，把他又一次带回到数年之前的那个夏天。

那是一座冷冰冰的牢笼，似乎将会把他永远囚禁在罪人的深渊里。

然而今天晚上，林晚却明明白白地告诉他——

"你确实是造成他死亡的部分原因，但你无需辩解，也无力改变，你应该从牢笼里挣脱出来往前走。"

周衍川视线低垂，缓声开口道："上次跟你说一个月……"

"啊？"

"是因为我想去找伯父伯母谈一谈。"

林晚满心的羞怯立刻往一旁让开，她偏过脑袋，柔声问："你想跟他们谈什么？"

"有些事之前没说，怕吓着你。他们基本每年夏天会给我寄一封恐吓信，里面是打印出来的图片，鬼啊血手印之类的。我以前一直觉得不要紧，这是我欠他们的。"

林晚心疼得要死："不许说不要紧！"

"好。"周衍川听话地点点头，语气平静地继续说，"但那天你说了喜欢我之后，我的第一反应是害怕。害怕他们发现我身边多了一个你，然后转而去骚扰你。"

林晚心里很不是滋味。为了她，他连这么多年的隐忍都不顾了，而她那段时间却怀疑周衍川对她根本就没有感觉。

"今年你也收到了吗？"

"文件前几天寄到了公司，我还没来得及取。等拿到后，我应该会去找他们一趟。"

林晚默不作声地咬了下嘴唇，她知道这绝不会是一场相谈甚欢的见面，她不忍心让周衍川独自去面对那些苛责与谩骂。

谁知周衍川似乎猜到了她的想法，轻笑着摇摇头说："你不用陪我去。这是我和你在一起之前发生的事，后果就该我自己担着，我不想你被牵扯进来。"

林晚闷闷地"嗯"了一声，她知道周衍川是个能扛事的人。但他太能扛了，又叫她很想为他分担点儿什么。

周遭的风不知何时停了，树叶变回了静止的姿态，聚在树梢勾住浅淡的月光，等到分针"嘀嗒"转过一格，才又被重新吹拂的晚风打散在枝头。

林晚的眉头忽然舒展开，睁大眼睛问："你刚才说……在一起之前？"

"说了。"周衍川侧过脸看着她，桃花眼深情款款地衬着尾端下方的那颗泪痣，在迷离的夜色中看得人不禁心跳加速。

林晚被近距离的英俊面容迷得怔了怔，她慢吞吞地问："那有没有什么在一起以后的事？"

她从来没对哪个男生有过如此小心翼翼地询问。可能是周衍川这种类型对她来说太少见，样貌、能力放在哪里都是顶尖的那波。可他又经历过太多波折，好像带着满身不肯轻易示人的伤，却依旧咬紧牙关迎着阳光生长。

周衍川声音很轻地说："那可能要问你了。"

"问我什么？"

他往后靠着椅背，用半是自嘲半是散漫的语气，慢慢细数给她听："我没谈过恋爱，可能说不出太多甜言蜜语；工作特别忙，加班是常事，经常天南海北地到处飞，没办法天天见面；而且说真的，我被这件事困扰了太多年，不可能一夜之间就全好了。"

林晚被他那堆乱七八糟的话，给绕糊涂了。

她愣愣地观察着周衍川的脸色，发现他尽管看起来没什么大碍，但只要提到与周源晖相关的词，就会不自觉地皱眉，下颌也会绷出冷峻的线条，不想被她看出来似的，坚忍地克制着什么。

周衍川越是这样，林晚就越感到揪心。

她抬起头，认真地问："你到底想说什么，能不能直接点儿？"

周衍川平静了几秒，望向眼神坦荡的女孩，还有她自以为没人发现的交错握紧的十指。

该说不可思议吗？

当初在玉堂春匆匆邂逅时，他从未想到过，将来某天竟会在她身上看到其他人没有的光芒。她是盛放在春日骄阳下的花，肆意而洒脱，却又愿意在他身边停下脚步，化作润物无声的细雨，点点滴滴填满他那些纵横交错的伤痕。

周衍川身子前倾，修长清瘦的手指往内收拢，将她的忐忑与期待一并握进了掌心。

他低头看着她，眼神真挚地问："所以，你要跟我在一起吗？"

原本是万籁俱寂的夏夜，忽然间仿佛炸开了漫天的烟火。火光在林晚心头开出大朵大朵绚烂的花，在丝绒般质感的漆黑幕布里，划过一片片艳丽的光影。

林晚望着林荫道对面的第一图书馆，看它半遮半现地藏匿于几棵老榕树后，灰色的混凝土墙面搭配极具装饰性的马赛克曲线，在年复一年的风吹日晒中，慢慢镀上了一层沧桑的滤镜。就像一位垂垂老矣的长者，和蔼地守护着在月色下互诉衷肠的两个年轻人。

等到心里的烟花洋洋洒洒落了地，林晚才勉强找回自己的声音，轻声问："想让我做你女朋友呢？"

周衍川大概没料到，这种时候林晚还能反问一句。他有些意外地怔了片刻，才把手收回去问："你不愿意吗？"

"哎呀，别别别——"林晚不管不顾地扑过去抱住他，两人的肌肤紧紧贴在一起，她半点儿也不腼腆了，眼尾眉梢全是快乐的笑意。

"当然愿意，宝贝儿。"

"别叫宝贝儿。"

"好，心肝。还是你更喜欢'爱妃'？"

周衍川侧过脸，在月色下笑了笑，他实在拿她这种大胆又热烈的表达方式没办法。

林晚调整了一下姿势，用手臂环住他窄而紧实的腰，甜丝丝地说："你的确特别聪明，初恋就知道选我当女朋友。你说的那些缺点在我眼里都不算什么，不会说甜言蜜语没关系啊，我教你嘛。偶尔合适的时候有那么几句就好，太多了会油腻，我不喜欢。"

"……"周衍川忍不住回头看她一眼。

"不能天天见面也不要紧，反正我的工作也不清闲，周末还经常出去观鸟，说不定到时候是谁没空呢。放心吧，我不是那种腻腻歪歪的小姑娘，当代独立女性说的就是我本人。不过，如果你想我了就直接说，我把后宫那些莺莺燕燕全甩开，专门过来陪你一个人，好不好？"

周衍川听得眼皮跳了几下，压低声音问："你还真想开后宫？"

林晚用下巴蹭了蹭他的胸膛说："这不是说着玩的嘛。至于周源晖的事，你不想我被牵扯进去，我相信你能解决。但你以后不许再自己忍着，难过了要记得告诉我，否则被我知道肯定会跟你闹的，到时候你就知道我的厉害了。"

周衍川缓缓深呼吸几次，感觉自己已经隐约知道她的厉害了。

她太敏锐又太坦荡，许多事在她那里都瞒不住，那双亮晶晶的眼睛好像什么都能看穿，眼神一扫过来，就直往人心里去。

半晌后，周衍川低低地"嗯"了一声说："知道了。"

得到他这句保证，林晚这才舍得把手松开，坐直了身子笑盈盈地看着他说："哎，你这样真的好讨人喜欢，我又想亲你了。"

周衍川简直服气，还有点儿无可奈何。他理了下被林晚趴乱的衬衫，站起身又整了下袖口说："行了，回去吧。"

语气听起来冷冷淡淡的，眼底却掠过了一丝笑意。

林晚故意唉声叹气地跟在他身边，一副"今天亲不到，晚上就睡不着觉"的模样。

周衍川全当没听见，不紧不慢地配合她的步速，找到了停在附近的宾利。

助理正站在花坛边给老婆打电话："很快，很快就回去了。我知道，这不是没办法吗？周总不知道去哪里了，我又不好催他。对，老婆大人说得对，周总不是人，嗯，他过分，他剥削我……不是，我工资并不低，这方面他倒是没亏待我……好好好，低，简直太低了，我明天就拍桌子跟他要求涨薪！"

林晚："……"朋友，你回头看一眼啊！

周衍川走到车边，闲散地靠着，抬手叩了几下车门。

助理背影一僵，脖子仿佛生锈了似的，好半天才转过来，脸上挂着尴尬而不失礼貌的笑容说："周总。"

他赶紧挂断电话，动作前所未有地敏捷。闪身过来的同时，还没忘看清局势，冲到林晚那边，先帮女士打开了车门。

林晚笑着说："谢谢！"

助理擦了下脑门上的汗水，忐忑不安地想，上回加过微信的猎头叫什么名字来着？也不知道七月份好不好找新工作。

车辆再次起步，出了校门掉转车头，往云峰府的方向开去。

林晚今天过得算是心潮澎湃，上车后没过多久，就歪着头睡了过去。睡着前还没忘把手往旁边伸过去，轻轻拉住了周衍川的手，指尖在他掌心里挠了挠。

一阵酥麻的电流从掌心四散开来。

周衍川低垂着眼睛，睫毛在眼底落下一片阴影，唇角微微勾了勾。

片刻后，他轻声开口道："许助。"

许助理吓得吞咽一下，握紧了方向盘，怀疑自己即将成为星创史上第一位在车里被开除的人。

然而出乎预料的是，许助理很快就听到后排传来了意外温和的声音说："这半年工作比较忙，辛苦了，明天我会叫人事部给你涨薪。"

"谢谢周总！"他想为刚才的电话解释几句，结果就从中间的后视镜里看见，周衍川已经扭过头，深情地注视着熟睡的女孩。

许助理一愣，他是星创成立之初就入职的，已经给周衍川当了三年的助理。然而他却从来没有在这个男人脸上，看到过如此温柔的神色。

沿街的商铺开始打烊，城市低矮处的霓虹灯招牌一盏盏熄灭，取而代之亮起的，是高楼里越来越多的温暖灯光。

云峰府的夜晚与南江大学同样安静，间距宽敞的别墅住宅各自拢成一方小天地，给小区的道路留出静谧的氛围。

林晚站在花园外，人有点儿刚醒过来的迷糊，看着把她送到家门口的周衍川，还怔了半拍，心想这人好像是她的男朋友了。

她揉揉眼睛，困倦地说："那我先进去了。"

"嗯，晚安。"

"晚安！"林晚挥了挥手，背过身去推花园的栅栏门。结果指尖还没碰到门扉，手腕就被握住往后一拽，眼前的视野也转了一个完整的圈，等她反应过来时，人已经被周衍川搂在了怀里。

他低下头，学着她之前的方式，含住她的嘴唇吮着。

林晚的睡意被这次突袭闹得不见踪影，呼吸也不由自主地急促起来。她踮起脚尖，手臂揽过男人修长的脖颈，搭在他肌理流畅的后背上，偏过头回应他的亲吻。

难怪之前死活不肯让她再亲，原来是在这里等着啊。

林晚在心里嘀咕了一句，发现自己其实很享受这种意外的惊喜，于是仔细品尝过男人嘴唇的温度后，才慢慢往下换了位置，改而去亲他清晰的喉结，牙齿轻轻地碰着。

周衍川身子往后躲了躲，贴在她颈后的手掌稍稍一用力，说："别亲这儿，痒。"

"那留着下次亲。"林晚笑得眼睛弯弯的，恋恋不舍地在他唇上又亲了一口，才总算舍得放开他，"宝贝儿早点儿睡，明天见！"

周衍川刚要点头，余光瞟到了什么，猛然一顿。

林晚察觉到他的异常，下意识回过头，然后整个人也愣在了当场。

别墅花园里的灌木丛后，郑小玲三人组并排坐在长椅上，个个手里拿着零食和啤酒，显然刚意外围观完两人耳鬓厮磨的场面，集体陷入了呆滞状态。

"……"

沉默，是今晚的云峰府。

第 6 缕光
诉衷情

次日清晨醒来，林晚都不知道该怎么面对三位室友。

这事说起来多不仗义啊。下午大家还在为野生鸟类走私案义愤填膺，傍晚还在为理想与现实的分歧哭闹，结果她出去一趟回来，就在门口抱着一个男人亲得难舍难分，关键这男人还是他们合作公司的CTO。

林晚光是想象一番，就能体会到郑小玲等人心中掀起了怎样的风暴。

不过幸好大家都是成年人，深谙"有些事不要急于追问"的社交原则。四个人在微妙中带着点儿好笑的诡异氛围里，相安无事地吃完早餐，出发去上班。

林晚手头的科普手册今天暂停推进，舒斐临时交给她了一个任务，让她给鸟鸣涧的公众号写一篇关于此次走私案的文章。

和绘制科普手册的快乐相比，这篇文章让林晚写得万分伤感。

一整个上午，她的情绪都不怎么高昂。好不容易盼到临近中午，她才抽空给周衍川发消息，问他中午要不要出来见面。

既然都被室友们撞见了，倒不如干脆点儿请大家吃一顿饭，把周衍川以男朋友的身份正式介绍给他们。

然而周衍川中午要与几位合作方吃饭，林晚只能遗憾地和郑小玲他们下楼了。

四个人走在路上，鲜有交流，气氛持续今早的诡异。

林晚叹了口气，解释说："我和周衍川在一起了。昨天刚决定的，没想到那么晚了你们还在花园里。以后我会注意点儿，不让你们看到这种儿童不宜的画面。"

这句话一说出来，其他三人明显松了口气。

毕竟昨晚还挺震撼的，林晚不主动交代，他们也不好意思提。

郑小玲咬牙切齿道："你这个小叛徒，抛下亲爱的同事兼室友，偷偷跑出去谈恋爱。"

"你和周总花前月下玩浪漫，我们在家里凄风苦雨谈人生。"徐康悲愤地摇头叹息道，"那会儿宋媛都已经答应留下来了，结果被你们这么一闹，所有热血沸腾的气氛全没了。"

宋媛相对比较文静，只是含蓄地点头表示赞同前面两位的发言。

林晚举手投降说："我的错，我的错。中午请你们吃大餐，好吗？"

郑小玲眼睛一亮，毫不客气道："真的？那我可有推荐的餐厅啦！"

科园大道一带公司众多，餐厅自然也不会少。

平价餐厅司职填饱嗷嗷待哺的打工人，高档餐厅负责接待前来商谈要事的贵客。

郑小玲是真不客气，直接选了方圆百里内最贵的一家日料店。

不过林晚也不是斤斤计较的人，进了店内连菜单都没看，叫他们三个想吃什么随便点。

大家玩笑归玩笑，最终却只选了几样价格适中的。

林晚把单子拿过来看了一眼，又加了两道主厨推荐的偏贵点儿的料理。

她一上午忙着写稿没挪步，这会儿总算闲下来了，才感觉想去卫生间。

这家店卫生间的洗手池在男厕与女厕之间，墙边装了一个古铜色的香盘，淡淡的檀香味弥漫在身周，显得环境还挺雅致的。

林晚洗完手，开始对着镜子整理头发。

正在此时，周衍川从隔壁的男厕走了出来。

林晚一看，乐了。

科园大道能用作商务宴请的高档餐厅就这么几家，能在这里见到周衍川，她是一点儿也不意外。

周衍川看见她后，也是一愣，随后笑了笑问："和同事出来吃饭？"

林晚软声说："是呀，昨晚给他们造成了巨大的冲击，总该要请客赔礼，才有利于室友之间的和睦关系嘛。"

"需要我去打个招呼吗？"周衍川一边洗手，一边问。

林晚心想也行，等他把手擦干净了，就打算带他去大堂跟郑小玲他们聊两句。谁知还没穿过餐厅长长的走廊，迎面就看见宋媛也凑巧往卫生间的方向走来。

三人在充满日式风格的走廊里相遇。

宋媛可能想起了他们昨晚被撞见的一幕，很不好意思地红了脸。

林晚莞尔，郑重介绍道："刚打算带他过去呢，这是我男朋友周衍川，你们见过的。"

周衍川颔首道："你好。"

"周总好！"宋媛声若蚊呐，腼腆地笑了一下说，"恭喜你们呀！"

林晚眨眨眼睛，等到羞涩的同事走远了，才笑着转头说："周衍川，你觉不觉得她那句恭喜，说得好像我们结婚了一样？"

话音未落，周衍川放缓脚步，轻飘飘地扫她一眼说："你刚才叫谁？"

"？"林晚愣了愣，几个意思？害得她还回忆了一下，明明没叫错名字啊。

周衍川似笑非笑地偏过头，低声感慨道："昨晚到现在才多久，就直接改口了啊。"

"……"林晚无言以对。

昨晚是谁说不要叫"宝贝儿"，也不同意她叫"心肝"和"爱妃"的？结果这下她光明正大地称呼全名，又被他拿来当调戏的借口。

"没办法啊，我就是这么听话的人，男朋友说东，我不敢往西。"

她假装温顺地眨巴眨巴眼睛，摆出一副乖巧可怜的表情，声音也配合地软下来说："结果还是没让你满意，那我要怎么做才好呀？你教教我，我愿意学的。"

她这种业余演技，突然间拿出来，竟然还有点儿唬人。

旁边一位路过的食客不可思议地盯着他俩看了看，估计以为看见了委曲求全爱渣男的场面，都走出两米开外了，还朝周衍川投来谴责的目光。

周衍川揉揉眉心说："演够了就收手吧。"

他倒不介意被误会成渣男，可女朋友这种楚楚可怜的模样，让他很不适应。

林晚忍不住笑了起来，挽过他的手臂往前走，她一边走，一边嘴里还不停地撩他道："我是不是很厉害？以后慢慢展示给你看，反正你喜欢的样子我都有。"

"真的？"

"真的，我小学就是元旦晚会上最受欢迎的女主角了。"

周衍川点头道："那好，我喜欢无人机。"说完诚恳地看着她，眼神中透露出"麻烦你展示一下"的意思。

"……"林晚瞪他一眼，瞪完还不解气，又在他手臂上重重地掐了一下。

周衍川疼得倒吸一口凉气，没想到她手腕那么纤细，掐起人来居然这么疼，他低声笑了一下说："真舍得下重手呢？"

"那当然了，"林晚恢复本性不演柔弱女友了，压低声音警告他道，"像你这样的男朋友，就应该多调教几次才乖。"

她故意把语气掐得凶巴巴的，唇角却不受控制地弯成了愉快的弧度。

因为能很明显地感觉到，她所熟悉的周衍川又回来了，不再躲她，也不再沉默。尽管过往的阴霾一时半会儿还不能完全消散，但至少现在的他，会让她也止不住地期待关于他们的未来。

啊，不愧是我，干得漂亮！林晚在心中夸完自己，抬眼发现郑小玲和徐康已经看见他们，便加快脚步走了过去。

郑小玲他们也就敢在林晚面前控诉几句，此时意外地见到周衍川，立马齐齐换上友善亲切的笑容，仿佛昨晚的意外从未发生过。

林晚说："刚才在店里遇见了，就顺便带他过来跟你们打个招呼，以后不许说我偷偷谈恋爱了啊。"

对面两人一声叠一声的"周总好"，不知道的，还以为他们是遇到了公司领导。

周衍川道："私底下不用客气，叫我名字就行。"

在外人面前，他的态度始终带着几分疏离，一看就是不好接近的类型。

郑小玲他们听说他是来这里谈正事的，寒暄了几句"我早就觉得你们很般配""以后欢迎来家里找林晚"之类的废话后，就礼貌地表示不耽误他的时间了。

"那我先过去了。"周衍川朝两人点了下头，侧过脸在林晚耳边低语道，"中午交给我买单就行，好好请朋友吃饭。"

林晚笑得甜美地应道："好的，宝贝儿。"

"……"

徐康的筷子应声落地。

周衍川根本没留意那边的动静，他稍怔了下，没说话，只是桃花眼里藏着一抹潋滟，深深瞥了她一眼。

林晚弯起唇角，笑眯眯地挥手送他离开。

不就是宝贝儿嘛，当谁不敢当众喊似的。

他们的小情侣游戏倒是玩得开心，只是苦了郑小玲跟徐康两人。昨晚才看见他们热情拥吻，今天就听见一声"宝贝儿"喊得甜蜜。

宋媛回来听完郑小玲的爆料后，也不可思议地睁大眼睛，喃喃道："真的假的？晚晚，你也太强了吧，我完全不敢想象有人会这样……"

这样称呼周衍川。林晚在心里帮她把话补完，发现大家对周衍川的印象似乎塑造得过于高不可攀。好像他就该是建在冰川上的雕像，永远冷淡矜持，永远没有七情六欲，也永远不需要被人宠着。

郑小玲夹了片金枪鱼，好奇地问："你们认识多久了？"

"嗯……大半年左右吧。"林晚不确定去年那段时间该不该算进来，"刚开始和他有些误会，那时候我还蛮讨厌他的。"

"那后来，又怎么……？"

林晚眨眨眼道："因为他长得帅啊，谁不想交个好看的男朋友呢？"

郑小玲面露诧异，大概没想到她居然如此直接。

然而，这确实是林晚的真心话。以周衍川起初那句"俗不可耐"的断言，要不是他长相太过出众，林晚根本没兴趣去了解他真实的为人。

如今许多人不好意思坦言对皮相的欣赏，好像只要开口承认，就会变成庸俗肤浅的生物。林晚却从不顾虑这些。

她把裹满鱼子酱的蟹肉喂进嘴里，咽下去后继续说："你们想，每年春天鸟类求偶的时候，雄鸟总喜欢在雌鸟面前展示自己漂亮的羽毛，这说明重视颜值是存在于大自然基因链里的本质追求，没必要强行否认嘛。"

徐康挠挠下巴，觉得自己不太适合参与这种女孩子之间的恋爱话题。

倒是郑小玲和宋媛默默对视一眼，彼此无声地交换着想法。

她们第一次在星创见到周衍川时，也曾沉迷过男人英俊的容貌。可说白了，那种沉迷以欣赏居多，就像小姑娘们喜欢看漂亮的男明星一样，哪怕看见对方就忍不住脸红，内心却没敢真正动过什么绮丽的心思。因为认定对方的各方面都太优秀，和自己并不会产生任何私人关系。

昨晚看见周衍川送林晚回家后，郑小玲还悄悄和宋媛聊过几句，大致内容就是感慨美女的待遇果然不一样，连星创的CTO都能那么快拿下。

不过现在想来，长相固然重要，但以周衍川的能力与地位，既然他想找女朋友，那么"漂亮"二字，充其量不过是锦上添花而已。

林晚能让他吻得那么深情缱绻，更多依仗的，恐怕当数她明亮坦荡的性格。

宋媛叹了口气，撑着下巴看向她说："晚晚，我好羡慕你的性格，你太可爱了，连我是女孩子都很喜欢你。"

林晚清清嗓子，娇声回她："谢谢呀！不过很遗憾，我不能回应你的喜欢，否则我家宝贝儿会吃醋的。"

故意拿腔捏调的口吻，引得其他三人笑成一团。

与此同时，日料店的包间内，气氛就显得正经许多。

周衍川和曹枫两位星创的合伙人都在，今天过来的是国内一家专做GPS（全球定位系统）导航模块的公司老总，姓程，想跟他们谈长期合作的事。

程总比他们大几岁，说话轻声细语的："我在美国的时候，就听说过周总的名字。后来你离开德森，我很为你感到可惜。如今看来，你才是高瞻远瞩的人，德森的确不是一家好公司。"

周衍川抬眼，缓声问道："德森是目前国内规模最大的无人机公司，程总却不看好他们？"

程总摇头道："太急功近利了，长久不了。他们内部员工的竞争激烈，谁也不愿意帮衬谁，人心全是散的，生意还怎么做？"

周衍川笑了笑，没说话。

曹枫适时接过话题说："谁知道再过几年会是什么光景。当初我以为普蓝会很快超过德森，谁知道几年过去，它连原有的市场份额都守不住了。"

程总是个聪明人，看出他们不想讨论德森，便心领神会地接话道："普蓝是上层规划出了问题，前几年产量过剩消耗不掉，现在只好做起无人机飞行表演的项目。好端端的一个科技公司，变得像个马戏团一样，行业里多少人都在看笑话。"

周衍川不动声色地收回了目光。

在这方面，他和程总的观念不谋而合。他们都认为以研发为主的普蓝转行做飞行表演，根本就是在浪费公司的开发能力。只不过这种场合，他向来不喜欢交浅言深，干脆把场面让给擅长插科打诨的曹枫去处理。

一顿饭吃到尾声，程总出去接电话。

曹枫凑过来，压低声音问："觉得怎么样？他们的导航确实做得很好，我朋友那家航运公司跟他们合作一年多了，不比国外的定位系统差。"

"再谈吧。"周衍川回道，"别看他刚才拼命贬低德森，但据我所知，他也在跟德森联系。"

曹枫耸耸肩，透过门边的竹帘往外望去："他就盼着星创能跟德森竞争起来，他好渔翁得利。我倒不介意，反正德森这两年没少给我们下绊子，早晚得干一架。"

周衍川靠着椅背，轻嘲道："用词能不能符合点儿你的身份？"

"哎呀！"

"……"

"你猜我看见谁了？"曹枫兴致勃勃地扭过头，手指向竹帘外边引他去看，"林晚也在这里吃饭。这么巧，昨天晚上婷婷还跟我提到她呢。"

周衍川问："提她什么？"

"之前撮合你俩没成功嘛，婷婷就想再给她介绍一个相亲对象。依你看，那个家里开房产公司的小开怎么样？"

"不怎么样。"

"啊？我觉得他还不错啊，没什么大少爷的毛病。长得虽然不如你，但也算一表人才了。"曹枫回过头，纳闷地问，"为什么说他不怎么样？"

周衍川缓缓掀起眼皮道："因为林晚是我的女朋友。"

"……"曹枫惊得半天没说话，要不是还在应酬中，他估计能把林晚叫过来再摆一桌，让他们两个从头讲起。

当初他和罗婷婷用心良苦地安排，这两人互相看不对眼。等到不管了，他们却神不知鬼不觉地谈起了恋爱。

这让他很没有成就感，就好像不用他牵线，周衍川和林晚迟早有一天也会交往似的。

"那天你说打算去找周源晖的父母，就是因为她？"半晌后，曹枫问。

周衍川点了点头，换来了曹枫颇感意外的挑眉。

他接连"啧啧"几声，着实没想到好友谈起恋爱是这种类型。这些年别说周衍川本人，就连他对每年七月的恐吓信都开始麻木了。结果没想到林晚一出现，周衍川就愿意为了她去解决那桩陈年旧事。

可见爱情的力量果然强大。

曹枫简直怀疑，哪天林晚说看德森不顺眼，周衍川就能为她把德森给收购了。

虽然目前来看，这几乎是不可能完成的任务。但光是想一想，曹枫就感觉心里美滋滋的，琢磨着万一哪天真的成功了，那他必定要给林晚送一份大礼。

林晚不知道曹枫已经把她当作周衍川振奋士气的吉祥物。她这边还在跟同事说说笑笑地享用美食，快吃完时看见周衍川一行人穿过大堂往门外走去。本来想跟他挥挥小手，但见到男朋友正跟身边一个陌生男人低声交谈着什么，就只好改为用目光欣赏他的身姿。

今天的南江依旧炎热，周衍川把衬衫袖子挽起一截，露出白净匀称的小臂。可能因为他皮肤太白，仔细看的话，右手的尺骨上还有点儿不太明显的红痕，是刚才被她掐出来的。

可如果交由不明就里的人来判断，多半会以为那是女朋友宣示主权留下的吻痕。

哎呀，好像掐得太用力了。林晚默默反省了一下，好歹是她的宝贝儿，真掐狠了，心疼的还是她自己。

她难得心虚地抿了抿嘴唇，决定晚点儿好好亲亲他。

主意刚定，好似心有灵犀一般，搁在桌上的手机一振。

林晚一看发信人的名字，先是惊讶地往窗外看了看，发现他们几个人正在路边上车。周衍川还是那副清雅模样，眉眼低垂，嘴唇抿紧，单手拿手机的模样仿佛是在专注地与人谈公事。

微信里聊的却是："今天不加班，晚上我来接你？"

林晚笑嘻嘻地打字输入："意思是想约会吗？男朋友打算怎么安排流程呀？"

消息发出去后，她又扭头往窗外看。

周衍川看了一眼手机，似乎没打算急着回她，而是神色冷淡地坐进了车里。侧影映在车窗上，距离隔得稍远，动人的眉眼是看不清楚了，但遥遥望去也显得干净利落，微低着头的姿势，下颌线显得非常流畅。

等车子起步了，下一条回复才送达："没谈过，不太懂。你喜欢什么样的，教教我？"

林晚坐在餐厅里笑得明媚，她还蛮喜欢周衍川这种"诚实"的态度。知道自己没经验，就放心地交给她来安排，不介意她谈过两段恋爱，也不介意承认自己在恋爱方面还需要学习。

以前钟佳宁交往过一个男朋友，和周衍川一样都是初恋。

那男生不知听了什么大男子主义教程，总认为刚开始交往把主动权交给女方，会显得他很没出息，自己跑去网上看了一堆奇奇怪怪的教程，捣鼓出了一个双方都很别扭的约会。

用钟佳宁的话来说，就是"尴尬又浮夸，我差点儿就想当场分手了"。

对于恋爱中男女双方所谓的主导地位，林晚并不太重视。

她并非坠入爱河就万事仰仗男朋友的类型，而是喜欢跟随感觉来，自然而然就行。反正恋爱是两个人谈，不是演给别人看的，当然应该怎么舒服怎么好。

目前看来，周衍川在这方面倒是与她不谋而合。

她在心里夸奖了周衍川一句，下定决心今晚绝对要给他一场终生难忘的浪漫约会。

然而，人算不如天算。

当天下午林晚忙得不可开交，根本没空分神去遐想周五晚上的约会。

关于走私案的文章交上去后，舒斐把她叫进办公室，认为她现在的工作思路还带着研究所那种循循善诱的风格。

"鸟研所偏重学术，科普对象比较固定。比如你以前给南江博物馆做过几次鸟类专题展览，愿意进博物馆参观的人，本身就是对保护动物的信息更为接受的人群，他们需要获取的是更多的知识，比如'怎样才算正确地保护动物''通过哪些渠道能帮助我更了解野生动物'，你和他们之间在沟通开始前，就已经通过第一层天然筛选建立了一定的共识。"

林晚心领神会地问："但现在需要先从观念碰撞开始？"

"对。我建议你可以找宋媛配合，建一个数字模型，模拟推导出当地失去的四万多只鸟，会给今年当地的林业与农业造成什么样的后果，这是针对贩卖发出的警告。"

舒斐轻叩桌面，语速飞快地说："另外，再整理一下近几年因为野味引发的食品安全事故，强调购买野生动物可能造成的危害，两边都敲打敲打。只有危及自身了，他们才会有所警觉。"

林晚迅速把舒斐提到的两个重点记录下来，笔锋刚收，就听见对方说："行了，出去吧，今天晚上8点前，我要看到改过的文章。"

她早已习惯了舒斐不说一句废话的风格，抱着笔记本迅速回到办公桌前，先找宋媛提出用电脑模拟生态环境恶化的需求，再马不停蹄地搜索近几年的资料，修改上午写出来的稿件。

舒斐给的时间节点很紧，林晚一头扎进茫茫的数据之中，连窗外的天空渐渐暗淡了都没有察觉。待她总算改完时，天已经黑尽了。

下午下过一场暴雨，街边的行道树洗尽连日蒙上的灰尘，在路灯下露出了原本鲜嫩盎然的绿色，空气里弥漫着雨后初晴的清新味道。科园大道的行人也不自觉地放慢脚步，享受着南江漫长夏季里难得的凉爽。

林晚赶在晚上8点以前把文章发到了舒斐的邮箱，端着咖啡杯晃到露台，跟那几只"喳喳"叫唤的仿生喜鹊对视了一会儿，脑海中突然"叮"的一声响起了警铃。

她飞快地跑回办公桌，拿起始终倒扣在桌面上的手机一看，感觉自己可能凉了——手机不知何时电量告尽，漆黑的屏幕冷冰冰地反射出她懊恼的表情，像是在嘲笑她头一次约会就把男朋友抛至脑后的乌龙。

林晚连忙给手机充电，等到能够开机后一看，周衍川在两小时前就给她发过消息。

"下班没？"

"我在你公司楼下的咖啡店。"

然后就没了。

没问她为何不回消息，也没问她还在不在公司。

她郁闷地长叹了一口气，一边把七零八碎的小玩意一股脑儿地塞进包里，一边拨通周衍川的手机号码。

那边很快接起："喂？"

"对不起啊，宝贝儿，"她快步往电梯走去，"我马上下楼，你还在咖啡店吗？"

周衍川回道："在，咖啡店二楼，你上来就能看见我。"

林晚听他这么说，心中的愧疚更重了。

换作谁敢跟她约好了见面，却两个小时杳无音信，林晚肯定直接打道回府，并且把此人加入"永远拒绝来往"的黑名单。

一进咖啡店，她先摆好诚恳道歉的表情，上到二楼果然一眼就看见了男人的身影。

坐姿略显松散，长腿交叠抵在桌下，身体慵懒地往后靠着沙发。面前的桌上摆着一台笔记本，修长的手指不时敲击键盘。

百忙之中，林晚没忘感慨一句：好帅的男朋友。

她坐下来就先道歉："我真的不是故意的，下午'大魔王'让我把稿子大改一遍，时间比较紧，我就忘了看手机。没想到它居然没电了，放心吧，明天我就去买部新的换掉它。"

周衍川的桃花眼从屏幕上挪开，掠过她写满忐忑的明艳面容，片刻后垂下眼眸说："没事，反正我……"

体谅的回答让林晚更不好意思，她打断道："没关系，你可以生气的。"

"……"周衍川一抬眼，望着她笑了笑说："我应该生气？"

林晚点头如捣蒜，心想上哪儿找她这么知错就改的女朋友，男朋友都说不计较了，还鼓励人家礼节性生生气。

"但我好像气不起来，你总归在公司里，一时联系不上，肯定是在忙。"

他把笔记本屏幕转向林晚，给她看如同天书的代码编辑界面："我坐在这里整理思路改改程序漏洞，等你忙完联系我，有什么要紧？"

林晚哽了一下。原来他刚才想说的并不是"我愿意无怨无悔地等你"，而是"我自己也有事做"。

"你这样子，会让我习惯放鸽子的。"她用手撑着下巴，轻声说，"而且万一我真的音信全无，电话永远也打不通，你也一点儿都不着急吗？"

周衍川将笔记本合上，他似乎思忖了一下，缓声回道："我没遇到过女朋友音信全无的情况。"

他语速稍顿，唇角微勾地说："因为没有样本可以参考，所以我不知道会做出什么事。"

林晚的小心脏没来由地颤抖了一下，莫名觉得他这句话说得太认真了。

周衍川眼神稍沉，懒懒地瞥她一眼问："怎么，想试试看？"

"你是我的宝贝儿，我怎么舍得呢？"林晚回过神来，笑着说，"我答应你，下不为例，以后不会再这样啦！"

周衍川说："这次真不用太抱歉，我们各自有自己的事业，忙碌起来难免会有所疏忽。你说过会尊重我的工作，我同样也该尊重你的，只要说清楚了就行，我不会跟你生气。"

林晚仔细打量过他的神色，确定他没有撒谎，忐忑半天的心才终于落了下来。

很多年以后，不止一个人问过林晚："像你和周总这样的成功人士，到底怎样才能做到工作与家庭平衡的？"

每一次，林晚都会回想起她和周衍川在咖啡店里的这番谈话。她总会温柔地笑一笑，把对男人的爱恋都写进眼睛里，然后轻声回答："因为我们彼此尊重，所以这一切对我们而言，根本不是问题。"

此时的林晚，还来不及想到那么久远的以后。她坐在咖啡店里，笑盈盈地看着她的男朋友问："那你吃饭了吗？"

"没，你想吃什么？"周衍川说，"我请你。"

原本的周五浪漫约会计划算是彻底泡汤，林晚拿手机上点评网刷了一会儿，最终还是选了一家情调浪漫的西餐厅。

他们运气不错，进店时刚好赶上花园里的一桌收拾出来。

下过雨的地面还有些湿润，泥土吸收了夏雨的清冽，把晚间盛放的鲜花滋养得越发明艳。花园地灯在脚边照出温暖的色调，给整个环境蒙上了一层电影画质般的滤镜。

林晚借着跃动闪烁的烛光，欣赏着周衍川浸在朦胧光线中的脸部线条。

他身后能看见环抱南江的山脉剪影，黛青的色调配合潮湿的空气，竟让这座炎热的南方城市也染上了几分烟雨朦胧的江南调。

大概是她的眼神比烛光更为炽热，几分钟后，周衍川终究没按捺住，轻咳一声问："看够没有？"

"没有。"她大大方方地笑着说，"再让我多看几分钟。"

周衍川无奈地叹气道："你以前谈恋爱也这样？看着男朋友连饭也不吃？"

林晚摇头，挑起几根意面说："才不会呢，他们没你好看。"

周衍川顿了一下，有点儿想笑。

这并非多么矜持的语言，但从林晚的口中说出，就莫名有种让人信服的力量，好像能得到她一句认可，还是一件特别荣幸的功绩。

果然，林晚很快就不自觉地发挥起王的本质，口不择言道："当然了，你毕竟是爱妃嘛，总该有几样突出的优点，才能让我一心一意只喜欢你一个。"

周衍川余光瞥见路过的服务员脚滑了一下，估计是被她的虎狼之词给吓得。

他压低声音，忽然想起来似的，低声说："不用急着收心，曹枫今天还说要给你介绍男朋友呢，说不定你还能再挑挑。"

林晚眨眨眼睛，假装很有兴趣的样子问："帅吗？"

"我有那人的朋友圈，要看照片吗？"

"这可是你自己说的。"林晚露出勉强的表情，向上摊开掌心说，"手机拿来，让我看看。"

周衍川看她一眼问："找借口查手机呢？"

"有小秘密的话，我也可以不看的呀，反正我的手机男朋友可以随便看。"林晚怕他不信，还从包里拿出手机，用指纹解了锁，直接放到桌上供他查看。

一秒、两秒、三秒……

电量彻底清零，手机再次陷入了关机状态。

"……"

周衍川轻声笑了起来，然后语气淡漠地表示："哦，我懂你的意思了。"

林晚这下是真的很窘迫，她哭笑不得地把手机收回来说："唉，忘记下楼前没充多久电。你等下，我去前台借个充电宝，今天不看过不许走。"

"坐着吧。"

周衍川看了一眼她的高跟鞋，自己踩着雨后湿滑的花园石板路，去前台给她借了一个充电宝回来。

过了一会儿，他又问："真想看我的手机？"

林晚小抿一口饮料，放下杯子时点了下头。

她不是超凡脱俗的清高人士，难免会对男朋友的手机感到好奇。比如他认识哪些人，喜欢和谁聊天，平时跟大家谈论什么。

两个人谈恋爱，不是在中间画一条泾渭分明的分界线，彬彬有礼地相处就行。他们会有探寻的欲望，会想越过别人不能越过的那条线，真正进入到对方隐私的领域。

周衍川把手机推过来说："密码是我生日。"

"我只知道你哪年出生，生日具体是哪天？"

"十月七日。"

林晚在心里记下这个日子，一边点屏幕，一边说："天秤座啊，没看出你有选择困难症呢。我进微信了啊，现在阻止的话还来得及。"

周衍川笑了笑，不甚在意地任由她随便看。

林晚看了没多久，就感觉不好玩了。

男朋友的微信太干净了，备注名全是清一水的真实姓名，聊天内容大多是与工作相关的商讨。除此以外，就是朋友约出去打球之类的消息。

眼看名单已经快翻到底，林晚懒得再翻了。谁知她刚要把手机还回去，视线就扫到一个女人的头像，以及旁边一串灰色的小字："不好意思呀，周总，刚才发错啦。"

林晚眼皮一跳，点开一看，顿时发现大有乾坤。

里面有几张女人搔首弄姿的自拍，头发湿漉漉的，牙齿咬着下嘴唇，拉得很低的领口濡湿了一片，隐约可见深凹的丰满线条。

"哇，这姑娘还蛮漂亮啊。"林晚用手机碰碰他的手背，一脸兴味盎然道，"解释一下？"

周衍川一怔，盯着屏幕看了几秒，才终于想起来似的说："饭局上认识的，合作方的一位产品经理。"

"产品经理需要这么拼的吗？而且干吗留着不删？"

"当时和他们公司有业务往来，不方便直接把人拉黑撕破脸，"周衍川说，"你看后面也没再联系过。"

林晚撇撇嘴角道："话是这么说，收到这种消息，你心里没有偷乐？"

她心里泛起一阵醋意，虽然不想追究恋爱之前的旧事，但这种手段也太上不了台面了。

转念一想，周衍川似乎没搭理对方，又的确不像有配合的样子。

周衍川放下刀叉，安静地看着她。不知是不是她的错觉，他眉眼间似乎弥漫着一股"你还问我"的无奈气息。

两人在无声中对视数秒。

林晚脑海中某个想法一闪而过,她低下头,重新确认聊天记录的日期。

刚好是去年十月。

如果没有记错的话,似乎就是她和周衍川加微信的那个星期天上午。

片刻后,周衍川平静地开口道:"同一天,同一小时,先后两个人给我发奇怪的消息,然后都说是发错了。"

"……"

"一个是自拍,一个更过分,居然要我拍给她看。"

"……"

周衍川揉揉眉心,语气怅然地说:"谁还敢偷乐?我被女流氓吓死了好吗?"

林晚手一抖,一块盐焗蘑菇应声落回盘里。

被心爱的男朋友称为"女流氓",她本应当适度表现一下娇羞或者羞赧,结果不知哪根神经被戳中了,女孩的肩膀开始忍不住地颤抖,最后干脆趴在桌上哈哈大笑。

周衍川等她笑完,才轻"啧"一声道:"你还挺开心?"

"我……等等。"

林晚抬起头,浓密卷翘的睫毛上还挂着笑出来的眼泪。她拿手背擦了一下,说:"宝贝儿真可怜,由此可见,男孩子长太帅也很危险呢。"

眼看始作俑者毫无反省之心,周衍川无所谓地挑了下眉,只觉得按照她这种明朗飒爽的性格,可能一辈子都很难看到她真情实感地害羞几次。倒不如静下心来,慢慢欣赏她被泪花濡湿的睫毛。

林晚的长相偏明艳,是那种乍看之下会让人认为她很会玩的类型。

但她通常打扮得很清爽,妆也化得不浓,加上骨架纤细身材匀称,细看越久,就越能看出精致与细腻的美。像莹净的瓷瓶被工匠描绘出绚丽的纹路,初看是惊艳,再看是风情万种。

这会儿她笑得眼睫湿润的样子,又增添了几分娇俏。

林晚总算笑够了,喝了点儿饮料润过喉咙,轻声解释道:"我那时候真的是发错了,谁能想到同时有人在骚扰你。难怪你刚开始对我印象不怎么样,原来还有这位产品经理陪衬的功劳。"

周衍川看着她笑了笑。

现在想来,当初那点儿误会,只不过让他们的初识变得好笑了些。但哪怕没有"俗不可耐"的误会，按照他与林晚日后的接触来看，他为她心动也是迟早的事。

她太美好，又太有生命力，是摇晃荡漾着的春光，比夏天更热烈，比秋天更明媚，也远比冬日的阳光更温暖。

这样的人，换了谁能不喜欢？

他们来得晚，等到现在，西餐厅内的其他客人都渐渐退了场。

花园里只剩这一方情意绵绵的空间，让铸铁拱门上缠绕交织的玫瑰都开得更绚丽了些。

买完单，已接近晚上 10 点。

林晚今天被舒斐要求的宣传稿杀掉了太多脑细胞，饭后便隐隐犯起困来，她揉揉眼睛，以手掩唇打了个哈欠。

周衍川关上车门，见她一脸困倦的模样，问道："累了？早点儿回去休息吧。"

"嗯，我们下次再好好约会。"

林晚没有逞强，她此刻完全提不起精神，也不想筋疲力尽地拉着周衍川去逛街看电影。

"明天我约了朋友去湿地公园观鸟，本来打算返城就直接回妈妈家住一天。你要是有空，不如我改改行程，周日跟你出来玩？"

周衍川踩下油门，往云峰府的方向开去，说："周六我会去伯父家。"

林晚一怔，惺忪睡意消失了大半。

明明对方只不过是两位花甲老人，她却没来由地有些紧张，好像周衍川即将奔赴的不是亲人家，而是弥漫着滚滚硝烟的战场。

她不安地动了下手指，轻声问："那我不是更应该回来陪你？"

周衍川想了一下说："应该不用，你好好陪阿姨。"

对他而言，最难熬的时间就是从周源晖葬礼回来的那段车程，之后长年累月的种种责备，也就是在那些基础上的一层层再叠加而已。起初或许很难受，但时间久了，也就习惯了。

这一次不过是把郁积的矛盾说开，再痛也痛不到哪里去。

林晚"嗯"了一声，其实还是有点儿想回来。

她不是不信任周衍川的承受能力，但好歹这是她的男朋友，父母又早早去世了，难过的时候放任他独自待着舒缓情绪，总觉得有些于心不忍。

"那你到时候有需要就叫我。"她做了个打电话的手势，眉眼弯成温柔的弧度道，"随时为男朋友服务。"

周衍川很浅地笑了一下，没再继续这个话题。

车子开进云峰府，先往林晚租住的别墅拐去。

此刻的别墅里黑漆漆一片，没有开灯，郑小玲他们不知去哪儿欢庆周末了。

林晚解开安全带，没有急于推门，而是做贼般小心翼翼地往四周打探了一圈。

周衍川看着她怪异的举动，低声问："你在找什么？"

"我在找有没有闲杂人等。"林晚扭过头，一本正经地回答道。

周衍川怔了怔，片刻后像是明白过来似的，也松开了安全带，懒懒地靠向椅背，桃花眼戏谑地斜睨着她问："找到了没？"

"没找到，估计是安全的。"

林晚算是被前几次的意外搞出了心理阴影，等到终于确认过四周连条狗都没有时，才飞快地在他嘴唇上啄了一下。

蜻蜓点水的一个吻，却在刹那间点燃了车内的空气。

周衍川按住她细白的后颈，阻止她亲完就想跑的动作，将人往怀里拉近了些，在昏暗中探索她唇舌的温度。车内到底不够宽敞，他被女孩柔软温香的身体抵在座位里，却完全不觉得拥挤。

好像有不知名的情绪在躁动，想和她靠得更近。

林晚心头却闪过一连串错愕的感叹号，她本来考虑到周衍川经验少，吻技提升再怎么说也要花上十天半个月的练习。结果万万没有料到，这才亲过不到三次，他就能掌握主动权，强势又激烈，让她在彼此交换的温热呼吸里被吻得有些腿软。

这男人似乎很有调情的天赋，她走神地想了一下。

周衍川仿佛察觉出她在开小差，稍往后拉开点儿距离，哑声问："在想什么？"

林晚脸颊绯红，伏在他胸前，眼睛亮晶晶地问："我在想，你到底是不是初恋，嗯？你怎么那么会啊？"

"女朋友教得好。"周衍川侧过脸笑了笑。

气氛尚还旖旎地温存着，他突然一笑，林晚差点儿就扛不住了。

下班后他不用再穿得一丝不苟，衬衫纽扣解开两颗，露出平且凹陷的锁骨，刚才一番意乱情迷之中，第三颗纽扣也被她扒拉得要开不开，结实的胸膛就在她眼前，随着男人的呼吸起起伏伏。

林晚无意识地舔了一下嘴唇，觉得周衍川其实——

很欲。

不是那种恨不得天天散发荷尔蒙的欲，而是脱掉禁欲矜持的外壳后，不用太过彰显，就会自然而然地呈现出来的那种性感。像游走过嶙峋雪山的阳光，只落在山顶那片最干净的皑皑白雪之上。有缘人偶尔一见，会以为窥探到了神迹。

林晚抱紧他，感受着他衬衫底下的皮肤温度越来越高，直到听见车外有行人走近的声响，才依依不舍地结束了腻歪。

不得不说，周衍川给她的后劲很大。

林晚回家洗完澡，躺在床上发了很久的呆，都没能找回失踪的睡意。

她在床上翻了个身，抱紧枕头想：这男朋友交得可真划算，简直提神醒脑，居家必备。

周六傍晚，林晚从湿地公园开车回到南江大学家属区。

赵莉最近谈黄昏恋谈得风生水起，突然看见女儿站在家门口，还愣愣地问了句："你怎么来了？"

"我连家都不能回了吗？"林晚把中途买的水果放到玄关柜上，一边换鞋，一边嘀咕道，"大美人，你变了，你不爱我了。"

赵莉早已习惯和女儿这种插科打诨的交流方式，听她这么一说，也立刻双手抱怀摆出高傲的姿态说："不好意思哦，太久没看见你，忘了自己还生过一个女儿。"

林晚"扑哧"一声笑出来，提着水果往厨房走。

赵莉跟在她身后打量几眼，忽然问："你谈恋爱了？"

"罗婷婷告诉你的？"

"她这个月没回家属区，我们都没见面的。"

"那你从哪里知道的？"

"看出来了。"赵莉凑近了些，眼神由上往下扫过她的全身说，"看起来春心荡漾嘛，小朋友。"

林晚疑惑地眨眨眼睛，借着冰箱门当镜子看了看，问道："我有吗？看起来和平时一样啊。"

赵莉伸手在她眼尾轻点了一下说："都写在眼睛里了，甜蜜蜜的，不要太明显哦。"

"真的假的？"

林晚歪着脑袋又仔细多看了几眼，左看右看也没发现哪里有区别，只能把这归功于母亲的直觉。

她回来得正是时候，赵莉刚准备做晚饭。母女俩胃口都不大，多一个人也就多加点儿米的事。

林晚穿上围裙，站在水池边淘米，看着粒粒大米在冲洗下变得越发莹润白净，突然想起了周衍川那个在火星种小麦的计划。

有生之年，她多半是吃不到在火星种出来的小麦了。这让她不禁期待世间真有转世重生一说，不知道到了那时候，她能不能尝一口，就认出这是出自周衍川的杰作。

赵莉走过来关上水龙头问："男朋友很帅？"

"帅啊，就是上回跟你提过的那个。"

"难怪把你迷得魂不守舍的。"

母女俩一脉相承的颜控本质，让赵莉非常理解女儿择偶的标准。她把洗好的米倒进电饭煲里，问："打算什么时候带回家让我见见？"

林晚哽了一下说："心急什么？你和郑叔叔谈那么久才告诉我，我至少也要谈个半年再带他来见你。"

赵莉还想再说什么，客厅那边就传来了手机铃声的音乐。

林晚神经一颤，估算这时间周衍川应该去过他伯父家了，便顾不得母亲在身后嘲笑她恋爱谈得痴痴傻傻的，一路小跑着奔向了放着手机的角落。

电话果然是周衍川打来的。

她刚洗过米，手上还沾着水，第一下都没能滑开接听，连忙不太讲究地往衣服上擦了擦，才接听成功。

信号接通的下一秒，林晚开门见山地问："宝贝儿，你还好吗？"

听筒里传来了男人沉重的呼吸声，仿若想要宣泄什么，又像是咬紧了牙关在忍。时间悄无声息地流走，窗沿外最后一缕阳光彻底消失，视野陷入了晦涩的黑暗。

许久之后，林晚听见周衍川低哑的嗓音响起。

"我能来找你吗？"他说，"我想见你。"

林晚没怎么犹豫，直接跟他约在东山路见面。

挂断电话，她去厨房跟赵莉说要出门见男朋友。赵莉一手叉腰，一手指向装了两人份米饭的电饭煲，没好气地问："你专程跑回来要耍我？"

"你可以叫郑叔叔来陪你共享晚餐。"林晚上前抱住她，下巴抵在她的肩头，闷声说，"他听起来心情很糟，我不能不去。"

赵莉心里不太舒畅。

倒不是说她要妨碍林晚交男朋友，但在晚餐时间把女孩从家里叫出去，的确显得比较冒失。不管这位素未谋面的男人在外面有多厉害，在她眼里终究是晚辈，是一个需要长辈指点一二的小朋友。

她从不相信"嫁出去的女儿泼出去的水"这种歪理邪说，可这女儿还没嫁出去，自己就变成了自来水"哗哗"地往外流，做母亲的难免会介意。

赵莉挣开女儿的怀抱问："有什么事不能叫他到家里来？"

"恐怕不能。事情太复杂了，三言两语说不清楚，我以后慢慢跟你解释。"林晚没浪费时间跟妈妈腻歪，一边说着话，一边往玄关迈去。

赵莉追出厨房叫住她，难得摆出严肃的面孔说："林晚，下不为例。不管你现在谈恋爱也好，将来结婚也好，我都不希望你为一个男人神魂颠倒，放弃自我。"

林晚正在弯腰系鞋扣，听完这句话怔了怔，怀疑她妈可能把周衍川当成了玩弄人心的渣男。

她穿好鞋子，直起腰转过身，说道："放心吧，谁敢洗脑我，我第一个废了他。"

有她这句话做担保，赵莉总算放心了些，认为人家大概是真遇到了什么棘手的事，想了想，只多补充了一句："不要着急上床！"

林晚脚下一个趔趄，险些从玄关摔出走廊。

"知道了！"她恼羞成怒地回道。

林晚出门前想得很周到，她想周衍川肯定在周家遇到了过分的苛责，情绪或许会比平时失控，这种情况显然不适合继续待在公共场合，任由过往的行人看笑话。

于是她把见面地点定在了东山路的小洋房，关上院门就只有他们两个人。万一周衍川真的崩溃想发泄，她绝对不会把他的失态当作笑话来看待。

结果等她心急火燎地赶到东山路那条巷口，一眼看见周衍川站在路边的身影时，却差点以为自己理解错了——他可能就是想见她而已，因为他看起来好像没什么异常。

周六傍晚的东山路，人群熙熙攘攘的，道路两旁的网红店都亮起招牌，在灯火通明的夜色中，拼凑出满街文艺清新的格调。

他穿了一件宽松的 T 恤，底下是一条款式利落的黑色束脚运动裤，由于腿长傲人，因此露出了一小段瘦削白净的脚踝。

身后就是一面花里胡哨的涂鸦墙，周遭也是闹哄哄的，唯独他一人站在喧嚣红尘里，就像一棵挺拔干净的树。

几个路过的女孩频频回首，猜测他在等女朋友或独自一人。

林晚关上车门走过去，那些女孩脸上写满了羡慕。

她没有理会旁人的目光，径直走到周衍川身边，仔细观察他的模样。不像发生过肢体冲突的样子，别的都还好，就是离得近了，能看出眼神有点儿颓，整个人提不起什么精神。

周衍川看着她说："不好意思，就是突然很想见你。"

嗓音在夏夜里显得过分低沉，明显心情不佳。

"没关系，我也想见你。"林晚与他在人声鼎沸的长街上拥抱了一下说，"去我家吧。"

自从上回闹过白蚁后，林晚就没再回这边住过。

每周赵莉会叫家政阿姨定期过来打扫，家里还算整洁，院子中的几株紫薇开得正好，细小的花瓣被昨天那场暴雨打下来散落到地上，自有一番凌乱的美感。

冰箱里空空如也，林晚也省了拿东西招待客人的流程。把空调打开后，便直接和他坐进了沙发里。沙发不大，又或是她特意坐得近，两人的手臂与膝盖都碰到了一起，往彼此身上传递皮肤的温度。

"你饿不饿？"林晚问，"我们可以叫外卖送点儿吃的来。"

周衍川没什么胃口，但还是说："嗯，你看着点吧。"

林晚没有急于问他今天发生了什么，拿出手机在外卖软件上选餐厅。

东山路一带的餐厅林立，想吃哪种菜式都有十几家可供挑选。她慢吞吞地滑动屏幕，思考除了正餐以外，要不要再选点儿让人心情愉快的甜点。

"想吃双皮奶吗？或者港式班戟？"

"都行。"

"那我各点一份，我们可以分着吃。"她在屏幕上戳了几下说，"哎，糯米糍也不错呢，你稍等下，我想想到底点什么。"

周衍川垂下眼，看她不断往甜品店的购物车里勾选，就这么两三分钟的工夫，估计挑了能有七八样。他看了她一会儿，拿过手机将她心不在焉多选的几样甜品都删掉，按下了提交订单。

林晚意识到，她杂乱无章的心绪全被他看穿了。

于是，她只好把手机拿回来，付完款就转去看正餐，顺便尽量用平静的语气问："他们欺负你了？"

"没有。"

林晚看他一眼。

周衍川回望着她道："真没有，他们欺负不了我。"

离周源晖自杀已经过去太久了，周衍川早已不是当初寄人篱下的单薄少年。论财势与地位，昔日的长辈早已无法与他相抗衡；论身形与力量，二十多岁的年轻男人，也根本无需惧怕两位六十多岁的老人。

若非如此，他们也不至于这些年只敢以恐吓信的方式威胁他。

面对面的时候，现在的他们在周衍川面前，其实并没有太多胜算。要不是他顾念旧情一再忍让，光凭持续不断的骚扰，就足够让夫妻二人年年去派出所报到。

林晚放下手机，沉默了一阵才说："可他们肯定没有好好跟你说话，而且你心里不会好受。别说自己习惯了，习惯不代表理应承受。"

"嗯。"周衍川自嘲地笑了笑说，"我没想到，有朝一日会对他们说那样的话。"

"什么话？"

"告诉他们再有下次我会报警，说我认识很好的律师，就算他们不用坐牢，也会为此付出代价。"

林晚皱了下眉，她几乎可以想象那对老人听见这些之后，会骂他什么。

仗势欺人，反咬一口的白眼狼。

周衍川靠着沙发，仰头看向天花板。

这幢洋房建成近百年，林晚搬来后重新修葺过一次，但依旧保留了原有的乌黑色木梁。院子里静悄悄的，无声地将黑夜与木梁糅合到一起。连带着一身黑衣黑裤的周衍川，好像也在慢慢融入昏暗里。

林晚想起进来时忘记开灯了，她在逐渐暗淡的光线里望着他，隐约感觉事情没那么简单。

如果按照目前的情况来看，周衍川几乎可以算大获全胜。两位老人的谩骂在她的观念里，不过是气急败坏之下的宣泄而已，理应伤不到现在的他。

她很早以前就知道，他对别人的评价看得很淡。

巷子里的流浪猫跃下院墙，踩翻了邻居家的几个花盆，一阵"丁零当啷"的嘈杂声响起，又伴随着邻居无可奈何的笑骂声消失。

周衍川闭上眼，缓声说："我找到了堂哥的遗书。"

林晚神经一颤，难以置信地扭过头，眼中满是错愕。

她是初三暑假结束后，才从附中老师那里得知周源晖自杀了。当时这事始终让人感到匪夷所思，加上周源晖并没有在房间里留下遗书，更让他的死因变得扑朔迷离。

哪怕林晚自己，也是在认识周衍川之后，才大致确信，他是因为压力过大导致的抑郁。

这些年来，周源晖的父母会把所有罪责全推给周衍川，也有这一层原因在。或许是某种逃避的心理作祟，他们不愿意承认自己的过失，又急切需要一个替罪羊来为儿子的死亡负责，周衍川便自然成为了最好的选择。

但是现在，那封迟到多年的遗书，将一切真相尽数揭开。

周衍川仍旧闭着眼，缓缓道："堂哥死后，我从伯父家搬走，你理解成被赶出去也行，反正当时很匆忙，有些东西没来得及带走。"

"他们还给你留着？"林晚觉得不太可能。

事实上，也的确不可能。

周衍川住过的卧室早就被清理得一干二净，但他以前那间卧室比较小，有些放不下的、不太常用的东西，就放在周源晖的卧室里。

儿子死后，夫妻二人始终将卧室保持着他离开那天的样子，从来没有动过。

周衍川的那些杂物，反倒阴错阳差地被留了下来。

他们这回是彻底闹翻了，当周源晖的父母得知儿子的房间里还有他的东西，二话不说就叫他全部拿走。仿佛他用过的东西都带着令人憎恨的病毒，会污染他们心中最后的净土。

周衍川久违地走进了曾经熟悉的卧室，视线扫过书架时，从一本侦探小说的书脊上，他发现了一段显眼的莫尔斯电码。

他记得很清楚，周源晖平时很喜欢研究这些，某年春节还拉着全家玩过以此为主题的桌游。

莫尔斯电码指向的物件，是放置在书架顶层的一架航母模型。

周衍川把模型取下来，打开扣得并不严实的底座，在里面发现了尘封多年的遗书。他犹豫了一下，终究还是没看，而是选择把遗书拿出去，然后返回卧室继续整理属于自己的东西。

几分钟后，客厅里爆发出仿佛野兽泣血的凄厉哭声。

周源晖把一切都写得清清楚楚的，他为何抑郁，为何崩溃，为何走上绝路，字字句句都将矛头对准了父母。遗书的第二页，他不知抱着何种心情，用略带嘲讽的文字写下了人生最后的绝笔。

……我会把遗书藏起来，但不会太难找。如果有谁关心过我真正喜欢什么，应该很快就能找到。如果没有，那我选择离开就是最好的解脱，因为你们根本不是真的爱我。

不过我猜，发现它的人应该是衍川。

对不起啊，弟弟。

或许会有人认为这种方式太过幼稚，竟然拿自己的生命跟父母赌气。然而林晚听完之后，却只觉得整颗心脏都陷进了灌满悲哀的沼泽里。

她俯下身，双手捂住脸，消沉又失落地想，她明白周衍川为何那么难受了。

那些枪林弹雨，早已无法让他痛苦。

只有温柔与善良才会。

外卖送到后，是周衍川出去拿的。

林晚不知道自己哪儿来的那么多眼泪可流，一会儿为周源晖感到可惜，一会儿为周衍川感到悲伤，一会儿又生起一股不知该向谁喷发的怒火。

她听见院子的大门被人打开又合拢，心想还好叫了甜点，她现在确实需要吃点儿让人开心的东西。

周衍川拎着两盒甜点进来，轻轻地放到茶几上。

这家店的外卖做得很精致，除包装之外，还额外附赠了一个冰袋，以免炎炎夏日的高温破坏食物的口感。路上耽误了一段时间，冰袋在盒子边氤氲出潮湿的雾气，雾气越聚越多，最后变成了一股小小的水流，在茶几表面洇出一小片水迹。

林晚平时特别活泼的一个人，哭起来却很安静。

没什么号啕大哭的大动静，只有隐隐约约的抽泣声在房间里响起。她一直把脸挡着，泪水从掌心蔓延到手腕，最后滴下，润湿了脚下的地板。

周衍川感觉心脏被揪紧成一团。

客厅里收拾得太过干净，纸巾盒也不知所终，最后他只能从外卖袋里翻出商家赠送的纸巾，俯过身替她擦拭眼角的泪水。

"你别看啊，好丑的。"林晚瓮声瓮气地说。

"不丑。"

周衍川握住她的手腕将那只手拉开，迎着那张梨花带雨的脸蛋看了几秒，低头吻上她泪花闪烁的眼睛。

被泪水打湿的睫毛，在他唇间颤了颤。

周衍川皱了下眉，后悔不该把真相告诉她。

林晚没她表面看起来那么大大咧咧，作为从事动物保护工作的人，她的共情能力比他想象中的还要强。

他伸长手臂环过她的后背，让她靠在自己胸口，轻拍着她薄瘦的后背。

林晚鼻息间全是男人干净清爽的味道，又哭了一会儿，就开始感到不好意思了。她把脸埋在周衍川结实的胸前蹭了蹭，像一只鸵鸟似的不想抬头。她娇声问道："你是不是在心里笑话我？"

周衍川视线往下，静静地看着她。

人类的后脑勺都长得差不多，无非就是圆弧形外面搭了层头发而已。但他就是连眼睛都没眨一下，一动不动地看了会儿，才低声说："没，但我不想惹你哭。"

"我替你难过啊，宝贝儿。"林晚的声音里还带着哭腔，莫名显得柔软了几分，她抬起小半张脸，轻声说，"但没关系的，都过去了，以后我陪你一起记住他。"

周衍川"嗯"了一声，另一只手的指腹压了压眼窝。

今天得知周源晖的真实想法后，他并没有得到诸如"太好了，与我无关"之类的感受，心头的沉重反而更胜从前。

然而昏暗的天地里，却又不知何时被人打开了一扇门，让明媚又亮眼的春光穿透了进来。

有哪里变得和从前不同。

好像独自蹒跚前行很久的路上，突然多出了一个陪伴的人。从今往后的所有喜怒哀乐，都能与人说。

天色太晚，林晚索性让周衍川在家里住下。

两人受了遗书的影响，没太多花前月下的旖旎心思。林晚经过刚才的失态后，有种"反正在他面前已丢过脸"的心理，这下完全没了心理负担，回房间洗了个澡，从衣柜里翻出一身宽松的 T 恤和短裤穿上，就趿着人字拖，素面朝天地陪他出去吃饭。

东山路的老街风景，在夜色中越发有烟火气。

然而两人的情绪都不怎么高涨，吃过饭便沿着街头走到街尾，散完步后回到小洋房里，各自处理一些工作上的杂事后，就到了睡觉的时间。

二楼有好几个房间，林晚随便开了一间让周衍川去睡。自己回到房间后，可能今天哭得太累，没过多久就沉沉睡去了。

第二天早上醒来，她洗漱完后下楼，看见餐桌上放着周衍川出去买的早点。

林晚打了个哈欠，站在楼梯口感叹道："完了，怎么感觉像老夫老妻？我们谈恋爱才几天啊，热恋期的激情呢？"

周衍川看她一眼，刚要开口，林晚就听见楼上她的手机响了。

仿佛为了帮她重新回归到正常的恋爱步骤一般，舒斐在电话里直接说："你今晚收拾行李准备一下，明天跟我去一趟燕都参加会议。"

"好的。"林晚答应下来。想起出席的场合不同，需要带的服装也不同，便多问了一句，"是什么类型的会议？"

舒斐说："没什么，过去跟人吵架。"

"……"林晚有那么一两秒的时间，怀疑舒斐不是带她去开会，而是带她远赴燕都踢馆。

刚在一起没几天就出差，林晚心里有些过意不去。昨天她算是痛快地哭了一场，却不知道周衍川心中那些郁结都疏通了没有。这种时候离开，她多少有些放心不下。

然而周衍川听她说完后，只淡淡点了下头说："行，回来的时候提前说一声，我去接你。"半点儿"让你们总监换其他人去"的意思都没有。

但林晚听得出来，这并不是不在乎分别，而是他说过会尊重她的工作，就不会让她成天守在南江，守在他身旁。

周一上午10点，飞机落地燕都。

舒斐没有拿林晚当随行助理使唤，在传送带拿到行李后，和她分别拖着自己的行李箱，脚步匆忙地往出口走去。

从传送带到机场出口并不远，但一路上不少人都在偷偷看她们。

都是身材姣好的女性，衣着时髦，走起路来风风火火的架势，自有属于她们的独特美丽。

年纪稍长的那位五官虽不算特别好看，但气质很好，是经过岁月磨砺的类型。年轻点儿的这位是真漂亮，眼尾眉梢有种清冽干净的感觉，像刚进职场没几年的新人，但看起来完全没有唯唯诺诺的生涩。

昨天下午，舒斐把会议相关内容发到了林晚的邮箱里。她看过之后，才知道原来是针对进一步促进野生动物保护法规完善的研讨会。

除了鸟鸣涧代表的基金会以外，还有相关政府部门、动物专家和畜牧养殖业代表，甚至专门研究这块儿的经济学者也参加了。

难怪舒斐会说是过来跟人吵架的。

虽然大家都赞同保护动物，但这些参加会议的人，分别代表各领域不同的态度，每个行业对保护力度的标准，也都存在分歧。

举个最简单不过的例子，鸟群栖息地如果刚好就在某座城市发展规划的地盘内，那么当地的经济发展是否该为它们让步？

生态保护不是极端地完全以动物保护为本，他们需要做的，就是大家坐下来仔细商讨，哪里可以协调，哪里绝不能妥协。

舒斐之所以把林晚带过来，一是由于她有研究所的工作经验，二是因为她上周完成的那篇宣传稿质量过硬。

南江警方查获四万多只走私鸟类的新闻，在周末这两天引起了不少人关注。

林晚听取舒斐的建议，从多个角度解析此次走私可能引发的后果，旁征博引的同时，还做到了通俗易懂。

"这两天转发的媒体不少，正是你该出风头的时候，所以带你过来见见世面。"上车后，舒斐直接说，"不过坦白说，这种场合你几乎没什么发言的机会。可如果你打算继续在这行做下去，接下来几天见到的人，很可能都是你今后需要打交道的人，多结交几个，对你没坏处。"

林晚点头道："我明白。"

舒斐满意地看她一眼说："难怪曾先生会邀请你加入鸟鸣涧，脑子聪明又从不怯场的，的确比徐康他们几个好用，只做科普有点儿浪费。"

这句话林晚没有接，只温和地笑了笑。她知道鸟鸣涧副总监的位置至今还空着，平时郑小玲他们时不时也会聊到这个。

职位空缺的填补方式无非就两种：外部引入和内部提升。

舒斐对手下的员工素养要求很高，前一阵跟几个人接洽过，但最终谁都没有能让她满意。至于鸟鸣涧内部的人员，看来看去又总缺少点儿什么。

拿她最看好的几人来说，郑小玲太咋呼；宋嫒一跟陌生人说话就脸红；徐康倒是相对平衡，只可惜太过平衡，反而显得比较中庸。

唯独林晚，方方面面都拿得出手。只不过林晚刚入职没多久，现在谈这些还为时尚早。

舒斐也就稍稍暗示了一句，便没再把话题往深了谈。

半小时后，司机把车停在了酒店楼下。

林晚和舒斐住在相邻的两个房间，入住后直接在酒店内吃过午饭，稍做休整后就马不停蹄地赶往会议召开的地点。

一整个下午，林晚就坐在舒斐后面的位置，看她如何与多方周旋，如何明察秋毫地找出与她意见相同的人缔结同盟。

舒斐在办公室的作风向来强势，到了外面也不会轻易示弱。但她分寸拿捏得当，既能振振有词地表达自己的观点，又能适当地留出让人讨论的空间。

正如舒斐事前预言的那样，几小时的会议下来，林晚几乎没有发言的机会。她只有在舒斐需要时，才能小声把自己知道的情况告诉对方，作为动保组织这边据理力争的依据。

然而尽管如此，等到会议结束的时候，林晚还是觉得累到不行。

动物保护方面的相关内容，对她来说当然没有难度。但今天发言的各行各业的人士太多，例如经济学对她来说便如同天书一般，有些较为专业的名词，她听到后还需要现场查询才能大概了解其含义。

大脑一直不断高速运转的结果，就是再回到酒店时，她只想扑到床上好好睡一觉。

谁知舒斐很快过来敲门告诉她："休息 20 分钟，晚会儿有个私人酒会，我带你过去。"说完，目光又在她脸上上下扫了几个来回，"最好重新化个妆，随时随地都要光彩照人，知道吗？"

林晚今天算是见识到了"大魔王"的真正实力。舒斐仿佛永远不知疲倦，只要有工作，永远都能保持精神饱满的状态。

关上房门后，她把手机拿到卫生间，按下与周衍川的视频通话，就开始对着镜子补妆。

周衍川还在星创加班，视频接通后，映入眼帘的不仅有她帅气十足的男朋友，还有男朋友那间宽敞明亮的专属办公室。

林晚用委屈的语气撒娇道："宝贝儿，我好累啊。"

"今天做什么了？"周衍川把手机立在屏幕前，一边查看电脑里的文件，一边问。

林晚把到达燕都后的行程汇报了一遍，最后说："晚上还要陪总监参加酒会，她大概是想介绍一些人给我认识。我现在终于明白当大佬的痛苦了，好不容易办完正事，等在前方的，还有数不尽的应酬。"

周衍川轻声笑了一下，纠正她道："应酬也是正事。"

林晚想了想，认为他说得有道理。

所谓的酒会饭局，说来说去，其实都是为了拉拢人脉巩固关系。

她把用过的粉饼放回洗手台，好奇地问："你能不能教教我，怎样才能保持永动机的状态？"

周衍川稍怔，他以前从来没有考虑过这种问题。

保持工作状态对他而言，就和吃饭、睡觉一样稀松平常。加上他私底下最大的爱好，也是编程和玩无人机，所以工作与生活的交界线，在他这里并不明显。

思忖片刻，他轻声回道："不用刻意保持，只要你对这个行业足够热爱，自然就会有动力支撑你全力以赴。你现在感觉累，只不过是还不适应舒斐的节奏，等你适应之后，表现一定不会比任何人差。"

林晚扬了下眉，心想这人怎么回事，说着说着，还能这么拐弯抹角地夸她？

她打开眼影盘的盖子，视线幽幽地往手机那里扫过去问："奇怪呢，宝贝儿今天嘴好甜，在家偷偷吃糖了？"

"没吃糖。"周衍川侧过脸，在视频那头与她对视了几秒后说，"就是想你了。"

林晚心尖一暖，彻底领教了天赋型选手的威力。还说不会讲甜言蜜语，殊不知坦荡得毫无遮掩的真心话，才最打动人。

她刷完眼影，掉转手机摄像头，不给他看自己涂睫毛膏的扭曲表情。

"我才离开南江不到一天，你就这么想我。可等会议结束刚好就是周末，我还打算多留两天游览名胜古迹呢。整整一周不能见面，你也只能自己想着了哦。"

视频拍不到她，周衍川便转而继续看电脑屏幕，轻声问："你打算下周再回来？"

他语气淡淡的，没夹杂什么质问的意味。可这句话轻飘飘地落进林晚的耳中，又让她迟疑了一下。

说来也奇怪，林晚从小跟父母四处玩，国内外出名的旅游城市差不多去遍了，却唯独落下了这座城市。

所以，她原本打算借此机会短暂地旅游两天，结果被周衍川轻描淡写地问了一句，心里的天平就开始左右摇摆。

要不然还是提前回去吧。

放弃的念头才刚萌芽，她就听见手机里响起了清冽的男声："那我周末过去陪你。"

林晚指尖颤了颤，睫毛险些涂成了苍蝇腿。

她赶紧稳住手，三下五除二飞快地涂完睫毛，把摄像头又转了回来，语气惊喜道："真的？"

"好歹也是我的故乡，"周衍川说，"哪有让你一个人玩的道理？"

林晚这下是真高兴了，她笑眯眯地弯下腰，冲着手机道："宝贝儿，来亲一个。"

"留着。"周衍川这会儿还跟她拿乔了，看都不看屏幕，无情拒绝了女朋友的索吻，"见了面再说。"

林晚被拒绝了也不恼，眼睛一眨不眨地盯着屏幕里的男人。

手机摆放的位置比较低，由下往上是许多人的死亡角度。但周衍川根本不用担心这些问题，不仅下颌的线条清晰流畅，连喉结都比平时更加明显。随着他说话的动作，喉结上下滚动，让人很想把手放上去，感受他脖颈间的声带振动。

而且刚才没注意，现在仔细一看，她才发现周衍川衬衫的纽扣没系完，透过散开的衣领褶皱，能看到凹陷的锁骨和周围的皮肤。

露得不算多，但恰好够性感。

林晚沉沉地叹了口气，要不是等下还要跟舒斐参加酒会，她可以不吃不喝地对着手机看周衍川加班一整晚。

两人又敲定了周末在燕都见面的具体地点，林晚眼看休息时间所剩不多，才依依不舍地挂断了视频。

屏幕一暗，林晚的动作就敏捷了起来，半点儿没有和男朋友视频时慢慢温存的模样。

带来的衣服都在衣柜里挂着，她仗着自己的颜值好、身材好，没怎么仔细挑选，直接拿出了一条雾霾蓝的长裙。

长裙是无袖的款式，领口处缝出了几道特意设计的立体褶皱，一穿上身，就把饱满的胸型与纤细的腰肢衬托得曼妙多姿。她个子高挑，长至脚踝的裙摆不显累赘，反而随着在房间里来回走动的步伐，若隐若现地秀出精致白皙的脚踝。

林晚从首饰包里找出一对耳环，戴上后把长发拨到颈侧垂下，瞬时就变得美艳不可方物。

几分钟后，她拎上皮包出门，刚好遇到舒斐从另一个房间出来。

舒斐看她一眼，神色中流露出不加掩饰的赞赏。还真满足了自己的要求，说要光彩照人，就亮眼得像个女明星一样。

晚上 8 点，两人从一家酒店赶到另一家酒店。

林晚起初还担心她酒量不好，怕到时候万一有人劝酒会比较麻烦。结果酒会开始后，她唯一的疑虑也直接打消了。

不得不说，舒斐是个很好的领导。

她带林晚参加的酒会，参与人士大多是与基金会有来往的企业高层。

或许是考虑到今后会有诸多业务往来，不管实际性格怎么样，至少今晚大家都装得有模有样。

林晚端着一杯香槟，被舒斐一一介绍给别人。

她爸去世前就是生意人，这种场合该说什么话，该露出怎样的笑容，她从小也算耳濡目染，与人目光对视时，便大大方方地笑一下，拿出不卑不亢的态度，尽量给人留下深刻的印象。

其实凭借她的美貌，哪怕不声不响的，也能引起关注。但她心里清楚，舒斐愿意带她来，绝不希望她仅仅做一个漂亮的花瓶摆在那里供人观赏。

换到第二杯香槟时，林晚已经收到了不少名片。

舒斐眼看差不多带上路了，就没兴趣再当职场保姆，对林晚说："你自己玩，我跟证交所的人聊点儿事。"

林晚点了点头，等舒斐走远后，目光就在灯火通明的宴会厅里四下看了看，想找几个能加入交谈的人。

没等她想好往哪个方向走，就有男人先过来与她寒暄。

林晚认出这是某家生态环境治理公司的杨总，便和对方走到靠近窗台的位置，边喝酒边聊天。

"原来林小姐是南江研究所出来的。我关注过你们上半年的'灰雁回家计划'，如果没记错的话，是用了星创的无人机。"

林晚笑了笑说："对，和星创还蛮有缘分的，这次鸟鸣涧的巡逻项目，也是跟他们合作。"

杨总"哦"了一声，不知为何神色有些异样。

停顿半拍，他才装作不太了解的样子，接着问："星创目前主导研发的人，是姓周？"

"您是说周衍川周总吧？"林晚察觉出他的态度比较微妙，没有贸然说出她和周衍川的关系，用假装不太熟悉的口吻回道，"据我了解，周总确实主管星创的技术，不过我们合作的时候，和设计部还有工业部的沟通比较多。"

杨总说："我是个爽快人，有话直说你别介意。星创的无人机问世没几年，技术水平还处在摸索阶段。鸟鸣涧打算找无人机公司合作时，我跟曾先生还有你们的舒总监都建议过找德森比较稳妥，可惜他们最后还是选择了

218

星创。"

林晚现在对德森没什么好印象，碍于不能直接表现出来，只好顺着对方的话闲聊了几句无人机市场。这一聊，她才知道原来杨总的公司和德森已经有几年的合作关系，他对德森各方面都特别满意。

如果聊天对象换作是钟佳宁，林晚就会相信这只是朋友之间的一次"推荐"。可她没这么天真，不会认为一位公司负责人，会在酒会上跟她闲谈这些。

酒会结束回去的路上，林晚犹豫了一下，还是把这事告诉了舒斐。

舒斐今晚喝得不少，她仰头靠着椅背，揉着太阳穴说："他见我带你来酒会，以为你是我的心腹，想让你回来跟我吹吹风罢了。"

鸟鸣涧和星创目前只签了一年合同。

一年之后，保护区如果再想利用无人机巡逻，就有可能需要换一家公司提供技术支持。而且这个项目基本算是基金会的一个试点项目，一旦成功，涉及的业务范围，就不再仅仅是几十个鸟类自然保护区这么简单。

舒斐冷笑一声说："他一直力荐基金会选德森合作，以为我们不知道，他跟德森的叶总是沾亲带故的关系，想帮忙抢占南方的市场份额。小算盘打得震天响，真当别人听不见。"

林晚一怔，心想还好她留了个心眼儿。万一被对方知道她是周衍川的女朋友，那么场面多少就会变得有些尴尬。她是出来扩展交际圈的，犯不着早早树立隐形的敌人。

接下来的几天，日子过得仿佛复制粘贴一般。

林晚白天跟随舒斐去研讨会跟人唇枪舌剑，晚上被她带出去结识新的人脉，回到酒店后还要加会儿班，负责拟定周五那天的总结演讲稿。

周四傍晚回酒店的车上，舒斐接到曾楷文的电话，约她晚上去家里吃饭。

"恭喜你，今晚终于自由了。"

几天下来，舒斐偶尔也会跟林晚开开玩笑。她把手机往包里一塞，挑起凌厉细长的眉毛道："自己找个地方玩吧，见见朋友都可以。"

林晚指了下膝盖上放着的笔记本包说："我正好回去再改改演讲稿。"

她没问舒斐能不能带她去见曾楷文。

曾先生确实是邀请她加入基金会的人，但那只不过是因缘巧合之下做了一次贵人而已。或许当时曾楷文对她印象深刻，但转眼过去了几个月，林晚清楚自己一个初出茅庐的晚辈，根本没资格去参加别人的家宴。

回到酒店后，林晚给周衍川发消息："宝贝儿在忙吗？"

他们这几天都没怎么联系，她心里其实还挺想他的。

可惜今晚不凑巧，周衍川回她："在开会。"

行吧，反正周六就能见面了。

林晚发过去一个亲亲的表情，就打开笔记本，为舒斐明天要演讲的内容做最后的润色。

墙上挂钟的分针"嘀嘀嗒嗒"地响着。

等到晚上 11 点的时候，林晚接到了舒斐打来的电话。

"你去我房间，帮我整理几件换洗衣物。"

林晚愣了愣，下意识问："您不回酒店住了？"

舒斐在那边没好气地回道："出车祸，住进医院了！"

20 多分钟后，林晚在医院的单人病房里，见到了一脸生无可恋的舒斐。

实话实说，她平时见惯了"大魔王"威风凛凛的模样，今天头一回见舒斐躺在病床上的样子，一时还有些别扭。

舒斐是在快到酒店时出的车祸。

行人闯红灯，司机为了避让撞上了电线杆。她当时就听见"咔嚓"两声，本来还不觉得疼，结果送到医院一检查，手和脚都骨折了。

"今晚还不能做手术。"舒斐抬眼看着输液瓶，心情差到了极点，忍不住骂了一句，"这都是些什么破事。"

林晚哽了一下，没想到她骂脏话居然如此顺畅。

不过，平白无故遇到飞来横祸，爆爆粗口宣泄心情，倒也无伤大雅。

她给舒斐倒了一杯温水，问道："不如我今晚在医院陪床？"

"我请了护理，不用你陪床。"

舒斐不知是疼的还是烦的，她眉头紧皱，语气烦躁地说："东西送到了就回去吧，抓紧时间准备，明天研讨会的演讲由你上。"

林晚一惊："啊？"

林晚整个人都不好了。她在鸟研所做过许多次科普讲座，公开演讲对她来说根本不算难事。

但就像舒斐曾经指出的那样，她现在面对的人群不同。明天听演讲的人不是来接受科学知识普及教育的民众，他们之中有比林晚更资深的专家学者，有与动保组织意见相左的其他行业代表，还有想执行"先污染后治理"方案的地方官员。

他们会仔细聆听她演讲中可能出现的纰漏，然后以此作为己方反驳的论据。

一想到自己需要代替"大魔王"去跟那些人纠缠，林晚恨不得立地成魔，至少先把自己扮成小魔头再说。

打车回到酒店，她把再三修改的演讲稿看了一遍，在纸上写写画画好半天，思考明天可能遇到的难关，越想，心里就越没底。

林晚哀叹一声，甩开纸笔，仰面望着天花板，把头发揉得乱糟糟的。

此刻的她，无比渴望有人来为她指点迷津。

她在宽敞的沙发上打了个滚，伸手够到矮桌上的手机，拿过来把通讯录翻了一遍，咬着嘴唇琢磨认识的同行里，有谁比较擅长应付这种场合。

脑海中的名单还未成形，微信先弹出了一个视频通话的界面。

她看到周衍川的名字和头像，下意识按了接通。

屏幕那端是昏暗的车内，他好像在加完班回家的路上，坐姿有几分疲累后的慵懒劲。但眼尾眉梢都带着淡淡的笑意，在晦暗的光线里显得越发英俊。

男朋友长得帅的好处就在这里。

林晚忐忑不安的心情立刻得到了舒缓，她换了个姿势，趴在沙发上跟他撒娇道："你这通视频来得真及时，再晚几小时我可能就要凉了。宝贝儿快抓紧机会，说说你有多爱我，这样我死了也好瞑目。"

周衍川将蓝牙耳机戴紧了些，以免她这番话被前排的助理听去。他压低声音问："出什么事了？"

林晚告诉他舒斐不幸遭遇引发的后果，说到后面又真情实感地烦恼起来。

她一回酒店就忙于研究演讲稿，外出的裙装还穿在身上，恰到好处地包裹出身体曼妙的曲线。加上这会儿俯身趴着的姿势，领口被压得稍低，胸口大片雪白的皮肤就入了他的眼底。

更要命的是，她那两条骨肉匀称的小腿不知何时也翘了起来，一前一后地来回晃着，脚踝被光线勾勒出深浅不一的阴影，仿佛故意在撩拨谁似的，看得人直想一把握住，让她别再乱动。

林晚的身材其实很有料，只不过她完全没意识到，男人此时看见的是怎样一幅好春光。

她眉头皱着，嘴角撇着，可怜兮兮地继续诉说自己的迷茫："你不知道，我上一回这么紧张，还是研究生毕业论文答辩的时候。"

周衍川错开视线缓了缓，才重新看回来，问："你们演讲的主要诉求是什么？"

"尽快更新野生动物濒危名录，建立可执行的保护方案。"

"嗯，再具体呢？给你 3 分钟时间陈述，让我知道你们的大致思路。"

演讲稿是林晚帮舒斐准备的，她稍加回忆，就滔滔不绝地把稿件里罗列的几大要点讲了出来。

这 3 分钟里，周衍川始终没有出声打断，之前含情脉脉的目光也收敛了起来，脸上没什么表情，看起来有些淡漠疏离。

林晚不自觉把他当作了参加会议的代表之一。她悄悄蜷紧手指，心脏跳得很快。

平时谈情说爱她经验十足，总会习惯性地掌控两人间的主动权。这会儿交谈的内容一变，她就发现周衍川变得不太一样了。有种无意识散发出来的压迫感，让人不得不调动所有思考的能力，好使自己的话语能够真正进入他的耳中。

3 分钟过去，林晚才发现她不知何时变成了正襟危坐的姿势。她抿抿嘴唇，小心地看他一眼，期待能够得到他的正面评价。

周衍川认真地思忖片刻，才缓声开口道："没什么问题。"

林晚怕他只是为了哄女朋友开心，不放心地问："没骗我吧？"

"没。"周衍川手指微曲，轻叩着后座的中央扶手箱说，"诉求明确，观点统一，放在哪儿都是质量上乘的演讲稿。何况你用的语速和咬字，也很适合做演讲。"

林晚稍微松了口气。

周衍川是习惯参加各种论坛会议的人，能得到他的认可，等于提前服下了半颗定心丸。

至于另外半颗，林晚轻声问："你觉得他们会提什么问题？"

周衍川挑眉道："他们问什么，很重要？"

"？"

"明天只是一次研讨会，不是你的毕业论文答辩，你也不是等着他们给你发毕业证书的学生，怕什么？"

车辆在路口拐弯，路灯的光晕一下子洒进来，为他披上了一件强势且敏锐的外衣。

周衍川的语速不急不缓，替她拨开了眼前的迷雾："你身后是鸟鸣涧和基金会，底气摆在那儿，不必怕谁。"

林晚微怔，发现她原来陷入了一个误区。

诚然她的从业经验在与会代表中微不足道，可他们关注的并不是"林晚"本身，而是她所代表的组织想要表达出来的态度。

屏幕中的视野倒转过来，手机里传来车门打开又关闭的声响。

熟悉的男声在寂静的夜色中响起，沉稳而淡然，像一个宽阔结实的怀抱，稳稳接纳了她所有的局促。而后又沾染些许调侃的低哑笑意，惹乱了她的心跳：

"别害怕，真要出了什么差错，我替你跟舒斐解释。"

最后一天的会场，布置得比前几日更为正式。

会议厅的前方摆放了报告桌，黑色话筒立在支架上，随时准备将演讲人的声音传递到四面八方的每个角落。

林晚把长发盘成了利落的发髻，换了一身正式的西装裙，踩着同色系的高跟鞋，英姿飒爽地走进了会议厅。

舒斐出车祸的事已经传开，好几个眼熟的、有头有脸的人物，来向她打听舒斐的伤势。

林晚一一回答了，她打开笔记本最后浏览一眼，便轻轻合上屏幕，挺直了脊背。

有些前几日和她一样当跟班的年轻人偷偷打量她，设想如果换作自己被临时推到台前，能否像她表现得那么胸有成竹。

但也许只不过是虚张声势。

有人暗自猜测，上台前假装镇定谁不会，只有站到报告桌前，才是见真章的时刻。

鸟鸣涧的演讲顺序排在稍后。

从某种程度而言，这样的安排反而帮到了林晚，让她有时间可以借鉴前面几位演讲人的经验。

几十分钟下来，林晚发现周衍川还真没说错。

质疑与分歧固然存在，但最激烈的争执已经在前几天消耗过了，最后一天大家的态度都比较平和。通俗点儿来说，就只剩下"我倒想听听，你们是不是铁了心要坚持己见"的环节。

轮到基金会代表发言时，林晚站起身，抚平裙摆上的褶皱。

她微笑着走到台前，视线扫过台下众人，紧张仍然会有，却已不足以使她动摇。

"各位代表好，我是鸟鸣涧的演讲人林晚。"

她的声音在座无虚席的会议厅内清晰地响起，温和又不失坚定。

大概因为昨晚提前排练过，她今天的状态如有神助。

全程几乎没怎么看面前的稿子，演讲内容如同刻在她脑海中，不用特意回想，就顺畅地表达出了鸟鸣涧的主张。

今天的讲台是光线最集中的地方，而她就自信地站在台上，迎着众人的目光，散发着属于她自己的光芒。

演讲结束后，台下有代表问："你们考虑过贸然修改濒危名单的后果吗？名单改变会导致当地保护政策跟着变动，对于已经规划甚至投入的经济体系产生的影响，如何解决？"

"首先我想申明一点，我们力求推动野生动物濒危名单更新，并非一时冲动。目前有足够的数据证明，我国境内有多种野生动物的数量在急剧减少，却因为相关法规滞后而得不到妥善的保护。

"其次鸟鸣涧的观点向来是'经济发展和生态保护可以并行'，我们反对的是'过度污染再重新治理'的方案。在刚才的演讲中也有提到，以当前的案例来看，多数地区放纵污染的后果，是耗费当地数十倍的经济代价修复生态环境，而其中还不包括受污染地区的人民生命健康的代价。"

林晚想起昨晚后来听周衍川讲过的案例："我可以举例证明我们主张的可行性。去年西南某市遭遇频繁停电，给当地的生产生活造成了极大不便。经过无人机巡逻盘查后，发现是由于栖息地境内的输电铁塔被鸟类筑巢所导致的跳闸。"

林晚曾经多次负责科普讲座的优势，在此时展现了出来。游刃有余的姿态、天生具有感染力的音色，还有她磊落明朗的眼神，都让人忘记了她只不过是舒斐带来的下属。

"这种情况下，难道要为了保障当地发展驱逐栖息的小鸟吗？显然答案是否定的。当地电力局联系林业部门，了解过鸟类生活习性后，主动为它们安装了人工鸟巢，既解决了鸟类栖息的问题，又解决了电塔绝缘子短路的问题。"

临危受命是挑战，亦是机遇。林晚在此时此刻，无比确信这一点。

她落落大方地笑了笑，目光笔直地望向台下，朗声总结道："只要所有人愿意配合协调，人与动物就可以和谐共处。以上就是鸟鸣涧此次主张的方案，谢谢大家！"

掌声如同潮水般响了起来。

之前对她印象淡薄的人，也开始问身旁的人："这女孩叫什么名字？"

"林晚，前几天都没发过言，我还以为她只是舒斐的秘书。"

"难怪舒斐会带她来，人长得漂亮，又不是只有漂亮，这样的下属谁不愿意栽培？"

"可不是嘛。"

两个半小时后，研讨会正式宣布结束。

主办方在会议举办的酒店举办了一场午宴，邀请所有人参加，也当作是感谢各方人士一周以来的辛苦。

林晚去了一趟卫生间，出来后一边进电梯，一边给舒斐发消息，先关心她手术是否顺利，再汇报今天演讲的结果。

电梯门在面前缓慢合拢，她按下消息的发送键，抬起头，这才留意到电梯里鸦雀无声。再扭头一看，好巧不巧，她搭乘的这部电梯里，站的居然全是小跟班们。

"嗨！"林晚这几天跟大家混了个脸熟，见状便笑着与他们打招呼。

离她最近的一个女孩羡慕地说："你太强了吧？站上去居然连手都不抖一下，我领导后来一直在夸你呢。"

马上又有人接话说："可惜今天会议就结束了，否则以你刚才的表现水平，再多来几次，回去后说不定能直接升职。"

林晚谦虚地一摆手道："你们千万别捧杀我啊，我也是得了高人的指点啦，不然现在就是个笑话了。"

"哪位高人？能介绍给我认识吗？"

那恐怕不能。

林晚发现自己如今越来越小气了，她眨眨眼睛说："你们看过武侠小说没？高人都很讲究机缘，可遇不可求呀。"

摆明了是不肯介绍的态度，但配合她摇头晃脑保持神秘的样子，又让人无法介怀。

最后，众人只好齐刷刷地"啧"了一声，便把这话题翻篇了。

到达宴会厅，林晚终于感受到她此次演讲的成功。整个午餐的过程，不断有人来与她攀谈，加起来竟比前几天舒斐带她参加酒会的人还多。

这种凭借自身努力而获得关注的感觉，不得不说，太过瘾了。

按照原本的安排，会议正式结束后，林晚原本该和舒斐分开行动的。

可现在舒斐躺在病床上，周衍川又要明天才来，她想了想，便从酒店直接打车去了医院。

白天的住院部比夜晚要嘈杂些，饶是舒斐花高价住进了单人病房，也免不了走廊里有其他探病的家属进进出出。

林晚走到病房门前，刚要抬手敲门，就看见舒斐的护工不知从哪儿冒出来，冲她竖起食指比出嘘声的动作。

"阿姨，现在不能进去吗？"她小声问。

这阿姨也是个八卦的人，在她耳边低语道："舒小姐的男朋友在里面。"

林晚一愣，心想从来没听说过"大魔王"有男朋友。也不知道长什么样，说不定就是个男版舒斐，两人组合起来就能够毁灭世界。

不过好奇归好奇，她终究清楚某些社交中的隐形规则，没有冒失地推门进去围观，而是跟阿姨打听了一下舒斐的手术情况。

手术很成功，骨折的部位植入了钢板，一年后再到医院拆除。虽然受了皮肉之苦，但好歹不会留下后遗症。

林晚放下心来，嘱咐阿姨守在外面，等到时间合适了再通知她进去，然后便打算到医院附近随便逛逛。她在医院外面的咖啡店点了杯饮料，刚付完款，就听见手里的手机铃声响了起来。

她以为是护工阿姨打来的电话，谁知翻过来一看，竟然是周衍川。

"你在哪儿？"

周衍川好像在某个空旷的环境里，背景隐约有些熟悉的声响，但林晚一时没反应过来。

林晚老实回答道："在医院外面，打算探望舒总监。"

"哪家医院？"

"人民医院，怎么啦？"

周衍川说："在那儿等我。"

"好。"

林晚挂断电话，坐到靠窗的位置等饮料做好。

半分钟后，她的脑子里忽然"叮"的一声！男朋友的语气太过自然，导致她险些忘记了这里是燕都，而他刚才似乎是在机场。

突如其来的喜悦瞬间涌上心头，她又把电话拨了回去，欢快地问："你提前过来啦？"

周衍川哑然失笑道："我还以为你不会问。"

"我刚才傻掉了。"她自己也觉得好笑，自嘲地笑了几声，问，"那你过来要多久啊？"

周衍川慢条斯理地说："不知道，堵车呢，可能要两个多小时。"

"啊，那么久。"

林晚平生头一次憎恨起这座城市的交通环境，她无奈地撇撇嘴说："好吧，你到了给我打电话，我在医院大门斜对面的咖啡店等你。"

随后的一个小时，林晚就在不断查看手机的重复动作中度过。两边都迟迟没有消息，让她一时竟然闲得无事可做。

这样可不行。

林晚在心中默念道，至少不能让周衍川发现自己太想念他。她把笔记本打开，新建了一个文档，打算趁着空闲时光，打打草稿，想想微博的科普号接下来该更新什么内容。

一杯咖啡很快见底，她抬手示意，让服务员过来给她续杯。

几分钟后，明亮的光线被人影遮住了。

林晚这会儿状态来了，她头也不抬地说："放在这里吧，谢谢！"

对面的人没动，也没回答。

林晚感到奇怪，纳闷地抬起眼，下一秒人就愣在了当场。

周衍川单手插兜，正站在桌边似笑非笑地看着她。

林晚一下子控制不住表情，灿烂的笑容随着她不断攀升的快乐指数同时迸发出来。她把身旁座位上放着的包拿开，问："不是说要两个多小时吗？"

周衍川将行李箱朝旁边一放，坐到她身边笑了笑说："抄近路。"

林晚怀疑地看他一眼，正色道："你学坏了哦，现在居然敢骗我了。"

"让你觉得没等太久就到了，不好吗？"周衍川侧过脸来，轻声反问道。

当然好。假如他说过来需要一个小时，林晚保证会觉得这段时间太漫长了。

她笑眯眯地把笔记本装回包里，歪过脑袋仔细打量五天没见的男朋友。不知是不是她的错觉，总感觉周衍川好像比之前更帅了。

林晚凑近仔细看了看，终于发现了玄机。

他剪过头发，两边鬓角推短了些，衬得五官轮廓更加立体了。

"为了来见我，特意打理过发型？"林晚捂住胸口，语气夸张地说，"男朋友这么用心，我好感动啊。"

周衍川眼帘微合，静静看完她的表演，才缓声开口："你可以演得更假一点儿。"

林晚"扑哧"笑出声来，侧过身靠着沙发，目光深情地停留在他的侧脸，静了许久才问："你专程为我提前过来的？"

"嗯。"

"怕我今天万一出了差错会难过？还是相信我不会有问题，过来为我庆祝？"

周衍川想了想，说："好像都有，又好像都没有。"

他视线低垂地看向她，语调平缓地陈述事实道："今天下午的会议临时取消，突然得到半天空闲。我很想见你，就提前飞过来了。"

林晚睫毛颤了颤，眼中盛满了明晃晃的欢喜。

她听见咖啡店正在播放一首情歌，歌手的音色浑厚，把歌词唱得浪漫又充满诗情画意。可此时她心中的万千旖旎，又岂是几句歌词就能描绘完全的？

林晚趁着周围没人注意，飞快地亲了下他的嘴唇，而后笑着说："我喜欢你这样，想我就直说，想见我就来见我。"

"所以，你想亲就亲？"周衍川低声笑了一下。

林晚得意地弯起唇角，理直气壮道："干吗啦？几天不见，宝贝儿有脾气了，不让随便亲了？"

旁边有家长带着小朋友经过，周衍川马上调整姿势，坐得正经了些。

他将双手交叠放在膝盖上，似乎在思考什么，过了会儿才放慢语速、一字一顿地回道："怎么可能不让？"

林晚心满意足地点点头，觉得他这副"随便你怎么欺负"的样子，真的让人心痒难耐。

然而很快，周衍川那双深情款款的桃花眼又回望了过来，视线沾染了室外的高温一般，极具存在感地烙印在她形状优美的唇瓣上。

林晚呼吸一顿，明明现在没有接吻，她却感觉好像被人以唇封住了呼吸。

她默默清了下嗓子，索性抬起头来，想让他尽情地看个够。

谁知周衍川的话竟然还未说完。两人的视线在空气中碰触到的一刹那，他深情地看着她，低声说："宝贝儿喜欢就好。"

林晚平时"宝贝儿宝贝儿"地喊习惯了，猝不及防被人喊回来，一时竟然愣在了那里。心口的小火苗"呼呼"燃烧着，烫得她怀疑自己的耳朵都红了。

周衍川这声"宝贝儿"还带着北方人常用的儿化音，听起来漫不经心的调调，却因为他清冽的音色，平添出了几分性感。

网上经常有网友讨论喜欢哪个地方男生的口音，说得神乎其神的，什么"某某地区的男生只要一开口，隔着电话我都能爱上他"。

林晚从前根本无法理解，作为粤语地区的常住民，她对普通话的要求就是能听懂能交流就行，实在不懂口音有什么可酥的。

结果，今天周衍川忽然来这一下，直接酥得她想立刻穿越回去给当初看到的帖子点赞。

不管怎样，反正说情话的时候确实好听。

半晌，她才抓住周衍川的胳膊说："你刚才叫我什么？再叫一声听听。"

"没听见？那算了吧。"周衍川故意吊她胃口。

林晚不依了，一个劲地撒娇道："宝贝儿、心肝、爱妃，就一声好不好？我想听嘛。"

229

周衍川偏过头笑着说："你手机响了。"

"少转移话题……"

林晚下意识回了一句，才发现手机确实在响。

护工阿姨说舒斐叫她去医院汇报工作。

领导的命令比天大，林晚这下也顾不上再听周衍川说情话了，她火速收拾好东西，问："你跟我一起去吗？"

"走吧。"周衍川起身说，"去探望一下。"

之前护工阿姨表现得太八卦，林晚一直以为舒斐跟男朋友在里面互诉衷肠不便打扰。谁知等她这回再进病房，才踏进去一只脚，就被舒斐劈头盖脸地训了一顿。

怪她会议结束没有及时过来当面汇报。

林晚站在病房门口，真是百感交集。

一来感慨"大魔王"不愧是大魔王，手和脚都刚打上石膏呢，病恹恹的样子也不影响她发挥。而且或许麻药过了，训着训着还要嘶几口凉气，可见是真的不满意。

二来想着周衍川还在走廊等着，也不知道什么时候打断舒斐，让星创的CTO大大出场比较好。

三来嘛……

她悄悄望向坐在病床边沙发上削水果的小男生，意外于舒斐的男朋友居然不是"魔王"，看起来也就二十出头，一副乖巧懂事的模样，奶得不行。

舒斐到底不是铁打的，责备几句后就没力气了，勉强抬了下没受伤的那只手说："进来吧。"

林晚往走廊看了一眼。

舒斐疑惑道："嗯？"

尾音质疑地上扬，估计是以为她在闹脾气。

"星创的周总刚好在燕都，听说您受伤了要过来看望您。现在方便让他进来吗？"

舒斐神色一滞，她还不知道林晚跟周衍川的关系已经突飞猛进，纯粹以为是合作方代表过来慰问了，便朝那小男生使了个眼色，示意他把病床摇起来。

确认形象可以见人了，舒斐才说："林晚，去把周总请进来，别让人家等太久。"

林晚点点头，转身往走廊那边招了招手。

周衍川在外面买了点儿慰问品，拿进来后放在桌边，就公式化地跟舒斐聊了起来。

这两人的交谈，完全就是客气中夹杂着生疏，车祸和伤情谈着谈着就拐到了巡逻项目的筹备进展上面。

舒斐这会儿不肯轻易停下，伤筋动骨一百天，哪怕恢复得再好，也多少会耽误些工作。她昨天本来就在焦虑鸟鸣涧接下来的工作如何展开，此时周衍川主动送上门来，倒正好方便她先问清楚进度，好为接下来一段时间的安排提前做准备。

林晚在旁边听着，心里有些不是滋味。

她希望舒斐至少能好好休息两天，而不是刚做完手术没多久，就马不停蹄地忙上了。

可这种情况下，她唐突地打断两人的对话，肯定会犯舒斐的忌讳。

于是她转头看向还在那儿垂首的乖巧小男生，想看对方会不会以男朋友的身份劝说几句。

谁知小男生始终不作声，偶尔抬眼看看舒斐，很快又低下头去。

他模样长得漂亮，很像时下流行的男团偶像。陪衬在舒斐身边，显得女人身上那股叱咤风云的大佬形象，更有说服力了。

换言之，他管不了舒斐。

林晚抿抿嘴唇，趁着其他人没注意的时候，偷偷碰了下周衍川的手肘。

"鸟类识别软件目前在测试阶段，内部测试通过就能提交给你们审核。目前主要的硬件设计比较费时间，保护区面积又大小不一，设计师需要多次测试才能确定最终的机身重量。"

周衍川谈正事的时候表现得很专注，眼睛都没往林晚那边扫一下，却又只凭她一个小小的碰触，似乎就领会到了她的意图似的。

他抬手看了下腕表，适时表现出结束话题的意图："月底可以在南江开一次会，到时两边再具体沟通。"

"好，我尽量赶过去。"

周衍川微微颔首道："早日康复。"

眼看商谈总算结束，林晚终于松了口气，站起来就想跟周衍川一起走。

舒斐叫住她说："你留下。"又朝身旁仿佛精美装饰品一般的小男生嘱咐道："你去送送周总。"

林晚的脚步猛地一顿。

所以说习惯真是非常可怕，她刚才真的下意识就打算跟男朋友一起走了。

周衍川转过身，想了想，才缓声开口："不用，我就在外面等着，晚点儿带她去吃饭。"

舒斐："……"

林晚："……"

等周衍川顾长的身影消失在门外后，舒斐才不咸不淡地扫她一眼问："什么意思，平白无故带你去吃饭？"

"也不是平白无故。"林晚回答道，"周总是我男朋友。"

舒斐脸上难得出现了瞬间的空白。

反应过来后，她才恍然大悟地笑了一下说："我说呢，他这么凑巧回燕都，原来人家是专程过来看你的。什么时候开始交往的？"

林晚一怔，以为她要追究与合作公司高层谈恋爱的事，但还是老实说："这个月中旬。"

"也没多久，那算了。"舒斐居然还有点儿遗憾地说，"你们如果早点儿开始，说不定还能把价格谈低些。"

林晚心想：原来我在你心里就是个谈判的条件。

真不愧是"大魔王"，一个没有感情的工作机器。

"工作机器"看她一眼，抬抬下巴道："不会耽误你太久，今天研讨会的结果说清楚就放你走。"

林晚其实已经在微信里都汇报过了，这次过来只不过是针对舒斐在意的细节做进一步汇报而已。全程只用了不到 10 分钟的时间，就把该交代的全交代了。

舒斐脸上没什么表情，听完后只淡淡地评价了一句："还行，没有丢我的脸。"

林晚笑了笑，紧接着又听见她说："我这半个月要留在燕都养伤，回去后有些事你帮我看着点儿，处理不了的情况就邮件联系。"

"好。"

林晚走出病房时，眼睛亮晶晶的。

舒斐的意思表达得很直接了，就是她不在南江期间，鸟鸣涧的日常事务全部交由林晚代为管理。

虽然只是代为管理，但这种被人认可的感觉，还是让她的脚步止不住地轻快起来。她想快点儿去找周衍川，把这个好消息告诉他。

然而身后很快有人叫住了她。

林晚回过头，发现舒斐的男朋友也出来了，便问："总监又找我？"

"是我找你。"小男生朝她笑着说，"刚才谢谢你啊！"

林晚茫然地眨了眨眼。

小男生唯恐被病房里的舒斐听见，他站近了些，放轻嗓音道："我看见你提醒男朋友的动作了。她就是这样，谈起工作来什么都不顾，可这方面她又不肯听我的。"

"啊，不用谢。"林晚明白过来，理解地说，"你最近都会在医院陪她？"

"是啊。"

"那就拜托你啦，有什么需要的话，护工阿姨那里有我的电话，可以随时联系我。"

小男生点了下头说："那不耽误你们了，姐姐再见！"

林晚朝他挥手道别，扭头往前走了几步，就发现周衍川正站在走廊的拐角处等她。

不知是不是她的错觉，他的眼神似乎若有若无地往她身后看了看。

她一时也没多想，上前挽住他的胳膊，边走边说："他出来跟我道谢。不过我没想到'大魔王'的男朋友居然这么奶，刚才还管我叫姐姐呢。今天我算是明白为什么有人喜欢谈姐弟恋了，弟弟多乖啊。"

"喜欢乖的？"周衍川低声问。

"？"林晚抬起头注视他几秒，忽然发现他的唇角不自然地抿紧，莫名带着点儿不爽。

她一瞬间福至心灵，代入周衍川的视角，回顾了一下刚才的画面。

应该还好啊，也就是笑着跟小帅哥说了几句话而已。总不能因为谈了恋爱，连和异性说话的权利都没有了吧？

周衍川按下电梯按钮，幽幽地问了句："觉得他很帅？"

林晚越发不解地问："到底什么意思？"

周衍川冷淡地说："你刚才一直盯着他看。"

林晚"啊"了一声，终于明白他到底在不爽什么了。

他和舒斐交谈公事的时候，她好像确实盯着那个男生看了很久。虽然原因并不是想欣赏那男生的容貌，但放在男朋友眼里……

换作是谁，也不会喜欢自己还在旁边坐着，女朋友的视线就往其他男人那儿飘过去了。

倘若连这种事都不介意，那还谈什么喜欢？

林晚狡黠地弯起眼睛，故意刺激他道："吃醋啦，宝贝儿？"

周衍川听出了她语气里的调戏，薄而白净的眼皮垂下来，缓缓扫过她脸上的笑容。

片刻后，他承认道："有点儿。"

"那你再叫我一声'宝贝儿'呀，"林晚旧事重提，把声音放得娇软地说，"我高兴了的话，就再也不提刚才的弟弟了。"

电梯上方的屏幕显示着红色的楼层数。一闪，又一闪。

在那个数字即将抵达他们所在的楼层时，周衍川突然连按两下，取消了电梯。

然后还没等林晚问出"你干吗"，就反手拉过她的手腕，把她带到了隔壁的安全楼梯间。

"砰"的一声，防火门在他们身后关闭。

周衍川把她抵在胸膛与防火门之间，稍低下头，温热的呼吸游走在她的耳垂与脖颈之间，刻意放慢动作似的，迟迟没有把吻落下来。

医院的安全楼梯间，可不是人迹罕至的地方。

林晚听见楼上渐渐传来了脚步声，不自觉地紧张起来，小声说："有人来了。"

她抬手推了两下，发现根本推不动他。

周衍川依旧没有松手，反而低声笑了一下，慢条斯理地问她："说吧，喜欢乖的吗？"

林晚的一颗小心脏被刺激得"扑通"乱跳。

自从她出差来燕都，周衍川独自在南江也不知领悟了什么诀窍，成长速度飞快，哪里还像第一次谈恋爱的样子。

她整个人被笼罩在他的阴影下，侧过脸躲避他的呼吸，小声道："周衍川你说实话，交往过的女朋友能组一桌麻将了吧？"

"说不定还能组一支足球队。"他的声音带着笑意，轻轻撩动她的心弦。

林晚把头扭回来，视线撞上他含笑的桃花眼。

这人平时看着克制又冷淡，一旦深情款款地笑起来，却又能迷倒众生。

楼上的脚步声越来越近，只需要再下半层楼，就能窥见此处暗潮涌动的旖旎风光。可周衍川偏要拿出不在乎他人议论的风格，强势地挡住她所有的去路，只等着她给个回答。

"喜欢你这样的，行了吧？"林晚认怂了，不好意思地说，"快点儿放开我。"

周衍川俯下身来，掐住她的腰，咬住她的唇瓣，略带惩罚地吮了吮，才终于后退半步给她留出自由活动的空间，哑声道："乖，宝贝儿。"

林晚这下是真悲伤了。

调教男朋友的大业还没怎么展开呢，她竟然被人挟持在楼梯里教育了一番。

两个学生模样的小姑娘踩着台阶下到这层，看见他俩后怔了怔。

这两人一个穿衬衫西裤，一个穿正式的西装裙，看起来都是那种事业有成的精英人士，而且长得还特别抢眼。光是靠在门边站着，身上都像发着光似的，让狭窄楼梯间内的光线都明亮了些。

还在读书的小姑娘，对这种俊男靓女的成年人总是充满了向往。

她们飞快地交换了一下眼神，脸上不自觉地浮现出八卦的笑容，拉拉扯扯地加快脚步往楼下跑去。

林晚刚要开口，就听见楼下传来小姑娘青涩的嗓音："那个姐姐脸好红啊，绝对被那个哥哥调戏了！"

"……"

小小年纪，不该看的不要看！她在心里咆哮了一句，转而气鼓鼓地瞪着周衍川嗔道："都怪你！"

"嗯，怪我。"

始作俑者现在的心情很好，坦然承认了错误，就是态度不太端正，让人相信他下回肯定还敢。

林晚"哼"了一声，难得羞怯地低下了头。

她知道自己肯定脸红了，而且连耳垂都跟着开始发烫，简直愧对她"海王"的称号。

周衍川没有笑话她，而是静静地站在一边，看她白皙的皮肤透出一抹淡淡的红晕。那红晕沿着她的脸颊往脖颈延伸，最后消失在衬衫的衣领里，引得人浮想联翩。

"林晚。"过了一阵，他轻声开口道。

"干吗？"她有些气恼地回道。

周衍川弯下腰，确保她低垂的视线也能看见自己，语气变得正经起来："我没打算阻止你和其他异性来往，跟我在一起后，你以前对男性朋友什么态度，今后可以继续拿那样的态度跟他们相处。"

林晚一愣，她忘记了自己此刻的窘迫，眼神略带疑惑地望向他。

周衍川的目光同样注视着她："但帮个忙，以后别故意拿这事来逗我。我没跟别人谈过，不清楚吃醋的尺度该怎么掌握，过火了怕吓到你，不表现出来，又怕你移情别恋。"

他语气很淡，隐约杂糅着几分恳求的意味。

听得她的心也跟着揪了起来，他是真的喜欢她。

"好，我保证不会有下次了。"林晚主动亲了他一下，哄他似的轻声细语道，"放心吧，宝贝儿，我喜欢你都来不及呢。"

第 7 缕光
见家长

下午时分，医院里到处都是人。

林晚跟周衍川穿过寻医问药的人群，走到马路边后，才知道他原来中午没吃饭。

"先在附近找一家吃？"她半是责备，半是奇怪地问，"不是有飞机餐吗？一点儿都没有碰？"

周衍川在刺眼的阳光里眯了下眼说："临时订的票，这家航空公司的飞机餐不合口味。"

林晚无言以对，觉得这人总是冷不防地冒出点儿少爷脾气。

她对燕都不熟，对医院附近更是完全陌生，拿出手机翻了半天点评网，也看不出那些好评到底是真的，还是刷的。

最后还是周衍川拦了一辆在门口下客的出租车，建议道："走吧，我知道附近有家不错的饭店。"

林晚中午吃过饭，现在根本不饿，更何况这里是燕都，差不多算是周衍川的地盘，她自然乐意让男朋友做主。

出租车沿着平直宽阔的马路，一直朝前开了 20 多分钟，最后停在了一家装修得古色古香的饭店门前。

进门是个雅致的院子，假山与水景搭配得当，在市区内造出了错落有致的山水园林。往里再穿过两扇门，才是吃饭的地方，单独一个四四方方的小院，屋子里有专门的服务员在等候。

林晚简直服气，少爷不愧是少爷，随便吃个饭也这么讲究。

周衍川把菜单递给她问："再吃点儿吗？"

"吃不下了，给我点杯喝的就好。"

"不吃烤鸭？"

林晚笑起来说："我接连吃了好几天烤鸭了，放过我吧。"

周衍川也笑了笑，忽然想起什么似的感慨道："烤鸭怎么了？不比你这个南江人请我喝凉茶好？"

林晚经他提醒，想起几个月前晚上的那一幕，后知后觉地意识到，自己当初简直太不厚道了。她用手掌托着小巧的下巴，歪过头问："你刚去南江的时候，是不是吃得很不习惯？"

"嗯，各方面都不习惯。"周衍川顿了一下，才接着说，"刚去的头几天都在家里吃，有天伯父伯母加班，堂哥带我出去吃饭。"

林晚仔细观察起他的神色，发现如今再提起周源晖，他表现得要比从前平静许多，取而代之的，是一种更为温情的怀念。

她不自觉地放柔嗓音问："然后呢？"

"然后点完菜，他跟服务员说要'人头饭'。"周衍川淡淡地笑了一下说，"当时吓到我了，还犹豫过要不要报警。"

林晚很没形象地哈哈大笑起来。

"人头饭"不是字面意义上那么血腥的东西，而是"按照人头算，席间有几个人就上几碗米饭"的意思。她上大学时出去聚餐，也曾因此把同寝的外地姑娘吓得花容失色。

两人又闲聊了一阵，服务员就把做好的菜端上桌了。

周衍川虽已饿了几个小时，吃相也还是很斯文，细嚼慢咽之余，还没忘记给她介绍每道菜的特色。林晚本来没什么胃口，被他说着说着就忍不住嘴馋，拿起筷子每样尝了一点儿。

吃到一半，林晚收到了蒋珂的消息："明晚我们乐队在酒吧开专场LIVE（现场表演），来吗？"

林晚抱歉地回道："我在燕都出差呢，周日晚上才回去。"

蒋珂："太可惜了，我今天专门给江决搭配了一身演出服，巨帅无比！不过没关系，明天我让他的小迷妹全程录像，保证给你一个高清无码的帅哥视频。"

林晚眼皮猛跳，没想到蒋珂居然还惦记着撮合她和江决。

她下意识看了对面的周衍川一眼，低头打字回复："建议你留着自己欣赏，我现在是有男朋友的正经人了，不掺和外面的花花世界。"

蒋珂甩过来一串问号，然后问："还是周衍川？"

"对呀。"林晚选出一个捧脸害羞的表情发了过去，"没办法呀，他太帅了。"

"噫，肉麻死了。"

蒋珂消停没几分钟，又问："我记得某人曾经说过，将来要跟周衍川一笔一笔地算账，请问现在算到哪一步了？"

林晚尴尬地抿抿唇角，自从知道周衍川躲她的原因后，算账的心思早被她抛到了九霄云外。可这些事她当然不能对蒋珂说，正思考该如何回复的时候，余光突然看见有个人影凑了过来。

她直接捂住屏幕，看向不知何时离开座位的周衍川问："你做什么？"

周衍川一怔，指着门边带路的服务员说："去买单。"

"要走了吗？"林晚说，"我跟你一起出去吧。"

周衍川若有所思地看她一眼，趁她转身拿包的时候，从她掌心里把手机抽了出去说："等会儿，查下手机。"

林晚："……"算了，该来的总会来。

服务员还在前面等着，周衍川也没耽搁，一边往外走，一边看完了她和小姐妹的聊天记录，不解地问："算什么账？"

林晚走在他身旁，假装欣赏院子里的风景，含糊地说："就系李多鹅的账。"

"好好说话。"

"就是你躲我的账。"林晚撇了下嘴角，把手机拿回来，解释道，"那时候我不知道原因嘛，难免心里会有计较，对不对？"

周衍川沉默片刻，眼底掠过一抹歉意。

他那时若即若离的态度，事后回想起来确实很过分。她曾经为此计较过，确实是人之常情。

于是他想了想，问："嗯，所以你准备怎么算？"

林晚根本就没打算再提以往那些小小的不痛快，可见他主动问了，又难免好奇地多问了一句："怎么算你都配合是吗？"

周衍川垂眸看着她，拖长音调回道："是啊。"

光天化日，公共场合，林晚居然被他这声慵懒的语调，勾起了内心深处某些绮丽的想法。

她清清嗓子，故作严肃地说："那你等我好好想想。"

周衍川笑了笑，到收银台买完单后，才点头说："行，我等你。"

燕都的夏天跟南江的不同，炎热且干燥，出来没走几步，就感觉嗓子快冒烟了。

林晚奔波了大半天，这会儿人就开始犯懒，实在不想在热辣辣的太阳底下等车，干脆用手机叫了一辆网约车，坐在收银台旁的休息区吹着空调等车开过来。

结果就这么几分钟的工夫，他们竟在这里遇见了一个不速之客。

那人走近时林晚根本没留意，直到他用一种久别重逢的惊喜口吻喊出周衍川的名字时，她才抬起头，看向近在咫尺的、相貌平庸的年轻男人。

其实也不算特别年轻，至少看起来比周衍川要大几岁，三十多岁的样子。

模样不算难看，也不算好看，属于大街上随处可见的类型。

但唯独有一点，就是他眉心有道不太明显的淡红色疤痕。乍看很像庙里慈悲平和的佛像，可他的内眼角生得很近，形成了一道锐利的弧度，连带着把那道疤痕都染上了一层凶狠的戾气。

那人对周衍川的态度却很客气，微笑着问："你终于肯回燕都了？"

"什么肯不肯的？"周衍川也在笑，"这儿是我的故乡，想来就来，想走就走。"

林晚发现此时的周衍川有些陌生。虽然是在笑，但那笑容绝对称不上友好，唇角勾起的模样，竟然衬出了几分冷冰冰的气质。

对方点头说："既然回来了，不如长久留下来。这里毕竟是燕都，到处都是机会，怎么也比南江那种穷乡僻壤好。"

这话林晚就不爱听了，他们南江也是一线城市好不好？

她不爽地瞪了那人一眼，扭头对周衍川说："空调好闷，我想去外面等车。"

周衍川心领神会，也没跟那人说再见，直接陪她走出了饭店。

林晚更加确定，他跟那个男人的关系绝对不好。否则，不至于连一句礼貌的道别都懒得赠送。

她站到阴凉的树荫下，用手扇了扇风问："刚才那是谁呀？"

"叶敬安。"

"谁？"林晚没听说过这个名字。

周衍川走到她身边，替她挡住了大半的阳光。末了，他轻声解释道："德森的老板。"

燕都不仅是周衍川的故乡，也是德森的总部所在地。这座城市固然辽阔，但意外遇见曾经认识的人，也不算一桩多么奇特的经历。

林晚点了下头，心想叶敬安故意在饭店里邀请周衍川回燕都，不过就是刻意放点儿垃圾话而已。明面上是说燕都各方面的环境比南江好，实际却是暗讽他如今只能沦落到南江开公司。

其实在林晚看来，周衍川会选择在南江创业是情理之中的事。

南江多少算他的第二故乡，而且近年来科技产业的发展日益蓬勃，政策方面也多有扶持，不少高新技术公司都会选择落户南江。

不过她相信，周衍川之所以对叶敬安表现冷淡，倒跟对方的态度没关系。

他纯粹就是讨厌叶敬安这个人而已。

一个致力于改善地球生态的人，和一家只图利益罔顾环境保护的公司，从源头上就不可能和平相处。

上车后，林晚问："你当初为什么会选择加入德森？"

这是她之前始终不太明白的一点。

周衍川自己就有技术，资金方面更是无需发愁，听起来好像完全从一开始就可以选择自己创业。

"因为少不更事，上当受骗。"周衍川说。

林晚怀疑地看他一眼，认为"上当受骗"这四个字完全跟他搭不上关系，他不像那种被人三言两语就哄去当苦力的类型。

周衍川笑了笑说："真是受骗。我大二参加比赛拿了奖，叶敬安前前后后找过我四五次。每次至少聊两小时，谈他理想中的德森会是什么样，跟我描绘他心中的无人机行业蓝图。最后一次他拿了一张荒漠地区的卫星图来，说'希望我们能一起把它变成绿色'。"

那时候的周衍川远比现在青涩。作为一个经历过人生不幸，但依旧保持赤子之心的少年人，他对唯利是图的资本家认识得还不够深刻，还以为自己遇到了志同道合的搭档。

于是最后一次见面后，他答应会替德森写飞控算法。

当时国内的无人机行业才刚起步，许多小公司都找国外的企业买飞控来用，国内有实力和远见且愿意自行研发飞控算法的民营公司，数来数去也就那么几家。

德森是那时看起来最有前途的一家，并且如今回头再看，周衍川当初的决定也不算错误，他确实选中了一只潜力股。

从某种程度来说，刚上大二的周衍川，就已经展露出了他在商业领域的敏锐眼光。

林晚看着他问："可惜后来发现他在说谎？"

周衍川笑着摇头说："不能这么说，只不过人总会变。"

德森为还是在校生的周衍川组了一支技术团队，以他为绝对核心的团队所研发出的飞控，一经问世便引起了多方关注，也顺理成章地成为德森发展初期最强大的一张王牌。

叶敬安因此喜出望外，也备受鼓舞。

某天签下一笔大单后，还专程跑到学校请周衍川吃饭。

周衍川那阵子学业、工作两边忙得不可开交。那天，他熬完一个通宵才刚睡下，睡眼惺忪地被叫到宿舍楼下，头发也没打理，直接戴上卫衣的帽子，懒洋洋地把手揣进衣兜里说道："不想走远了，就吃食堂吧，我请你。"

全国高校的食堂都长得差不多，周衍川那时还有点儿少年天才的轻狂，进去后扬扬下巴示意叶敬安自己去拿餐盘，半点儿没觉得他那身笔挺整洁的西装，好像不该出现在这种地方。

叶敬安那会儿也没计较——他认为自己根本不是挖到宝了，而是挖到了一尊大佛。要他把周衍川供在寺庙里膜拜都行，更何谈区区在食堂吃个饭。

"我打算三年后让德森上市。"叶敬安喝着食堂免费供应的青菜汤，信誓旦旦地保证道，"技术副总裁的位置我给你留着，该拿的股份一分也不会少。你家在公司附近有房吗？没有的话公司给你买一套，今后上下班方便。"

周衍川困得不行，又嫌食堂的饭菜难吃，他意兴阑珊地吃了几口就放下筷子说："随便，你看着办吧。"

叶敬安摸摸鼻子，知道他在意的不是钱，连忙保证道："你放心，不管以后德森能赚多少，每年一个环保项目肯定不会少。"

周衍川这才抬起眼，缓声说："我的要求只有这一点，你记得就好。"

叶敬安认真地点了点头。

时光荏苒，几年后的如今，你要问叶敬安是否还记得他当初的承诺？

他当然记得，只是不再重视。

正如他所说的那样，燕都是一个充满机会的城市。他是凑巧赶上了无人机刚刚兴起的好时代，一跃实现了阶层跨越，从普通的创业者成为了人人称道的行业领军人物。

或许他曾经有过一些高尚的情怀，但那些情怀太过缥缈，也太过脆弱，在俗世的诱惑面前渐渐变得不值一提。

到了最后，周衍川反而成了他口中"妨碍德森发展"的人。

当两人在公司里吵得不可开交的时候，叶敬安瞪着已经变得浑浊势利的眼睛，看着周衍川那双仍然清澈的眼睛，既认为他天真，又认为他顽固，以及还有一丝不愿承认的恐惧。

周衍川比他年轻，也比他聪明。

"你可以离开德森。"叶敬安说，"但你必须签下竞业禁止协议，两年内不能从事任何相关行业的工作。"

这要求虽然显得不近人情，但又符合法律规定。

企业，特别是他们这种涉及研发机密的企业，要求高层离职时签竞业禁止协议也是一种对自身的保护手段。

周衍川眉头都没皱一下，签完字利落地走人。

林晚听完他的讲述，挑了下眉。

这次她倒没心疼，正所谓道不同不相为谋，与其让他留在德森跟叶敬安同流合污，她反而希望看见周衍川始终如一地坚持他的理想。

做他喜欢的事，比如环保，比如在火星种小麦。

简直浪漫到了极致。

"你离开德森后去了哪里？"她轻声问。

周衍川怔了怔问："我没跟你说过？"

"没有啊。"

"出国留学了。"周衍川语气淡定地道,"要不是遇到叶敬安,我本来也打算多读几年书。难得有两年休息的时间,反正闲着也是闲着,还不如继续深造。"

林晚笃定道:"你一点儿都不担心两年后自己会被淘汰。"

"如果离开两年就被淘汰了,那只能证明我也没什么了不起。"周衍川不假思索,坦然地回道,"怨不得别人。"

盛夏的阳光正好,洒进他的眼睛里,让他在这一刻显得分外迷人。

林晚歪过脑袋,靠在他的肩头笑了起来。

完了呀,她想,男朋友好像更帅了。

回到酒店,林晚低头从包里找身份证,打算去前台办理续住手续。

排队的时候,她顺便建议了一句:"要不然,你也住这里吧。"

研讨会的酒店是主办方统一定的,不算特别豪华,但各方面设施完善,交通也很方便。虽然周衍川是个少爷,但林晚一想到房间里那堆乱七八糟的行李,就懒得陪他换更好的酒店。

谁知周衍川看她一眼,纳闷地问:"你不是来办退房?"

"不是啊。"林晚眨眨眼睛,老实交代道,"后天就要走了,我不想今天再多收拾一次行李。"

"真不收拾?"周衍川眸色略深,看着她静了几秒,似乎放弃了一般说,"行,本来还打算带你去我家住。"

林晚脑子里"叮"的一声响起,她连犹豫的表现都没有,直接转身往电梯走去。

周衍川被她一百八十度大转变的举动惊了一下,跟在她身后问:"反悔了?"

"你在南江住过我家,我难得过来,当然也要住住你家。"她按下电梯,振振有词道,"这样才算公平嘛。"

周衍川轻笑一声,没料到这个邀请,对她居然有如此大的吸引力。

实际上,就算他不提,林晚也打算让他带自己参观一下他曾经生活过的地方。他和父母共同生活过的家,他读过的小学,许多年前他每天经过的大街小巷。那是他目前为止的人生里,于她而言最为空白的一段过往。

出了电梯,林晚刷开房门,推门的瞬间,她脸上流露出一丝迟疑。

周衍川在她身后垂眸，望向她突然顿住的手臂，漫不经心地问："怎么不进去，里面藏人了？"

"是啊，藏了我的鱼塘呢。"

林晚回他一句，片刻后转过头，难为情地说："呃，里面稍微有一点点乱，要不然你在外面等等？"

周衍川看着她没说话，但眼神明显流露出"你自己掂量掂量这种行为过不过分"的意思。

林晚干脆一咬牙，把门完全打开了。

她早上出门前根本没想过退房，昨晚忙着演讲的事，又没来得及收拾。这两天穿过的衣服都胡乱地扔在沙发上，乍看起来，还真叫人有些不好意思。

周衍川走进去，第一眼就看见椅子扶手上搭着一件黑色内衣，而且还是蕾丝边的。

林晚察觉到他的目光，"噌"的一下蹿过去，把那团布料塞进行李箱，解释说："昨晚太忙了，我平时不这样的。"

这事细想起来，她简直冤枉透了。

明明平时是个有轻微洁癖的人，难得由于工作忙碌随便一次，就好巧不巧地被登门拜访的男朋友尽收眼底。

"你是这样，也没关系。"

周衍川其实并不介意，他的择偶条件里没有勤于家务这一条的。

"也不是特别乱。"

只不过那椅子刚搭过她的内衣，沙发上又大大咧咧地搭着她穿过的裙子——而且还是昨晚视频时叫他心猿意马的那条——所以害得他现在不知道该往哪儿坐。

林晚见他表示无所谓，心情立刻轻松了起来。

她指了下卫生间的方向说："来都来了，帮我把洗手池上的东西拿过来吧，两个人收拾比较快。"

周衍川"嗯"了一声，进去后没过几秒，又出来了。

这一回他神色略带困惑，靠在门边，指向洗手池上堆满的瓶瓶罐罐问："全是你的？"

"对呀，不然还能有谁的？"

周衍川朝里看了一眼，清清嗓子，真诚地问："你一个人，需要涂那么多口红？"

"……"林晚刹那间无比确信，以前每回她精挑细选搭配的口红色号，在周衍川那儿全变成了过眼云烟。

或许这就是直男吧。

她暗自嘀咕一句，默默走过去，把她眼中颜色相差甚大的各种口红收进化妆包里，最后还是按捺不住心中的疑惑提问："你老实交代，每次看见我的时候，是不是都没发现口红的颜色不一样？"

"我不是色盲。"周衍川靠着门框，抬起眼皮从镜子里看着她说，"颜色有时候深点儿，有时候浅点儿，多少能看出来。"

林晚意外地挑挑眉，不知该不该夸他一句孺子可教。

紧接着，周衍川下一句话便把她的期望值打入了谷底："只不过总归都是红色，有必要？"

林晚这回没客气，赏了一个白眼给他："怎么没必要？你的无人机飞那么高根本看不清楚，不也每款都要换个外壳吗？"

"……"

林晚这招还是跟钟佳宁学的。

钟佳宁在外贸公司上班，见客户最基本的要求就是从头发丝精致到脚指甲，长此以往就被迫成了半个美妆达人。有一回她男朋友看不顺眼，抱怨她买那么多支口红涂不完纯属浪费，钟佳宁直接回怼了一句"你的限量版球鞋堆成山，也没见你打进 NBA 啊"。

后来钟佳宁跟林晚提起这事，表现得愤愤不平地说："现在网络上总说女人爱乱消费，其实他们男人好不到哪里去。"

林晚对此颇为认同，今天下意识回怼完后，才意识到她出现了一个原则性错误——周衍川不是狂热的无人机消费者，跟那些排队买球鞋的男人根本不一样。

她心想不好，无论如何必须快点儿找个理由，完美地怼回去。

谁知周衍川若有所思地安静了几秒后，似乎认可了她的歪理邪说，忽然问："最喜欢哪支？"

林晚从化妆包里翻出一支来说："当然是它啊，颜色红得特别正，晚上出去玩的时候最适合了。上回在派出所涂的就是……"

周衍川眸色一沉，她猛地截住了话头。

跟中学生打架进派出所的那天，她之所以会涂这支口红，不是为了去酒吧见江决吗？

眼看刚才还侃侃而谈的女朋友突然不出声了，周衍川反而笑了一下。

他走过来，从她手中抽走那支黑管的口红，慢条斯理地拧开盖子，垂眸看着她道："张嘴。"

林晚睫毛颤了几下，嘴唇微张，像是预料到会发生什么，还配合地仰起了脸。

一张明艳又干净的脸，在灯光下流露出期待的神色。

之前抹上的口红颜色早就淡了，花瓣般娇艳的嘴唇露出了它原本自然的模样。

周衍川轻轻捏住她的下巴，仿佛桃花眼里只盛得下她一人的身影般，小心翼翼地为她轮廓精致的唇瓣染了层新的颜色。

然后低下头来，将她拥入怀中细细地亲吻。

他吻得温柔又缠绵。

林晚心里却一阵阵地发痒，最后索性踮起脚尖，抱紧他高大匀称的身体，大胆而热情地回应着他。

墙上的镜子成了最忠实的见证者，映出满室绽放的旖旎风光。

最后的那个吻，林晚选择让它停留在周衍川的喉结上。

她含住那块突出的骨头迟迟不愿松开，听着周衍川压抑的呼吸声，一下又一下地吮吸着，直到一个吻痕烙印在他脖颈中间，才心满意足地退开两步，欣赏自己的成果。

周衍川无奈地看向她，问："喜欢亲这儿？"

"喜欢啊，知不知道你现在有多性感？"林晚弯起眼笑，眼神直勾勾地盯着他。

忘了是周衍川的衬衫纽扣本来就没扣完，还是在耳鬓厮磨中被她扯散开来，衣襟松松垮垮地敞开一些，透出线条清晰的锁骨与些许结实的胸膛。

视线再往上，修长白净的脖颈中央，就是那抹暧昧的暗红色印记，看得人越发心痒难耐。

周衍川低笑一声，转过身面对镜子，慢慢地把扣子扣到了顶，不给她看了。

林晚："……"

啧，小气。

不过再怎么遮，林晚留下的吻痕还是遮不住的。

等他们收拾完行李下楼退房时，酒店前台娇羞的目光，总是不受控制地往男人那边飘过去。

周衍川一脸冷淡地站在那里，衣衫整齐，气质禁欲。但轮廓清晰的喉结处，却又明晃晃地彰显出色气。

这种好像在房间里发生过什么的模样，让前台办理退房手续时，不止一遍地在心里羡慕林晚。

大家都是年轻貌美的女孩子，她怎么就这么好运，能结识如此勾人的极品？

平时几分钟就能搞定的手续，硬生生被拖了将近 10 分钟。林晚也懒得催促对方，事实上要不是客观情况不允许，她简直恨不得让全世界的人都知道——她拥有一个超级英俊的宝贝儿！

周衍川把她神色中的那点儿小得意尽收眼底，等坐上回家的车后，才低声问："炫耀得还满意？"

林晚纠正他说："这不叫炫耀，这叫宣示主权。之前进酒店的时候，前台那几个女孩的眼睛就一直粘在你身上呢，你还无动于衷地站在那里任她们看。"

她理直气壮地清清嗓子，继续说："宝贝儿，别忘了，我也会吃醋哦。"

周衍川微微一怔，片刻后勾唇笑了起来。

临近傍晚，周末的燕都交通格外拥堵。

等他们终于抵达燕北胡同，车窗外早已暮色四合。

黄昏在天空中织出一张大网，将大地笼罩其中的同时，亦将白日的暑热消散了些许。

此时正是家家户户吃晚饭的时候，户外没几个人，古旧的胡同一片宁静安详。

林晚跟随在周衍川身侧，不时好奇地打量那些陌生的景致。

明明下车的时候，周遭还是一座城市最为繁华的地段。可一旦钻进胡同深处，那些浮躁的喧嚣就好似销声匿迹了一般，只留下一片闹中取静的惬意。

每座城市似乎都有这样大隐于市的地段。

这里很像林晚居住的东山路，里里外外却又透露出比东山路更为金贵的气派。

直到周衍川在一扇大门前停下，林晚看了几眼大门左右两边的围墙，终于得以确认——她的男朋友的确就是一位家世显赫的少爷。

可这处四合院相比来时路上看过的那些，又显得过分寂寥。就像一位须发花白的老人，静静地等候在这里，等待那些永远不会回来的人。

周衍川拿钥匙开了门，把她的行李箱提进去，边走边说："往里面走吧，外边没怎么收拾。"

"你叫人来打扫过？"

"嗯，时间有点儿赶，订完机票才通知他们过来。反正就住两晚，稍微凑合下。"

林晚走马观花地参观了一圈，心想如果这只算凑合，那她在酒店住了整整五天，基本可以投诉是主办方虐待他们了。

后院整理了两个房间出来，林晚住的那间还有一个能通往屋顶的楼梯。她爬到上面看了看，遗憾于城市的光污染终究比较严重，只能依稀看见几颗最亮的星星。

周衍川站在楼梯下说："别指望能看到星空。哪怕是我小时候，一年里也难得有几天能看得清楚。"

林晚觉得没意思了，"噔噔噔"地从楼梯上跑下来问："你的房间在哪里？"

周衍川住的，还是他小时候那间房。

他从小到大的审美还挺统一，从小就不喜欢颜色鲜艳的儿童家具，因此房中的摆设放到现在来看，也不会显得多么幼稚。

林晚一步踏进去，不自觉地放慢了呼吸。

这里就是周衍川搬到南江以前住过的地方，他在这里度过了童年的时光，或许也是他一生中最圆满快乐的时光。

思及于此，她连脚步都慢了下来。唯恐自己动静大了，就会破坏他封存在这里的回忆。

结果反倒是周衍川不习惯了，他拉开椅子随意地坐下说："这儿不是博物馆，可以大声喧哗，也可以追逐打闹。"

"我跟谁打闹，跟你吗？"

林晚瞥见沿墙摆放的大床，脑子里忽然浮现出某些不能描述的"打闹"场景，下意识抿抿唇角，轻声问："你现在还经常回来吗？"

周衍川侧过脸，半边轮廓沐浴在霞光之中，他静默少顷后，摇了摇头。

林晚怔了一瞬，很快明白了过来。

她走到他面前站定，想了想又攀住他的肩膀，跨坐到他的腿上。

这是一个容易引人遐想的亲密姿势，但她的目光太过澄澈，反而容不下太多心猿意马的念头。

周衍川目光深深地看着她问："嗯？怎么？"

"是不想回来，"她问，"还是不敢回来？"

"不敢。"

周衍川将手搭在她的腰侧，与她近距离地对视着彼此的眼睛，承认道："每次回来都会想，那年夏天离开的时候是三个人，最后回来的，却只剩我一个。"

林晚皱了皱眉，想出声安慰他，又觉得所有的安慰，在现实面前都是枉然。

周衍川却在此时，释然地笑了笑，反过来哄她似的低声道："可今天你来了，所以我想，应该会变得不再一样。欢迎你，林晚！"

我和我今后的人生，欢迎你的到来。

因为他的这句话，林晚觉得这趟燕都之行的尾声充满了意义。

接下来两天，她原本计划的名胜古迹一个没去，她把时间全部交给"导游"周衍川，带她游览他曾经生活过的点点滴滴。

周日下午，他们从周衍川以前就读的小学回来。

四周的空气像被放进铁锅里炒过一般，又热又干。林晚适应不了这种天气，奔进路边小店买了一瓶橙子汽水，拜托店员把玻璃瓶盖打开，站在街边就"咕噜咕噜"灌下了小半瓶。

今天燕都气温攀升，她穿得格外清凉。上身穿后背镂空的吊带衫，底下是一条小短裙，大方地展示出一双笔直白皙的美腿。

整个人仿佛发着光似的，源源不断地吸引着过往路人的目光。

周衍川站在旁边，替毫无自觉的女朋友分辨那些目光的含义。凡是看见不怀好意的，他就一个个地、冷冰冰地对视回去。

林晚一口气喝掉半瓶汽水，胃就被碳酸饮料撑住了。

她舔了下嘴唇，把玻璃瓶放在店门外的冷冻柜上，觉得出门前扎的头发有点儿散了，索性取下发圈重新扎一遍。

女孩纤长的手指穿过黑发，迅速地拢了几下，发圈在她指尖仿佛被施加了魔法一般，灵巧地翻来翻去，渐渐扎出了一个稍显松垮，却又不失好看的马尾。

周衍川隐约感到有些不可思议。

他看不懂她为何要把系紧的几缕发丝扯出来，但又觉得经过她这么一折腾，好像确实比之前要好看些。

不过，就是随着她手臂抬起的动作，本就稀少的吊带布料又被拉上去一截，露出了她平坦柔韧的腰肢。

犹豫再三，他终究没忍住，伸手帮她把衣摆往下拽了拽。

林晚愣了一下，随即"扑哧"一下笑出声来。

她抬起被阳光浸润得分外明亮的眼睛，笑眯眯地问："早上谁说不介意我这么穿的？"

"我现在也没介意。"周衍川说。

这里靠近繁华路段，大夏天的人流量也不少，他实在讨厌那些黏黏糊糊往林晚身上瞟的眼神。他拿起她放在一边的半瓶汽水，扬扬下巴示意她往胡同的方向走。

林晚半信半疑地跟上，偏过脑袋问："那你扯我衣服干吗？"

"怕你着凉。"

"……"你哪怕说怕我被晒伤，可信度都大一点儿呢。

周衍川也没指望林晚会信他刚才那句鬼话，想了想还是说："刚才有辆车经过，里面的司机在冲你吹口哨。"

"嗯？我怎么没听见。"

"车窗关着呢，我看见了。"

周衍川不爽地皱了下眉，要不是那人在车里坐着，他估计会上前跟对方理论几句。

林晚眨眨眼睛笑了起来，觉得他这样的计较方式正好对她的胃口。他的不爽全用来针对那些不礼貌的人，似乎完全没想过像有些人那样，冷着脸干涉女朋友的着装自由。

根本就是神仙男友嘛。

"等下回了南江，"她与周衍川并肩走进僻静的胡同，斟酌着问，"你想不想跟我妈妈吃顿饭？"

周衍川脚步一顿，半点儿没有准备地回望过来问："今天？"

"不是那种很正式的见面，就随便吃顿饭而已。"林晚解释道，"上次你把我从家里叫出去，我妈妈意见还蛮大的。她这个人吧，一直以来都被宠坏了，谁要是让她不顺心的时间长了，她就会在心里偷偷扎小人。"

周衍川没说话，不知是在紧张，还是在纠结。

这个想法并不是临时起意。

刚来到这座四合院的那天晚上，林晚心里就有了大致的打算。

周衍川没什么亲人，还在世的只有伯父伯母，基本上是有还不如没有。

这两天住下来，林晚发现他对这座四合院的感情很深。这么多年以来，都会定期叫人过来打扫修缮，可他偏偏又不敢回来久住。

如今她知道了原因，自然就想从另一方面，多多少少给予他一些安慰。

"你别以为我妈妈是很难相处的人。"她踩着地面方砖的格子，轻声说，"其实她人特别好，也特别开明，你看我就知道了。如果不是有那样的妈，也养不出我这样人见人爱的女儿。"

周衍川笑了笑揶揄道："顺带夸自己呢？"

"本来就该夸嘛。不过说真的，我不想她一直对你存在误会，而且等她认可你了，也会对你很好。你别怪我多事，我只是希望能有一个长辈来疼你。"

断断续续的言谈间，两人回到了四合院的门前。

周衍川没有急于开门，而是站在屋檐下，低垂着头沉默了一会儿。

胡同里的风裹挟着热气，轻轻吹拂过他的心口。

过了一阵，他点头答应道："好。"

一下飞机，林晚熟悉的闷热天气，又回到了她的身边。

往日里令人叫苦不迭的气候，此刻在她眼里全是故乡亲切的怀抱。她一边往外走，一边给赵莉打电话，告诉母亲他们已经下了飞机，马上就会赶去起飞前约定的餐厅。

周衍川落在她身后两三步的距离推行李车。

他现在还有种不太真实的虚幻感，没想通怎么突然之间，就要和她的母亲见面了？

林晚挂掉电话，回头时的神色十分意外。

"他们在机场出口对面的停车场等我们。"

"他们？"

"就是……我妈妈的男朋友也在。"

周衍川挑了挑眉，觉得形势莫名变得更加复杂。

与此同时，停车场内。

赵莉无语地看向自己的男朋友说："郑老师，麻烦你拿出长辈的气势来，不要紧张得好像见家长一样。"

"你不懂。"老郑一边冲着后视镜整理花白的头发，一边说，"上次我和晚晚吃饭闹得有点儿不愉快，这次她带了男朋友来，我再不好好表现替你争光，今后她不同意我跟你结婚怎么办？"

赵莉回忆半天，才想起老郑指的是几个月前他喂流浪猫的那事。

谁说天底下只有女人的心思细腻，男人细腻起来根本不输女人半分。她将手肘抵在车窗上撑着额头说："晚晚不是那种记仇的小孩，也不是那种极端的性格。"

那天之后，赵莉花了一段时间，跟老郑科普了随意喂养流浪猫的坏处——虽然她也全是从林晚那儿听来的，但反正宣传了一段时间后，老郑的观念终于有了转变。

就是他这人天生心软，有时看见学校里熟悉的小猫蹭着他的腿要吃的却要不到，总感觉自己是在做一件特别残忍的事，回家后要辗转反侧好半天才能入睡。

赵莉将视线投向机场出口，继续说："况且你要搞清楚，我们家的家风就是自由民主，我不会干涉她谈恋爱，她也干涉不了我。自己选中的男朋友就是最好的，别人说什么都没用。"

老郑听出了她话中的维护之意，感动得正要拍着胸口保证些什么，就发现赵莉忽然坐直了身体，接着猛地转过身，在他脑袋上抓了几下，嘴里不停地嫌弃道："哎哟，你这头发，早该去剪剪了，拖拖拉拉了这么多天，难看死了。"

老郑："？"

是谁一秒前还在说"自己选中的男朋友就是最好的"？

两位黄昏恋选手匆忙打理完行头，出了机场的林晚也认出了老郑的车牌号，连忙小跑几步来到车门边挥手。

赵莉按下车窗，摆出长辈矜持的面孔，淡淡颔首道："这就是小周？"

"阿姨好！"周衍川微弯下腰打招呼，看见驾驶座那边的老郑后，又笑了一下说，"叔叔好！"

老郑还他一个微笑，终于明白刚才赵莉为什么突然喷自己了。

这年轻男人的模样确实出众，站在烈日下也没什么蔫巴巴的感觉，仿佛完全感受不到外面的酷热一般，看起来干净又体面。

最为关键的一点在于，他和林晚的外形很般配。

一路驱车抵达餐厅后，林晚正式将周衍川介绍给两人。

赵莉还惦记着之前周衍川把女儿叫出去的事，态度拿捏得比较高傲。

倒是在数学系任教的老郑，听说周衍川擅长写程序后，立刻投缘地跟他聊了起来。

计算机和数学之间本就有着源远流长的关系，周衍川没有刻意卖弄，始终顺着老郑的话题往下接，碰上他不了解的就虚心请教，碰上老郑不了解的，就简单解释几句。

林晚一边吃饭，一边观察桌上的气氛，暗暗惊叹周衍川在这方面真是游刃有余。他面对的可是南江大学的数学系教授，数学方面的知识固然远不如对方精通，但交谈下来却始终不卑不亢，半点儿没有露怯。

赵莉虽然没怎么说话，但也在仔细听两个男人的交谈。

饭过半旬后，她放下筷子，轻声问："听说周先生赞助了我们学校的一个研究项目？"

周衍川淡声回道："对，跟潘思静老师合作的。阿姨听说过？"

"都在一所学校，难免会听到点儿风声。"

赵莉端起茶杯小抿一口，润了下嗓子道："许多人对潘老师的新项目并不看好。现在科研经费审批卡得严，前两年她好几次申请经费学校都没批。你怎么会想到跟她合作的，不担心回不了本？"

林晚嚼着嘴里的鸡肉，心想这不明摆着会亏本吗？

这要是一家公司研发的项目，倒可以利用"在火星种小麦"做噱头，炒炒概念骗取投资。可放在高校里面，潘思静一门心思做研究，上哪儿去跟人炒概念？

她下意识想替周衍川解释几句，可又恍惚认为赵莉想听的，可能并不是人类与未来之类太过飘忽的回答。

周衍川思忖片刻，神色轻松地笑了笑说："还好。潘老师这儿的资金亏损，我可以在其他项目上赚回来。"

赵莉不置可否地点了下头，随即又叫林晚陪她去洗手间。

这种时候去洗手间，基本等同于"我有话要私下对你说"的潜台词了。

林晚硬着头皮站起身，一边往外走，一边想等下要怎么维护周衍川。

不料还没进洗手间，赵莉就说："听他的意思，潘老师的项目他是准备长久做下去？"

"是呀，他本来就是这么打算的。"

赵莉长出一口气，拍拍胸口道："那就好。你不知道潘老师前几天找到我，说他们系里另一个实验室的项目迟迟没出成果，投资的公司打算撤资不做了，可把她给急坏了，担心消息传出来后，周先生也会受到影响。"

"搞半天你在帮潘老师探口风呢。"林晚无奈地摇摇头说，"我就说你今天怎么怪怪的。话说回来，你觉得他怎么样？"

赵莉推开洗手间的门，说："我给你个建议。"

"什么？"

"看中了就抓紧别放，我看人的眼光不会错，你听他跟老郑聊天就能听出来，绝对不是头脑空空的人，既能赚钱又愿意扶持科研项目，这样优秀的男孩子，现在不多了。"

林晚深有同感地点了下头，心里甜滋滋的。

赵莉这番话夸的虽是周衍川，但相当于也是在夸她会选男朋友。

赵莉站在洗手池前，往掌心挤了团泡沫，继续道："当然最重要的一点是长得帅，我理解你上次饭还没吃，就要跑出去见他了。"

她转过头，语气十分认真地说："换作老郑有那么帅，我也不想在家陪你吃饭。"

"……"

这顿晚饭吃到最后，老郑兴致勃勃地跟周衍川交换了联系方式。

赵莉为了贯彻见面起就维持的严厉人设，始终没怎么说话，把审视的态度演绎得活灵活现。

"晚晚今天跟我回家住。"买完单后，她把收据往钱包里一塞，问周衍川，"让老郑送你一程？"

周衍川摇头表示不用："助理来接就好，不耽误叔叔的时间。"

林晚用茶杯挡住嘴唇笑了起来。

别看赵莉如今已经是物理系的系主任，其实私底下的生活里，她很少有机会能当个正经的长辈。这回好不容易逮到一个周衍川，明明对人家满意得不行，却偏要过足摆架子的瘾才行。

她自以为这个偷笑无人察觉，不料一抬眼，就对上了周衍川略带困惑的桃花眼。

林晚朝他眨了下眼睛，递过去一个示意他安心的眼神。

赵莉被小情侣的眉来眼去腻到了，忍不住拍拍桌子示意女儿打住。

四人在餐厅门外分开，林晚坐上老郑的车，一直扭头望着车窗外。直到车辆缓缓起步，周衍川站在街边等助理的身影看不见了，她才依依不舍地转过来坐好。

回到家里，赵莉抱怀嘲笑她道："我叫你抓紧别放，没叫你把眼睛长到他身上去。如果不是老郑在场，我简直想把你那副样子拍下来。"

"哪副样子？"林晚打开空调，很没正形地躺在沙发上当咸鱼，"少女怀春吗？"

赵莉嗤笑一声说："林小姐，'少女'两字离你有点儿远哦。"

"只要心中有爱，不管多少岁都可以是少女啊。男人不也一样，只要眼神还够清澈，那他就永远是少年。"

比如周衍川就是这种男人，她在心中补充了一句。

赵莉懒得搭理她的奇怪理论，坐到沙发上戴起老花镜，翻看刚从信报箱里拿出来的水费单。静了一会儿，赵莉又问："他知道你爸爸不在了吗？"

"知道，我跟他说过。"

"他没有意见吧？"赵莉放下水费单，语重心长地说，"我从不认为你比别的孩子缺少什么，但如果他或他的家人在这方面对你挑三拣四，那么这样的家庭，我们也不稀罕……"

林晚微微一怔，怀疑她妈在考虑将来的事了。

她连忙坐起身，抬手示意赵莉停下来，说："大美人，你清醒一点儿，我跟他在一起才多长时间，不要着急想得太长远。而且他很小的时候父母就去世了，不会介意这些。"

赵莉有些意外地问："那他还有其他亲人吗？"

"可以算没有了。"

林晚叹了口气，心想反正早晚都会交代，还不如趁今天长夜漫漫，先把周衍川的家庭情况大致跟母亲讲一遍。

窗外的夜色温柔，客厅里只剩下女孩的声音在轻轻回响。

林晚讲到最后，情不自禁地皱起眉解释道："上次我急着出去见他，就是因为他从伯父伯母家回来的关系。"

赵莉摘下老花镜，抬手揉着太阳穴沉默了好半天，接着又毫无预兆地站起身，走进了玄关旁边的储藏室。

林晚一头雾水地望着她离开的背影，感到有点儿茫然，摸不清她妈一言不发到底是几个意思。

几分钟后，赵莉拎了个纸盒出来，"啪"的一声放到茶几上说："喏，老郑上午排队买的老字号鸡仔饼，限购的哦，一人只能买一盒，你明天给他送过去。"

"啊？"

"啊什么啊？你这孩子真是的，这些事干吗不早点儿告诉妈妈？哎哟，我今天对他是不是特别凶？"

"也还好吧。"

"那你回头记得帮妈妈解释几句。"赵莉整个人都快母爱泛滥了，难受地拍拍胸口说，"不行不行，改天你再请他来家里吃饭。顺便问问他爱不爱吃这家的点心，下次我让老郑再去排队。"

林晚默默为郑老师掬了把辛酸泪，小声说："点心大可不必，他又不是小朋友。"

赵莉瞪她一眼道："你们这些年轻人，在妈妈眼里永远都是小朋友。"

林晚哽了一下，也没好意思问：难道林小朋友就不配拥有一盒点心吗？

次日清晨，林晚拖着行李箱搭乘地铁上班。

早高峰的车厢挤得仿佛沙丁鱼罐头，她一手拉着行李箱，一手提着从燕都买来的特产和给周衍川的点心，全程难耐得仿佛正在经历一场苦战。

等到从地铁站出来后，她整个人完全失去了出门前的朝气蓬勃。

她长长地呼出一口气，看了一眼手里的点心盒，庆幸精美的包装还算完整。

刷卡进入鸟鸣涧的办公室后，林晚把东西放到桌上，便拿着马克杯进茶水间倒咖啡。

鸟鸣涧的茶水间靠近门口，她还没走进去，就遇见了从电梯口急急忙忙跑进来的郑小玲。

"嘀"的一声，刷卡声响起，郑小玲确认没有迟到，扶着墙喘了口气打招呼道："早啊，累死我了。"

"早。"林晚朝她笑了笑问，"今天起晚了？"

郑小玲撇撇嘴诉苦道："昨晚忘记给手机充电了。宋媛和徐康今天走得早，没发现我还在房间里睡大觉呢，幸好打工人的生物钟还算管用，没让我一觉睡到中午去。"

林晚从茶水间抽了张纸巾出来递给她说："先擦擦汗。对了，你买早饭了吗？"

"哪里来得及呢？干吗，你有多的可以投喂我？"

"从燕都带回来的特产，就放在我桌上，随便拿。"

郑小玲眼睛一亮，向她做了个拱手道谢的姿势，开开心心地进去了。

林晚进了茶水间，趁着接咖啡的时间给周衍川发去了一条消息："男朋友早上好，中午出来吃饭吗？我有东西要给你。"

"上午要出去一趟，估计 12 点半能赶回来。行吗？"

"行呀，宝贝儿说什么都行。"

林晚笑眯眯地回了消息，端着马克杯再回去时，脸上的笑容猛然间就凝固了。

郑小玲一脸尴尬地站在那里，指着桌上被拆开的鸡仔饼包装盒，讪笑道："呃，我打开准备吃的时候，发现这是南江产的。我是不是拆错了？"

"那边几盒才是。"

林晚无奈地苦笑一声，走过去想把包装还原。却发现郑小玲这姑娘的手法实在粗暴，哪怕再把盒子装好，也能明显看出被打开过的痕迹。

她心里有点儿郁闷，这可是赵莉特意嘱咐拿给周衍川的，连她都没份呢。

可归根结底郑小玲也不是故意的，拆开后发现不对就停了手，这会儿还挺不好意思地红着脸站在那儿，让人实在说不出责怪的话来。

郑小玲吐吐舌头道："要么你把这盒给我吧，下班后我再去买一盒赔给你。"

"不用啦，那家店好远的。"林晚索性把鸡仔饼放进抽屉里，心想到时跟周衍川解释几句，他应该不会把这点儿小小意外放在心上。

郑小玲见她这回放得仔细，越发认定自己干了件坏事。

鸟鸣涧的同事们都有带零食来分享的习惯，林晚这种出手阔绰的女孩，自然也不例外。平时她基本都是把东西往那儿一放，在群里喊一嗓子招呼大家来随便吃。

要不是这样，今天郑小玲也不会自作主张地拆开包装。

可林晚今天专门把被她拆开的鸡仔饼收了起来，足见它应该是另有用途。

但是还好，郑小玲记得刚才瞥见的店名。

她坐回办公桌前，用手机搜索一番，发现店址确实离科园大道很远，不过她有个朋友正好住在那店的附近。

林晚没有察觉郑小玲正在悄悄展开补救行动。她照常打开电脑，登录内部邮箱软件回了几封邮件，然后翻找出之前的文件，打算把前段时间暂时停滞的科普手册画完。

办公室里依稀传来了同事之间的交谈声：

"'大魔王'今天怎么还没来？"

"你还不知道？她在燕都出了车祸，住进医院了。"

"啊？不会吧！严不严重啊？"

"这我就不清楚了——哎，林晚，你不是跟'大魔王'一起出差的吗？她的伤势怎么样？"

林晚从屏幕后露出小半张脸说："不算特别严重。已经做过接骨手术了，但是最近会留在燕都休养。"

"听起来好惨啊。"对方同情地感叹一句，忽然想起什么似的，提高音量问，"那我手头的工作怎么办？每天都要向她汇报的呀！她现在方便看邮件吗？"

林晚想起舒斐交代过的话，犹豫了一下，不知该用哪种语气通知大家这件事。

说随意了，怕没人买她的账；说严肃了，又显得狐假虎威。

就在她举棋不定之时，电脑屏幕右下角弹出了一个新邮件的提示窗口。林晚下意识点开，看见发件人是舒斐，第一时间还以为是有什么工作要交代。

但紧接着，四周渐渐响起或是意外，或是错愕的吸气声。

几乎就那么四五秒的工夫，四面八方的目光便齐刷刷地朝林晚望了过来。

舒斐发了一封群邮，洋洋洒洒几百字，大意就是说"我在燕都养伤没那么多时间跟进工作，这段时间你们有事都统一汇报给林晚，让她提炼点儿有用的信息再转告给我，省得我一个伤员还要浪费精力看你们的废话"。

这要放在其他公司，或许尚能看作是把林晚当工作助理使唤的意思。

但放在鸟鸣涧里，则隐约变得有了些微妙的含义。

因为舒斐向来是鸟鸣涧唯一的直接管理者，各类大小事务全部需要经由她同意，才能继续推进。虽然此次事出有因，但邮件内容怎么看都有点儿放权的意思。

林晚关掉邮件窗口，低头画了几笔又停下了。

她能感觉到，周围的眼神变得复杂了起来。

一整个上午，不知是不适应还是不愿意，总之很少有人来跟林晚谈工作的事。

只有郑小玲和宋媛问了她几个不太重要的小细节。

林晚也没有为此生气。

她能理解同事们那种不太接受的态度，毕竟她是在座各位中最晚来到鸟鸣涧的人，突然之间却被舒斐点名分担工作，换了谁，心里难免都会有疙瘩。

平日里没有利益冲突，嘻嘻哈哈相处是一回事。真要遇到事关前途的重要时刻，由此产生的竞争心理，就是另一回事了。

毕竟大家都清楚，鸟鸣涧副总监的位置一直空缺，谁知道舒斐是想临时让她分担工作，还是想借此扶她上位？

林晚屏蔽掉周围那些打量的目光，专心致志地干起手里的活儿。等到午休开始，才拿起手机给周衍川发消息，叫他回科园大道后直接来公司楼下接她。

郑小玲得知她中午要和周衍川吃饭，也没多说什么，照例和宋媛下楼觅食去了。

办公室里的人陆陆续续地离开，只剩下几个叫了外卖的男同事在露台那边抽烟。徐康今天难得没和姑娘们一起行动，也混在男人堆里插科打诨。

林晚没去凑热闹，一下下地敲着键盘，打算无论如何先建一个文档模板，以便每天给舒斐发邮件汇报鸟鸣涧的情况。

时间不知过去了多久，键盘旁的手机屏幕亮了起来。

林晚还以为是周衍川到了，垂眸扫了一眼，却发现是郑小玲打来的电话。

"你还没出去吃饭？那稍微等我一下哦，我马上上楼。"

挂掉电话，林晚一头雾水地等了几分钟，就见郑小玲提着一盒鸡仔饼走了过来。她歉然地对她笑了笑，说："我怕你那盒点心是买来送人的，早上特意拜托了朋友排队去买，又叫了同城速递送过来，没有耽误你什么事吧？"

林晚意外地笑着说："可以啊，你居然还瞒着我呢。"

"我上网查过了好不好？发现这家店特别火，怕万一买不到的话，不是让你空欢喜一场？"郑小玲把盒子郑重地交到她手上问，"我算是将功补过了吧？"

林晚眨了下眼睛，语气俏皮地道："当然算呀，爱你哟！"

"我也爱你哟！"郑小玲回她一个飞吻说，"好了，东西送到，我真的该下去吃饭了，宋媛还在楼下等我呢。"

林晚朝她挥了挥手，一转头发现手机在响。

这回倒真是周衍川打来的。

"我马上到科园大道，你可以准备下来了。"周衍川说，"介意等下走远点儿吗？想带你去一家新开的粤菜店试试。"

林晚当然不介意，她想了想，还是把郑小玲新买的那盒鸡仔饼带上，一边往外走，一边问："你说的粤菜店具体在哪里？"

手机那头传来一阵嘈杂的电流声，应该是车辆经过隧道，信号出现了短暂的中断。

林晚走出办公室，还没等到男朋友的声音重新响起，就先听到了电梯口那边传来同事的声音。

不是她熟悉的同事，听不出是谁，但语气里带着十足的讽刺。

"郑小玲这人平时看着大大咧咧的，关键时刻见风使舵的本领才叫人佩服，这么快就送礼物讨好林晚了。"

"你也可以送，不是吗？"接话的是徐康，声调平缓，听不出他的态度。

"我才不屑搞阿谀奉承那一套。话说回来，舒斐这是什么意思，打算让林晚做副总监？"

徐康："你问我，我问谁？"

"嘿嘿，我说话比较直，你别介意。林晚才来多久，就被舒斐带去燕都开会，现在又成了我们和'大魔王'之间的传话筒，小姑娘有点儿能耐啊。倒是你，这几年既有功劳又有苦劳，现在心里能平衡？还是说跟她们关系好，不打算计较？"

林晚停下脚步，屏住呼吸，想听听徐康怎么回答。

徐康沉默良久，等到电梯门打开了，才愤愤不平地开口说："私交算什么，值得用前途去换？等着吧，舒斐如果真的让她做副总监，我第一个站出来反对。"

进电梯不需要多久，没等林晚想好要不要走出去，徐康一行人已经下楼了。

"刚才信号不好，那家店在科园大道再往北两三公里。到时我送你回来，不会耽误你下午上班。"

手机里再次传来周衍川的声音，她的心情却不复刚才的愉快。

林晚蔫蔫地回了声"知道了"，就走出去等下一趟电梯。

她把手机放进包里，回味着徐康最后那句话的意思。

——他不服气。

鸟鸣涧刚成立徐康就来了，算是这里的元老之一。他做事细致挑不出毛病，跟合作方对接公事也算尽心尽力，否则舒斐不会让他负责后期与星创的交接工作。

徐康今天不服，林晚可以理解。

但她不理解大家同一屋檐下住了这么久，有什么话为什么不能直接来找她说，而是选择和其他平时走得并不近的同事讨论？他明知郑小玲不是趋炎附势的人，却任由别人误会而不解释几句。

难道职场上的友情，就真的如此脆弱？

走进电梯时，林晚发现自己有点儿难过。

此刻的感受和当初在研究所遇到何雨桐时完全不一样。她把何雨桐当作跳梁小丑，看完对方的表演后挥挥衣袖就走；可徐康的能力远在何雨桐之上，跟她的关系也称得上友好和睦。

她没想到，舒斐一封邮件，就将一切美好的表象彻底打碎了。

电梯下到一楼，她先看见徐康几人在外面拿外卖，又看到周衍川的车停在路边。犹豫了一下，她决定直奔男朋友而去。

打开车门，林晚气鼓鼓地坐进去，把鸡仔饼往座位中间一放说："我妈给你的礼物，虽然这盒不是她买的，但反正差不多吧？"

周衍川意外地挑了下眉问："到底是不是阿姨给的？"

"她买的那盒被郑小玲不小心拆掉了，这盒是郑小玲上午托人买来的。"林晚提起这事就郁闷，把事情的前因后果讲了一遍后，忍不住抱怨道，"你说是不是很气人？"

周衍川一时不知该从哪里分析起。

他如今自己做老板，根本无需哪位上司来器重。哪怕是在德森的时候，他从一开始就是以研发核心的地位进去，其他人或许对他的空降有过不满，但他不是在意别人评价的人。现在回顾往事，竟对这种公司内的暗潮涌动没有太大印象。

见他迟迟不说话，林晚扭过头问："你没有意见给我？"

"真想听我的意见？"

"你先说说看嘛。"

周衍川靠在椅背上看着她说："把副总监的职位拿下来，谁不服自己走。"

他这句话说得简短，轻描淡写的语气配上眼皮微合的神色，为他整个人平添出了几分久居上位的压迫感。

"那徐康呢？"

"在意他干什么？萍水相逢的同事而已。"周衍川说，"公平竞争，谁输谁认。"

林晚顿了顿，发现她可能找错了求教对象。

徐康之于周衍川，不过是见过几面的陌生人罢了，所以在他眼里，哪怕她跟徐康今后交恶，也不能算作一件值得苦恼的事。

他虽然没怎么经历过职场竞争，但商场上的勾心斗角远比职场更加复杂。因此他没那么多时间，用来关注他和每个竞争者的关系。

末了，她叹气道："我再想想吧。"

周衍川不解地望着她，没想通这事有什么可纠结的。但见她已经拿出手机开始发消息，便没有出声阻止。

林晚是刚刚才想到，她身边有个最适合探讨这类话题的钟佳宁。外贸公司混出来的"白骨精"，理应最擅长处理同事之间由于利益竞争而引发的矛盾。

不出所料，钟佳宁很快回她："很简单啊，团结你能团结的力量，支持你的、能力强的、脑子清醒的。不站你这边的该撕就撕，手段狠一点儿。这样一来，中间派自然会知道该选谁。你那么会跟人交际，何必怕他呢？"

林晚抿抿嘴唇，心想她会交际不假，但如今却忽然没了头绪。

也可能是在她的内心深处，喜欢的就是和人坦然相处，而非利用人情往来去勾心斗角。

车辆抵达新开的粤菜店后，林晚依旧保持着沉思状态。

周衍川见她这会儿注意力不在餐桌，便点了几道店里的推荐菜，而后弯起食指轻叩桌面问："你究竟在苦恼什么？"

林晚回过神，视线对上他的眼睛说："我在想一件事。"

"嗯？"

"你和钟佳宁好像是两种很典型的代表。你是碾压派，用实力就足够叫人心服口服；钟佳宁是宫斗派，谁跟她过不去，她就很乐意叫人过不下去。"

"那么你呢？"

"我是两边不沾派。"林晚笑了笑，认认真真地剖析自己，"虽然还算优秀，但不够一骑绝尘。虽然不怕事，但也不喜欢惹事，可能还是有点儿幼稚，希望大家都能和平相处。"

周衍川安静地听完，才问："可今天徐康的态度让你不开心。"

"这么说吧，像何雨桐那样的人，我会认为她既笨又坏，所以跟她闹翻，也没什么大不了的。但徐康在我看来并不是一个坏人，我之所以不开心，还是因为他任凭别人诋毁我和郑小玲。"

周衍川点了点头，并不意外她在意的关键点。

虽然平日里总爱调侃她是个"海王"，但周衍川其实比谁都清楚，林晚是一个很重感情的人。若非如此，她不会在知道周源晖的遗书内容后，在家里哭得昏天暗地。

初中时认识的学长尚能让她如此动容，更何况徐康还是现在和她住在一起的说说笑笑的同事。

现代人的工作压力普遍很大，许多人也爱宣扬"职场如战场，同事皆敌人"。

这种理论不能说完全错误，但仔细想来，也的确有些以偏概全。

工作场合遇见的人，归根结底也是一个个有血有肉、有悲有喜、有优点也有缺点的独立个体。

既然林晚愿意用她的方式去化解矛盾，那么他就没必要劝阻。

周衍川注意到她杯中的茶水只剩一层底，便拿起茶壶给她倒满，同时轻声问："下个月，星创和鸟鸣涧要举办正式的发布会，你知道吗？"

"知道啊，'大魔王'还没宣布由谁负责呢。"

林晚的视线不由自主地被他修长白净的手指所吸引，慢吞吞地回答道："我有点儿想试试。"

周衍川说："那就主动去跟她提，同时点名要徐康配合你，这是个好机会。一来可以评估你的调动能力，二来可以测试徐康值不值得你重视。"

林晚抬起眼问："确定要用这么大的场合当实验场？"

"怕什么？你尽管发挥。"周衍川笑了一下，放下茶壶后，他望过来的眼神中传递出叫人安心的力量，"不是还有我吗？有任何意外，我代表星创替你担着。"

周衍川的一句承诺，给予林晚无限的信心，还有一些小小的压力。

场子搞砸了，有人兜底当然好。

但一想到这场发布会如果办得不好，不仅会影响鸟鸣涧，还会影响到男朋友在公司的颜面，林晚心中就燃起了熊熊烈焰，决定就算拼死拼活，也要把这场发布会办得漂亮。

下午回到公司，她先给舒斐发邮件毛遂自荐，又把抽屉里的鸡仔饼拿出来，走到郑小玲身边，故意用周围人能听见的声音说："中午忘记把这盒给你了。"

郑小玲还跟她客气道："没关系呀，你自己留着吧。"

"留什么留？你拆了我要送人的礼物，买来一盒新的赔给我了，旧的这盒当然应该归你。"

林晚不咸不淡地扫了之前说闲话的同事一眼，转过头笑眯眯地对郑小玲说："这家店的点心蛮好吃的，你尝尝看嘛。"

郑小玲其实也很好奇它究竟有多好吃，才能引得那么多人排队。

她拆开包装尝了一口，立刻连声称赞，拿出一个递给林晚，然后就抱着盒子给其他人送去。

轮到徐康时，他脸色微青地拒绝道："不用了，谢谢！"

"真的不吃？那我给别人啰。"

郑小玲根本不知道中午发生的小插曲，还傻乐傻乐地逗他道："哎呀，你干吗眼巴巴地看着我？馋了吧，馋了就直说啊，来，这块是你的。"

徐康顿了顿，看向桌上那块用油纸包好的精美点心，迟迟没有伸手去碰。

他本能地觉得，林晚可能听见中午他们的那番对话了。

但听见了又怎样？

徐康收回目光，盯着屏幕边敲键盘边想，他没什么可心虚的。

林晚心不在焉地吃掉一块鸡仔饼，坐回办公桌前用湿巾擦手，没等她把用过的湿巾扔进垃圾桶，舒斐的邮件就发送过来了。

她暗自咋舌，看看这回复的速度，"大魔王"真的是在医院好好静养吗？也不知道那位漂亮弟弟是不是正守在病床边，既担忧又无奈地看着她。

邮件内容言简意赅，同意林晚全权负责发布会的工作，也同意她调动鸟鸣涧的人手。可但凡中间出了任何差错，她也要为此负责。

林晚没有急着去找徐康，而是先把上午没画完的科普手册拿出来收尾。一边手上画，一边心里想着需要抽调哪些人。

下午4点多，林晚画完图，整理了一下思绪，便走到徐康的办公桌边说："能来一趟会议室吗？有点儿事要跟你商量。"

话音刚落，数道明晃晃的打探目光就聚集了过来。

徐康抬起头注视了她几秒，才默不作声地站起身，同她一起走进了会议室。

林晚关上玻璃门，知道徐康现在对她有敌意，也没浪费时间拉感情，直接说："下个月准备举办和星创的发布会，我希望你能加入进来。"

徐康一怔，问："这是总监的意思？"

"嗯，我提的申请，她批准了。"

"星创那边，后期一直是我在跟进，现在换你来主导发布会，合适吗？"

"发布会本身也是一次宣传，宣传本来就是我分内的事。"林晚听出了他的潜台词，看着他的眼睛正面回应道，"这个活儿给你给我都一样，如果你有自己的想法，也完全可以提出来，谁的方案好就用谁的。"

徐康皮笑肉不笑地说："决策权落到你手里，好不好还不是你说了算？或者星创也有一半发言权？谁不知道周总是你男朋友，你做成什么样，他都不会有意见。"

林晚语气诚恳地道："他是管技术研发的，哪有空管发布会？恐怕等到发布会当天到场，他才会知道我们安排了哪些流程。"

徐康不置可否地笑了笑，没说愿意加入，也没说不愿意配合。

舒斐对他的评价确实没错，徐康太过中庸，有时候办事就会显得拖泥带水，就像此刻他并不想听林晚的指挥，但又没有拍桌子跟她叫板的气势。

毕竟舒斐点过头了，他现在反抗太过，担心会引起舒斐的不满。

林晚往椅背一靠，真到了两人面对面对峙的时候，她倒完全不犹豫了，脑子里的思路此刻比前一秒更清晰。

"我目前有个草拟的名单和时间表，先跟你通通气。"

说着她就推开椅子站起来，在会议室的白板前写出了几个人的名字，再以周为单位把每周必须完成的工作节点写了出来。

最后，林晚用笔尖轻点着白板，转头问："你有什么看法？"

徐康终于沉不住气了，他提高几分音量道："林晚，你别忘了现在我们还是平级，你没有权力指挥我为你做事。"

"没有人在指挥你。"林晚合上笔盖，双手撑在会议桌上说，"徐康，我不喜欢拐弯抹角地说话，你也可以坦荡一点儿。鸟鸣涧的项目向来是指定一个人主导，其他人负责配合，发布会也不例外。你与其别扭地挑刺，不如大胆地提议，让所有人都能看见你比我强。"

她说这些话时，眼神明亮而专注，嘴角噙着一抹淡然的笑容。她好像看穿了徐康脑子里那些私心，又好像不惧怕与他把一切摆到明面上摊开来说。

徐康沉默一阵，许久才开口道："做经费预算前要先和星创商量，看怎么用无人机把发布会的噱头造出来。"

"好。"林晚在白板上新标注了一项说，"那麻烦你，叫大家进来开会吧。"

徐康无话可说，他简直怀疑林晚就是故意把他拉进来合作的。

这姑娘笑起来甜美可人，但相处久了就知道她不是个软柿子。这会儿她表现得光明磊落，倘若回头在他这里遇到阻碍，估计别人还以为是他为了一己私利故意耽误项目的进度。

一场发布会不需要调动鸟鸣涧的所有人。

包括林晚和徐康在内，会议室里很快坐满了八个人。

林晚的思路很清晰，每人该做什么，该在哪周完成哪些工作，她一项项交代下来，大家都被安排得明明白白的。颇有点儿舒斐那种雷厉风行的气势，可她全程都笑眯眯的，说话的口吻又很柔和，反而不会让人感觉到和舒斐开会时那种噤若寒蝉的压力。

渐渐地，大家开始畅所欲言。

轮到发布会该以何种方式制造最具讨论性的场面时，脑洞一个赛一个地大。

林晚不得不打断他们的天马行空说："今天先到这里，你们的意见我都记着呢，回头我跟徐康再讨论一下。"说完还微笑着看向徐康问："可以吧？"

徐康咬牙切齿道："可以。"

临下班前，林晚又问徐康要了一份与星创相关的汇总文档，打算趁着今天晚上把该看的内容全部看完，明天开始就要正式投入准备。

徐康冷着脸给她发过去，等下班时间一到，就关上电脑郁闷地走了。

"这人今天怎么回事？午饭不和我们吃，回家也不跟我们一起走。"郑小玲没察觉出暗潮涌动的苗头，还在傻乎乎地问，"他该不会交女朋友了吧？"

倒是宋媛坐在办公椅上滑过来，轻声问："晚晚，你跟徐康没事吧？"

"没事呀，"林晚笑着说，"今晚我要去见男朋友，你和小玲组队吃饭吧。"

宋媛羡慕地点点头道："有男朋友真好，祝你约会顺利哦。"

林晚朝她眨了下眼，把笔记本塞进包里，跟只花蝴蝶似的晃到郑小玲那儿去寒暄了几句，就拎着包包飞快地下楼了。

夕阳缓慢下沉，暮色拂过脚步匆匆的人群，为每个走出写字楼的男男女女脸上，平添了一丝工作后的疲惫。

林晚脚步轻快，逆着那些赶往地铁站的人群向前，穿过三个路口后，来到了星创科技的楼下。

她一手提着电脑包，另一只手艰难地从皮包里摸出手机给男朋友打电话。

"我到星创楼下了，你现在有空下来吗？"

中午吃饭的时候，她就和周衍川商量好了，下午无论如何要跟徐康要到他手里的资料，然后带过来给周衍川看一眼。

周衍川今晚要在公司加班，只有吃晚饭的这点儿空闲时间。

他在手机那头跟什么人交代了几句，才轻声回道："我让许助下去接你，直接来我办公室吧。"

林晚在微热的晚风中愣了愣，突然有种打入星创大本营的感觉。

许助很快出现在星创一楼。上回他深夜在南江大学等了林晚和周衍川好半天，回去就因为周衍川那天心情好涨了工资，他思来想去，都认为林晚在其中起到了很大的推动作用。

因此如今他再看见林晚，态度好得仿佛林晚才是给他发工资的人。

许助露出八颗牙齿，笑容灿烂地说："林小姐，您跟我来。"说着，还伸手帮她把电脑包接了过去。

林晚一时还不太适应这种周到的服务——毕竟那电脑包也没多重。

她笑了一下说："麻烦你啦。"

"不麻烦。"许助正色道，"以后有需要，随时可以联系我。"

林晚心想才不要，她宁愿许助多替周衍川分担点儿工作，以免她的男朋友总是成天加班。

电梯抵达最顶层，许助毕恭毕敬地挡着厢门对她说："您请！"

林晚道了声谢，出去后眼睛不由自主地往四周打量。

以前她虽然来过星创几次，但都没有来过周衍川办公的这一层。

小说里都爱写霸道总裁和美艳秘书的故事，她虽然不至于怀疑周衍川会在办公室里和别人发生什么暧昧小故事，可总归也难免好奇，想知道他平时都在和哪些人工作。

结果越往里走，林晚就越失望。

她该不会来了座和尚庙吧，这层楼怎么连个女孩子都没有？

许助一路为她介绍完"和尚庙"的各个部门，然后带她来到走廊靠里的一扇门前说："周总的办公室到了。"

林晚拿回她的电脑包，转身在光滑的门板上看了看，余光扫到门边一个黑色的小按钮。她试着摁下按钮，很快就听见不知安装在哪里的通话设备里，传来一道清冽的男声："进来。"

随即便是"嘀"的一声轻响，大门在她眼前自动打开了。

首先映入眼帘的，是一个足有天花板高的展示架，上面摆放的东西不用说，全是星创历年以来研发的无人机。

林晚绕过展示架往里走，终于看到了坐在办公桌前敲击键盘的男人。

周衍川抬起眼，笑了一下说："来了？"

"你在干吗？"林晚不确定她该不该看，脚步停在办公桌边，"我还以为你会找家餐厅帮我看资料呢。"

周衍川说："给鸟鸣涧专用的飞控系统需要做些调整，刚好有了思路，先写下来。"

他淡淡地看向林晚，挑了下眉说："站那么远做什么？过来吧。"

"可以过去吗？"林晚下意识问，"不会看到你的商业机密吧？"

周衍川似乎怔了怔，漂亮的桃花眼中掠过一丝不解的意味。他慢条斯理地解开袖扣，轻轻揉了下手腕，然后再次把视线落在她一本正经的明艳脸蛋上，轻声说："没关系，看就看吧。"

"嗯？"

"反正你也看不懂。"

"……"

林晚把笔记本往他桌上一放，觉得男朋友欠收拾。她抿了下嘴唇，走过去借由站立的高度，低头注视浑然不觉的周衍川。

周衍川上午出去见合作方，穿得比平时正式，衬衫领口间系了一条深色的领带。林晚拉住他的领带往上轻轻扯了下，让他微微仰起了头。

周衍川的一半思路还放在代码上，抬眼望向她疑惑道："嗯？"

声音很轻，毫无防备的语气，听得她热血沸腾。

林晚另一只手撑着他的椅子扶手，感觉自己就像个仗势欺人的女霸总。

她没怎么迟疑，直接弯下腰凑过去吻他的嘴唇。

周衍川呼吸乱了一拍，然后仰靠在椅背上，散漫的眼神带着笑，任由她的舌尖灵巧地闯进来。

办公室里只剩下唇齿相依的细碎声响。

气氛热烈地升温，可热烈没有持续太久，林晚就隐约有些扛不住了。

用这个姿势接吻还挺费体力的，可见霸总并不好当。

周衍川稍侧过脸，蹭了下她的鼻尖问："要我扶着你吗？"

"不要！我可以！"林晚凶巴巴地放完狠话，自己没忍住先破功笑了出来。

暧昧的氛围被她这一笑尽数破坏，强吻眼看是进行不下去了，周衍川在她唇间回亲了一下，当作这次深吻的结束信号。

他拍拍林晚的腰说："把资料拿过来吧。"

林晚心里还有些不服，站直身后喘着气警告他道："宝贝儿，以后说话先想清楚哦。小心下次我让你看鸟脚猜鸟名，你这个连小鸦鹃都不认识的凡人。"

周衍川看着她，轻声笑了笑说："别下次了。"

"啊？"

他把桌上的手机推过来说："帮我测试一下。"

林晚一头雾水地解锁密码，看见手机桌面上有个没见过的软件图标，名字倒是取得通俗易懂，叫"鸟鸣涧识别系统内测版"。

"配合保护区巡逻做的配套软件，"周衍川那边则打开了她的笔记本电脑，点开放在桌面的文档，"加入了动态识别模式，正好你在这里，试着用用。"

这种识别软件并不稀罕，林晚记得赵莉手机里就有一款专门认花的手机软件，方便她逛花市的时候辨认每家店里花的品种。

可是动态识别，听起来就比较新鲜了。

林晚不可能凭空变出鸟来，这会儿窗外刚好也没有鸟经过，她想了想，问："你的电脑借我用用？"

"行，你坐过来。"周衍川抱着笔记本让开了。

林晚坐到星创CTO的办公桌前，本来还想玩玩角色扮演，结果一眼瞥见他屏幕上那些如同天书般的代码，就只能在心里承认，男朋友没有说错，她确实看不懂。

她用浏览器登录"林子大了"的微博号，不用费力搜索，就在自己的微博主页找到了不少以前拍过的鸟。

把测试软件打开，摄像头对准照片，两三秒的时间，系统就会辨认出鸟的名字与科属信息。

　　林晚又点开在山林间拍到的一段视频，发现这次辨认的时间稍久一点儿，但也顺利认出了视频中同时拍到的几种鸟类。

　　"不试下鸟脚？"周衍川拉过来一把椅子，在她身旁坐下问道。

　　"只看鸟脚也太难了吧。"林晚坦然道。

　　虽然平时大家都爱拿这当玩笑话说，可其实除非鸟长得很有特色，否则哪怕是鸟类学专家，也不敢凭借一张局部照片就断定是哪种鸟。

　　周衍川却说："试试看。"

　　林晚半信半疑地将采集框放低集中在一只牛背鹭的跗跖处。

　　软件果然没有给出正确的名字，但却显示出了好几种可能的判定，其中正好就有牛背鹭这个正确选项。

　　"有点儿厉害啊，科技果然改变生活。"这回她认真地佩服起来，笑着说，"你不知道我每天上微博，收到的大多数消息都是拍鸟让我认的。如果这款软件能拿出去给他们用，我能省掉好多麻烦。"

　　周衍川骨节分明的手指轻敲键盘，点开下一页，问："有修改意见吗？"

　　"嗯……能不能加上濒危和保护级别呢？还有在我国的主要分布地区和迁徙地点，要是能加上亚种的介绍就更全面了。"

　　"要求这么多？"

　　林晚眨了下眼睛，扭头看向他真诚地问道："你是不是不会？"

　　"……"

　　周衍川与她对视几秒，眼睛被屏幕光晕染出一抹清浅的颜色，让他看起来有些冷淡的禁欲感。可下一秒，他眼底就掠过了一丝无可奈何的笑意。

　　他勾了下唇，轻声问："你当它是什么？"

　　林晚一顿，反应了过来。

　　这是星创开发给鸟鸣涧及其下属的保护区工作人员用的，用途是方便大家了解保护区内的鸟类族群分布，哪里需要这么详尽的内容。

　　换句话来说，林晚提出的想法很容易实现，但鸟鸣涧没给人家那么多钱。

　　在商言商，哪有让星创免费提供增值服务的道理。

　　她遗憾地叹了口气，小声辩解道："我就是觉得它做得蛮好的，只内部使用的话有点儿浪费。"

周衍川的视线扫过她眉眼间的失落，缓声回道："舒斐不介意公开就行。可以再做进一步的完善，反正在现有的基础上多加几组而已，不是什么麻烦事。"

"会加收费用吗？"

周衍川看着她亮晶晶的眼睛，几乎没有迟疑地说："这版本是公司其他人给鸟鸣涧做的。至于你想要的那些功能，你想要，我免费做。"

林晚欢呼一声，再也不气周衍川说她看不懂代码了。

看不懂又怎样？反正她的需求男朋友都能满足啊。

她的脑筋转得飞快，立刻想到如果在发布会召开当天，同时宣布以后将提供这款鸟类识别手机软件给需要的人使用，应该会掀起不低的讨论度。

与此同时，周衍川也看完了资料。

"徐康给的资料没问题。"

林晚松了口气，同时心里又涌上了一阵没看错人的欣慰。

她今天带来的都是星创发给徐康的项目资料。万一徐康想从中作梗搞砸发布会，完全可以给她错误的内容，冷眼旁观等着她在发布会上丢人。

但还好，他没有选择那么做。

"徐康虽然有点儿不乐意吧，但整体来说态度还算不错。"林晚笑眯眯地说，"那我不耽误你啦，先回去跟他商量发布会的大场面该怎么做。"

"什么大场面？"

"无人机和鸟类保护区合作嘛，当然要配合两边的主题来做噱头啊。现在我们卡在表现形式这一点上了。"

周衍川关了笔记本，看她一眼说："和无人机有关的事，你不问问我的意见，却跑去跟徐康商量？"

"我这不是看你忙嘛。"林晚莫名心虚了一秒。

"不差这几分钟。"周衍川说，"你们现在都想了哪些方案？"

林晚回忆了一下说："好几种呢。目前支持率最高的，是在发布会现场用无人机做濒危鸟类的表演秀。徐康认为呈现效果很酷，比较有科技感。"

"你的意见呢？"周衍川不置可否，转过身来面对她问。

林晚拿不准他的看法，只能坦然交代道："我觉得这种……有点儿傻。"

周衍川没说话。

"保护区巡逻总归是件严肃的事吧。用无人机在空中飞来飞去，可能当时的效果看起来会很壮观，但总感觉像在用电子玩具哄小朋友。"

她刚说完，周衍川就笑了一下。

不知是不是办公室的光线作祟，他这个笑容里莫名显示出了几分傲气。

林晚很少见他笑得如此张扬，但又很喜欢他此时流露出的那种笑意。

有点儿狂，又很自信。

周衍川敛了笑意，认真地看向她说："幸好你提前跟我说了，徐康要是在我面前拿出这种提案，我可能会建议舒斐换个人跟我们打交道。"

"有那么严重？会让你感觉被冒犯了吗？"

林晚不解地歪了歪脑袋，她虽然不喜欢徐康提出的点子，但以前也在新闻里看到过类似的宣传方式。

周衍川轻叩桌面，缓声道："没那么严重，但我不喜欢。星创为了研发无人机耗费的人力物力，不是那种专做表演的公司可比的。同样的话你问星创的任何一个人，比如郝帅，他肯定也不愿意飞这一趟。"

他的潜台词并不难理解，实际上就是星创上上下下都很为他们的无人机技术感到骄傲，让公司出面配合一次发布会去做花里胡哨的表演，是在看轻星创所代表的真实价值。

林晚不禁好奇地问："那如果我想看呢？"

"也不行。"他回答得十分果断。

林晚用手托着下巴，眼睛在灯光下显得格外明亮。如同有万千星辰在她眼中，让她注视着周衍川的视线都描上了一层灿烂的光芒。

她没有为周衍川的拒绝而生气，反而觉得正因为这一点儿小小的、固执的坚持，让他变得更有魅力了。

周衍川有不肯轻易退步的原则，哪怕在别人看来，这些原则或许显得不够圆滑变通。但他却始终坚守着那条底线，无论是谁都不能跨越。

这份坚持，源于他对星创的信任与骄傲。

无人可以撼动。

"我们还有另一个方案，但不确定技术层面能不能实现。"

"说来听听。"

林晚缓缓道来："想在发布会现场做一个模拟巡逻的演示，这样既能向大家介绍鸟鸣涧和星创具体是以什么方式展开合作，又能展示你们的技术水平。可那一瞬间的现场气氛，大概不如无人机表演秀轰动，简单来说就是不够好玩。"

周衍川没有急于答复，而是凑过来点开自己的电脑，确认过接下来的行程后，才问："想做模拟巡逻？"

两人的视线在空气中碰触，传递出彼此统一的想法。

林晚问："能做吗？"

"之前舒斐在南江的时候，定了先在南江选一个保护区做测试。下周我们会派人过去搭建摄像头，你可以带人过来参观。"

周衍川垂眸看着她，笑得像个意气风发的少年。

"到时就能让你看看，无人机究竟有多好玩。"

接下来的一周，林晚忙得不可开交。

她把科普手册画完，发给舒斐审核通过后，就一边确认各个保护区周边需要的手册份数，一边联系印刷的事。

这批科普手册主要面对的人群是小朋友，林晚特意和同事加班做了一些精巧的装帧设计，以便让小朋友翻看手册时，能够让他们产生自发探索的兴趣。

科普手册的印量以千起算，加上具备一定的工艺制作要求。如此一来，相比遍布大街小巷的快印店，当然还是设备更为齐全的专业印厂的性价比更高。

经过几番对比，林晚最终选择了一家位于南江周边城市的印厂。

虽然远是远了点儿，但胜在印厂老板是个讲究人，不仅在纸张选用方面提供了不少好建议，听说他们这是公益项目，还豪爽地打了个折扣。

某天晚上，印厂打来电话，告诉他们明天可以看打样。

第二天清晨天刚亮，林晚就和负责设计与采购的同事出发前往印厂。她开了车来，接到同事后就让出驾驶座，换到后排打开笔记本处理其他工作。

以前她还没发现，如今接手舒斐的部分工作后才意识到，为什么舒斐躺在病床上都不能安心静养了。

鸟鸣涧每天需要处理的事务太多，不仅是各个保护区有层出不穷的问题需要解决，与基金会总部和其他合作方的沟通，也会占据大量时间。

而这还不算舒斐为了维持项目运转，私底下需要抽空去维护的人际关系。

经过最初两三天的僵持后，大家慢慢适应了"大魔王"不在的模式，开始习惯每日填写工作汇报时发送一份给林晚。

这一路过去要两个多小时，林晚不打算把时间用来睡大觉，仗着自己不晕车，她专心致志地工作起来。

车程行至一半，郝帅突然在微信找她："徐康刚才问我，办一场无人机表演秀需要多少成本。我跟他解释了几句，他好像还是不想放弃，你能不能劝他打消这个主意？"

"他怎么跟你说的？"林晚打字回复。

"倒也不是多么正式地打听，就说月底那个发布会，鸟鸣涧有这样的想法，让我先跟他透透底，说如果费用太高就再换。"

"我们最终的方案还没定下来，他估计是因为在星创认识的人里跟你玩得比较好，就私底下打听打听，别介意。"

"没事，我只是个卑微的飞手，真要做方案也轮不到我发言。我就是想让你跟他提个醒，星创不接那种马戏团一样的玩意儿，他问我也就算了，回头万一问到设计部那帮心高气傲的工程师，万一人家态度强硬起来，那就尴尬了。"

林晚回了他一句"OK"，无声地叹了口气。

她转过头，望向高速路外层峦叠翠的山脉，借着郁郁葱葱的自然景观休息眼睛，顺便思考该怎么和徐康说。

那天林晚离开星创回到云峰府，当晚就建议徐康放弃表演秀的想法。为了防止他不理解，还特意将周衍川的态度跟他说了一遍。

现在看来，徐康估计对她的说法存有疑虑。

可能是怕她抢功劳出风头，也可能是怕她和周衍川联手骗他，否则他不至于找到在星创比较熟悉的郝帅，仿佛想要确认说法是否一致似的，偷偷跟人家套话。

考虑了一会儿，林晚给徐康发消息："这周四上午，跟我走一趟宁坪湖。"

过了十几分钟，徐康问她："这周星创在宁坪湖湿地保护区安装摄像头，我们有必要去监工？"

"不是监工。"毕竟我们又看不懂，林晚在心里默念了一句，回复他说，"听说会有很好玩的事情发生，不如一起去看热闹呀。"

"……"

哪怕隔着屏幕，林晚也能想象，徐康现在肯定在他的办公桌前翻了个大大的白眼。估计会觉得她很无聊，安装摄像头有什么可看的。

但周衍川既然承诺会让她看到无人机有多好玩，那么林晚就愿意赌一把。

赌到了周四那天，徐康会心悦诚服地改变自己曾经的想法。

出发当天，林晚起了个大早，吃过早饭就跑回楼上，关上房门化了个清新又自然的裸妆，扎了个突显精神气的高马尾。又从衣柜里选出了一套方便活动也衬托身材的衣服，才总算收拾妥当了。

她上下打量了一番镜中的自己，暗暗感叹：林同学，你现在越来越矫情了。以前去保护区那种荒郊野外的地方，哪次不是随随便便地就出门了？现在想到男朋友会在场，居然开始要小心机了，连口红都挑了如此少女的一款。

啧啧啧，恋爱果然能使人脱胎换骨呀。

到了楼下，徐康才刚起床，正睡眼惺忪地坐在餐桌前吃早餐。

郑小玲和宋媛不必去保护区，本来有心想打听几句，但见徐康跟林晚没怎么交流，也只能扮作"早餐真美味"的投入模样，在沉默的氛围中默默进食。

自从舒斐住院以来，别墅里的气氛差不多都是这么微妙。

林晚对同住的两个女孩还挺愧疚的，心想哪天等她和徐康重归于好了，必须请她们两位出去吃顿大餐。

当然了，如果她跟徐康的关系继续变差，那该考虑的就不是吃大餐，而是要不要索性搬出去住了。

林晚坐在一旁玩手机，顺便打听周衍川那边的进展。

等男朋友告诉她一切顺利的时候，徐康也吃完饭洗完碗，走过来朝她点了下头。

两人跟演默剧似的，一前一后走出大门，分别坐上自己的车。

宁坪湖湿地保护区离南江市市区不远，离开城区后再开半个多小时就到了。栖息在此地的鸟类多为涉禽，也就是大家常说的水鸟，大多喜爱吃鱼。住在附近的渔民祖祖辈辈习惯了它们的存在，有时捕鱼归来看见几只胆大靠近的，还会顺手抛几条小鱼喂它们吃。

鸟鸣涧其实并不提倡人和鸟类的接触过于频繁，但宁坪湖一带的民风如此，他们也不好过度干涉。毕竟凡事都有两面性，虽然生活在这里的鸟类对人的警惕性不高，可与此相比，宁坪湖的民众也会习惯于爱护它们。最近十几年，此地都鲜少发生盗猎或伤害鸟类的情况。

林晚在村口的停车场下车，沿着湖畔往保护区走去。

徐康像个闷葫芦般跟在后面，让她一路都感觉很不自在。

好在没过多久，前方就出现了人影。

星创有几个人穿着统一的迷彩服，恨不得跟大自然融为一体，在湖边与林间有条不紊地安装着摄像头。见到他俩来了，也只是小声地寒暄几句。

林晚轻声问："你们周总呢？"

对方给她指了个方向。

林晚回头看了徐康一眼，示意他跟上。

周衍川和四五个人站在湖边的一处空地上，旁边有两名飞手模样的人，正在摆弄无人机。

今时不同往日，林晚如今再看到略显粗糙的测试无人机，已经不会再嘲笑它的简陋，而是能猜出这就是星创为鸟鸣涧设计的新机型。

她加快脚步走到周衍川身后，拍了下他的肩膀。

周衍川回过头来，看见她显然有些意外地说："直接上手拍，不怕认错人？"

今天出来野外工作，他当然没像在公司那样穿衬衫搭西裤，而是和大家一样，换了一件印有星创标志的白色 T 恤，下面则是一条看起来很普通的黑色长裤，裤腿扎进短靴里，衬得双腿长度逆天。

林晚觉得他心里没数，不知道自己的背影和后脑勺，都比周围的甲乙丙丁要出众很多吗？

"反正就是能认出来。"她往他身上看了一眼问，"这件 T 恤有卖吗？我也想要一件。"

周衍川笑了笑说："家里还有新的，不嫌弃尺码不合的话，今晚就能给你。"

林晚才不嫌弃呢，男朋友的 T 恤有哪里不好？

她转头朝其他人笑着打过招呼，不知为何又感觉 T 恤穿在他们身上，好像就没那么好看了。

周衍川注意到始终一言不发的徐康，朝他颔首道："稍微再等等，摄像头调试成功后，马上就能试飞一次。"

当着合作方的面，徐康也拿出了工作的态度客气道："辛苦你们了，今天要测试什么？"

旁边有人接话道："模拟巡逻，顺便测试螺旋桨的噪音干扰情况。"

"能现场看到巡逻的结果吗？"徐康问。

对方点头说："当然能。"

几分钟后，架设摄像头的小分队回到湖边，朝两位飞手比了个"OK"的手势。

林晚第一次围观试飞，心中难免好奇，眼神不由自主地往他们那边飘了过去。

周衍川低下头，在她耳边轻声为她讲解道："他们需要先在手机上利用地图设定巡逻路线，包括飞行时的高度与机身搭载传感器的拍摄清晰度。"

"只有俯视的平面图？"

"垂直和倾斜影像都能拍，再结合刚才安装的摄像头定位，最后能给出一个立体的模型。"

林晚眨了下眼睛，感到颇有些神奇。

她以前玩 3D 游戏的时候，就很喜欢那种身临其境的代入感，就是不知道通过无人机巡逻最后呈现出来的景象，是不是跟她想象中的一样。

飞手准备完毕后，两人隔开一段距离开始操控。

两架无人机的螺旋桨同时转了起来，机械转动的噪音难免会有，但却比预料中的要小很多。随着无人机迅速升空远去，林晚下意识地看向徐康，从对方脸上找到了同样惊讶的神色。

星创的硬件设计师欣慰地挠挠头说："不错不错，这次用的轻型材料可以。"

周衍川走到临时搭建的简易电脑桌前，垂眸看着屏幕，低声开口道："记录下飞行时间和耗电量。今天南江没风，以后记得在有风的环境中再测几次。"

林晚站到他身后，看见屏幕显示的地图里，有许多一闪一闪的红点，心想那些或许就是地面安装的摄像头。

她转身问徐康："觉得怎么样？"

徐康想了想，说："要等看到实际效果再说。"

两架无人机来回飞了几次，将整个宁坪湖湿地保护区的影像全部拍摄了下来。紧接着，周衍川又在电脑里点开一个三维成像软件，把无人机和地面摄像头拍到的影像导入进去，然后回头看向林晚道："过来。"

林晚乖乖地迈出脚步，靠近他的身边。

男人清瘦修长的手指在回车键上敲了一下，软件弹出了一个新的全屏窗口。

起初是一片默认的灰色网格线，然后渐渐地，一层叠一层的色彩，出现在了屏幕之中。

茂密幽深的树林、碧波荡漾的湖面，还有栖息在大自然里惬意觅食的白鹭……一帧帧场景如同魔法一般，在林晚眼前栩栩如生地展现出来。

随着屏幕中的景象越来越清晰，行行深色小字也开始浮现，被镜头捕捉到的鸟类名称准确地指向画面中的鸟儿。

周衍川随便点中一行，漂浮的窗口便显示出扩展信息。

竟然全是林晚那天在他办公室里提过的希望能增加的内容。

林晚不自觉地睁大了眼。

原本面无表情的徐康也不禁愣在了当场，他甚至疑惑地看了周衍川一眼，还以为自己看到的是一段事先做好的视频。

周衍川说："以后给你配个 VR 眼镜，效果能更逼真。"

"真的？"林晚星星眼地望向他问。

"真的。"周衍川勾唇笑了笑问，"好玩吗？"

要不是担心惊飞林中的鸟儿，林晚简直恨不得大声喊出来："好玩呀，就像科幻电影一样。"

"稍等一下，再给你看个好玩的。"

周衍川示意她先别急着激动，他从工具箱里又拿出了一架无人机，看起来是打算自己操作。

林晚的好奇心全被他吊起来了，根本顾不上徐康在一旁逐渐流露出的惊艳目光，起身跟过去，想看他究竟要干吗。

不料，周衍川居然侧过身不给她看，口中说着："等会儿。"

"小气。"林晚嘀咕了一句，只好按捺住性子，看周衍川控制无人机重新飞了出去。

其实如果此时她仔细留意其他星创众人的表情，就会从他们脸上看出不屑与羡慕混合的复杂表情。

周衍川没让无人机飞太久，十几分钟后他就像刚才那样，再次往软件里导入了图像，然后又敲了下回车，说："欠你的，现在给你。"

"？"林晚一脸茫然，眼睛一眨不眨地盯着屏幕，脑子里还在纳闷地想，周衍川欠她什么了？

片刻过后，软件像刚才那样，呈现出了一个立体的模型。

然而和刚才不同的是，新模型由于特意设置的飞行路线，呈现出来的并非保护区的地貌，而是一只展翅欲飞的小鸟。

林晚一愣，随即捂着脸笑了起来。

万万没有想到，他居然真的给她拍了一只"鸟"。

周衍川懒散地靠着桌沿，轻笑着问："送给你的，喜欢吗？"

林晚把脸埋在掌心里，满心的欢喜如同潮水般源源不断地朝她涌来。

谁说理工男不浪漫呢？当着众人的面，堂而皇之地带她回忆他们相识的最初，这就是独属于周衍川的浪漫了。

而在他们身后，徐康依旧沉浸在对科技力量的震惊中，他愣愣地拉住星创某位工程师问："你们建模的水平也太强了吧？那可是一只鸟啊，随便飞飞就能建得这么细致？"

"什么'随便飞飞'？"工程师冷哼一声，表达出了单身狗的愤懑，"你们没来之前，周总在那儿琢磨了整整两小时，我都不稀罕吐槽。"

徐康："……"

第 8 缕光

发布会

星创的人需要留下来继续调试设备，林晚他们先走一步。

到了村口的停车场，她叫住打开车门的徐康，问："你觉得模拟巡逻有意思吗？"

徐康在烈日下眯了眯眼，思考了一会儿说："还行。"明明刚才眼睛瞪得比谁都大，这会儿他又举棋不定了："但你也看见了，他们才刚开始测试，谁能保证发布会那天能顺利完成？"

"可它至少够特别吧？"林晚没有计较他出尔反尔的态度，耐心劝说道，"我不赞成表演秀有两个原因。一个是因为星创不愿意做飞行表演。当然了，或许你有办法能打动他们。但换个角度说，每年有多少场无人机表演秀，我们要怎样做到脱颖而出？"

这种表演说白了，和大家熟悉的灯光秀、烟火秀极其相似。以前无人机比较少，大家还能看个新鲜，现在却未必还能引起多少讨论。哪怕整个场面做得再盛大，过段时间回想起来，也只剩下"鸟鸣涧那场发布会还挺好看"的印象而已。

徐康皱了下眉，犹豫道："至少它不会出错。"

"出了任何差错，责任全部由我一个人担，降薪或者开除我都接受。

这样说的话，你愿意一起玩个特别点儿的吗？"

"林晚，我不讨厌你，但我的确认为你不适合做 leader（领导者）。"

或许模拟巡逻还是让徐康转变了某些观念，他把车门关上，走到阴凉点儿的大树下，隔着一段距离与她对视。

"发布会不是你用来出风头、玩刺激的场合，至少在我看来，这是一个正经的宣传途径，让它圆满结束，才是我们该完成的任务。"

林晚看着村口那条泛起白光的柏油路，把被汗水濡湿的发丝捋到耳后说："半年前我的想法可能跟你一样。因为那时候我在研究所工作，不论活动无聊还是有趣，每年照样有学校、社区和单位邀请我们去做科普宣传活动。"

有句话说来或许太过现实，但现在全世界的主流声音都是爱护动物、保护环境，哪怕有些人对此并不感兴趣，也只能硬着头皮邀请研究所的科普人员到场，以完成每年一次或几次的任务。

林晚从上次被舒斐全面否定了宣传稿开始，有了一些观念上的转变。

追求稳妥不是坏事，但大家的生活每天都充斥着不同的声音，要想你的声音真正进入到别人心里，千篇一律显然是最不应该采取的措施。

既然要发声，不如敞开嗓子喊到最大声，哪怕有些瑕疵，也不必惧怕。

林晚将目光转向徐康，认真说道："我想做一场能引起大家思考的发布会。万一有人看过模拟巡逻后能受到启发呢？比如通过定位的温度监测预防山林火灾，比如通过分析土壤成分预测植被病害。还有很多现在我一时想不到的可能性，它们加起来，难道不比一场绚烂的表演更有意义？"

此时正是中午，四下无风，阳光耀眼而滚烫。

停车场周围的树影静止不动，树叶在高温下蔫蔫地卷起了边。

徐康仿佛跟身后的树干融为一体般，沉默了许久。

长达几分钟的安静后，他终于点头说："好，用你的方案。"

回到公司，林晚再次召集大家开会，针对模拟巡逻做进一步的发布会方案。

虽然中途经历过一些波折，但从徐康改变主意后，配合度明显比之前提升不少。

他是个执行能力很强的人，只要双方达成了一致，他就愿意负担起该做的工作，认真仔细地投入进来。

黄昏时分，云层像被撕开的棉花糖，染上霞光油画般的色彩在天空中游走。

会议室里开了灯，讨论已经接近尾声。

林晚揉了揉酸胀的后脖颈安排道："那么就按目前的安排去做，目前拟邀的嘉宾名单我会跟总监做最后的确认，大家还有其他问题吗？"

众人摇了摇头，林晚一拍巴掌道："好，散会！"

等其他人相继离开了，落在最后的徐康才慢悠悠地踱步过来，满脸带着不情不愿的表情说："那什么，我还算认识些人，可以邀请来参加发布会，名单你要不要？"

"可以吗？"林晚弯起眼笑了笑，"正好我手里也有一份名单，不如我们再坐下来讨论一下？"

徐康嘴角一抽说："明天再说，你没权利要求我加班。"

"那就明天再说。徐康，谢谢你！"林晚仰头靠着椅背，嘴角弯起的弧度更大。

徐康当作没听见，大步流星地走出了会议室。

林晚抱着笔记本回到自己的办公桌前，给周衍川发消息询问："宝贝儿，出来吃晚饭吗？"

"加班，宝贝儿。估计会到很晚，你先吃。"

行吧。

她遗憾地抿了下嘴唇，点好外卖后，在电脑里新建了一个文档，"噼里啪啦"地打起字来。

发布会当然不能说开就开。

前期的媒体造势都需要鸟鸣涧自己准备通稿，这部分是林晚分内的工作，她打算今晚加班把它完成。

晚上9点多，林晚把写好的初稿发到舒斐的邮箱，忍不住又去骚扰周衍川："加完班了吗？"

先回复她的人是舒斐。

"大魔王"最近对她越来越放心，直接回复了一行字："你自己定夺。"

林晚盯着这行字思考了一会儿，还是不敢掉以轻心。这就像小朋友学走路一样，旁边有大人跟着的时候，当然随便怎么走都行，反正快摔跤时大人会伸手拉住防止跌倒。

可等到大人决定放手让他独立行走了，小朋友反而需要比之前更小心一点儿，毕竟要是再不小心跟跄一下，摔下去疼的可是自己。

她又花了将近半个小时，把宣传稿从头到尾润色了一遍，确认没有任何问题后，才把它发给了与鸟鸣涧合作的相关媒体。

周衍川估计正忙，迟迟没有回音。

林晚起身把外卖盒扔进垃圾桶，进卫生间洗了把脸。当她抬头看向镜子时，花了几秒钟来可惜今天的精心妆扮。

就上午跟他共处了一个多小时，也不知道他看出那些小心机了没有。

多半没有吧，她想。谁叫她的男朋友是一个不理解口红为什么要买那么多种颜色的直男呢？

林晚回到座位，刚好看见手机屏幕亮了起来。

周衍川："大概还要一个小时，你回家了吗？"

"没有啊，在公司陪你加班呢。"

"不在同一间办公室，也能算陪？"

"怎么不算？虽然我们人不在一起，"林晚手速飞快地回应道，"但我们的心在一起啊！"

周衍川似乎被她的脑回路震住了，好半天后才回复："太晚了，别一个人走，我等下去接你。"

林晚笑眯眯地发去一个卖萌表情包，另开一个文档，开始写明天鸟鸣涧公众号需要更新的内容。

整个过程里，工作邮箱不断地收到媒体方的回复邮件，大多是告知将于哪天在哪个平台发布消息，不需要费神处理，但光是查看邮件竟也耗费了不少时间。

林晚越发能够体谅舒斐往日的辛苦，也更理解了她为何总是那么风风火火的架势。那么多的工作量，倘若不加快速度抓紧时间，堆积下来恐怕永远不会有完成的那一天。

不过与此相对，林晚完全不觉得疲累。

基金会对此次发布会还算重视，主动给了一些平时与鸟鸣涧不太往来的媒体资源。加上林晚以前本就认识的媒体朋友，加起来有几十家媒体，将会在接下来的几天统一为发布会造势。

光是想象发布会召开当天，能吸引多少人关注他们与星创的此次合作，浑身的倦怠便在瞬间消散了。

晚上 11 点半，同样繁忙的周衍川，终于抵达鸟鸣涧楼下。

林晚懒得开车回去，干脆直接下楼坐进他的车里，一进去就没忍住打了个哈欠，语调含糊地说："晚上好啊，宝贝儿。"

前排的许助打了个寒战，他真不适应有人管周衍川叫"宝贝儿"。

同样是加班到深夜，周衍川看起来就要清醒许多——大概他更习惯于这种忙碌的状态——他侧过脸，桃花眼在月色中仿佛被水洗过一般明澈，嗓音一如往日般清冽："今天忙到这么晚？"

"接下来一段时间可能都会这样。"林晚用手背擦了下因为哈欠而变得湿润的眼尾，好奇地问，"你呢，又在忙什么？"

"各种各样的事。"周衍川简短回道，倒不是他不愿意交代清楚，而是他需要主导整个星创的技术研发，一晚上经手的事项太过繁杂，三言两语根本说不完。

林晚没再追问，而是歪过脑袋软软地靠在他身上说："累死我了。"

周衍川轻轻揉了下她的脑袋，温声道："睡吧，到了我叫你。"

车辆在夜色中疾驰过宽阔的马路，林晚靠着他的肩膀，渐渐合上了眼睛。

到达云峰府后，许助为难地看了一眼后视镜，发现周衍川根本没有叫醒女朋友的意思。

他暗想不好，难道今天又是一个注定晚归，要挨老婆骂的夜晚？

还好很快，周衍川便低声开口道："你先回去，我在这儿陪她。"

许助应了一声，推门下车时又回头看了一眼。

白日里矜持冷漠的男人，现在眼中全是浓得化不开的温柔，好像依偎在他身上的不是一个女孩，而是价值连城的绝世珍宝。

关门的轻微声响稍稍惊扰到了林晚，她抱住周衍川的胳膊蹭了蹭，接着又嫌脖子不太舒服，摇摇晃晃地往另一边倒过去。

眼看脑袋就要撞上窗户的一瞬间，周衍川连忙伸手护了一下。

"嘭"的一声轻响，林晚的额头隔着他的手掌撞上玻璃窗，她是半点儿没感觉到痛，继续呼呼睡得香。

倒是苦了周衍川，疼得皱了下眉。

他的手掌本就生得骨节分明，这会儿不经意地撞上车窗，手背便猛地传来一阵钝痛。

"睡着了也不老实。"他无奈地低笑一声，转过头借着窗外浅淡的月色，凝视着她毫无防备的睡脸。

林晚不知梦到了什么，迷迷糊糊地抿了下嘴唇。她睡着后的模样比醒来时要乖巧些，让她整个人看起来都小了几岁，像个涉世未深的学生。

周衍川记得，她今天涂的口红颜色很浅，莫名有种清纯的吸引力。他不自觉地放轻了呼吸，悄悄地靠近她。

林晚却在此时睁开了眼。

明明意识尚在混沌之中，看见男朋友近在眼前的英俊面容时，她却稀里糊涂地来了句："你干吗？想占我便宜啊？"

周衍川一顿，分不清她究竟彻底睡着没有。看眼神尚且惺忪，听语气又很清醒。

林晚得意地笑了一下，脑子不知怎么想的，紧接着又来了一句："说吧，觊觎我的美色多久了？"

周衍川定定地看了她几秒，问："那你又觊觎我多久了？"

他比较矜持，没学林晚直接说"我的美貌"。

林晚被他一问，蒙眬的睡意总算消散了大半。她揉着眼睛调整坐姿，说："很久呢，从玉堂春那一眼开始，我就觉得你很帅，有点儿想要你的联系方式。"

周衍川感到有些意外。

他记得林晚当时夸他衬衫好看，却半点儿没有觉察出她淡定语气下蠢蠢欲动的小心思。

"你那时候对我什么印象？"她又问。

周衍川说："一个莫名其妙的漂亮姑娘。"

"然后呢？"

"没有然后了。"

林晚笑了一下，知道男朋友没有撒谎。

以周衍川的性格来说，这的确是一句再真实不过的感言。承认她漂亮，可漂亮又不足以打动他。

"所以你根本没有觊觎我的美貌啰？"但她偏要逗他，装出一副受伤的心碎模样，做作地捂住了胸口。

周衍川笑着看她演戏，久到林晚觉得独角戏演起来没意思了，刚要撤掉浑身戏瘾的瞬间，忽然俯身亲了一下她的嘴唇，低声倾诉道："但我现在觊觎你整个人，行吗？"

林晚陷在舒适的座椅里，笑得如同明亮的春光。

她既喜欢听周衍川诚实地说出情话，也很喜欢与他接吻的感觉，好像不用刻意发出什么信号，两人就默契地知道，对方此刻正在期盼与自己唇齿纠缠。

林晚下车时，周衍川拿了个纸袋给她。里面装着几件星创的 T 恤，黑、白两色都有，男女尺码也有。

明显是下午刚从公司拿回来的。

"嗯？不是说家里有新的吗？"她奇怪地问。

周衍川下车走到驾驶座那边，打开门看她一眼道："男款太大，你没办法穿出去。"

谁说我要穿出去了？林晚在心里嘀咕了一句，接着反应过来说："宝贝儿，想约会的时候跟我穿情侣装呀？"

"可能吧。"周衍川再次坐进车里，漫不经心地回了句，"你不想？"

林晚眨了眨眼，用眼神代替语言给出了肯定的答案。

回到家里，室友们都窝在自己房间里休息，别墅里静悄悄的。

林晚进房间洗完澡，裹着浴巾出来，拆开了男朋友新送的礼物。

星创的 T 恤设计感很足，没有那种傻傻的文化衫的感觉。如果不说的话，外人肯定会以为是哪家品牌的新款。

她解开浴巾站到穿衣镜前，套上男款的黑色 T 恤。尺码确实偏大，穿在她身上稍显松垮，玲珑有致的身材曲线全部被遮掩了起来。但领口露出了精致的锁骨，还有胸口小片雪白的皮肤，下摆垂在她大腿中间的位置，往下是漂亮的膝盖窝与匀称细瘦的脚踝，看起来又平添了几分天真肆意的性感。

林晚把头发吹到半干，特意拨得凌乱，然后才拿起手机对镜自拍了一张。

把照片发给周衍川时，她还附赠了一行文字："像不像我洗完澡穿了你的衣服？"

周衍川收到消息时刚运动完，他每日的工作时长并不固定，生活习惯却很规律。除非回家后累到睁不开眼，否则每晚回家后必定要去地下室的跑步机报到。

气息尚未恢复均匀，就猛地又乱了一拍。无论是林晚发来的照片或者文字，都在这一刻给予了他极强的刺激。

周衍川把汗湿的 T 恤扔进洗衣机里，赤裸着上身靠着洗手池，喉结不自觉地上下滚动了几次。运动后的汗水顺着他肌理流畅的身体线条滚落，滑过他起伏不止的胸膛和小腹，最后顺着两条深凹的人鱼线渐渐隐没。

取而代之的，是一股烧得很旺的燥热。

周衍川绷紧了下颌，片刻后问她："故意的？"

林晚点开语音后，耳朵仿佛触电一般，被男人低哑的嗓音电了一下。她半躺在沙发上，半小时前拦都拦不住的困意此刻不知去了哪里，神经在深夜里反而一点点地清醒过来。她放软声音，拖着腔调说："故意的呀，是不是被勾引到啦？"

周衍川没有回她。

林晚又问："宝贝儿，你在干吗？"

依旧没有回音。

想到手机那头可能正在发生的事，她的耳垂不禁染上了一层羞涩的红。可再按住说话按钮时，语气里却带着十足的诱惑说："视频吗？让我看看。"

第二天早上，林晚差点儿迟到。

昨晚跟周衍川视频结束后已经很晚，可她躺在床上翻来覆去地根本睡不着。

手机屏幕传送过来的影像与声音像刻进大脑里似的，让她只要一闭上眼睛，就能想起他动情时的模样。

微蹙的眉，低垂的眼，还有压抑而克制的呼吸声。

林晚意识到，这样的周衍川是多么性感。

不需要太多的言语互动，只需要他偶尔抬起深情的桃花眼看她一眼，就能让她的灵魂为之战栗，为之沉沦。

匆匆忙忙赶到公司后，林晚还有点儿回不过神，她走进电梯就待在里面主动罚站，等到电梯门合拢都没有按下楼层。

买完早餐回来的宋媛一进电梯，就被林晚吓了一跳。她按好要去的楼层，一头雾水地问："晚晚，你发什么呆呢，昨晚没休息好吗？"

"嗯……啊，哦。"

"你在想什么呀？"宋媛以为她工作压力太大，开始思考怎么安慰她。

不料林晚幽幽地叹了口气，回答道："我在想一首诗。"

"什么诗？"

林晚转头看着她，语气认真地说："春宵苦短日高起，从此君王不早朝。"

宋媛："？"

等到电梯门再次打开，林晚总算收起了沉迷男朋友美色的旖旎心思。

恋爱归恋爱，该做的事还是要好好完成才行。

毕竟"爱妃"工作那么努力，她也不能真的当个"昏君"。

昨晚写好的通稿陆陆续续有媒体发了出来，鸟鸣涧和星创这次合作，本身也是一次极有实验性质的合作。宣传一经铺开，不仅吸引了动保人士的关注，也有不少科技媒体不请自来，纷纷转发表示关注。

林晚和徐康商量好嘉宾邀请名单，经过舒斐同意后，就把名单与联系方式发给了专门负责外联的同事，拜托他们尽快和嘉宾确认是否参加发布会。

下午她又接到了印厂的电话，得知科普手册已经全部印好，便又借着让鸟鸣涧的平面设计确认的机会，跟对方商量发布会的相关设计该怎么做。

其间还不断有同事向她询问一些日常事务的处理方式，忙得她直到下班的时候，才发现早上倒的那杯咖啡早就凉了。

接下来的一周多，这种忙碌而充实的状态始终伴随着时间前行，林晚也一天比一天更得心应手。

某天下午，她好不容易抽空到露台休息，坐在树下给周衍川发消息："明明住得那么近，我怎么感觉都五百年没见到你了。晚上要出来吃饭吗？我大概有一小时的空闲。"

没等周衍川回复，身后传来的脚步声就引起了她的注意。

实在是这脚步声太急切了，要不是露台面积有限，简直令她怀疑那人是想来个百米冲刺跑。

林晚回过头，看见徐康一脸阴沉地朝她快步走来。

"出大事了。"徐康劈头盖脸地直接扔下一句结论，然后才左右看了看，发现有其他几名同事正在露台抽烟，便压低声音说，"你跟我过来一下。"

林晚见他神色凝重，便没有迟疑地跟了过去。

会议室里都有人，徐康不得不把她带到安全楼梯间，一关上门就说："我一个朋友刚收到的消息。林晚，我们必须马上停止和星创的合作。"

林晚茫然地看着他问："为什么？"

"德森要告周衍川，他们已经开始准备网络舆论造势，等律师函拟好，马上就会发给他。"

林晚一怔，心中没来由地升起了一股无名火。

她双手抱怀，用词也不客气地说："德森还敢告他？还要不要脸了？"

"先听我说完！"徐康也低声吼了一句，焦急道，"周衍川离开德森时签了竞业禁止协议，按理说他两年内不能参与跟无人机沾边的任何工作。可两年结束后不到一年的时间，星创第一架无人机就问世了。"

"有什么问题吗？他开公司是在协议结束之后啊。"

"当然有啊。你知道自主研发一个专业的飞控系统需要多久吗？至少也要一两年！他周衍川就算再神，也不可能几个月就可以从无到有，顺顺利利地让无人机被生产出来。他违反了竞业禁止协议！"

徐康的声音在楼梯间内带起了轻微的回声，震得林晚耳廓发麻。仿佛一盆冷水当头浇下一般，手脚传来一阵阵冰凉的感觉，让她的思维也变得迟钝起来。

静了几秒后，她坚持道："也许还有别的可能。"

"确实有，德森也想到了。"徐康神色复杂地看她一眼，继续说，"那就是周衍川离职前拷走了德森的代码，两年后随便改改当成了星创的东西投入市场。你愿意看见这种可能吗？如果他真这么干了，等在前面的路只有一条，那就是他从今以后会身败名裂。"

林晚下意识地摇了摇头，不是不愿意，而是根本不相信。

她太了解周衍川了。

这个男人冷淡的外表之下有一身傲骨。

哪怕德森的飞控就是他做出来的，但既然按照行业规定，它已经是属于德森的东西，那么他就不会也不屑于再去打它的主意。

"你稍等一下，"林晚握紧手机说，"我打电话问问他。"

徐康急得差点儿想抢她的手机，他叹了口气，语气越发严肃地说："现在的关键不是周衍川或者星创要怎么办，而是鸟鸣涧要如何从这场风波中全身而退。基金会本来就是公益项目，牵扯到钱的事最容易说不清楚，等事情爆出来，别人认为我们跟这种品行不端的人混在一起……"

话还没说完，林晚忽然抬头瞪了他一眼。

徐康被她眼中的怒意震慑到，下意识后退了半步。

他吞咽几下，考虑过后放缓了语气说："好，我们都知道他是你的男朋友，你要护短没关系。但是麻烦你理智一点儿，不要在这种时候拖鸟鸣涧下水。他没了星创，还有大把的钱用来养你。而我们这些普通人如果丢了工作，那可是要等着喝西北风的。"

林晚深吸一口气，收到消息后的错愕，逐渐被身体中源源不断地传来的勇气所取代。

她刚才是有些冲动，特别是听见徐康刚才说周衍川"品行不端"后，她险些想跟他当场吵起来。

没别的原因，她就是受不了将这种词汇跟周衍川联系在一起。

就算他不介意别人如何评价自己，林晚也不允许。

短暂的沉默之后，林晚按了按太阳穴说："我建议鸟鸣涧继续和星创合作，我们前期已经投入了许多时间与资金成本，发布会马上就快召开。如果这种时候中断合作，巡逻项目就会变成一个烂摊子。"

"及时止损你懂不懂？"徐康彻底暴躁了，他懒得再听林晚的解释，打开楼梯的防火门，直接做出判断说，"你的决定不算数，我现在就飞去燕都，和舒总监当面谈。"

林晚欲言又止，最终只能沉默着任他离开。

直到楼梯间里彻底安静下来，她才低低地垂着头，独自整理思绪。

不论周衍川是否无辜，德森这次注定都是来势汹汹的。

她不会傻乎乎地问"为什么偏偏等到现在才来提起控诉"。原因太简单，稍微想想就能明白。因为德森一直在等，对付一家刚刚起步的小公司很容易，但没有意义。他们要的就是等星创发展壮大，这样无论是话题的轰动性或者胜诉后的赔偿，都能得到让他们更为满意的结果。

林晚想到在燕都的那天，叶敬安笑里藏刀地过来攀谈，又想到周衍川跟她提起的他与德森的那些过往，眼睛突然一酸。

曾经意气风发的少年，为此已经浪费了两年时间，难道还不够吗？

手机在此时收到了新消息。

周衍川："晚上有点儿事，改天行吗？"

女人的直觉在此刻无比精准，林晚问他："跟德森有关？"

周衍川直接打来了电话，熟悉的声音在手机里听来更显磁性，语气倒是和平时并无异样："消息这么灵通？可以啊。"

林晚抽了下鼻子说："你还有心情开玩笑？德森这次是想害死你啊。"

"死倒不至于，没那么血腥。"周衍川温柔地低声哄她说，"倒是你，声音听起来怪怪的，急哭了？"

"没有，有什么好哭的？"

林晚清清嗓子，没好意思承认自己离心疼哭就剩那么一丁点儿的距离。她看着眼前灰色的台阶，问："处理起来会很麻烦吗？"

周衍川安静片刻，承认道："有一点儿。他们最近在谈一个荒漠治理巡逻的项目，那边一直没定下来，想看我们跟鸟鸣涧合作的成果，如果星创做得好，可能会优先考虑我们。"

难怪了，林晚想，原来还有这层竞争关系。

"德森大名鼎鼎，确实不好对付。"周衍川继续说，"所以接下来我可能会特别忙，没时间陪你吃饭了，别不开心。"

明知他看不见，林晚还是乖乖地点了下头。

此时此刻，她有一种奇妙的感觉，仿佛周衍川将要披上铠甲骑上战马，去打败他注定需要与之一战的敌人。

而她要做的，不是哭哭啼啼地问他该怎么办，而是留在属于自己的地方，安心做好自己该做的事。

既然相信他，那么多余的话也不必再问。

结束通话前，她只补充了一句："不过如果你特别难受，还是记得要来找我。"

"好，你也是。"

挂掉电话，林晚把手机塞进兜里，转身时马尾在空中甩出利落的弧度，轻轻荡开了沉闷的空气。

晚上 8 点，燕都云层瀑瀑，空气低低地压下来，暴雨随时都会落下。

已经可以下床活动的舒斐，站在住院楼层的露台花园，靠着电线杆，单手给自己点了支烟。烟雾袅袅升腾而起，模糊了徐康紧张的面容。

徐康一边心想舒斐都住院了怎么还抽烟，一边又觉得这个女人很神奇，分明貌不出众，却又一举一动都能引人注意。穿着病号服歪歪扭扭地靠在那儿的样子，竟然也半分不显弱势。

良久过后，舒斐掸了下烟灰，问："你的意思是，尽快中断与星创的合作？"

"这事传出去，在科技界肯定算一桩丑闻。我们与之的合作才刚刚起步，应该当断则断，避免之后几年的合作期间，始终被这件事影响声誉。"

舒斐挑眉问道："德森既然要闹，肯定就不会善罢甘休，场面绝对会闹得很大。万一最后澄清周衍川没有任何过失，我们却提前解约，岂不是白白错过了一次最佳的曝光？"

徐康抹了把额头的汗水，露出严谨的表情，说："目前看来德森胜诉的概率很大，我个人认为公益项目追求的不应该是曝光度，而是尽职尽责地向社会传递出积极向上的观念，绝对不能和这些商业丑闻牵扯到一起。"

舒斐考虑了一下，说："能满足项目需求的合作公司就那么几家，不用星创的话，你觉得找谁合适，德森吗？"

"德森不行。"徐康摇头道，"解除合约是正常选择，但选了德森，就是摆明了要和星创过不去。"

"显得做人不够厚道，是吗？"舒斐莫名笑了一下，看穿了他内心的真实想法。

徐康尴尬地点点头说："但可以联系其他几家无人机公司，我在飞机上已经想好了如何跟他们谈，但……"

舒斐表现得十分爽快地说："可以，给你一周时间，你代表我出面去谈。"

接下来的一周，林晚过得跌宕起伏。

德森的律师函还没寄到，舆论公关就先行一步。

明面上是指责周衍川违反规定，在竞业禁止协议存续期间就替星创研发飞控系统，暗里又找来各路人马，隐晦地暗示周衍川盗取了德森的代码挪为己用。

本来顶多是科技圈内部的事，不知怎的却在网上引起了不小的讨论，好像一夜之间但凡知道无人机是什么东西的人，都能站出来对这件事点评几句。

"全是收了德森的钱！"

周六晚上，林晚难得约钟佳宁出来吃饭。

钟展非要厚着脸皮跟过来，提起这事他就气得猛拍桌子。

林晚筷子一抖，纳闷地问："你不是喜欢德森吗？"

"我喜欢德森是因为周衍川。"钟展推了下眼镜，眼中闪烁着对偶像的崇拜之光，"他们用这种方法打压他，我看不起德森。"

钟佳宁吐出一块鸡骨，万分费解地问："那你这种没收到钱的无人机爱好者，对此事有什么看法呢？"

钟展说："德森的粉丝多，招黑也多，反正大家就混战互掐呗。像我这种理智点儿的，就是安安静静地等结果就好了。"

"还互掐？"钟佳宁提高音量问，"你们是追星的小姑娘吗？"

钟展干咳一声，没有理会堂姐的嘲讽，转头看向林晚问："林晚姐姐，我偶像他不要紧吧？"

"应该不要紧，我没联系他呢。"

林晚这两天手头要顾及的事太多，徐康跑去燕都又一直没回来，害得她每天忙完都已经是深夜。此刻她实在不想再为了她这点儿小小思念，再去打扰周衍川。

钟展从没谈过恋爱，闻言惊讶地张大嘴说："哇，你们社会人士谈恋爱这么洒脱的吗？我还以为这种时候你会跟他紧紧抱在一起，说'哪怕全世界的人都不相信你，我也会永远站在你这边'。"

林晚被直男的想象力肉麻到了。

她把刚上的一整笼流沙包推到钟展面前说："吃吧，把你的嘴堵上。"

钟展打听偶像近况未遂，只能挫败地化悲愤为食欲。

反倒是钟佳宁边听他们讨论边吃饭，这会儿已经填饱了肚子，便放下筷子问："话说回来，你真打算在事情解决之前不跟他见面？"

"我们没有这种奇怪的约定。"林晚轻声解释道，"但这样跟你说吧，我想保住两家公司的合作。可徐康是摆明了要唱反调，其他人的意见也没办法统一，所以这两天许多事推进起来都不太顺利。"

钟佳宁说："人心不齐难办事。"

"是呀，可越难办，我就越想要办好它。"林晚抿了口茶，继续道，"我现在都不在乎什么副总监之类的鬼东西了，我就是不想别人墙倒众人推，所以发布会无论如何也要风风光光地做好，至少哄他高兴高兴。"

"发布会而已，不要讲得好像是办婚礼一样啦。"

"……"林晚哽了一下，一时不知该如何反驳。

"不过呢，工作要紧，谈恋爱也要紧啊。"钟佳宁俏皮地笑了一下说，"你今晚吃饭一直都在谈他，既然那么想见他，就干脆点儿约他出来嘛。"

林晚不经意被好友说中心事，忍不住捂脸哀叹道："好嘛，我就是想见他。但之前我表现得那么深明大义，现在该用什么理由来打自己脸呢？"

"不如我用你的手机给他发消息，说你出来跟朋友玩喝多了，需要他来接？"

林晚犹豫道："他如果实在走不开就算了。"

"放心，我懂的。"

钟佳宁发完消息，静候了几分钟，手机"叮"的一声响，吸引了桌上三人的目光。

"他怎么说？"林晚问。

钟佳宁点开一看，整个人愣在了当场，好半天才支支吾吾地念道："他说'我不在她不敢喝多，让她说实话'。"

话音未落，林晚感觉左右两边鄙夷的目光就望了过来。

钟氏姐弟眼中明晃晃地写满了"原来你被男朋友管得这么严"的意思。

林晚抿了下唇，干脆夺回手机，亲自给他发消息："实话就是我想你想得受不了，行了吗？"

很快，新的消息跃上了屏幕。

"在哪里？我过来。"

周衍川说他过来，林晚吃完饭便站在路边等他。

可她无论如何也没有想到，男朋友居然不是只身赴约，随行的竟然还有争分夺秒与他讨论案情的星创法务团队，以及另外请来的专攻版权纠纷的律师。

浩浩荡荡的三辆车停靠在路边，惊得林晚半天说不出一句话来。

她好像，挑了个不太恰当的时机撒娇。

非要留下来见见周衍川真人的钟佳宁围观完这架势，再看着一个矜贵英俊的男人下车走过来，不由得默默扫了林晚一眼，彻底明白她为何如此宝贝周衍川了。

钟佳宁有充分的理由相信，光凭这张脸，哪怕周衍川是个大脑空空的傻子，也会有大把女人愿意排队包养他。

至于本就崇拜周衍川的钟展，这会儿已经进入捂嘴无声尖叫的环节。望向男人的目光，跟小姑娘见到偶像没什么区别。

周衍川径直走到林晚身前，稍弯下腰问："想我了？"

众目睽睽之下，林晚罕见地矜持了一下，她抬手指向钟展说："这是我朋友的堂弟，很喜欢玩无人机，他特别崇拜你。"

周衍川语气淡然地开口道："你好。"

"你好你好。"当代男大学生钟展觍着脸装嫩，"我是看你做无人机长大的。"

钟佳宁翻了个白眼，对自己的傻瓜堂弟无语了，人家没比你大几岁好不好？

周衍川却并不介意，反而问道："喜欢无人机？"

"超级喜欢，高考填志愿时专门报了计算机专业，就想以后能像你一样自己写飞控。"

"嗯，有兴趣的话，"周衍川笑了笑说，"以后可以来星创试试。"

钟展幸福得都要晕过去了，恨不得现在马上穿越到两年后，拿到毕业证书就冲进星创的办公大楼当码农。

车上那么多人等着，现在并不是坐下来慢慢寒暄的时候。

林晚眼看聊得差不多了，就朝钟佳宁挥了挥手说："那我先走啦。"

"去吧。"钟佳宁心领神会道，"我们也回去了。"

林晚原以为周衍川会带她回星创，谁知车辆起步没多久，就在隔壁那条街的一家酒店门前停下了。

周衍川轻声解释道："今晚本来在开会，赶过来再回去太浪费时间，干脆让许助订了间套房继续。等会儿你困了就先睡。"

"好，不打扰你们了。"林晚点了点头，从见面起就没有挪开过的目光望得更深。

周衍川看起来似乎并无异样，仿佛置身于旋涡中心的人并不是他一般。但如果仔细多看几眼，就能看见他眼中有些许血丝，是连续几日没有休息好的表现。

一行人快步进入电梯，许助走在最前面，刷开了套房的门。

另外几人立刻把笔记本拿出来，随时准备继续中断的会议。

套房共有三间卧室，周衍川把她带到最靠里也最安静的那间，问："你想在外面旁听，还是自己在里面玩？"

"我随意，你不用管我。"林晚把房门关上，踮起脚尖亲他一下说，"对不起啊，我就是太想你了。"

周衍川背靠着房门，单手环过她的腰，低头回吻了她一下说："不用道歉，我也很想你。"

"现在看见你，我就满足了。"林晚在他怀里蹭了蹭，真情实感地说道。

就因为一条消息，他就愿意百忙之中赶来与她见上一面。尽管只有短短几分钟的时间能够单独相处，但这短暂的片刻，也让她感到了莫大的幸福。

星创的法务尚且不谈，另外两名律师的时间比黄金还要珍贵。周衍川没有耽搁太久，安顿好女朋友后，就转身走到了外面的会客室。

"不好意思。"他坐进沙发，同时缓声开口，"继续吧。"

林晚把门打开一条缝，听见外面的声音源源不断地传进来。

有人问："再确定一次，周先生用于星创的这套飞控算法，是你认识叶敬安之前就已经开始写的？"

"对。叶敬安对德森的飞控有些建议，和我的第一套想法逻辑存在出入，我干脆就根据德森的需要带人写了一套给他。"

"除了必需的常规代码以外，其他地方有复用德森的飞控吗？"

"没有。"周衍川说，"我在竞业禁止协议结束之后，才着手准备建立星创，也是在那时候才重新拿起之前的代码做修改。中间两年一直在国外深造，许多技术和想法也跟当初不同，给德森的那套已经有点儿过时了，没有参考价值。"

林晚听到这句时，忍不住弯起嘴角笑了一下。

你听他多骄傲，宁可把学生时期的练习作品拿来大刀阔斧地改动，也不稀罕碰一下属于别人的东西。

律师思考片刻，又问："有能证明时间线的证据吗？"

"每次修改都提交了日志记录。"

这律师显然是个懂行的，夸张地"哇"了一声说："周先生工作习惯这么细致，到时候有的慢慢查了。"

后面的内容超出了林晚的知识范围，她听得云里雾里的，困意也慢慢地席卷而来。

她进卫生间里洗完澡，裹着浴袍倒在床上，不知不觉进入了梦乡。

再醒过来时，窗帘的缝隙透出点儿微弱的天光。

分不清具体是几点，但外面已经没有人再说话。

林晚迷迷糊糊地翻过身，还没摸到床头的手机，房门处就传来了从外面打开的声响。

周衍川只开了一盏小灯，在暗淡的光线中走到床边轻声问："醒了？"

林晚的反应有些迟钝，她没有说话，手却下意识地伸出去，碰了碰他垂在身侧的手指。

"嗯？"周衍川声音很轻，细听之下还有些沙哑，"还想睡？"

"你通宵了？"她含糊地问。

"没，睡了一会儿。现在准备回公司，还有些事要处理。"他俯下身来，薄唇在她光洁的额头上吻了一下说，"太早了，不用送我。"

林晚一听他要走，挣扎着想起来。

可她虽然嘴上没说，其实这段时间一直都担心得要死，加上鸟鸣涧的事务也很繁杂，她已经好多天没有睡个好觉了。昨晚听周衍川和律师的交谈还算顺利，知道官司的问题不大，心里的石头落了地，连带着四肢也变得沉重起来。

明明是想起床的，哪怕陪他吃顿早饭也好，可身体仿若产生了独立的想法，拼命拽着她拖她回去，一个劲地暗示她"你需要休息"。

林晚不想跟身体抗争了，干脆倒回去闭上眼睛问："宝贝儿，跟德森打官司，你难受吗？"

周衍川安静地看她一会儿，才低声说："嗯。"

林晚心想：是啊，他怎么可能不难受呢？那既是与他恩断义绝的前公司，也是他在最纯粹的年少时光里付出全部心血的公司啊。

"可你看起来一点儿都不难受。我刚认识你的时候，根本不知道你经历过这么多不好的事。你可以表现出来的，不会有人怪你，干吗非要忍着呢？"林晚的声音渐渐哽咽起来，她拉过周衍川的手掌，让眼泪落在他的掌心里，"我好心疼你啊。"

周衍川怔了怔，他没来由地想起在他很小的时候，某次学校秋游途经一座寺庙，有个神神道道的人非要给他看手相。

"小朋友啊，你这手长得好，又长得不好。"那人捻了捻山羊胡，故弄玄虚似的看着他道，"将来会有大成就，一辈子不缺钱花。可惜就是这里的掌纹很乱，又短了点儿，容易跟身边的人起纠葛，也容易留不住他们。"

周衍川那时还在上小学，但已经培养出了坚定的唯物主义思想。

他冷淡地抽回手，没把那人的话当回事。

后来的十几年里，他曾经三次想起过那个漫山枫叶红遍的秋天。

一次是父母去世，一次是周源晖自杀，还有一次就是与德森闹翻。

可此时此刻，女孩温热的泪水沿着他的掌纹蔓延开来，将那些杂乱空缺的部分，一点点地填满了。

他蹲下身来，指腹轻轻擦过林晚泪湿的眼角。

再开口时，语气里带着前所未有的温柔说："乖，别哭了。"

林晚止不住地抽泣道："你先走吧。"

"你这样，我怎么放心走？"周衍川眉头轻蹙，下颌咬出紧绷的线条。

"我就是……就是情绪上来了，你当我在闹起床气就好。"林晚断断续续地说道，"真的没事，别不开心呀。"

让他难受就表现出来的人是她，让他别不开心的人，也是她。

周衍川静默片刻，听见手机振了一声又一声，应该是许助忍不住提醒他该回公司了。

最后，他只能稍稍抱了她一下说："下周发布会见。"

林晚睁开眼，泪眼蒙眬地点点头道："到时候见。"

周一上班时，徐康回来了。

他没解释自己消失的这一周干吗去了，只默默去人事部填了个注销出差的单子，就像无事发生一样，继续和林晚跟进发布会剩下的工作。

而且一反常态，现在他表现得比之前更加积极，也更加配合。好几次出现分歧时，他还会放弃原有的想法，转为赞同林晚的意见。

林晚心中满是问号，私底下让郑小玲去打听过几回。

结果郑小玲也无功而返。

"他说在燕都出差，问他具体干什么，他就不理人了。不过好奇怪啊，你觉不觉得他这次回来，经常露出很沮丧的表情。嗯……说沮丧也不太对，就是好像认命了一样。他在燕都受什么打击了？"

林晚当然不可能知道答案。

反正徐康没再提过换掉星创的事，她也乐于等发布会结束之后，再去关心关心同事的遭遇。

周六傍晚，南江会展中心灯火通明。

此次发布会的前期宣传铺得很广，邀请的嘉宾也几乎尽数到场支持。

舒斐从燕都赶了回来，撑着拐杖一瘸一拐地在会场内穿行。

有"大魔王"坐镇，鸟鸣涧上上下下更是不敢掉以轻心，唯恐哪里稍微没做对，就要被久违地训斥一顿。

晚上7点，嘉宾们开始入场。

为了突显动物保护的主题，会展中心前面的广场上整齐地摆放了两列濒危鸟类的介绍图片。嘉宾抵达后需要穿过长长的宣传廊，才能来到位于大门前的签到处。

林晚和徐康一左一右，陪着舒斐站在靠近入口的位置。

"布置得还挺漂亮，也有意义。"舒斐点评道，"就差两边再召集点儿观众和媒体，就跟电影节开幕式差不多了。"

没等他俩回话，舒斐又自我纠正道："哦，算了，嘉宾们的脸还是不能跟明星比。"

话音未落，星创一行人到了。

作为本次发布会的合作方，星创今晚来的人不少，周衍川和曹枫都穿着正装走在最前面。

两人都是拿得出手的长相，特别是周衍川，一身深色西装穿得禁欲又抢眼，人高腿长地远远走来，一时间竟然还真有种电影节明星到场的气氛。

签到处礼仪小姐的脸都红了，握笔的手都在微微颤抖。

林晚不经意地挑了下眉。

她的宝贝儿，真是走到哪里都能招女孩子喜欢。

可还没等她欣赏够男朋友的帅气，一道人影不知道从哪里突然冒了出来。

那人抬手高举着自拍杆，手机镜头对准周衍川，很没礼貌地问："周先

301

生，请谈谈你对德森的官司有什么看法？"

要不是舒斐和徐康拦着，林晚气得差点儿冲出去。

"会展中心的保安呢？什么脏东西都能滚进来了？"

"冷静点儿，沉住气。"舒斐单脚跳了一下，收回拐杖重新拄着地说，"我也想听听他怎么回答。"

周衍川还不知道女朋友在里面抓狂。

他淡淡地垂下眼眸，看着赶来的保安把那人往外拖，随后轻描淡写地笑了一下。

"你是问，我告德森的官司吗？"

擅自闯入的人，并非今晚邀请的媒体记者，而是一个做自媒体的科技博主。他今天受谁指使而来，自然不言而喻。

近段时间多亏德森砸钱，星创和周衍川在科技圈内的讨论度极高。这人看准了今天发布会关注的人多，直接用手机开了直播。眼看直播人气创下新高，他本来还在暗自窃喜，不料听完周衍川的回答后，一时竟然愣在了那里，连事先准备好的台词都忘了说。

剧本不是这样写的啊？

直到被保安拖离现场时，他还举着自拍杆百思不得其解。

尚未关闭的直播间内，满屏弹幕更是刷得飞快——

"是我没睡醒，还是他没睡醒？明明是德森告他才对吧？"

"意思是说双方互告吧。哇，这算不算今年科技圈最大的瓜？"

"确定这人是周衍川？是的话我无条件站星创这边了，帅哥说什么都对（狗头）。"

"有些人能不能别什么都看脸，等他输了官司，能不能留在星创都未必。"

"嗐，别提了，陪我吃瓜的女朋友已经尖叫5分钟了。"

弹幕的话题显然已经彻底歪掉，发布会现场的诸位，依旧沉浸在惊讶之中。

舒斐挑眉看向林晚问："哟，还有这事？"

林晚摇头道："我不知道。"

那晚在酒店时，她分明记得周衍川和律师一直在讨论德森告他的案子。

难道是在她睡着之后，他们才聊到的？

可惜发布会马上就要开始了，否则林晚真想抓住周衍川，叫他一五一十地向她交代清楚。

刚才的意外并没有影响到周衍川，他在签到处接过笔，铁画银钩地写下自己的名字，随后便与曹枫一行人走了进来。

曹枫鲜少在和鸟鸣涧召开的各项会议中露面，但这会儿见舒斐拄着拐杖在那儿站着，立刻热情又不失关怀地询问起了舒斐的伤势。

他为人爽朗健谈，应付社交环节最为合适。

周衍川偶尔才简短地寒暄几句，大多数时候都安静地站在旁边。

可他哪怕不开口，那双漂亮的桃花眼也像会说话似的，目光时不时地扫向林晚。

她今天同样打扮得很正式。

长发绾成了温婉的发髻，黑色修身连衣裙搭莹白的珍珠首饰，落落大方的仪态看着就很舒服，像一只优雅迷人的黑天鹅。

林晚留意到他的目光，转过头来挑了下眉，眼神中写满了"怎么回事"的含义。

周衍川极浅地勾了下唇，还给她一个"别紧张"的暗示。

林晚好奇得要死，又碍于场合不便询问，只能佯怒地瞪他一眼。心里想的却是，"爱妃"现在胆子大了，竟敢偷偷瞒着她干大事，回头必须跟他好好理论理论。

两人在这儿眉来眼去，舒斐不知是没看见，还是见惯了大场面，反正全程都表现得很淡然。反倒是曹枫这种刚结婚不久的年轻人，终于沉不住气，用最快的速度礼貌地结束了攀谈。

往提前安排的座位走去时，曹枫"噼里啪啦"地开启了吐槽模式："太让我失望了！原来你谈恋爱的时候一点儿都不高冷，亏我还以为你冰山人设永远不崩！"

跟在两人身后的星创众人听见曹枫的吐槽，忍不住面面相觑。

终于，有没见过林晚的人小声问："老大谈恋爱啦？"

"你家还在拨号上网吗？他女朋友就是刚才那个穿黑裙子的小姐姐。"

"哇，那个妹子很好看啊，老大不愧是老大。"

"有一说一，我的女朋友如果有那么漂亮，我也不忍心冷着脸不搭理她啊。"

"醒醒，你并没有女朋友。"

"……"

周衍川回过头，没什么表情地看向嘀嘀咕咕的员工。大家一瞬间全部乖乖闭嘴，假装四下寻找自己的位置。

周衍川跟曹枫由于身份特殊，被安排在第一排入座。

等到周围没有闲杂人等后，他才淡声开口道："我本来就不高冷。"

曹枫哽了一下，没想到这人居然从源头就开始否定。

不过他仔细一想，周衍川的确不能算作冰山款，许多时候他通常只是不想搭理人而已。只有聊起与无人机相关的话题时，才能有幸听他多说些话。

说白了，就是遇到喜欢的事，才会对其投入极大的热情。

以前只有无人机，现在恐怕还要多出个林晚。

"但我真的没想到，原来你这么喜欢她。"曹枫跷起二郎腿，看向台上不断变换画面的大屏幕说，"这算不算冲冠一怒为红颜？"

周衍川没说话，算是默认了。

德森对他一直有所亏欠。不是说感情上的亏欠，而是实打实的物质上的亏欠。可能因为他对金钱表现得不在意，久而久之，叶敬安也变得不在意起来。

当他离开时，许多早该兑现的利益，德森一直没给，他也懒得费神去要。

可那天清晨，林晚的眼泪让他改变了主意。

他要把这些年的账，一笔一笔地跟叶敬安算清楚。

嘉宾全部到场后，发布会正式开始。

林晚安排的发布会流程很顺畅，没有什么让人昏昏欲睡的冗长环节。开场半小时后，笑容甜美的主持人，就邀请舒斐作为鸟鸣涧的代表上台。

舒斐拄着拐杖走上去，台下的掌声格外热烈。

"不用这么客气地鼓励我，只是一个小手术，我本人并不是身残志坚的励志代表。"她笑了笑，看向台下说，"不过接下来，希望大家能以最热烈的掌声，欢迎鸟鸣涧最可靠的合作伙伴，星创科技的……"

话还没有说完，台下的部分女士已经开始激动地鼓掌。

舒斐挑眉，继续道："星创科技的 CEO，曹枫先生。"

林晚发誓，她绝对听到身后好几人发出了失落的叹气声，估计全在遗憾上台的居然不是周衍川。

双方代表都上了台，也就意味着本次发布会最重要的模拟巡逻环节即将开始。

林晚坐在台下缓缓地深呼吸了几次，片刻后抬起眼，目光穿过重重人影，从缝隙中望向坐在第一排的男人的背影。

仿佛心有灵犀一般，周衍川在此时转过了头。

两人的视线在空气中碰撞到了一起。

林晚忽然就不紧张了。

大屏幕投射出户外的场景，有熟悉地形的人马上认出，那应该是距离会展中心不远的一处公园。因为环境绿化得很好，所以经常会有鸟儿在此出没。

郝帅作为飞手之一出现在屏幕之中，听见曹枫示意开始之后，还摆了个自认为很酷的姿势，看起来有点儿傻，又很热血。

今天到场的嘉宾大多比较年轻，对这种轻松的表现接受度很高，不少人都忍俊不禁地捧场。

可等郝帅和另一名飞手站在事先设定的起飞点后，那些玩笑般的表情都从他脸上消失了。取而代之的，是一种更为明亮且坚定的神情。

林晚在湿地保护区已经看过一次模拟巡逻，此时比起好奇，她更多的是希望接下来能一切顺利。

然而其他人，却是第一次目睹。

特别是有些动保界的嘉宾，在来之前根本没有想过无人机要如何与鸟类保护结合起来。

他们和曾经的林晚一样，深信鸟儿和无人机不共戴天，从来没有想过去探索另一种合作的可能性。

当大屏幕清晰地展示出从公园到会展中心一带的 3D 模型时，接连不断的惊叹声从四面八方一声叠一声地响起。

在那短短的十几分钟内，正如林晚事先预料的那样，已经有人开始讨论，这种巡逻模式能否应用在更多更广泛的场合。

等到模型全部显示完毕，曹枫搀扶着舒斐站到场内的电脑前，共同按下回车键。

模型界面切到近景，将会展中心的全景一丝不差地展现了出来。

同时出现在屏幕中的，还有一行特别定义的识别文字——

"共同守望，从此启航。"

雷鸣般的掌声，刹那间几乎掀翻了会展中心的天花板。

林晚用力地拍着手，看见周衍川也和其他人一起站了起来。

只不过他转过身，微笑着远远地望向她。

他的掌声，只送给她一人。

与周遭热烈的反响形成鲜明对比的，是独自陷在座位里黯然失神的徐康。他看着身旁笑得眉眼弯弯的林晚，想起了上周自己在燕都遭遇的种种。

得到舒斐的许可后，徐康与好几家无人机公司的商务都接触过。

然而奇怪的是，大家仿佛约定好了一般，要么态度不冷不热的，要么就是开出了让他难以接受的价格。

最后，还是某个资历尚浅的新人一时傲慢，不小心说漏了嘴："谁都知道鸟鸣涧的项目不可能中断，现在你们寻找新的合作公司，那就是你们在求着我们办事。这种情况下，你觉得谈判对谁有利？"

离开燕都的前一晚，徐康筋疲力尽地去医院向舒斐汇报结果。

令他惊讶的是，对于他此行的失败，舒斐完全没有意外。她像是早就预料到了结果一般，坐在病床上目光淡然地看着他道："我知道，你很不服气，也不认为自己比林晚差在哪里。"

"她跟您说的？"

"不用她说，我看你的样子就能猜到。"舒斐摇了摇头，语气里带着点儿恨铁不成钢的意味，"林晚来之前，我给过你许多次表现的机会，你完成得确实不错，但也就是不错而已。"

徐康诧异地抬起头，说不出话来。

"谨慎细致是你的优点，同时也是你的缺点。缺乏想象力，不敢挑战未知，所以注定你只能是一个优秀的执行者。但是啊，你还有一个更让我失望的缺点，就是关键时候沉不住气，哪怕有一丁点儿风吹草动，就能让你方寸大乱。"

那次交谈的最后，舒斐当着徐康的面，给曾楷文发了一封邮件。

"林晚身上有你欠缺的品质，以后多跟她学学。我会向理事会推荐由林晚担任鸟鸣涧的副总监。你如果实在咽不下这口气，可以把辞职报告交上来。"

发布会结束后，还有一场小型的庆功宴。

参加庆功宴的全是年轻人，特别好养活。舒斐自掏腰包，豪爽地包下了一家自助餐厅，任由他们一群人折腾去。

郝帅今天出尽了风头，正是兴致高涨的时候，一进店里就吃开了。

他往盘子里装满肉，看见徐康从身边经过，非得拉着他聊天："跟你说，我爸妈为了今天专门换了新电视，还叫来住得近的亲戚，十几个人围在客厅看我飞。"

徐康感觉他把自己形容得像只鸟，吐槽的话刚到嘴边，又略感苦涩地咽了下去。

今晚的发布会圆满结束，所有人都很兴奋，唯独他眼睁睁地看着这场成功，心中百感交集。

郝帅问："你看到我摆的那个姿势没，帅不帅？"

"帅的，兄弟。"

"我怎么觉得你很敷衍？"郝帅不清楚这段时间鸟鸣涧内部的风起云涌，神经粗得堪比电线杆，还在傻乎乎地问，"难道你是高兴过头了？"

徐康叹了口气，拍拍他的肩说："我去找总监，你自己玩吧。"

他嘴上说着要找舒斐，可等走到附近了，脚步却渐渐变得踌躇起来。

此刻他还拿不定要跟舒斐聊什么，辞职吗？或者告诉她，他想留下来？

没等徐康决定好要不要过去，林晚就端着餐盘从他身边经过。见他站在餐台边发愣，还顺手递给他一个空盘道："那边新上了一份小龙虾，快点儿，再晚就被他们抢没了。"

徐康接过盘子，往她手里看了一眼问："你怎么没去抢？"

"因为男朋友在啊，"林晚慢条斯理地往盘里夹火腿片，"我也是有包袱的好不好？"

徐康哽了一下，拿起另一个夹子心不在焉地选着菜，眼神却不由自主地往舒斐那边飘去。

确切地说，他看的其实是跟舒斐同坐一桌的周衍川。

跟员工们风卷残云般的景象不同，那桌的大佬们显然矜持许多。

周衍川这会儿没动筷，正稍偏过头听舒斐说话。仿佛察觉到徐康打量的目光般，男人下意识回望过来，四目相对之时，礼貌地笑了一下。

那个笑容很淡，让人看不出情绪。一时让人猜不出，他是否知道徐康这段时间的所作所为。

"我没告诉他。"林晚忽然出声说，"不过你放心，就算他知道了也没关系。"

徐康嗓子发紧地问："你就那么确定？"

林晚说："他不会介意这些。更何况你提议换掉星创，说到底也是为了鸟鸣涧，周衍川不是那么小心眼儿的人。"

她转过头来，在明亮的灯光下笑了笑说："说起来，我还要谢谢你！"

徐康难以置信道："谢我什么？"

"谢谢你为发布会做了许多事，"林晚眼中没有一丝阴霾，坦然地望着他说，"虽然中途我们有过不少分歧，可能你也不太情愿。但无论如何，今天发布会能够取得成功，还是应该多谢你帮忙。"

徐康沉默半晌，放下餐盘说："上周我在燕都联系过几家无人机公司。"

"嗯？"林晚并没有流露出太多意外，毕竟结合徐康离开前说的那些话，他在燕都做了什么，并不难猜。

徐康缓缓呼出一口气，颓丧整晚的身姿慢慢挺直了说："抱歉！你是对的。"就像某种诅咒被解除了一般，话音落下之后，这段时间堆积在胸口的郁闷，也随之烟消云散。

徐康笑了一下说："行了，不跟你聊了。"他扭头冲另一边喊道："郝帅，小龙虾还有吗？"

"要吃自己抢！"

徐康头也不回地举着餐盘，挤进了嗷嗷待哺的人堆里。

舒斐刚从燕都回来，工作狂的状态也随之彻底复苏。一场庆功宴的时间，也全被她用来聊公事了。

林晚见周衍川抽不出身，索性跟其他人坐在了一起，说说笑笑地吃完了饭。

晚上 10 点半之后，陆陆续续有人开始退场。

等到舒斐终于离开，她才假借拿甜点的机会，向周衍川的位置靠近。

周衍川正在接电话，抬眼见她故意在自己面前绕了一圈又走远，不由得勾了勾唇角，起身边听手机那头的人说话，边走到她身边站定，然后从冷柜里选了一小杯冰激凌给她。

林晚笑眯眯地接过来，也没再走远，就站在充满奶香味的甜点区，吃着冰激凌等他。

她今晚的妆容化得精致，卷翘的睫毛在灯光下一颤一颤的，宛如蝴蝶的翅膀般引人注目。

"好，您把文件发到我的工作邮箱就行，回头我们见面再谈。"

周衍川挂断电话，垂眸扫过她沾着点儿冰激凌的嘴唇问："刚才怎么不过来找我？"

林晚舔了下嘴唇道："工作场合，当然不能打扰你啦。"

"你难道不是我的工作伙伴？"周衍川笑了一下，低声在她耳边问，"走吗？"

林晚把冰激凌杯放到一旁问："去哪里？"

"找个地方随便逛逛吧，"周衍川说，"好久没听你说话了。"

餐厅就在会展中心附近的公园内，林晚想了想，不想大晚上的舍近求远，干脆就跟他一起在公园里散步。

临近深夜 11 点，残余的高温已经不算难耐。

许多住在周边小区的居民总算能够出来跑步，三三两两地穿过公园的健身步道，一时之间竟比烈日炎炎的白天还要热闹。

林晚散步没什么目的性，哪里风景好，就往哪里去。

此刻她看中了公园的人工湖栈道，便挽着周衍川的手，慢悠悠地绕湖踱步。

湖畔的地灯藏在草丛里，暗淡地散发着可有可无的光线。天上的圆月毫不吝啬地洒下一片清辉，替他们照亮前行的路。

"对了，你告德森是怎么回事？"林晚终于想起困扰了她一整晚的疑问。

周衍川缓声开口道："我在德森期间，有些技术分红一直没兑现。其实并没有多少，但真要算的话，也能要求他们赔偿我一笔。还有他们现在不承认德森的飞控跟我有关系，这事深究起来，同样有文章可做。"

"这样才对嘛。你堂堂正正做过的贡献，本来就该一分不差地拿回来。"林晚点点头，又问，"这是你一开始就计划好的？"

"什么？"

"就是等叶敬安把舆论炒起来后，再反手将他一军？"

周衍川顿了顿，才说："不是，是上周才有的主意。"

无论资金实力如何，打官司都是一件极其费神且浪费时间的事。他起初的想法，不过只是想证明自己的清白而已。

"上周……"林晚纳闷地重复了一遍，忽然听见湖中不知哪条小鱼调皮地冒了个泡，一声轻响打破了湖面的静谧，也在她脑海中荡开了一圈圈的涟漪。

她抿抿嘴唇，轻声说："我现在有个可能很不要脸的想法。"

"多不要脸？说来听听。"

"该不会是那天早上我哭了一场，"她停下脚步，靠着湖岸的栏杆慢吞吞地问，"所以你才决定收拾叶敬安的吧？"

周衍川转身面对着她，眼神似笑非笑地低垂下来。

湖边的栈道狭窄，大多数人不爱深夜里往这边过来。林晚在清冷月光的注视下与他对视片刻，然后从他眼中寻找到了答案。

"哇，原来我哭起来这么有用呢。"

她有些意外，又有些欢喜，刻意装出做作的腔调问："那岂不是今后我想要什么，只要哭一哭，你就愿意给啦？"

周衍川伸出修长的食指，卷了卷她垂在耳畔的发丝，轻声回道："嗯？有什么想要的，先说来听听。"

林晚就是随便"跑火车"，猝不及防被他一问，一下子又想不起来有什么需要的。

她灵机一动，抬手指向天空，娇声娇气地说："宝贝儿，人家想要天上的月亮。"

话才刚说出口，林晚就后悔了。刚才的表演好像夸张了点儿，搞得她特别像个三流言情剧里的傻白甜女主。

"等一下……"她清清嗓子，试图重来。

然而，周衍川根本没给她补救的机会。他抬起头，很不走心地看了看皎洁的月亮。随后低下头，深情款款地望向她，似乎考虑了一下，才温柔地问："想要月亮？"

"嗯。"林晚硬着头皮点了下头，想看他能不能说出点儿让她的少女心怦怦直跳的台词。

谁知周衍川看她一眼，笑了笑说："自己去水里捞吧。"

　　"……"林晚觉得周衍川如今越来越不像话了。

　　"看见水里那条鱼没有？"她胡乱地指了一下。

　　黑灯瞎火的地方，全靠月亮照亮一方天地，周衍川的眼睛好看归好看，但毕竟没炼出火眼金睛。他当然看不见，但为了听她下句要说什么，还是配合道："看见了，然后呢？"

　　林晚冷飕飕地瞥他一眼道："然后你看它，长得像不像你的新女朋友？"

　　"……"

　　周衍川笑了一下，湖光水色散落在他的眼周，将他眼尾那颗泪痣衬得更加分明。他松开手指，看那几缕调皮的发丝卷卷地垂下去，说："这多不合适。"

　　"你让我去水里捞月亮就合适了？"

　　"没办法啊，月亮是真摘不了。"

　　他低下头，让人脸红心跳的呼吸尽数落在她的颈间，一边细细吻过她的皮肤，一边问："要不把我给你吧，能抵一个月亮吗？"

　　林晚简直服了。

　　她现在感觉自己就像个上当受骗的无知少女，以为撩了个清心寡欲的性冷淡男神，当初还大言不惭地说要教他如何接吻，结果课还没上过几堂，他的成长速度就快到让她应接不暇。

　　偏偏她还很喜欢。

　　别说月亮，哪怕全宇宙所有的星星加起来，他都能抵。

　　夜幕低垂，公园树林那头隐约传来人声，惊飞了枝头上一只停歇的夜莺。

　　夜莺扑扇着翅膀，鸣唧着掠过湖面，飞向无边无际的天空。

　　而他们在湖畔亲吻彼此，迟迟不愿结束这片刻难得的私会。

　　直到蒋珂的电话，打断了此间的缠绵风光。

　　林晚按下接听键时，气还有点儿喘地说："喂，亲爱的？"

　　周衍川把她抱在怀里，冷哼了一声。

　　"……"

　　林晚清清嗓子，语气严肃道："晚上好，蒋珂。"

　　蒋珂难得迟疑一下说："你跟周衍川在一起？我没打扰你干正事吧？"

　　本来平平无奇的一句话，林晚不知哪根神经短路了，突然认为那个

"干"字用得非常色情。她的假正经撑不了几秒钟，就开始习惯地跟对方插科打诨道："千万别胡说，我们还在公园呢。"

"哇，大半夜在公园，这么刺激的吗？"

四周太过寂静，蒋珂的声音从手机里清晰地传了出来。

林晚感觉周衍川把她抱得更紧了些，下巴有一下没一下地摩挲过她的发顶。猜不透他是不高兴自己跟蒋珂讲话这么随便，还是被她那句话开发出了其他的想象力。

"散步，我们在散步！"林晚提高音量，欲盖弥彰地强调道，"你有事就快点儿说，我差不多该回家了。"

蒋珂这才想起打电话的目的："也不是什么大事，就想问你下周六有空没。我暂时不在酒吧唱了，准备办个告别演出。"

"那你干吗去？"

"嗯……可能有机会出道。"

"啊？"

"别激动，别激动，只是有机会而已。前几天有人找到我，说想推荐我去参加一个唱歌的比赛，还蛮正规的那种。名次好的话，能直接跟唱片公司签约。"

林晚原本还懒洋洋地靠在男朋友胸前，听完后便不由自主地站直了身说："挺好的呀，下周六我过去给你捧场啊，记得帮我多签几个名。"

"是好事？"不知为何，蒋珂的语气里完全没有该有的激动。

"嗯？"

"因为听那边的意思，就算最后能签约，也只签我一个人。"

林晚恍然大悟，终于明白她在苦恼什么了。

只签一个人的话，那就代表蒋珂必须离开她心爱的乐队。

音乐圈里司空见惯的事，忽然之间发生在朋友身上，让她顿时不敢随便乱出主意。

劝蒋珂拒绝吧，能站在更大的舞台上唱歌是她的梦想。

劝蒋珂答应吧，她对乐队的感情又很深。

林晚一时想不到该如何回答，最后只能说："下周见了面再聊吧。"

这通电话聊得不长，但或许是深夜已至的关系，等她把手机放回包里，才惊觉之前还不时传来的人声，此刻已经完全消失了。

"回去吗？"她问。

周衍川"嗯"了一声，陪她离开湖边栈道，转回通向公园出口的林荫道。

静了片刻后，他问："下周要去酒吧？"

林晚脑海中"叮"的一声，莫名生起了一股旺盛的求生欲，连忙保证道："我滴酒不沾。"

"想喝的话，也不是不行，我陪你去。"

林晚半信半疑地看着他问："你有时间吗？"

"打官司需要的材料已经准备得差不多了，之后就是等着开庭而已。"

他意味深长地回望过来，仿佛想起了什么，慢条斯理地问："怎么，担心我去了，妨碍你跟你'亲爱的'？"

林晚笑出声来："你居然还吃女孩子的醋呢？"

周衍川不置可否地挑挑眉，见她在月光下笑容灿烂，明眸皓齿的模样招得人心痒，终究忍不住伸手捏住她的脸颊，低声逗她道："你说这怪谁？"

林晚也没挣扎，任他轻轻捏着，坦然承认错误说："怪我。居然让宝贝儿需要对女孩子都提高警惕，真是天大的罪过。太不应该了，早知道今天我该上台抢走话筒，当众宣布我有多喜欢你。"

周衍川一怔，松开手侧过脸，拿她没办法似的，无可奈何地笑了笑。

转眼到了周一，又一个让广大上班族叫苦不迭的日子。

和其他死气沉沉的同事相比，林晚的心情倒是相当不错。

她搞定了发布会，知道周衍川会告德森，而且周六还约了男朋友出去玩，无论哪桩都是能让她心情愉快的好事。

上午10点半，舒斐叫林晚通知大家开会。

鸟鸣涧的会议室久违地迎来了"大魔王"，连空调口吹出来的风，好像都变得更冷了些。

说来很有意思，林晚刚替舒斐分担的时候，有些人不拿她当回事，看她坐在会议桌的最前面还看不顺眼。

结果现在舒斐回来了，他们又不禁开始怀念过去的那段日子。

毕竟林晚的性格实在讨喜，虽然工作起来绝对是认真负责的态度，但跟她说话并不会产生没必要的压力，有种天然就让人想要亲近的魔力。

不像向舒斐汇报工作，总是提心吊胆的，唯恐哪句话没说对，就要被

"大魔王"训斥到恨不得当场去世。

不过，幸好今天舒斐只是简单了解了一下大家手头各个项目的进度，然后似乎对这段时间来的工作情况还算满意，她淡然地点了下头总结道："可以，各位继续加油！"

大家纷纷松了口气，又听见她说："以后有什么事，还是要先知会林晚。"

林晚抿抿嘴唇，拿不准舒斐继续放权究竟代表什么意思。

倒是身旁的徐康，仿佛早就知道些什么，神秘莫测地冲她笑了一下。

会议结束后，舒斐把林晚单独留了下来。

"这段时间辛苦你了。"她开门见山道，"坦白说你入职以来的表现很不错，特别是上回在燕都的演讲，还有这次发布会的成功筹办。如果不是有你在，我不敢想象其他人会把差事办成什么样。"

林晚适当地表示谦虚说："大家也帮了我很多。"

"嗯，能使唤他们是你的能耐。"

舒斐调整了一下坐姿，让尚未完全康复的手脚摆得更舒服点儿："我现在想知道，你以前在研究所参与过保护区的筹备工作吗？"

林晚摇了摇头。

舒斐没有马上再开口，而是手指缓慢地敲击着桌面，陷入了沉思。

那封推荐信发出去有好几天了，曾楷文昨天才特意打来电话，说不赞成那么快就让林晚升为副总监。

"她是我引荐的人，又是你看好的人，要做副总监当然没问题。"

"那为什么……？"

"可有件事，我原本没打算太早告诉你。今年我们几个老人家一直在讨论，希望明年年底的时候，能把你调来燕都总部做基金会理事。既然现在你提到了，我就多问一句，你认为鸟鸣涧能完全交给林晚吗？"

舒斐瞬间就明白了曾楷文的意思。

等她离开南江的时候，鸟鸣涧的总监职位势必会空出来。

曾楷文劝她道："难得见你对手下的人满意。既然如此，不如多给她机会磨炼几次。倘若能办下来，让小姑娘当当总监也没问题；倘若办不下来，那她走到头最多也只能是个副总监。"

舒斐抬起狭长的眼眸，目光渐渐染上了一层审视的意味，静了半晌，她突然直接问道："你知道副总监的位置还空着吗？"

林晚愣了一下，但很快回答道："知道。"

"你觉得鸟鸣涧里有谁能担当这个位置？"

这句话问得太过尖锐，林晚一时分辨不清她的真实意图，不由得短暂地犹豫了一下。

然而她并没有犹豫太久，黑白分明的杏眼中便流露出了自信且笃定的眼神："既然您问的是鸟鸣涧内部，那么我认为我最适合。"

舒斐笑了一下，觉得这姑娘是真的胆大，想要什么，就敢毫不掩饰地说出来。

如果坐在这里的人是徐康，她敢打赌，徐康绝对会罗列出好几个人的名字，然后详细地把每个人的优点缺点都分析一遍，再在最后补充一句"还有，我也比较合适"。

"那么自信啊。"舒斐靠着椅背，轻笑着说，"我的确有过这样的想法，但就像刚才说的那样，你没参与过筹备新的保护区，多少还是欠缺这方面的经验。"

话说到这里，林晚听懂"大魔王"的意思了，她暂时还当不了副总监。

她不知道舒斐其实另有安排，只是简单地以为自己近期的表现还是不够让舒斐完全满意，心中难免失落了一瞬。

不过，她这人有个优点，就是知道哪里不足，就会从哪里弥补。而且她相信舒斐把她留下来，绝对不是想说两句废话这么简单。

果然下一秒，舒斐就说："最近又有不少保护组织申请拨款合作，你准备准备，下周帮我跑一趟，看看哪些是真的需要钱，哪些又是在打着动保的名义弄虚作假。"

托舒斐最近不在南江的福，林晚对近期收到的保护组织的申请表都有印象。大大小小加起来有好几十个，基金会再怎么有钱，也不可能一一照应过来。

她爽快地答应下来，离开会议室后，才躲到茶水间里独自沮丧。

可能还是对自己太过自信了，老天爷认为需要泼盆冷水让她清醒清醒。

得出这个结论后，林晚幽幽叹了口气。

这种沮丧当然不方便向同事诉说，她只能拿出手机，跟周衍川嘀咕了几句。

周衍川那边也刚开完会，回到办公室后看到她的消息，索性打来电话问："难过了？"

"有一点点吧。不过也还好，总归是我的能力不足嘛，难过一两天就好啦。"

周衍川翻开助理提前摆好的文件，听出了她语气里的失落，隔着电话都能想象到她愁眉苦脸的小模样，肯定像一只漂亮的小鸟被打湿了羽毛一般。

他把文件放到一边，问："要不然，送你一件礼物？"

"什么礼物？"林晚被他吊起了好奇心，"我这次还蛮受打击的，普通的礼物可不一定管用哦。"

周衍川仔细想了想，然后缓声开口道："等官司打完德森的赔偿给到了，给你办个基金会，行吗？"

"……"

林晚被他平淡的语气与爆炸的言论惊得差点儿平地摔倒，她勉强稳住身形，脑子里的千言万语只想汇成一句话。

——你是认真的吗？

周衍川并不是临时起意的，近几年他一直在考虑，做个生态发展和保护的基金会。

他手头的闲钱不少，除了星创以外也做了些理财投资。可钱放在那里增长的不过是数字而已，他对生活质量的要求虽高，但说到底一个人也花不了太多。

虽说大笔闲钱也能用于星创的扩张，但这方面他和曹枫意见一致，不想走得太激进。

星创的公司理念摆在那里，在这个利益至上的年代算是小众观念。他们宁愿走慢点儿，等更多志同道合的人加入进来，也不愿意像德森那样，在短短几年内飞速发展为行业老大，却在尔虞我诈之中忘记了公司成立之初的愿景。

所以周衍川想，既然如此，那么类似于潘思静研究的在火星上种小麦，明摆着短期内无钱可赚、长远来看意外非凡的项目，他都可以扶持一把。

林晚听完他的解释，轻声说："你的想法倒是蛮好的，我也支持你把钱花在感兴趣的事上，但是把它交给我就不合适。"

她刚到鸟鸣涧还没多久，连个副总监都没混上，怎么敢直接管理一个基金会？

如果连这点儿自知之明都没有，那么她的自信就不是自信，而是自负了。

周衍川问："找人帮你呢？"

"也不行。"林晚很有原则地拒绝道，"这份礼物太重了，我现在还收不起。"

见她主意坚定，周衍川也没再多劝。

送礼物这事讲的不是排场有多大，而是收礼人是否开心。林晚不是欲擒故纵的性格，她说现在还不能收，那就是真的不愿意要。

既然如此，他当然不能勉强了。

反正钱在那里也不会少，什么时候能收了，再送也不迟。

经过周衍川这么一刺激，林晚心里的那点儿失落也荡然无存了。她收拾好心情，挂断电话后顺便抽空看了眼微博。

"林子大了"每天照例会收到不少评论，今天也不例外。

只不过和往常相比，今天评论里不少人都在问她是否关注过鸟鸣涧昨晚的发布会。

林晚在微博没有公开过身份，别人只知道她是个鸟类保护从业者，具体在哪儿工作，叫什么名字，长什么样子，这些与现实挂钩的信息，网友一概不知。

她昨天回家太晚，没来得及更新发布会的话题，不少人因此猜测她会不会反对鸟类保护和无人机牵扯到一起。

为了避免大家继续误会下去，当晚下班后，林晚回家就更新了一篇博文，和网友们谈了谈她对巡逻项目的看法，既是表示支持，也是向某些像从前的她一样对无人机抱有偏见的鸟类爱好者普及。

她发博文向来注重排版，图文并茂是最基本的要求。手机里有不少昨晚拍到的现场照片，她挑选几张后一并放了上去。

谁知道博文一经发出，底下的网友却关注起了别的细节。

"第五张照片里那个男人好帅，3分钟内我要知道他的全部资料。"

"报！周衍川，星创科技CTO，未婚。"

"未婚？那有女朋友吗？"

"原来林子也在现场啊，不过这张照片的角度……"

"其他人都虚化成背景了，只有周衍川拍得特别清楚。难道这就是传说中的女朋友视角？"

"啊？我一直以为林子是个四十多岁的大哥。"

"不是年轻小姑娘？"

林晚哭笑不得地刷了会儿评论，眼睁睁地看着她的形象忽男忽女，忽老忽少，也懒得跳出去说明真相。

反正她的网络身份是科普博主，哪怕别人把她误会成七十多岁的老学究也无所谓。

然而林晚万万没有料到，没过多久，居然有个网友评论说："你们不知道林子是漂亮小姐姐吗？她来我们学校做过科普讲座，我见过真人的！"

说完怕大家不信，还直接发了张照片上来。

照片就是林晚去南江一中开讲座时，因为何雨桐耍心机，害她不得不打开微博讲故事的时候拍的。

不得不说，这位同学拍照的水平还挺不错的，照片中的林晚面带笑容，整个人看起来美艳不可方物，而且投影幕布上还明明白白地显示着微博账号的界面。

评论区直接炸了。

会关注"林子大了"的网友，通常都是鸟类爱好者。比起博主的颜值，他们更关心这人更新的内容有没有干货。

但这并不代表，他们看鸟看久了，就不懂欣赏美人。

等林晚洗完澡再刷微博时，才惊觉大事不妙。

她赶紧删掉那条评论，又私信放出照片的学生，提醒对方以后不许再发她的照片。

那学生连连道歉，完了又问："姐姐，你有男朋友吗？"

"干吗？"

"嘿嘿，我觉得你长得好看又聪明，如果不介意我比你小几岁的话，等我考上大学了，能不能来研究所找你啊？想让你做我女朋友。"

林晚："……"

这年头的小朋友，脑子里究竟都在想什么？

此事可大可小，她义正词严地表示了拒绝之后，想了想又把私信截图发给周衍川："宝贝儿你看，有弟弟想追我呢。"

"弟弟算什么？"周衍川反手甩她一张评论截图，"不是还有别的哥哥跟你当场求婚吗？"

他发的竟然是微博底下的评论。

有好几个网友用半开玩笑的语气介绍完自己的情况，问她能不能考虑一下自己。

看这情形，"爱妃"的醋坛子估计是打翻了。

本来是该哄几句的，可林晚挑了下眉，低头打字："被我抓到把柄了吧？你果然偷偷关注我微博了！"

"……睡了，晚安！"

周衍川这条消息一发过来，林晚怔了一下，扑倒在床上哈哈大笑起来。

她的男朋友，太可爱了呀。

接下来的一周，日子依旧忙碌而充实。

周衍川还是经常加班，但相较前段时间，他稍微能空闲一点儿，每天驻扎在公司里监督给鸟鸣涧使用的无人机的研发进展。

林晚经常中午和晚上都跟他约出来吃饭，有天晚上还跑去看了场电影，其余时间就各忙各的。见不到面的时候也不会空虚，只要专注于自己的工作，便不会觉得时间漫长而无聊。

到了周六那天，两人便开车去酒吧给蒋珂捧场。

林晚专程在花店订了一大束鲜花，女孩子单手都很难抱稳的那种。到了酒吧一进后台，就把它送给了蒋珂。

蒋珂惊喜地抱住她又蹦又跳，说等会儿上台的时候，一定要把鲜花拿上去，好让台下的观众们都知道她的小姐妹有多爱她。

"以后你开演唱会，第一排的位置给我留一个。"林晚撩起妹子也很上道，甜言蜜语张口就来，"你开多少场，我给你送多少束花。"

周衍川看她一眼，觉得当初说她是"海王"，还真没说错。

这不，简简单单一句话，已经快把蒋珂给感动哭了。

此时正好有电话进来，周衍川拿出手机，一边接，一边往门外走。

刚才还抱着蒋珂卿卿我我的林晚突然回头问："你去哪里？"

"接电话。"他扬了下手机，怀疑她脑袋后面装了个雷达。否则明明背对着他，怎么也能发现他正在往外走？

电话是朋友打来的，约他出去打球，美其名曰运动一下，发泄发泄心里的不愉快。

周衍川最近的心情其实还不错。

他不是瞻前顾后的那种人，既然已经决定要跟德森硬碰硬，就不会再顾及旧情黯然伤神。

"不用了，今晚陪女朋友。"他淡声回绝道。

"可以啊，女朋友大过天。"朋友非常理解，"电话里聊几句也行。主要是我这边有好用的公关公司，你要想跟德森打舆论战的话，可以帮你牵线。"

周衍川从后台的通道走到外面，拐过几个弯后，就看见了当初林晚绕柱的那处艺术装置。

往事浮上心头，让他不经意地笑了笑。

"行啊，回头约出来聊聊。不过最近应该用不上，德森那边现在也没怎么闹了。"

叶敬安大概没想到，有一天，向来与世无争的周衍川会因为一个女孩，而给他寄出一封律师函。

这个反击超出了他的预料，同时也引起了他的注意，使他决定改变策略小心为上。

德森前期那些抹黑，多少还是给星创造成了一些损失。

星创除了与政府和公益组织合作以外，还有一笔很重要的营收来源就是卖他们的飞控算法。现在飞控版权存在争议，有些原本有意向购买的公司，就进入了观望状态。

对于这一点，周衍川并不介意。毕竟谁都不希望自己花高价买回去的东西是出售方偷来的。

"前期打嘴仗没意思，"周衍川来到露台边，手肘撑在栏杆上，俯瞰着脚下的城市夜景，"我喜欢把钱留着用在刀刃上。"

朋友一愣，听出了他的弦外之音："你打算在开庭之后，再慢慢给德森施压？"

"嗯。他们想翻旧账，我就陪他们翻，"周衍川轻笑一声说，"看谁先撑不住，谁就先低头。"

既然都闹到了法庭相见，就没必要再手下留情。

一次官司不至于让德森倾家荡产，但至少要让他们掉一层皮。

跟朋友聊完后，周衍川原路返回。到了后台的化妆室，他敲门进去，结果却没看见林晚的身影。

蒋珂正在化妆，见他来了，莫名手抖了一下说："我朋友找她有点儿事，把她叫出去了。"

"弹贝斯的那个？"周衍川问。

蒋珂志忑地点点头，心想早知如此，当初她就不把江决介绍给林晚了。

本来两人之间没什么越界之处，可就因为她的多此一举，搞得现在总担心周衍川会不会误会他们。

周衍川没什么表情地"嗯"了声，停顿数秒后，忽然问："能问问吗？离开这支这乐队，你最舍不得的人是谁？"

蒋珂茫然地眨眨眼，一时不知该好奇他为何会关心这种事，还是该思考她最看中的乐队伙伴是谁。

此时此刻，林晚正在吧台那边，担当恋爱咨询师。

一段时间不见，江决看起来比以前更酷了。他单手拎着个酒瓶，仰头灌了几口，放下酒瓶时眼睛不知看向哪里，眼中带着几分痛苦的颓丧感。

"你打算跟她表白吗？"林晚喝着饮料问。

江决低声笑了笑说："本来有这个打算的，可现在怎么跟她说？好不容易她决定一个人出去闯了，现在我跑过去说'我喜欢你'，这不是平白给人增加烦恼吗？"

"乐队已经确定解散了？"

"他们几个想再找女主唱，我是没兴趣奉陪。来这儿就是为了她，现在她走了，我留下来也没意思。"

江决懒洋洋地倚着吧台，双手朝向舞台比出取景框的手势说："等会儿帮我们拍几张照吧，留个纪念。"

林晚明白，他说的"我们"，并不是指乐队的所有人，而是更狭义的，他和蒋珂，只有他们两个人。

她顿了顿，问："那你以后打算怎么办呢？"

"她那比赛在燕都，赢了的话，也是跟当地的公司签约。"

说起将来的计划，江决眼底掠过一丝笑意："她去哪儿，我去哪儿。她失败了，我陪她再组乐队；她成功了，我就陪她站上巅峰的舞台。"

林晚被他眸中的坚定一震，还想再说什么时，就意外地看见周衍川从远处走来。

江决还记得他，挺客气地说："不好意思，耽误了你女朋友几分钟。"

"嗯，我就过来传个话。"周衍川走到林晚身边，很自然地把手搭在她肩膀上说，"蒋珂刚才说，一想到要离开乐队，她最放不下的人是你。"

江决一怔，随即利落地翻过吧台，直奔后台而去。

林晚目瞪口呆地看着这出反转问道："你没骗他吧？"

"没，我问蒋珂了，她自己说的。"

"你突然问她这个干吗？"林晚这下更迷惑了，他看起来不像关心这种事的人啊。

周衍川在她身边坐下，长腿微曲，膝盖抵着吧台，侧过脸安静地注视了她几秒，终于缓声开口道："因为我不想他占用你的时间，懂了没？"

第 9 缕光
生死间

　　蒋珂的告别演出，气氛燃炸了。

　　她混乐队圈有些年头，多少也积累了一些粉丝，男的女的都有，最后一首歌的前奏刚起，台下就跟着了魔似的，齐声高喊她的名字。

　　今晚酒吧特意挪开了碍事的桌椅，把舞池拓宽了些。

　　乌泱乌泱的人群在灯光下随着音乐挥舞双手，蒋珂一身黑色长裙站在舞台上，张开双臂迎向最亮眼的灯光放声歌唱，像个即将君临天下的女王。

　　林晚没去舞池中央跟蒋珂的粉丝们挤，她挑了二楼一张视野很好的桌。不知道是被现场的气氛感染，还是纯粹为朋友的美好未来高兴，反正两杯酒喝下去后，全身的神经就跟着兴奋了起来，促使她站在栏杆边手舞足蹈。

　　她其实没怎么正经学过跳舞，但架不住节奏感不错，随便扭扭居然也别有一番风情。

　　旁边几桌的男人频频望过来，要不是顾虑到旁边还有个周衍川，他们是真的很想冲上来搭讪。

　　周衍川始终没看舞台上的表演，他的眼睛始终停留在林晚身上，仿佛她就是个价值连城的宝贝，稍微磕着碰着都不行。

可是看久了，他的目光渐渐就有了炽热的温度。

林晚向来到什么场合就穿什么衣服。今晚来酒吧给小姐妹捧场，她就穿了条孔雀蓝的鱼尾裙。

挂脖式的一字领，性感地露出了肩颈与后背的大片肌肤，收腰设计贴合地裹出凹凸有致的腰臀线条。哪怕站在那里不动，就已足够诱人，更何况这会儿她正随着音乐轻轻扭动。

周遭的空气升了温，在躁动的鼓点声中，悄悄融化了玻璃杯中的冰球，在杯壁上氤氲出一片潮湿的水雾。

直到音乐声彻底空白下来，林晚才在满场欢呼中转过身，笑盈盈地走向周衍川。没怎么犹豫，就扭过身坐到了他的腿上。

周衍川往后仰了一下疑惑道："嗯？"

"你今天吃醋的样子好帅。"她攀住他的肩膀，纤秾合度的身体亲密地与他贴在一起。

"又喝多了？"他问。

林晚沉默了一瞬，觉得自己喝酒这事估计给周衍川造成了不小的心理阴影。她假装气鼓鼓地捶他一拳娇嗔道："夸你帅还不好？气死我了，我找蒋珂玩去！"

周衍川笑了笑，跟她一起下楼去后台。

乐队几个人正在后台围着蒋珂又哭又笑，不知道的还以为，从明天开始她就要被发配到西伯利亚。

江决倒没凑这个热闹，他安静地靠墙站着，看到他俩进来时，眼神微妙地看了周衍川一眼。

他们打算去吃夜宵，邀请林晚和周衍川两人也一起去。

周衍川见她一脸期待的样子，便也点头应允了。

到了楼下，蒋珂一路抱着林晚不撒手，好像没意识到自己变成了电灯泡似的，非要上周衍川的那辆车走。

等到上了车，蒋珂才猛拍胸口，以一副惊魂未定的样子不断感叹道："吓死我了你知道吗？上台前江决突然冲过来跟我表白了！我的天，他居然喜欢我，你敢信？"

林晚哽了一下，抬眼看向坐在驾驶座的始作俑者。

周衍川跟没事人一样，淡定地设好导航，一言不发地把车开了出去。

"可你不是说，离开乐队最放不下的人是他吗？"林晚陪蒋珂坐在后排，不得不担当起陪聊的重任，小声问，"难道其中有误会？"

蒋珂愣了愣，立刻明白了过来。

她今天的舞台妆化得很浓艳，假睫毛好似刷子般颤了颤，语气认真地说："我的意思是说，作为乐队成员的那种放不下。江决很有才华的，既会写曲，又会写词，试问哪个女主唱不想拥有这样的搭档？"

"……"

林晚在心中默默为江决掬了把辛酸泪，这是什么"我想做你男朋友，你却只想跟我谈工作"的悲情戏码。她硬着头皮问："那你怎么回答他的？"

说到这里，蒋珂脸上的哀怨更浓："当时我本来是想拒绝的，可是看他那么高的个子低下头来看我，一下子脑子就短路了，傻兮兮地来了句'我们现在应该好好做音乐，还不到谈恋爱的时候'。你都不知道江决看我的那个眼神，简直像在看个小学生。"

林晚没忍住，"扑哧"一声笑了出来。

恐怕现在的小学生都不会说"我们应该好好学习"这种话了吧。

蒋珂被自己傻到无地自容，她叹了口气，单手捂住脸说："结果被他这样一闹，我上台就特别不自在，眼睛总是往他那边看。真的，你别说，他弹贝斯的时候好帅。"

林晚有些理解蒋珂的说法。

乐队除了主唱以外，最受关注的通常都是吉他手。贝斯手一般就如他们手中的乐器一般，只是低调地起个陪衬的作用。

可江决这人不一样，明明没什么夸张的举动，但只要他一站上台，那种酷到骨子里的感觉就出来了，轻而易举就能吸引大家的目光。

蒋珂迟迟没有等来她的回应，下意识问："你不觉得他很帅吗？"

林晚刚要点头，忽然就感觉有道目光若有若无地从前面扫了过来。

不用抬头她也能猜到，是周衍川在看她。

求生欲刹那间蓬勃而生，她清清嗓子，故作严苛地说："也就那样吧。"

蒋珂："？"

到了吃夜宵的烧烤店，蒋珂张罗着要了个包房，让大家随便吃，这顿她请客。

现场演出是项很费体力的活动，乐队的人没跟她客气，喊着"就宰最后一顿"的口号，往菜单上洋洋洒洒地勾了一大堆东西。

林晚在酒吧点了份果盘吃，这会儿她不觉得饿，更何况她纯粹就是过来跟蒋珂玩而已。她规规矩矩地坐在一边，喝着烧烤店每桌赠送的鲜榨西瓜汁，有一句没一句地跟人闲聊。

人多的时候，周衍川向来话少，加上乐队其他成员看出了他身上有股矜贵的劲，也就没有强行拉他加入话题。

进店之后，刚好曹枫有事找他，两人便在微信上沟通起来。

直到一箱箱的啤酒送进包房，江决问他："喝酒吗？"

"谢谢，不用。"周衍川指了下林晚说，"我还得开车送她回去。"

江决扬眉道："这么护着女朋友？"

周衍川"嗯"了一声，用只有两人能听见的音量，低声说："你不是也护着她？"说完视线往江决旁边的蒋珂那儿一瞟，带着点儿大家都懂的意味。

江决坐得离放酒的角落近，自然顺便负责给大家倒酒。

别人都是满得啤酒沫都快漫出来的一大杯，唯独蒋珂的玻璃杯，还剩下近乎一半的空白。

"不一样，她得保护嗓子。"江决没有勉强，转身把倒光的酒瓶放回箱中，重新拿了瓶新的，轻轻在桌角一磕，想了想问，"你是不是看我特别不顺眼啊？"

江决又不傻，告白没有成功后就回过味来了。

今晚周衍川就是故意把他从林晚身边支开的，好让他这个闲杂人等别再继续待在自己女朋友身边。

周衍川说："你不跟她在一块儿，我对你就没别的意见。"

"我跟林晚真没什么，"江决喝了口酒，解释道，"那天在派出所被你撞见就是个意外，而且在进派出所之前，我就跟她说清楚了，只做普通朋友而已。不过话说回来，我看你也不太顺眼。"

周衍川抬起薄薄的眼皮问："怎么？"

江决指向正忙着跟人划拳的蒋珂，语气冷飕飕地说："她不是跟你搭讪过？"

周衍川看他一眼，静了几秒后，两人同时笑了笑。

这些整天活得肆意又烂漫的女孩子，大概永远都不知道，她们随随便便的一举一动，总能在不经意间，惹得人想要计较，却又无从计较。

这顿夜宵的最后，林晚还是让服务员又拿了个杯子过来，往里面倒上啤酒，然后绕到蒋珂身边，跟她一碰杯："祝你前程似锦！"

"谢谢，谢谢！"蒋珂还她一个飒爽的笑容说，"祝你春风得意！"

两个玻璃杯轻轻一碰。

林晚喝完酒就把杯子放到一边，特别自觉地回到周衍川身边坐下说："喏，今晚只喝了两杯半，不算多吧？"

周衍川点头道："不多，真乖。"

最后那个"乖"字的尾音落下之时，他那双桃花眼借了室内的灯光，带着让人目眩的笑意，深深地回望着她。他的衬衫纽扣不知何时解开了两颗，配合着他胸膛肌理的轮廓，比入喉的美酒还要勾人。

林晚抿了下唇角，心想春风未必时时得意，但只要有周衍川在，春光倒能永远灿烂而荡漾。

凌晨时分，一场小雨不期而至。

路灯高高地投射下昏黄的光晕，在微凉的空气中将那些随风舞蹈的雨丝映得格外清晰。

林晚与蒋珂在店门外来了个大大的拥抱，然后才依依不舍地告别她心爱的小姐妹，小跑着来到马路边上车。头发被雨打湿了点儿，她不甚在意地拨到耳后，觉得刚才淋的那半分钟雨，似乎什么都没能浇灭。

车内隐约弥漫着潮湿的水汽，周衍川抽出两张纸巾给她擦拭，接着系好安全带，轻声问："直接回家吗？"

"好呀。"

半小时后，周衍川将车停在林晚租住的别墅门外。

窗外的雨越下越大，密密麻麻的声响笼罩在四周，如同织下了一张密不透风的网，想把人留在今晚的雨夜里。

两人谁都没有说话，在无声中用目光试探着彼此。

短促的沉默过后，林晚转身攀住他的肩膀，嘴唇贴在周衍川的脸侧，往他耳朵里轻轻吹了口气道："怎么办？突然不想进去了。"

周衍川呼吸一滞。

片刻后，他侧过脸，喉结滚动几下，轻声问："去我家？"

因为林晚的这句话，周衍川又把车开出云峰府，在路边找到了一家24

小时营业的便利店。

　　林晚留在车上，等他把安全套买回来了，就贴过去亲他。

　　外面雨大，两人今天出来都忘记了带伞。没过一会儿，彼此的衣服都染上了对方身上的潮气。

　　欲望的火焰就这么烧了起来，从身体到灵魂，每一处都如此滚烫，恨不得从此再也不分你我。

　　林晚在昏暗的车内摸索到他的胸膛，把第三颗纽扣也解开了。

　　她想看他衣衫不整的模样。

　　周衍川捉住她的手腕，哑声说："别碰。"

　　"干吗不让我碰？"她停住动作，微凉的手掌贴在他的皮肤上说，"宝贝儿，你心跳得好快。"

　　周衍川因为她的主动和坦然笑了笑，深呼吸几次，勉强把某种不可言说的悸动压下去一些，然后垂眸看着她道："至少让我先把车开回去。"

　　林晚不知哪根笑神经被他的话戳中了，收回手靠在椅背上哈哈大笑起来。

　　周衍川懒得再系扣子，只稍微扯了下衣襟说："你再笑下去，我会以为你喝醉了。"

　　"喝醉了就不做吗？"她歪过脑袋问。

　　"嗯。"他低低地应了声说，"你醉了就是我欺负你，那怎么行？"

　　林晚今天喝得不多，意识足够清醒。然而当听见周衍川的回应后，那点儿理智也像瞬时被烧断了一般，让狭窄空间内的春光变得更加明媚。

　　一进门，比智能灯光更早围拢过来的，是女孩温热的体温。

　　两情相悦，没什么可害羞，也没什么可隐藏的。

　　林晚贴上他结实匀称的身体，双手搂住他的脖子，踮起脚尖去咬他的嘴唇。周衍川配合地低下头来，隔着那层单薄的布料搂住她的腰，与她在暖黄色的光线下拥吻。

　　他摸到她裙子的拉链，稍稍往下一拉，便有暧昧的声音在唇齿纠缠的间隙里响了起来。

　　手指触碰到的，是她细腻光滑的皮肤，令他想用力在上面留下属于自己的痕迹，又不忍心真的让她疼。

矛盾之下，他索性放弃思考，专注于逗弄她的舌头。

林晚很快就感到一阵晕眩，全身的毛孔都在这一刻舒展开来，她软软地放松了身体，把主动权交还给周衍川，任他换了个姿势，把她抵在门上密密地吻着。

玄关壁灯将两人重叠的身影映在墙上，看那些碍事的衣衫一层层褪去，只余下干净而炽热的灵魂坦诚相对。

到了这时，林晚总算羞怯起来。

她把脸埋在周衍川的肩窝里，问出了一句极具挑逗性的话："一起洗澡吗？"

周衍川的家比舒斐那套别墅的面积更大，主卧的浴室宽敞而明亮，在"哗哗"作响的水声中渐渐弥漫出一层滤镜般的水雾。

林晚赤脚踩在地板上，越发感到男人的身影格外高大。

她本身已经算高挑的身材了，平时穿高跟鞋也就选个四五厘米左右的高度，因此她原本以为，这点儿小小的差距不算什么。

可这会儿等她离开了高跟鞋的帮助，才终于发现在周衍川的衬托下，她竟然整个人都莫名娇小了几分。

淋浴间在设计之初，并没有考虑过双人共浴的场景。

周衍川极具存在感地站在那里，单手撑着墙面，就能轻而易举地堵掉她所有的退路。

事实上，林晚也不想退。

她太喜欢周衍川现在的模样了，他眼中有燃烧的情欲，亦有止不住的爱意。

往日里总是打理得整齐的短发凌乱地往后抹去，热水顺着发丝流淌下来，滑过他绷紧的下颌，在清晰且锋利的喉结处停了停，而后又被他隐忍的喘气声震得四散开去。

林晚不是第一次看见他动情的时刻，却是第一次与他面对面地感受着彼此身体的温度。

"告诉你一个秘密。"她说，"在玉堂春看见你的第一眼，我就想睡你。"

周衍川的眸色更深，他抓过她的双手，按在她的头顶上方，弯下肌理流畅的背脊，一边轻咬她泛红的耳垂，一边低声回道："早知道会这样，你那时候就该睡了我。"

平时斯文禁欲的人，说起这种话来，性感得叫人春心荡漾。

林晚两只手都被他挟持住，想摸摸他都不行，只好承受着他激烈的亲吻，像一条被人捉出水面的小鱼般大口大口地呼吸。

残存的一点儿思维，还在无边无际地蔓延。

她想，换作那时候，就算有机会，她恐怕也不能和周衍川做到这一步。

只有当她了解到周衍川英俊的外表下，深藏着怎样一身顶天立地的脊骨后，她才会愿意不顾一切地沦陷在他深情的眼神里。

皮囊与灵魂，缺一不可。

但是恰好，周衍川能满足她全部的渴望。

窗外的雨不知下了多久，也不知还要下多久。

淅淅沥沥的雨声从浴室蔓延到卧室，遮住了床单摩挲的细碎声响，却遮不住浓情交错的时候，那些甘甜的欢愉之音。

突如其来的大雨下到天明才停。

连日高温的酷热暂时收敛了，室内室外的空气中染着淡淡的花香，好似满园春光，都在这一夜尽数绽放。

林晚一觉睡到下午才醒。

醒过来后的第一反应，就是翻身想去抱抱和她同床共枕了一整夜的人。

结果先不提那半边床上根本就没人，意识蒙眬时猛地翻了下身，一下子就把她从昏昏沉沉的余韵里给扯了出来。

就一个字，酸。

全身上下像五百年没运动过的人，突然被拉出去跑了马拉松似的，哪儿都传递出尽兴之后的酸胀感受。

"啊……"

她轻轻叹了口气，把脸埋在枕头里小声骂道："周衍川你这个浑蛋，睡完就跑不是人。"

"谁不是人？"

身后忽然响起了一道慵懒的男声。

林晚一愣，这才想起把眼睛往更远的地方看。

周衍川坐在窗边的沙发里，膝盖上放着一台笔记本电脑，手指还在一下下地敲着键盘，视线却似笑非笑地扫了过来。他轻笑道："我是不是该回避一下，等你骂完了再进来？"

他不知道起了多久了，反正只穿了一条黑色的裤子，露出了上半身。仔细看肩膀那儿还有个清晰的咬痕，不用他提醒，林晚也记得那是什么时候被她咬上去的。

她尴尬地清了下嗓子，眨眨眼睛问："你什么时候醒的？"

"8 点多。"

"你是魔鬼吗？"林晚这下是真的震惊了，"敲一行代码能增加一行体力值是不是？"

周衍川轻声笑了笑，把笔记本拿开，起身走过来，单膝跪在床上。

他弯下腰，温柔地抚过她的发顶问："还疼吗？"

"现在还好了。"林晚没好意思说，其实昨晚后来就不怎么疼了，取而代之的是一种难以言喻的舒服。

周衍川亲了她一下说："起来洗个澡吃饭，我煮了点儿吃的放在冰箱里，热一下就能吃。"

"好呀，我要吃男朋友的爱心料理。"

林晚娇声娇气地发完嗲，刚要坐起来，又想起自己现在还是一丝不挂的状态，于是只好慢吞吞地躺回去，拉高被单盖住下半张脸命令道："你先出去，我没穿衣服。"

周衍川笑着看她几眼，直到她即将恼羞成怒之时，才慢条斯理地退出了房间。

林晚窝在床上松了口气。

大早上，哦不，大下午的，一睁眼就近距离看到男朋友的腹肌，这种体验简直太刺激了。要不是她此刻实在还没缓过来，差点儿就想把他拉到床上再继续一次了。

周衍川到厨房打开冰箱，把提前准备好的饭菜拿出来。

他本来没打算这么早起床，但长年累月锻炼出来的生物钟不听话，早上 8 点刚过就催促他快点儿醒过来。

他不知道林晚几点能醒，又怕她醒了之后肚子饿，就做了几道简单又拿手的菜准备着。

幸好手艺发挥得还算正常。把餐盘放进微波炉时，周衍川庆幸地想，否则就只能叫外卖了。可他今天是一点儿都不想看到除了林晚以外的人。

　　林晚不知在楼上磨蹭些什么，过了大半个小时才慢吞吞地下来。

　　她无比感谢周衍川当初装修的时候给别墅安装了一部小型电梯，不然，她真的没信心能从三楼一步步走下来。

　　"都是你自己做的？"她指着餐桌问。

　　"嗯，随便凑合一下吧，今天总不好叫阿姨来家里做饭。"

　　"没关系，看起来比我做的好吃多了。"林晚诚恳地夸奖道，"看样子，至少能把我妈妈给糊弄过去。"

　　周衍川给她端来一杯果汁，道："你不用在这方面违心地夸我。"

　　"其他方面我也没有违心过，每次夸你我都是认真的。"

　　周衍川勾起唇角笑了一下说："好，我知道了。"

　　你知道什么，你就知道了？

　　林晚恼怒得红了脸，坐下来后"咕噜咕噜"喝掉了大半杯果汁。

　　"慢点儿喝。"周衍川又给她倒满了说，"先吃饭。"

　　平心而论，周衍川的厨艺不算特别好。但放在家里和自己人吃，绝对属于上得了台面的级别。

　　林晚的确也饿了，全程表现得非常捧场，为此还额外多添了一碗米饭。

　　吃饱喝足后，懒劲就上来了。她往后靠着椅背，有一句没一句地跟周衍川聊着天，莫名又有点儿想睡觉。

　　"没睡够的话，就再去睡会儿。"周衍川看她的眼皮开始打架，出声提醒道，"要么明天上午请假休息半天？"

　　林晚掩唇打了个哈欠，摇头说："不行，明天我要出差。"

　　"又出差？"

　　"是啊，'大魔王'任命我当钦差大臣，去外地看看那些保护区的情况。十几个省市，每个地方去两三天，回来休息一下再走，前前后后加起来，恐怕需要两个多月呢。"

　　周衍川静了几秒，放下筷子，把手揣进兜里，没什么表情地看着她。

　　"怎么啦？"她茫然地问。

　　"没怎么。"周衍川忽然叹了口气，模仿她之前的语气，平缓而低沉地念道，"啊，林晚你这个浑蛋，睡完就跑，不是人。"

　　林晚："……"

332

玩笑归玩笑，周衍川终究不会拦住林晚不许她出差。

毕竟当初决定在一起的时候他们就说好了，谁都不能干涉对方的事业。

更何况他和德森的官司开庭在即，双方互诉的案子打起来本就麻烦，除此以外他还要继续负责星创的相应事务。各种烦琐的事堆在一起，接下来一段时间基本不可能有什么空闲时间。

吃过晚饭后，林晚不能继续留了，她还得回家收拾行李。

周衍川送她到花园外，在路灯下站着，没怎么说话，大多时候都在用他那双能蛊惑人的桃花眼安安静静地看着她。

肌肤相亲之后，一个眼神都能变得缠绵起来。

林晚抱住他说："你别这样看我，再看下去我会舍不得走的。"

"舍不得也要走，不是吗？"

周衍川替她理了理头发，指尖擦过耳廓时，顺手亲昵地捏了下她的耳垂说："舒斐愿意给你机会是看重你，以后她再派你出差，还是得答应下来，别顾虑到我就放弃机会。"

林晚在他怀里点点头。

这种情况仔细说来有点儿双标。以前周衍川出差或加班不能见面，她自己就特别能理解。但可能是她每次出差的时机都不太好，接连两次离开前，她心里都有些愧疚。

总感觉每回都在他需要自己的时候，撇下他跑出去拼事业了。

"我中途会回来几次，一回南江就来见你。"

说出这句话后，她感觉自己像个乱给承诺的渣男。

周衍川笑了一下，胸膛微震，说："别说得这么肯定，我也不是随时都有空。能见面就见吧，见不到的时候就视频，也不用总往这边跑，我可以陪你回家见阿姨。"

林晚用下巴在他胸口蹭了蹭说："好。官司有进展记得告诉我，要是被我先在网上看到消息的话，回来有你受的。"

第二天清晨，天刚蒙蒙亮，林晚就起床出发了。

这次出差舒斐还另派了三人跟她一起，刚好两男两女，住标间都不用愁怎么分配房间。

接下来的一个月，就是天南海北四处奔波的一个月。

自然保护区大多在人烟稀少的地方，别说过去的路况不好，附近住宿的条件也不好。林晚自幼养成的洁癖，差点儿都给磨没了。经常半夜醒来看着墙角发霉的痕迹，她还能镇定自若地用完卫生间回来倒在床上呼呼大睡。

　　中途她回过南江几次，结果正如周衍川预料的那样，几次都没能见上面。

　　不过这一个月里，倒是发生了一件叫她高兴的事——赵莉和郑老师领了结婚证。

　　领证那天林晚刚好在南江，晚上郑老师亲自下厨张罗了一桌好菜，当作自家人第一次正儿八经地吃饭。

　　郑老师早年结过婚，老婆生孩子时难产，两人都没救回来。

　　他以前孤家寡人一个人过习惯了，没养过孩子，却在那晚喝了几杯酒后，神色微醺地拿出一个大红包递给林晚，说如果不嫌弃的话，他愿意拿她当亲女儿看待。

　　赵莉借着盛汤的机会，偷偷跑去厨房抹眼泪。

　　林晚想了想，把红包收下道："郑叔叔，我现在工作比较忙，一个月回来不了几次。我妈妈吧，以前被宠惯了，有时候会有点儿小脾气，就麻烦您多照顾了。"

　　"应该的，应该的。"见她收了红包，郑老师咧开嘴笑得很开心地说，"我们打算过段时间办一场婚礼，到时你一定要赶回来参加。"

　　"记得帮我选婚纱！"赵莉在厨房喊了一嗓子。

　　林晚爽快地答应下来，从此出差时又多出了一项任务，就是时不时被母亲大人在微信里呼唤出来，帮她选完婚纱，又帮她参谋婚礼流程。

　　晚上有时也跟周衍川视频。

　　房间里有同事在，她当然不方便干些出格的事，次次都把衣服穿得特别整齐，仿佛跟人开视频会议似的，就差放一台笔记本在面前，边说话边记下当天的谈论内容。

　　周衍川反倒一次比一次过分。

　　他仗着偌大的别墅只有他一人居住，经常慵懒地坐在那里，衬衫纽扣解到让她浮想联翩的位置，故意深情款款地注视着她。

　　某天晚上他变本加厉，洗完澡没穿上衣，就直接接通了林晚打来的视频通话。

屏幕一亮，林晚都要疯了。

男朋友清晰流畅的肌肉线条近在眼前，可她却连他的一根手指头都碰不到。

"周先生，我郑重警告你别太过分。"她把耳机翻出来戴上，咬牙切齿地小声说，"小心见了面，我让你下不了床。"

"嗯？可以试试。"他把手机放到茶几上，漫不经心地笑了一下说，"林小姐既然这么说了，到时我会好好表现。"

林晚没来由地怵了一下，莫名又有些期待。

她看见室友拿着换洗衣物进了卫生间，等到里面的水声"哗哗"响起了，终于开始放飞自我："以后视频也别穿衣服好不好？我喜欢你的腹肌。"

周衍川垂眸看向屏幕，冷笑一声道："然后你就给我看这？"

林晚说："没办法呀，我跟别人一起住的嘛。"

周衍川没说话，起身走到一边不知在干什么，手机里依稀传来一阵"窸窸窣窣"的声音。等他再回到镜头前时，林晚一口老血差点吐出来。

他把T恤套上了！居然不给她看！

"别误会，刚洗完澡还没来得及穿衣服。这会儿有点儿冷，不想冻感冒了。"他看着她气鼓鼓的模样，慢条斯理地缓声澄清。

林晚简直不想理他，可视线瞟到他眼尾淡淡的笑意，小心脏就"扑通扑通"地乱跳不停。她眨眨眼睛，故意放软声音，哄他似的说："宝贝儿，脱掉嘛，让我看看呀，说不定我一个激动，明天就跑回南江去了。"

"叫爱妃都没用。"周衍川端起水杯喝了一口，放下时，"宝贝儿明天几点的飞机？"

林晚笑得直接倒在了床上。

好半天后，她擦了擦笑出来的眼泪，清清嗓子道："好了，说正经的。明天虽然回不去，但下周肯定会回去一次。你有时间吗？"

周衍川说："有，我去机场接你。"

"这么体贴的吗？德森的官司怎么样了？"

"还在打。"周衍川说，"他们一直在补充提交证据，拖时间。"

德森这两年在消费级无人机领域做到了顶尖，如今想回过头来塑造良好的企业形象，参与民用级无人机的市场争夺，矛头不可能不对准已经扎根于此的星创。

对付星创，最方便也最直接的方式，就是把周衍川拉下水，所以他们千方百计地想朝他身上泼脏水。

"叶敬安有完没完，他属苍蝇的吗？"林晚听完后，瞬间忘了要看男朋友的腹肌，同仇敌忾地骂了起来。

周衍川淡然地笑了笑说："他现在已经改变想法了，就是无论如何都要把星创拖住，给他们的民用无人机部门争取时间。"

至于这场风波里星创会遭受何等损失，周衍川会招来多少误会，根本不在叶敬安的考虑范畴之内。

林晚撇了撇嘴角，有心想说什么，又不知从何说起。

相比她的沮丧，周衍川的神色反而轻松许多。他安慰道："没事，他得意不了多久。"

两天后，周衍川诉讼德森的案子开庭。

据说那天庭审结束后，叶敬安在回去的车上发了很大一通脾气。

周衍川拿出了多年前的邮件和签署的部分合同证明，他加入德森属于技术入股。按照双方的约定，在德森年盈利额达到当初承诺的数字后，他每年应该享有一定比例的分红。

早年德森刚起步，还没这么规范，叶敬安也还不如现在这么世故。为了拉拢周衍川，当然是能给的好处一个劲儿地给，虽然他心里认为那些都是空头支票。但他万万没有想到，周衍川会有要求他兑现承诺的一天。

律师认真分析完周衍川提供的证据后，只能硬着头皮告诉叶敬安说："他胜诉的概率很大，我建议选择庭外和解，尽量争取一个对我们有利的赔偿金额。"

"他做梦！"叶敬安愤怒地摔了手机，眉间的疤痕隐隐浮现出戾气说，"德森发展到今天全是我的心血，他一个早就滚出去的人，没有资格回来跟我要这笔钱！"

然而叶敬安的狠话放出去还没多久，一则关于德森早年造成山林虫害爆发的旧闻，就声势浩大地在网络上铺开了。

这几年德森内部高层几经变动，公司内部知道这桩黑历史的人已经不多。

如今旧账突然被翻出来，而且针对的还恰好是德森今年刚想大力发展的公共领域，一下子掀起的讨论度，自然可想而知。

形势在一瞬间反转。

现在不是叶敬安愿不愿意和解的问题，而是德森内部开始有人向他施压。提醒他不要为了一个周衍川，打乱了德森长远的发展目标。

叶敬安这几天心情如何，周衍川才懒得关心。

他让律师不要理睬德森那边提出的商谈要求，整天待在公司里，监管新款无人机最后的测试工作。

临近交付的一天前，天气格外晴朗，羽毛状的薄云点缀着湛蓝如湖的天空，预示着今年第一场台风即将登陆南江。

恶劣的气候近在眼前，舒斐不得不更改计划，要求把交付时间改到台风结束之后。毕竟就算明天工厂能冒着危险把无人机送来，鸟鸣涧拿到了也不能马上投入使用。

气象部门一直在提醒大家注意安全，星创干脆宣布全体放假，周衍川也终于得到了短暂的空闲，提前下班回了家。

连日的疲累让他决定早点儿休息，不到半夜 12 点就关灯睡觉。

直至凌晨 1 点，他突然醒了过来。

周衍川睁眼时便感到一阵心悸，他已经很久没有过如此难受的感觉。回忆起来，还是小学毕业的那个暑假，父母去世后他每晚从噩梦中惊醒，心跳才会变得如此混乱。

他下床倒了杯冰水，喝下去时习惯性地打开手机看了一眼。

只一眼，浑身的血液便在那一刻冷了下来。

手机屏幕接连显示出了好几个门户网站的消息，而且所有的消息，则全部指向一个地点。

就在 10 分钟前，石安县发生地震，引发了大面积的山体崩塌。

而林晚此行的最后一个目的地，就是位于石安县的自然保护区。

从那之后的许多年，每当林晚回忆起与死神擦肩而过的那天，都会发自肺腑地意识到，其实从当天早上开始，不祥的预兆就已经频频出现。

首先是打开房门的第一眼，她就看见一条蛇盘踞在房门外。

同住的女孩被吓得尖叫着跳回床上，林晚虽然也很害怕，但她还是鼓足勇气用房间里的三脚架把蛇挑远些，然后关上房门，打电话让招待所的服务员上来处理。

石安县是当地有名的贫困县，他们入住的招待所位于保护区周边的某个乡镇，周边环境说好听点儿是山清水秀，说难听点儿就是贫穷落后。

不过服务员的态度还挺热情，把蛇装走后，还帮他们在门口叫了一辆三轮摩托车，细心地嘱咐司机一定要把这四个人安全送到保护区内。

司机听说他们是来考察保护区的，一路上视交通法规如无物，不时回头向鸟鸣涧的几人介绍石安县的保护区做得有多好。

"要我说啊，等有了钱就把周围的旅游做起来，多吸引些外地的游客，苦日子就到头啰！"

山路崎岖颠簸，林晚感觉都快被颠出脑震荡来了。她抓紧三轮摩托的车帮，和同事们面面相觑，谁都不好意思说出真相。

实地考察只是基金会审核流程的其中一步，他们来了，不代表鸟鸣涧就会把石安县的自然保护区纳入资助目标。

全国各类自然保护区加起来将近3000个，鸟鸣涧不可能全部顾得过来。

资金有限的前提下，还是要根据物种的多样性和珍贵度、是否有科研或宣传价值，以及保护区本身的管理制度是否健全等多方面去考量。

这一个月以来，林晚算是把铁石心肠练出来了。

保护区的基层工作人员大多态度非常真诚，被那一双双眼睛满含期待地看着，实在很难说出拒绝的话。

起初她还会委婉地暗示"物种比较单一""这些鸟目前的数量还蛮多"之类的话，想让他们别在鸟鸣涧这里浪费时间，尽快寻求其他机构的帮助。

没想到有天回南江的时候，林晚被舒斐叫进办公室骂得狗血淋头。

舒斐欣赏她是真欣赏，教训起来也是真的狠："你以为自己是谁？正式的评估报告还没做就敢暗示结果？知不知道人家投诉电话都打到我这里来了，说我们鸟鸣涧实地考察就是做假把式，随随便便地看一眼就断定不出钱。你作为鸟类学者的专业性喂狗了？"

林晚差点儿就被她骂崩溃了。

可是冷静下来一想，舒斐骂得其实很有道理。哪怕她明知那些保护区无法通过申请标准，也不能仅凭一张嘴就劝别人转寻其他门路。

她是好心没错，但别人只会认为他们敷衍了事。

经此一役，林晚再也没做过此类提醒。

每次考察完后，她们把数据记录下来，笑着表示回去之后再开会定夺。

所以这次来石安县，林晚原本也打算全程微笑服务的。

结果等她从三轮摩托车上下来后，硬是一点儿笑容都挤不出来，纯粹是被糟糕的路况给折腾得没脾气了。

当地的护林员接待他们往深山里去，为首的林业局官员很健谈，他滔滔不绝地介绍了石安县近年来都有哪些候鸟在此栖息，留鸟增加了几种，每种的数量有多少等。

林晚走在队伍中间，注意到她身侧的一个年轻护林员始终很紧张，眼神与她对上时，便会很不自然地转过头，躲避目光似的看向别处。

起初还以为这人是害羞，几次之后她就意识到不对劲了。

她假装系鞋带落到后面，等同行的一位男同事过来时，抓住对方说："注意一下周边的环境，我感觉他们在隐瞒什么。"

同事闻言点点头，走了一段后，他突然停下脚步说："你看，那边有落葵薯。"

林晚顺着他手指的方向望去，果然在树林里看到了大片藤蔓状的植物，白色的花蕾一串串地与枝叶缠绕散开，已经隐隐有了覆盖低矮树木的势头。

"没认错吧？"她轻声问。

同事借着地势的遮挡，悄悄走近观察了一会儿，回头肯定道："没错。"

林晚皱了下眉，心里有数了。

回到山脚下的护林宿舍后，她翻看完当地的鸟类观察记录，抬头看向仍在侃侃而谈的官员问："请问威胁监测记录在哪里？"

那人顿了一下，说："附近没有环境污染，这几年宣传得好，盗猎也没发生过。"

林晚坚持问："外来物种入侵呢？"

气氛一下子冷了下来。

林晚深吸一口气，张开嘴却不知该说什么。

考察的线路是别人带他们参观的，连这样沿途都能看见落葵薯，由此可见在他们看不到的地方，这种存活能力极强、生长速度极快的外来入侵植物，很可能已经破坏了石安县自然保护区的原始生态环境。

他们或许想过办法，却无济于事。

眼看鸟鸣涧的人来了，就想无论如何把这事给瞒过去。

临走时林晚回头看了一眼，发现那位护林员满脸自责的表情，大概是恨自己掩饰得不够好，被他们发现了端倪。

回去又是一路颠簸，同事犹豫地提起："其实石安这个保护区各方面的条件都不错，把落葵薯清除干净可能还有希望。我刚跟他们聊了一下，环境确实很艰苦，这些年能坚持下来很不容易。"

"嗯，但是管理制度也是审核标准之一。"

林晚叹口气，做出决定说："我会把这件事写在考察报告里，具体结果以后再看吧。"

受这桩意外的影响，回去后几人都有点儿沮丧。

做动物保护就是这样，更多的是在和人打交道。而人性本就复杂，牵扯起来难免让人愤怒，又难免让人不忍。

林晚抱着笔记本赶报告到深夜，快写完时听见住在隔壁的两个男同事过来敲门。他们说服务员推荐了县城的一家当地特色夜宵店，车程也就半个多小时，想请她俩出去一起试试。

"你们去吧，我想把报告写完。"林晚说。

同住的女孩不解地问："'大魔王'没要求当天交吧，难道不能等回了南江再写？"

林晚语气认真道："当然不能啦，回到南江我要忙着约会的。"

"喊——"

其他三人发出了整齐划一的鄙夷声。

林晚笑嘻嘻地送走了同事，独自留在房间里给报告收尾。

等到全部写完时，时间已经过了凌晨。她揉揉眼睛，打算去床头拿起正在充电的手机，给同事们打电话问他们什么时候回来。

谁知刚拿起手机，一阵眩晕就猛然向她袭来。

她一开始还以为是自己坐久了低血糖，但随即就感到脚下的地板正在以某种诡异的弧度晃动。

走廊里不知是谁大喊道："地震了！"

电光石火的一瞬间，林晚脑海中闪过的念头竟然是"该死，我的报告还没保存"。可大自然并没有留给她拿上笔记本下楼的时间，她甚至连自由走动都做不到，只能在剧烈的摇晃中被迫踉跄着撞向桌子。

最后的时刻，林晚跌倒在地上。

紧接着便是一声天崩地裂的巨响，世界在那一刻，陷入了死一般的寂静。

车窗外的夜色浓稠如墨，像一方倒扣的砚台，将远处群山的影子死死地扣在里面。

高速公路上，几辆越野车疾驰而过，车后是台风即将登陆的南江。而坐在车上的人，个个神色凝重。

周衍川的手机一直响个不停。

石安县政府在地震发生后不久，就与星创取得了联系，希望他们能够提供无人机技术支援。他们会找到星创并不奇怪，毕竟星创之前参与的电力巡逻项目中，石安县便是巡逻地之一。

又一次结束通话后，周衍川按了下太阳穴，转头问："石安县的山区地貌测绘图发过去没？"

"发过去了，有一支赶到的救援队用的是星创的无人机，他们正在采集新图像做对比，制定救援计划。"

"离石安最近的电池供应商联系上了吗？"

"也联系上了，他们今天就会往那边送电池，绝对能保证接下来几天的使用需求。"

周衍川"嗯"了一声，把手机充电线接好后，点开微信看了一眼。

林晚始终没有回复消息。

心脏仿佛被人狠狠地拽紧往下扯了一把，又像有把刀插在里面不住地翻搅。一阵接一阵的钝痛不断地传来，让他连呼吸都不敢用力。

"老大，你要不要休息一下？"最后一排传来郝帅的声音，战战兢兢的，唯恐哪个字没有说对，就会让他陷入崩溃。

周衍川哑声回道："不用。"

郝帅默默地收了声，转头看向窗外，使劲揉了下眼睛。

凌晨从被窝里被叫起来参加抢险，的确是他作为飞手没有预料到的工作经历。可他这人虽然平时吊儿郎当的，但只要到了关键时候，就从来没有怕过什么。

所以，哪怕明知会有余震，会有暴雨，会有山体滑坡和泥石流，他还是来了。来的路上他还不断地给自己做心理建设，心想：我就是个飞手，不用深入第一线，可以的，问题不大。

谁知还没赶到集合地点，他就收到了徐康发来的消息，说林晚和几个同事也在石安县，另外三人因为地震时刚好在户外，所以没受什么伤，但林晚一直联系不上。

郝帅当时就愣住了。他真的不敢想，万一林晚有个三长两短，等周衍川抵达石安时，场面会如何。

林晚迷迷糊糊地睁开眼，第一时间确认自己还活着。

这话说出来多好笑，有朝一日她居然需要思考"我现在是死了还是没死"。不过应该是没死，因为全身上下哪儿都疼得厉害，可要她说具体是哪里最疼，大脑就像塞满了棉花似的，浑浑噩噩地阻止她继续思考。

头顶的天花板早已裂开成无数块，横七竖八地压在那里。

林晚勉强转动脖子，依稀辨认出左边那个帮她挡住横梁的东西，多半就是房间里的衣柜。而右边那个断掉半截的玩意儿，则是她不久前才用过的桌子。

是不久前吗？也可能不是，她已经分不清时间过去了多久。只记得自己在最后的关头，很狼狈地、连滚带爬地找到了一处三角安全区。

周遭的惨叫声与哭泣声渐渐减弱，不知道大家是想保存体力等待救援，还是已经……

林晚尝试着活动了一下身体，幸运地发现四肢都没有被任何重物压住，衣柜甚至帮她撑起了勉强可以稍稍活动下的空间。

看起来暂时还安全。

这个念头刚刚在脑海中升起，又一阵摇晃感在废墟中散布开来。

林晚下意识地护住头，同时蜷缩起身体，但依旧被"哗哗"落下的灰尘碎渣砸了满脸。她难受地咳了几声，等到余震过去后，感觉脸颊上似乎有什么湿润的液体缓缓滑下。

应该是血，她想。

意识有些散乱，她没来由地想到了很久以前，在一个炎热的下午，她去一家位于高楼顶层的旋转咖啡厅跟人相亲。

此刻她早已忘了相亲对象姓什么叫什么，但仍记得那人用轻蔑的口吻说："有时候真羡慕你们女人，读完大学找份安稳的工作，接下来便等着嫁人就好。"

林晚同样记得她的回答，她说："我们这行其实也有风险。去年我跟老师到草海保护区考察黑颈鹤，差点儿陷进沼泽出不来。"

回忆起这段对话的时刻，"这次可能会死"的认知，终于从身体中苏醒过来。

林晚鼻尖一酸，喉咙深处的哽咽被她强忍着咽了回去。

哭是一件很费体力的事，不能把力气用在这种地方。

她小心翼翼地抹了把脸，余光看见手肘边有一个薄薄的册子，应该是招待所摆放在房间里的记事本。

一线朦胧的天光从缝隙里投射进来，林晚盯着那个记事本愣了几秒，一边注意到现在已经是白天，一边难过地想，她或许可以开始写遗书了。

艰难地拿到纸笔后，林晚脑海中浮现出了许多人的身影。她认识的人太多，想告别的人也太多了。然而到了最后，那些身影一个接一个地淡去，最后只剩下两个人。

赵莉和周衍川。

四周都是狰狞恐怖的障碍物，身体扭成一个奇怪的姿势书写，的确是非常痛苦的一种体验。但林晚还是借着昏暗的光线，一笔一画地给她生命中最重要的两个人留言。

如果不是这次地震，她恐怕想不到自己有这么多话想对赵莉说。

感谢与道歉密密地填满了整张纸，最后一句却用了有些俏皮的口吻："还好你和郑老师结婚了，祝你们百年好合！"

翻开下一页时，林晚苦闷地"咝"了一声。

她盯着满是灰尘的纸张，想到"周衍川"三个字，一阵强烈的不舍就涌上了心头。她可以想象，当周衍川知道她出事后，一定会想起他曾经经历过的生离死别。

这偏偏又是她最不愿意他再遇到的事情。

时间一分一秒地过去，而林晚迟迟不敢落笔。

星创一行人抵达灾区现场的指挥部，已经是当天下午3点。

十几个小时的舟车劳顿令人疲惫不堪，但没有谁会在这种时候出声抱怨。

周围到处都是人，可除了必要的交谈以外，人人都保持着肃静。

曾经的乡镇早已看不出原貌，远远望去满目疮痍。

周衍川整个人淡漠到可怕，他脸上始终没什么表情，和现场负责指挥的人碰头之后，依旧能够冷静地询问他们能提供什么帮助。

"你们的人能分成两组吗？"对方的嗓子哑得像被砂纸磨过似的，扯着喉咙问，"运送物资还有勘测地形。"

"能。"

"运送物资的跟我走，"那人抬手指了下不远处说，"勘测地形的跟他。"

周衍川转过头，看见一个穿着深红色外套的年轻男人，肤色偏黑，高大挺拔，看起来像是民间救援队的人。

年轻男人注意到这边的动静，走过来问："星创的到了？"

"他姓周，是星创主管技术的人。这位是暖峰救援队的队长，姓迟，你管他叫迟队就行。"

周衍川莫名觉得这人有点儿眼熟，但一时想不起来，招呼道："你好！"

"你好！"迟队冲他点了下头，很快便直入主题，"刚休息完，这会儿正准备过去。你把人和设备带上，一边走，一边跟你说下情况。"

周衍川利落地把星创带来的人分成两队，自己带了包括郝帅在内的几个人，跟暖峰救援队会合后往震中地区赶去。

到达一片看不出原貌的区域后，周衍川挽起袖子，把无人机和其他设备都搬下车，然后找了一处稍微平坦点儿的地方，就开始配合勘测地形，帮他们制定救援路线。

"C4 点很可能再次发生山体崩塌。"周衍川指着笔记本里刚刚建成的模型说，"建议你们绕路从 A6 过去。"

迟队看向屏幕说："行。"他停顿了半拍，又问："有认识的人在石安？"

周衍川看他一眼，没说话，也没问他是怎么看出来的。

自从到达石安之后，他一直强迫自己不要去想林晚，而是更为投入地做他该做的事。只要救援能快一点儿，她生存下来的概率也就更大。

胸口始终有种拉扯般的痛感，好像是心脏跳一次就提醒他一声，时间又过去了一秒。

"是你什么人？"迟队问。

周衍川的下颌绷出凌厉的线条，片刻后低声开口道："女朋友，很重要的人。"

"叫什么名字？"

"林晚。"

"好，我尽量帮你把她找回来。"

对方站起身，拍了拍裤子上的泥土说："年初救援队想找公司捐助几架无人机，求爷爷告奶奶的都没人搭理，最后还是星创听说了消息，直接送了十架过来。不管怎样，你们帮过我们，这次该我们回报了。"

周衍川一怔，想起来确有其事。

可他没有料到，当初捐赠的无人机，会有一天用来寻找林晚的踪迹。

不知从何方吹来一阵大风，夹杂着腐朽与血腥的气味。

雨点密密麻麻地落了下来，顷刻间便打湿了整片大地。地震之后往往会有暴雨，救援的难度在此刻再次升级。

周衍川把设备挪回车内，目光沉沉地看向屏幕，咬紧的牙关尝到了血的味道。

林晚听见下雨了。

"稀里哗啦"的雨声充斥着耳膜，似乎隔得很近，又似乎离得很远。

意识像飘荡在惊涛骇浪中的一艘小船，起起伏伏，随时都能被海水吞噬进去。

她闭上眼睛，握紧了拳头。

虚脱即将来临的那一刻，另一阵更为嘈杂的声响又闯了进来。

有人声、犬吠声，还有机器切割的巨大噪声。

可能是出现幻听了，她恍恍惚惚地想，不然为什么她还能听见无人机从空中掠过的声音呢？

时间不知过去了多久，白昼变成了黑夜。

狭窄而逼仄的空间里感知不到一丝光线，四周阴沉而潮湿，像黎明之前最黑暗的时刻。

终于有新的光线涌入了缝隙里。

她听见有人问她："姑娘，你叫什么名字？"

"林晚。"

"坚持住，你男朋友来了。"

眼泪就是在那时涌了出来，和倾盆大雨杂糅在一起，一点一滴地从她心中流淌而过。

废墟中的呜咽是求生的呐喊，她嘶哑地挣扎着。

被人抬上担架的时候，林晚感觉到她的眼睛被人用毛巾遮了起来。她不管不顾地拽住那个人，虚弱地说："我手里有字条。"

"给谁的？"

"左边的给赵莉，"林晚的声音越来越轻地说，"右边的给周衍川……"

"行，我帮你转交。你现在需要休息，明白了吗？"

等周衍川赶到急救点时，林晚已经被送进了临时搭建的急救室。

他在泥泞不堪的院子里看到了正坐在那儿休息的迟队，对方朝他招了招手，等他过去后才说："应该没什么大事，不过那姑娘留了张字条给你。"

周衍川接过被揉成一团的字条，雨水早已把她娟秀的字迹彻底浸湿。

但他还是一眼就辨认了出来。

只有短短的一行字。

"周衍川，愿你此生尽兴，愿你心灯常明。"

远处一道闪电骤然劈开了漆黑的天空，风雨撕扯飘摇，呼啸着填满了遍布大地的伤痕。

而周衍川在明暗交错的夜色中，安静地垂眸许久，然后慢慢抬起手挡住了眼睛。

林晚再次清醒过来的时候，已经被送进了临时病房，等待被送往医院做手术。

所谓病房，其实也就是搭建在小学操场上的帐篷。

外面的雨下个不停，伴随着不时出现的余震，让人有种航行于大海中的感觉。

有那么几分钟的时间，她以为自己还被埋在倒塌的房子里。

周围不时响起哭泣声与呻吟声，躺在她左右两张床的大叔隔空对话，心有余悸地讨论已经发生了一天的地震。

林晚闷不作声地听着，总算大致清楚了一些情况。

镇子地形狭长，两面临山，最近本来就是自然灾害易发的雨季，再加上推波助澜的地震的破坏，当时就引发了山体滑坡。

除了诸如学校、政府机构办公楼之类的公共建筑以外，这里的民居不像城市里有专业的设计师和施工队伍，大多是当地人找有经验的师傅修建的，有些甚至还是全家老小齐上阵，做完后有没有安全隐患都看不出来。

如今地震和山体滑坡双双降临，没有经过合理布局设计的房屋自然难逃一劫。

"广播说震源太浅，我们这里又是震中。"左边的大叔唉声叹气地望着帐篷顶说，"可惜我爷爷那辈留下来的老房子，年年说要重修，年年都没修，这下好了，塌了个一干二净。"

右边的大叔疼得龇牙咧嘴的，还不忘安慰他道："人活着就好，我媳妇儿说招待所那片靠山近的地方冲垮了一大片……"

话到这里，他像刚注意到林晚一样，打量她几眼后就没再出声了。

这镇子很小，大多数人祖祖辈辈地生活在这里，见面后哪怕叫不出名字，也能有几分面熟。像林晚这样的异乡人，哪怕面容憔悴地躺在那里，也能被一眼辨认出不是本地的女孩。

镇上没什么旅馆，外地过来的要么住亲戚朋友家，要么只能住在唯一的那家招待所里。

大叔活到这把年纪，不能当面戳人痛处的道理还是懂的。他捂着伤口倒吸几口凉气，就骂骂咧咧地自言自语去了。

林晚总算得到片刻清净，然后一种强烈的孤独感转眼间漫上心头。

身体的疼痛还在继续，让她很想随便抓住一个认识的人——哪怕是许久不见的魏主任都行——反正她迫切地需要向谁倾诉。

"林晚？这里有没有叫林晚的？"帐篷入口处突然传来带着乡音的中年女声。

林晚张开嘴想答应，却发现喉咙火辣辣地疼，一点儿声音都发不出来。

还是隔壁病床的大叔注意到她的动静，赶紧道："这儿！这儿！"

像是有心灵感应一般，林晚在这时扭过头，目光穿过或坐或躺的伤患，隔着暗淡的光线与沉闷的空气，看见一抹熟悉的身影向她走来。

周衍川已经一整天没合过眼，往日清澈漂亮的桃花眼里此刻满是血丝。出发前穿的那套衣服也没换过，雨水把裤腿的泥泞冲刷得越发斑驳，整个人像刚从水里捞出来一般，神色颓唐而疲惫。

可林晚愣愣地看着他越走越近，无比想要拥抱他。

两人在病床前对视着，耳边仿佛有呼啸的山风吹过，落到他们身边时忽然变得温柔下来，好让他们听见彼此的心跳。

周衍川皱了下眉，低垂的眼眸深深地看向她，看到已经能够烙印进心里了，也不愿错开目光。许久之后，他弯下腰，把她被血渍凝成一团的发尾一点点地分开。

林晚滚烫的眼泪落下，哑着声音说："我以为……"

话才刚开头，她就什么也说不下去，喉咙里只有呜咽声。

周衍川低头亲吻她干裂的嘴唇，嗓音同样嘶哑地说："我明白。"

好像什么都不用说了。

她所经历的恐惧、不舍、绝望和委屈，全部一点一滴地落进了他的心里，从此即使天荒地老海枯石烂，也永远不会被磨灭。

这一晚，周衍川在帐篷内陪了她 20 分钟。

20 分钟后，支援的救护车赶到，把林晚和另外几名伤患转移到隔壁县城的医院接受进一步的治疗。

鸟鸣涧的同事几经周折，在医院里找到了她。

地震发生时他们还在石安县城内，除了一个男同事被掉落的广告牌砸伤了肩膀，其他两人都并无大碍。

同行的女同事留下来照顾林晚，林晚用同事的手机给家里打电话报平安。

赵莉在手机那头泣不成声，好不容易缓和了点儿，又想直接飞来这边。还好老郑在那边拼命地劝说，她才勉强答应等情况稳定之后再来探望林晚。

挂掉电话，林晚又拜托同事登录她的微信发朋友圈报平安，忙完这些后就躺在床上陷入了沉默。

她身上的伤口不少，最严重的位置在腰部，拍片结果显示腰椎爆裂性骨折，不幸中的万幸是没有伤到神经，只要手术成功及术后护理得当，应该不会留下后遗症。

可到底还是后怕，特别是这种只能躺在床上等待第二天手术的时候，那些恐怖的回忆便争先恐后地钻进了她的脑海里。

同事一边用热毛巾给她擦脸，一边问："要不要叫你男朋友来？"

林晚轻轻地摇了摇头。

那 20 分钟的相处根本不够，劫后余生的重要时刻，她恨不得能一天 24 小时都跟他待在一起。

可周衍川不能走，他要协助救援，要勘察山区隐藏的风险，还要等救援初步结束后，带领星创的人用无人机进行全面消杀，以防传染病传播。

"你男朋友真的很……"

同事一时想不出恰当的形容词，只能换了一个方式表达她的感受说："反正如果是我，肯定做不到他那样。"

林晚眨了下眼睛，露出地震发生后的第一个笑容。

她浅浅地弯起唇角，声音轻而笃定地说："所以我才喜欢他呀。"

如果周衍川不管不顾地跟来医院，放下所有只围着她一人打转，听起来或许也是一桩浪漫而温情的美谈。

可倘若他真的做出这样的选择……

林晚想，他就不是她喜欢的那个周衍川了。

手术几天后，林晚可以戴着护具下床走动了。

双脚终于踩到地面的那一秒，她忍不住发出了一声惊叹，那是一种非常奇妙的感受，仿佛有些麻木，又仿佛无比清晰地感知到地板的形状和触感。

能去的地方不多，同事搀扶着她在病房内慢慢地走了一圈，见她体力还行，又建议她再去走廊里走走。

林晚就一手扶着墙，一手搭着同事的胳膊，慢吞吞地往外挪。

刚走出去没两步，新手机就在同事的衣兜里振了一下。

周衍川："我过来看你，需要买点儿什么吗？"

"怎么回？"同事问。

林晚想要的东西很多，这几天她已经无数遍地怀念过奶茶、烧烤和小蛋糕，可她就算有再大的胆子，也不会在这种时候犯傻。

"让他看看路上有没有书店，"最后她决定做一个有追求的优秀伤患，"我刷手机刷烦了，需要点儿正经的娱乐方式。"

同事依言把消息回了过去。

林晚忽然又问："我现在的样子丑吗？"

"不丑，活脱脱的一个病美人，我见犹怜。"

林晚花了三秒思考要不要紧急化个妆什么的，最后想想干脆还是放弃了。

她其实就是不希望周衍川看见自己特别憔悴的样子，免得他看见之后又要心疼。可周衍川又不傻，等会儿到了医院看见她妆容精致地坐在那里，肯定一眼就能看出问题来。

不知道是不是想到男朋友即将到来的期待作祟，林晚今天的状态特别好。直到她沿着住院部的走廊反复走了两趟之后，才终于感到有些吃力。

做过手术的位置还在隐隐作痛，她没有逞强，决定索性回病房等男朋友。

结果就在她经过护士台时，对面的电梯门忽然打开了。

电梯里面人不少，但她第一眼就看见了周衍川。

他个子很高，神色冷淡地站在最角落的位置，也能将周围的闲杂人等衬成微不足道的背景。

走廊灯光明亮地照射下来，林晚迎着光，迟钝地往前迈了一步，然后松开扶墙的那只手，张开手臂笑盈盈地望向她。

周衍川似乎也笑了一下，他走出电梯来到她的面前，配合她的身高，弓着背把她稳稳当当地抱在了怀里。

陪伴的同事露出一脸"我瞎了"的表情，把林晚交给周衍川后，找了个借口直接撤退。

林晚现在不能弯腰，她直挺挺地靠在他怀里问："有没有觉得，我今天抱起来很不一样？穿着护具呢，是不是硬邦邦的？"

"是有一点儿，但没关系。"周衍川动作很轻地护着她问，"这几天感觉还好吗？"

"还好。医生说我身体底子很好，恢复得也比较快，而且每天还有志愿者来给我们做心理疏导。我跟你说，那个小妹妹特别专业，你要不要让她也帮你……"

"嗯？"

林晚抿抿嘴唇，不知该不该继续提出建议。

她其实一直很担心这次的事会让周衍川想起他父母去世的瞬间，不光是她险些遇难，还有山区乡镇里的山体滑坡和泥石流。这些似曾相识的场景，很可能会像一根接一根的针，深深刺痛他的心脏。

护士台前人来人往，他们没有停留太久。

周衍川扶着她往病房一边走，一边说："我没事。"

"真的？"她稍微转过脑袋，仔细地凝视他的侧脸，想辨认他是否在说谎。

周衍川回望过来，缓声道："因为你还在这里，所以我就没事。"

林晚猛地一怔，听出了他的话外之音。

只要她平安无事，那么过往的种种痛苦折磨都不会再困扰他。

回到病房后，林晚不情不愿地又躺回了床上。

她从被子里露出一张巴掌大的苍白小脸，指了下周衍川手里的纸袋，问："给我买了什么书？"

"乱七八糟的，什么都有。"周衍川打开纸袋，把七八本书全部放到了床头柜上。

林晚一看这数量，顿时高兴了。

这肯定够她看到出院。

然而，等她看到摆在上面的第一本书名后，突然就有点儿笑不出来了。

"《农作物优质种植技术》？"

她难以置信地盯着那充满浓郁田园气息的封面，想到了一个可能性，皱眉问道："你打算先让我了解怎么在地球上种小麦吗？"

周衍川把那本书递到她手里说："没，就是觉得很合适。"

林晚半信半疑地接过来后，随手翻开一页，想看看这玩意儿到底哪里跟她合适。不料随着她手指翻动书页的动作，一枚书签轻轻地滑落了下来。

邻床的病人睡得正香，磨牙、打呼双管齐下。

本来是有点儿搞笑的环境，可林晚却在此时想起了她被救出来的那个时刻。

那时她整个人昏昏沉沉的，完全没有意识到并不需要托人转交她的"遗书"。她不知道救她出来的人是谁，也不知道那人有没有把字条交给周衍川。

但此时此刻，当她看见书签上那一行行苍劲的笔迹时，林晚可以确信，周衍川收到了她的"遗书"。否则他不会以同样的方式，向她诉说他从未表达过的话。

　　如果给你寄一本书，我不会寄给你诗歌

　　我要给你一本关于植物，关于庄稼的

　　告诉你稻子和稗子的区别

　　告诉你一棵稗子提心吊胆的春天

　　　　　　——我爱你 *

....

* 引自余秀华的《我爱你》

第 10 缕光
见春光

随后的日子，林晚除了下床复健，就是躺在床上津津有味地翻阅《农作物优质种植技术》。

被砸伤肩膀的同事比她先出院，过来探望时看到这匪夷所思的一幕，险些脑补出灵魂穿越之类的玄幻题材。毕竟这场面实在太诡异了，明眸皓齿的美女同事病恹恹地躺在那里，手里高举着一本农业科普书籍，看得认真也就算了，这会儿居然还含情脉脉地脸红了。

他凑过去瞅了一眼，这章正好是"小麦土壤培育管理"。

"……"都是什么鬼？

他转头盯着这些天留在医院照顾林晚的女孩，意有所指地问："医生安排她照过脑部 CT 吗？"

"别想多了，那是人家男朋友送的。你们这些单身狗是不会懂的。"

他暗自咋舌，心想林晚和周衍川这对情侣简直绝了。送什么不好，居然送这种书？

而且关键是一个敢送，另一个也真敢看。

病房里的其他人对林晚的新爱好也感到十分不解，这明显就是个大城市来的姑娘，怎么会对种庄稼的书感兴趣？

有位阿姨某天实在按捺不住，派出她的外孙女过来打听。

小女孩约莫四五岁的样子，估计是被散养长大的，肤色偏黑，唯独一双大眼睛亮晶晶的。她趴到林晚床边用小奶音问："姐姐，这本书好看吗？"

"好看呀。"林晚胳膊举累了，刚好放下来休息，"可以学到好多新知识。"

小女孩歪着脑袋与她对视，问："你们城里人也要学这个吗？"

林晚一本正经地说："跟住在哪里没关系。只要你想知道，就可以买本书来看。就像这几天总来看我的大哥哥，他的工作虽然是做无人机，但是……"

她本来想暗暗炫耀下男朋友在火星种小麦的计划，没想到小女孩的思维立刻被带偏了，手舞足蹈地比画起来问道："是不是天上飞的小飞机呀？我在电视里看到啦，妈妈说小飞机帮了我们好多忙，外婆就是靠它找到的！"

"真的？那你喜欢它吗？"

"喜欢！喜欢！"小女孩疯狂地点点头。

周衍川过来的时候，就看见林晚笑盈盈地躺在那里，跟那个一见他就跑的小家属聊得正欢，不知道的还以为她们认识了很多年似的。

由此可见，腰椎骨折并不会影响"海王"的实力。

他没有着急进去打断她们的交谈，而是仰头靠在门边，安静地望着林晚。

接连几场暴雨送走了盛夏的光阴，初秋正在悄无声息地靠近，窗外的阳光不再刺眼，风里带着些微的凉意，走在街上已经能闻到些许秋的味道。

可林晚身上仿佛带有某种魔力，但凡有她在的地方，四季便停止了更迭，只留下生机勃勃的春意。只要靠近她，就能看见荒芜的大地生出了新的绿芽，从此草长莺飞，万物回春。

林晚和小女孩聊了好半天，终于看到了在门边久候多时的男朋友，惊喜道："你来啦？"

"嗯，搜救结束了，明天开始消毒。"周衍川走过去，简短地说了下进展，没有告诉她太多关于灾情的详细内容。

林晚谨记志愿者的提醒，也没仔细盘问搜救结果，就指了下还赖在她床边不走的小女孩说："她刚才说想看无人机。"

周衍川垂下眼眸，看向还不到他腰高的小朋友，轻声问："想看？"

小女孩黑乎乎的脸蛋顿时透出了红，刚才的伶牙俐齿转眼不见了踪影，只结结巴巴地说："有……有点儿想，可可可……可以吗？"

林晚在被窝里偷笑。

这小女孩前几天见了周衍川就跑，今天终于说上话了，还紧张得手都不知道往哪儿放。

性别萌芽时期对好看异性的本能欣赏而已，特别正常的现象。

林晚当然不会介意，但她没有出声，想听周衍川会如何回应。

周衍川想了想，用一种平稳的语气说："现在还不能拿来给你看，过几天行吗？"

"好好好！"

"医院附近不能随便飞无人机，跟你爸爸妈妈说一声，如果他们同意的话，到时带你去开阔点儿的地方。"

小女孩本来想亲手摸摸无人机就好，结果这下听说还能看它在自己面前飞起来，顿时乐得合不拢嘴，转头跑向外婆的病床，跟她要手机给父母打电话。

总算打发走了小电灯泡，周衍川才在林晚床边坐下问："阿姨明天到？"

"对啊，我其实想叫她别来的，反正下下周就要出院了。可没办法，我妈说她一天都不能再等下去了。"林晚提起这事就头痛，"你不知道我这几天接了多少电话，蒋珂差点儿想跟节目组请假跑过来，我一听说就说'你疯了？大好前途不要啦'。"

周衍川接话道："然后她说前途没有你重要。"

"你怎么知道？"

"猜的，她这么喜欢你，听说你出事后肯定没办法安心比赛。"

"干吗？又要吃醋啦？"

周衍川摇了摇头，然后又轻声笑着说："不会，你本来就值得被许多人喜欢。"

林晚猝不及防被夸了一句，有点儿不好意思。

她清清嗓子，转移话题说："昨天'大魔王'也给我打电话了。"

"她说什么？"周衍川往吸管杯里加了些温水，一手拿着杯子，另一只手稍稍垫起她的后脑勺。

林晚原本没觉得口渴，喝了几口水后感觉喉咙确实舒服了许多。她重新躺好，轻声说："就是跟我说一声，接下来的考察只能交给徐康负责了。但她夸我前期的调查报告做得很好，问以后如果还有这样的机会，我愿不愿意继续参加。"

周衍川呼吸一顿，把吸管杯放回去时，唇边的笑意也收敛了起来。

他双手用力地撑着桌面，骨节分明的手背曲成凌厉的弧度，像在压抑某种情绪一般，很久都没有说话。

静了几分钟，他才低声问："你想去？"

见他这副模样，林晚的心脏突然抽搐了一下。

面对生死，她当然是害怕。可这一个多月的考察经历，不仅让她对鸟类保护的基层工作有了更加深刻的理解，也对鸟类栖息的生态环境有了更加全面的认知。

能够一次性走访几十个鸟类自然保护区的机会不多，她因为受伤错过了后半程，今后万一还有机会摆到面前，她实在不想轻易放弃。谁都无法预料灾难何时会降临，但她不想往后漫长的人生，永远被胆怯所束缚。

可此时此刻，她心中忽然生出了一种妥协的想法。假如有人说"为了我，别再去了"，而那个人是周衍川，她或许愿意为他放弃一次。

然而许久过后，周衍川轻轻点了下头。

"好，反正无论如何，我都会等你回来。"

他的声音一字一句地在她耳边响起，宛如与她定下了谁都无法变更的约定。

"我会一直等，所以你最好从此平平安安，别再留下我一个人，好吗？"

林晚的眼眶有些湿润。

她早该明白，她愿意为之放弃理想的人，从来不会要求她放弃理想。

静了几秒后，她哽咽着答应道："好。"

林晚出院那天，是躺着出去的。

她是腰椎爆裂性骨折，三个月内不能随意活动或久坐，此时搭乘飞机回家显然是不可能了。可长期在这里住下去也不现实，别说周衍川不能留在这里三个月，就连还未退休的赵莉与老郑也因为开学将至，而不得不赶回南江上班。

还好周衍川临走前，联系到了一家专做非急救转运的公司，能帮忙把

355

她送回南江。

林晚特意让母亲把周衍川买给她的那几本书带上，打算在路上看看消磨时光。

结果车刚开上高速路，她就意识到自己太天真了——书籍印刷的字体太小，看久了有点儿晕。

见她无精打采地把书放下，赵莉连忙紧张地问："腰疼了？"

"没有啦，看书看得眼花而已。"林晚轻声回道。这趟她受伤住院，吃了多少苦头自然不必多说，连带着赵莉和老郑一把年纪还跑来陪护，她心里多少有些过意不去。

"妈妈，我会慢慢好起来的。"

赵莉最近特别多愁善感，听林晚这么一说，眼眶马上红了，可她尽量控制着情绪说："你最好快点儿好起来，二十多岁的人了整天还要妈妈伺候，以为自己是小朋友呢！"

林晚弯起眼睛微微笑了一下。

她一笑，赵莉的眼泪险些就掉了下来。

出门前活蹦乱跳的女儿，再见面变成了如此虚弱的样子，哪个做母亲的能不心如刀绞？更别提她遇到的还不是普通事故，差一点儿就要变成白发人送黑发人。最近几日，赵莉每当想起这事，都会唉声叹气地睡不着觉。

郑老师怕赵莉在车上泪崩，默默地抽出一张纸巾给她递过去，又弯下腰和蔼地问林晚："肚子饿不饿，要不要吃点儿东西？"

"嗯……现在还不用。"林晚眨眨眼睛，"郑叔叔，前两天周衍川带那个小妹妹出去玩无人机的视频，再给我看一下嘛。"

石安县的救援全面结束后，周衍川带了一架无人机过来履行承诺。郑老师听说这事后，也跟过去看了看。

林晚不能亲自去凑热闹，心里别提有多遗憾了。

好在老郑这人关键时候特别灵性，特意录了一小段视频回来，还贴心地拷贝到笔记本电脑里，以供林晚能够用大点儿的屏幕欣赏男朋友的身姿。

赵莉没看过这段视频，反正这会儿没事，便也凑过来和她一起看。

视频的拍摄地点是一处空旷的河滩。除了周衍川以外，星创还有另外几个人在。经历过救援之后，大家看起来都有些疲惫，神色中还带着目睹过惨状之后的怅然。

但小女孩懵懵懂懂的好奇模样，一定程度上缓解了大家的心情。

周衍川没让其他人操作无人机，他亲自从飞行路线设定开始，把每一个步骤都详细地讲给小女孩听。

考虑到对方年纪太小，有些话他还尽可能用了小朋友能听懂的方式去解释。但他对待小孩的态度，并不像有些人那样刻意装得天真，而是好像把小妹妹当作了平等交流的对象，语调平缓而淡然。

小女孩的父母也在现场，他们本来是作为监护人陪同而来的。但没过多久，他们也被这场特殊的无人机知识课堂所吸引，不仅听得认真，甚至还会仔细地询问几句。

无人机飞上天空的时候，小女孩仰起脑袋拼命鼓掌。

赵莉身为资深教育者的毛病犯了，忍不住评价道："老郑你看，有时候孩子们对科学的追求就是在不经意间萌芽的。今天她只是看了一场无人机飞行，但谁知道这会不会在她心里播下了一颗种子呢？"

郑老师连声附和道："说不定再过二十年，她会是中国最优秀的无人机飞手。"

得到老伴的响应后，赵莉还嫌不够，又问女儿："你也这样认为？"

林晚反应慢了半拍："啊？"

"看视频还看得那么投入，在想什么呢？"赵莉不解地望向她。

林晚一时不敢和母亲对视。因为她此时完全没有产生诸如"青少年科普教育"之类高尚的想法，而是看着周衍川轻声细语地和小女孩相处的样子，思维就很不着调地跳到了另一个频道。

她在想，将来周衍川如果做了爸爸，会不会就是这样和孩子交流？

转眼到了十月，南江酷暑依旧，间隙下过几场大雨，刮过一次台风。等到雨水被阳光蒸发殆尽，整座城市便又浸润回叫人难耐的湿热空气中。

伤筋动骨一百天，古人所言不假。地震过去已经两个月了，林晚仍然不能随意走动。

每天下床戴着护具走十几分钟，就必须按照医嘱躺回床上当咸鱼。为此她还专门买了一个笔记本支架和键盘，方便她躺在床上工作。

这次意外让她浪费了许多时间，不仅错过了周衍川的生日，工作进度也一度停滞下来。不过好在她现在恢复得不错，每天远程处理一些工作事务之余，还有精力跟前来探病的朋友聊会儿天。

最近这段时间还好，她刚回来那阵，"海王"本质算是展露无遗。家里每天都有客人造访，用赵莉的话来说："就跟三宫六院过来请安似的。"

"可他们请安有什么用呢？你每天照旧眼巴巴地盼着小周来。"

说完还非得调侃她一句，不愧是亲妈。

林晚很不服气地反驳道："我哪有？"

"怎么没有？为了他连头发都剪短了。"赵莉轻轻戳了下她的脑袋，指着她那头仿佛小男生一样的短发说。

林晚抿抿唇角，心想要不是受伤后洗头不方便，她才舍不得剪头发呢。

但她到底还是恋爱中的女人，就算再狼狈，也不愿意被男朋友看见她蓬头垢面的模样。

十月上旬某个周五的傍晚，周衍川照例来南江大学家属楼看她。林晚见到他来，眼睛就弯成了月牙。

"宝贝儿，你来啦！"

"嗯。"周衍川和往常一样坐到床边的椅子上，低头看着她问，"今天感觉怎么样？"

"每天照例比昨天好一点儿。但是今天你来了，所以我感觉好了十点！"

周衍川笑了一下，俯下身吻了下她说："等官司打完，去我那儿住吧？"

林晚睫毛颤了颤，犹豫道："不太好吧？"

"嗯？哪里不好？"他含着她的唇瓣轻轻吮了吮，才反问道。

林晚脑子里的思路顿时就被打乱了。

她原本应该是觉得周衍川工作太忙碌，住过去其实还不如在家里方便，但被男人近距离地用桃花眼温柔地望着，两人的呼吸交错缠绕了几秒，她就忘了之前打算说什么，脑子一抽，忽然问："你是在邀请我同居吗？"

"……"周衍川深深地看她一眼说，"你要这么理解也行。"

林晚的第一反应就是拒绝。

她理想中的同居，怎么也该是挑个风和日丽的好日子，打扮得漂漂亮亮地住进他的卧室，然后当晚就浪漫又激情地花前月下一番。

可她现在是个腰椎受伤的人，别提在床上缠绵这种剧烈运动，就连普普通通地走段路都比较困难。

"不要。"她气鼓鼓地侧过头问，"你明知我现在什么情况，还故意勾引

358

我是不是？"

周衍川无奈地垂下眼眸说："把你满脑子儿童不宜的想法先收起来。我没别的意思，就是最近看阿姨和叔叔都挺累的，官司打完后我本来就打算休息一段时间，刚好能照顾你，不行吗？"

林晚半信半疑地转过头问："你也有想休息的时候？"

"嗯。鸟鸣涧的无人机已经交付使用了，暂时能空闲一点儿，我想每天都能看见你。"

林晚说："我现在这样有什么好看的？"

她不想妄自菲薄，可平心而论，天天闷在家里人自然不可能有多精神，头发又剪得短短的，加上不怎么运动，脸颊还变圆了点儿，怎么想现在肯定都是她人生中的颜值低谷。

门外响起了赵莉在客厅走动的声音。在父母家见面就是这点不好，时常担心长辈会进来，看到某些让大家尴尬的画面。

周衍川只好与她拉开一段距离，缓缓坐直了，靠着椅背缓声开口说："在我心里，你怎样都好看。"

"没诚意啊。"她小声嘀咕道。

周衍川拿她没办法，想了想又问："那这样行吗？今晚回去我就先把自己倒腾丑了再来见你。你如果不满意呢，我就继续想办法，直到你觉得我丑得没边了，再考虑一下？"

林晚当时就愣住了。

她没想到周衍川会想出这种"既然你咬定自己不好看，那我就陪你一起不好看"的主意，更想不到就凭他这模样，除了毁容以外，究竟还有什么办法才能变丑。

她是真的觉得，周衍川哪怕把头发全剃掉，也绝对会是一个迷倒众生的帅和尚。

良久过后，她咬牙切齿地投降道："算啦，我舍不得。"

周衍川笑了笑说："那就说定了？"

"说定了。"她认真地望向他，眼睛亮亮地说，"仔细想想还有点儿小激动呢，医生说我还要静养两周多，那你记得要给我端茶倒水半个月哦。"

这事说出去简直太拉风了。堂堂星创的 CTO，有朝一日为爱低头，每天忙忙碌碌地就只为照顾她一人。

林晚想到这里，就莫名有种"洒家这辈子值了"的感慨。

周衍川笑着捏了下她的耳垂，暖色的灯光映衬中，他的声音显得尤为清洌，语气里却带着一丝怜惜说："你快点儿好起来，我给你端茶倒水一辈子都行。"

空调轻轻吹送出凉风，掀起了窗边的白纱。

林晚怔了一下，她被周衍川眼中的款款深情所吸引，忽然有些贪婪地想——一辈子恐怕不够，她想生生世世都与他相爱。

林晚本来以为，她如今一副"易碎品请小心搬运"的状态，理应对和周衍川同居没什么期待。结果自从两人商量好的那天起，她每天醒来就翻着手机日历，细数距离下一次开庭还有多久。

七天、五天、三天……

时间越近，她的心情就越起伏难耐，恨不能化身为法官，赶紧宣布德森赔钱滚蛋，而且还是永远不准再上诉的那种。

开庭的前一天，舒斐来家里看她。现在两人身体里都打着钢钉，见面之后颇有几分同是天涯沦落人的惺惺相惜。

舒斐说："等你回来上班，鸟鸣涧必须组织旅游，找个灵验的寺庙拜拜。"

林晚没想到她还会有此等打算，很意外地问："您还信这个啊？"

"有事菩萨保佑，无事赞美科学，差不多就是这样。"

舒斐回答得特别坦荡，一点儿不避讳被下属知道，原来她也会有忐忑不安的时刻。

"其实就是求个顺遂而已。"

林晚若有所思地点点头，当下也没多加表示，就讨论起了最近的工作安排。

自从她受伤之后，鸟鸣涧那些管理的事务又一股脑儿全回到了舒斐那里。舒斐有意分派给底下人处理几回，都不如林晚让她满意。

如今林晚还剩半个月就能回去上班了，她难免需要多交代几句。

送走舒斐后，林晚摸出手机，给钟佳宁发消息："你妈妈现在还每天烧香拜佛吗？"

钟佳宁的母亲信佛信得虔诚，听说不仅每逢初一、十五都吃素，还特意在家做了一个小佛龛，每日早、中、晚三次功课次次不落。

果然，钟佳宁回她："你问这个干吗？"

林晚有点儿不好意思，斟酌着问："能不能让阿姨帮我许愿呀？就祝周衍川顺利打赢官司，以后再也不犯小人。"

钟佳宁："姐妹，这种时候，你难道不该祈祷自己早日康复？"

林晚盯着这行字愣了几秒，发现对于自己的事，她并没有任何想求的。能够劫后余生已是上天保佑，好像再想多要些什么，都会显得过分贪心。

要说哪里特殊，那就唯独只有周衍川。她希望所有的磨难与坎坷都离他远去，从今以后的人生只剩骄阳与他相伴。

最后钟佳宁答应帮忙说一声，林晚这才勉强放下心来。

当天晚上，她很晚才入睡，第二天又醒得很早。睁眼后人还有些蒙蒙的，一直盯着天花板垂下的吊灯，回忆昨晚梦中发生的事。

有人敲门时，林晚以为是赵莉来叫她起床，好半天后才轻声说："进来。"

门把手发出"咔嗒"一声轻响，随着门缝慢慢打开，按住门把手的那只手也进入了她的视野。

清瘦白净，微屈的指骨骨节分明且修长，经得起最严苛的挑剔。

周衍川一身正装打扮，整个人干净又挺拔，像楼下花园那棵郁郁葱葱的树，任凭时光荏苒，也绝对不会长歪一丝一毫。

房里的遮光窗帘还未拉开，全靠走廊那边的光线照进来，在他身周留出一片清朗。

林晚有那么一小会儿的工夫，以为自己还没醒。

直至周衍川走到床边，鼻子闻到了他身上清雅禁欲的味道，她才缓慢地眨了下眼睛。

周衍川看着她，问道："怎么一副要哭的样子？"

"我做了个梦。"她揉了下眼睛，想把噩梦留下的恐怖都擦拭掉，"梦见谁都找不到我了，我在倒塌的房子里拼命大喊，但是你们都听不见，只能眼睁睁地看着你们越走越远。"

周衍川皱了皱眉。

他俯下身，摸到她额头沁出的薄汗，语气里夹杂着一丝紧张地问："经常做这样的梦，还是第一次？除了做梦，还有其他情况发生没？"

林晚眼中流露出些许迷茫。

这样的梦不是第一次做，地震刚发生的那几天，除了身体的疼痛，心理的折磨也让她难以入睡。但经过志愿者的心理辅导后，她原以为自己早已走出心理阴影了。

回到南江以来，她的情绪明明一直很稳定才对。

见她不说话，周衍川眉间的沟壑更深，眼神也慢慢地沉了下去。

他轻轻抚摸着林晚的脸颊，让她感受到他的皮肤与温度，轻声安慰道："地震已经过去两个月了，南江不是地震高发地带，你现在很安全。"

林晚与他在半明半暗的环境中对视，耳边反复响着他那句"你现在很安全"。许久之后，仿佛是一瞬间就清醒了过来。

她深深地吸了口气，手掌摸到熟悉的床沿，终于确认此刻身在何方。

"好奇怪啊，我刚才突然一下子……"她心有余悸地呢喃道，"以前没有这样过。"

周衍川的下颌绷出了凌厉的弧度。他太了解这种状态了，遭遇不幸后的心理创伤反应，有些人只会发作一两次，有些人长年累月走不出来。他小时候，就花了接近小半年的时间才能正常生活。

"昨天发生什么事了？"他低声问。

林晚摇了摇头，但随即想到了一个可能性。她迟疑着是否该讲出来，却在抬眼的那一刻，从周衍川眼中看到了他的猜测。

周衍川顿了下，才继续问："担心今天官司的结果？"

林晚只好承认道："我可能是在家待久了容易胡思乱想。你知道的嘛，有时候本来没事，但越想就越害怕，心理压力就很大。"

越说到后面，她的声音就越小。

打官司的人又不是她，结果硬生生地把自己吓得稀里糊涂的，这事说出去多丢人。

可周衍川并没有笑话她，他转身把遮光窗帘拉开，让清晨的阳光毫无保留地照进来。然后就坐在房间飘窗上，长腿伸直抵着她的床脚，轻描淡写地笑了笑。

他说："你认为官司输掉最差的结果是什么？"

"你会赔很大一笔钱吧，"林晚说，"然后德森肯定会抹黑你，星创也会受影响。"

周衍川继续说："那我告德森的官司呢？"

"就……他们不道歉，也不赔偿。"

"那就等于什么事也没发生。至于德森告我，先不提证据摆在那里，退一万步来说，就算是输掉了，第一，我不缺钱；第二，我不在乎别人如何评价；第三，你知道星创的实力，一时成败不会影响它的未来。"

不知是林晚的错觉还是什么，周衍川说这些话时，莫名显得他有几分傲慢与张狂。但当他把最坏的结果掰开揉碎了陈述给她听，逐一分析之后，听起来似乎的确就是这样。

最坏，也莫过于此。

天不会塌下来，他不会一蹶不振。

林晚终于被他说服了，轻松地笑了一下说："对了，你一大早专程过来找我，是想我了吗？对不起啊，时间好像都被浪费掉了。"

"本来想叫你给我点儿鼓励，不过不需要了。"

"嫌我没出息呀？"她郁闷地撇撇嘴角说。

周衍川低头看了一眼腕表的时间，起身理了下西装说："不是。我现在觉得，无论如何都不能让最坏的结果发生。许多事我可以不在乎，也不受它们的影响。"

林晚不自觉地屏住了呼吸。

他走到门边，安静地看了她一会儿，才说："可我在乎你。"

历时数月的德森星创互诉案，在十月下旬终于有了结果。

德森撤销了对周衍川违反竞业禁止协议的控诉，同时针对周衍川反告他们的案件提出了庭外和解。

这并非叶敬安本人的意愿，周衍川就是扎进他心里的一根刺，他苦苦等待着星创发展壮大，为的就是在最恰当的时机将对方一举打垮。

可由于周衍川的证据准备得太充分，德森内部的意见也出现了分歧，加之还有外界不断追问当年山林巡逻的细节，几方压力之下，叶敬安不得不屈服于现实。

走出法院时，周衍川低声吩咐律师："除了赔偿金额以外，我还有一个要求。"

"您说。"

周衍川停下脚步，抬眼看向迎面而来的德森一行人。

德森的律师团队跟他无冤无仇的，见了面也能礼貌地颔首示意。

只有叶敬安点了支烟，皮笑肉不笑地看着他。

周衍川声音冷淡，像一把锋利的冰刃终于落下："让德森在所有场合关于飞控算法的介绍里，把我的名字加回去。"

四下一片寂静。

枝头的树叶卷起了边，躲避即将到来的暴风雨。

叶敬安缓缓地吐出一口烟圈，隔着缭绕的烟雾眯起眼看着他。眉间的疤痕若隐若现，如同青灯烛火映衬的佛像，悲悯而平和。

但下一秒，佛像崩裂，青面獠牙狰狞而出。

"周总，你完全可以回去庆祝几天，只不过开价的时候谨慎点儿。否则等将来哪天混不下去而我又愿意顾念旧情的时候，收购价可能不好谈。"他一开口，骨子里的狠厉劲就蹿了出来，"未来还长，咱们慢慢比。"

周衍川仿佛没听见前面那一大段话似的，只散漫地笑了笑说："比什么？打官司的话，我已经赢了。"

叶敬安咬着烟，目眦尽裂。

周衍川又问："还是你想比技术？代码证据看得还不够多？别说你的脑子早就废掉了，哪怕是当初的你，也做不到我这个水平。从前、现在、将来，你什么时候能赢，提前告诉我一声，行吗？"

叶敬安好似变脸般收敛了戾气，挤出几分凉薄的笑意道："所以我才说你蠢，你以为靠着……"

还没等他说完，周衍川已经面无表情地迈开了脚步。

与叶敬安擦肩而过时，他垂眸扫了对方一眼，低声说："蠢的人是你。因为我从头到尾，都没把你当对手。"

叶敬安手里的烟陡然落地。他很清楚，周衍川所说的"没把你当对手"的意思，是更为骄傲、更为不屑的意味。

——我从来没把你放在眼里。

庭外和解的处理速度很快。

德森一路发展起来黑历史不少，再深究下去不仅股价猛跌，多年来的企业形象也会遭遇审视。双方迅速谈妥条件，赔偿金额一致对外保密。

几个月前闹得有多沸沸扬扬，如今结束得就有多悄无声息。

外界对此众说纷纭，但很快就有眼尖的人发现，德森官网关于飞控算法的介绍里加上了周衍川的名字。

这一下，结果就变得令人玩味起来。有人笑称德森闹了半天，平白给星创打了一次免费广告。

"免费广告"的说法让林晚很满意。她没这么宽宏大量，能做到理智地将德森与叶敬安完全分割开来，所以看到德森吃瘪，她再高兴不过了。

周衍川把一部分赔偿款捐给了石安灾区，剩下的交给理财顾问拿去处理，打算等到将来时机成熟了，再拿出来作为基金会的部分启动资金。

处理完这些事后，他就休了年假，准备一心一意地照顾林晚。

林晚再次搬回云峰府时，心中感慨万千。

路过舒斐那套别墅时，她见宋媛在花园里剪花枝，还专门打开车窗嘱咐道："等我好了就来把东西搬走，房租会继续交的，这段时间你们可以找找新租客。"

宋媛软声软气地说："你别关心这些事啦，好好养伤呀，我们都好想你。"

林晚关上车窗，感觉被大家的关爱包围了，心里暖洋洋地透着甜蜜。不过最让她感到甜蜜的，当然还是要数从今天开始，她就正式和周衍川同居了。

到了车库后，周衍川来到副驾这边，打开车门小心翼翼地把她扶了出来。

林晚最近恢复得很好，虽然护具还不能马上拆，但自己慢慢走路已经不成问题。即便如此，她还是笑眯眯地搭着男朋友的肩下了车。

她这次带的行李不多，只有几件换洗衣物和日常用品。周衍川就没叫阿姨来整理，他一手拖着行李箱，一手搂着她上楼进了主卧。

"坐这儿吧，我先把东西收拾了。"他把林晚扶到一张带靠背的椅子上坐着，椅子摆放的位置刚好能看见主卧的衣帽间。

林晚坐下后，看他把袖口挽起，一件件地将她的衣物拿出来。

衣帽间里曾经全是周衍川的衣服，颜色大多清淡克制，然后现在一点一点地，有了更多鲜艳而温柔的色彩。

可没过一会儿，林晚忽然问："我和你住一间房吗？"

周衍川正在跟一条裙子斗争，那裙子的挂脖和肩带是交错的设计，他拿在手里好半天也分辨不出领口究竟在哪里，听她提问后便答道："嗯，我叫人换过硬床垫了。"

腰椎骨折的患者在康复期内，需要睡硬床垫帮助恢复。他能想到这一点，不可谓不细心。谁知林晚却歪过头，意味深长地盯了他几秒后说："宝贝儿，你用心很险恶啊。"

周衍川回过头来问："我怎么就用心险恶了？"

林晚说："同床共枕哦，万一晚上控制不住怎么办？我现在这样又不能跟你做什么，这不是欺负人吗？"

"……"

周衍川现在不想跟那条莫名其妙的裙子计较了，他把裙子搭在衣架上往柜子里一挂，然后走出衣帽间，站在她面前低头看着她。

林晚剪短的头发又长出来了一些，差不多齐耳的位置。窗外树影流动，阳光从树隙星星点点地透进来，给那层乌黑镀上了浅金色的边，显得她精致的长相越发清丽动人。

她坐着，周衍川站着。视线一下子被他窄瘦的腰腹所占据。

林晚不得不仰起头，紧张地问："你……你要干吗？"

周衍川轻声笑了一下，当着她的面把衬衫扯出来，接着慢条斯理地撩起下摆，露出肌理流畅的小腹。他的身材一直保持得很好，不用费力弯腰就能看见清晰分明的腹肌线条。

光天化日，朗朗乾坤。林晚有点儿扛不住他这种明目张胆的勾引，没出息地伸手想摸。

周衍川捉住她的手腕轻笑道："没事，就给你看看。"说完就松开手，任凭她眼睁睁地看着衣摆垂落回去，挡住了让她脸红心跳的好风光。

"这才叫欺负你，知道吗？"他在她细腻光滑的皮肤上轻轻捏了下，转身走回衣帽间继续整理去了。

留下林晚一人，坐在卧室里又气又恼，感觉能吐出一公升的血来。

她拿出手机打开记事本，气势汹汹地开始记仇。

"10月20日，天气晴。周衍川只给看不给摸，气死我了！"

当天晚上，林晚还是睡到了周衍川的床上。

关上灯后，卧室里一片漆黑，只有墙上的插座面板，隐隐透出点儿微弱的荧光。

林晚这三个月在床上躺了太久，早已没那么容易入睡。她在黑暗中睁开眼，等到视线逐渐适应后，才转过头看男人浸在昏暗中的侧脸线条。

周衍川同样没有入睡，察觉到她的视线，低声问："要把灯开着吗？"

"不用。"林晚往他那边挪了点儿，皮肤紧紧地和他贴在一起，感受到男人的体温给她带来的安心感，"你在我旁边呢，所以我现在很安全，对不对？"

周衍川"嗯"了一声，揽过她的肩，让她靠在自己的臂弯里，低声哄她说："每个人的一生都会遇到些不好的事，但只要你心里的灯没灭，那它们就会过去。"

林晚看不清他的表情，心却狠狠地颤了一下。

她记得自己在给周衍川的那张字条上写过什么，猝不及防地在安静的深夜里听他提起，双眼不禁酸涩起来。

此时此刻，她无比感谢命运的眷顾，让她没有留下周衍川一个人，独自守着心里那盏灯，再次等待永远不会再回来的人。

谁的一生中都会遇到风雨交加的夜晚，但能穿过没有月亮和星星的寂静深渊，抵达春光遍野的未来，已是人生一大幸事。

从那一晚起，林晚再也没有做过噩梦。她从地震的阴霾里走了出来。

几天后，周衍川陪她去医院复诊。

医生是位五十多岁的女性，仔细看过片子后，慈祥地笑着说："恢复得很好，护具可以拆掉了，恭喜你！"

林晚长长地出了口气问："我可以回归正常的生活了？"

"当然可以，去上班，去逛街，去约会，想做什么都行。只需要注意两点，一年内不要从事重体力劳动，也不要剧烈运动。"

林晚眨了下眼睛，有点儿难以启齿地问："剧烈运动包括哪些呀？"

做到骨科主任的医生自然见多识广，看她那副娇羞的模样就猜到了她真正想问的是什么。医生笑了一下说："可以同床，但要适量。"

林晚得了医嘱，顿时感觉她的小账本，终于等到了清算的时刻。

不过，她很快又疑惑了起来，所谓的适量，到底怎样才算适量？

周衍川是一个很自律的人，在这方面也比较克制。躺在同一张床上难免会有擦枪走火的时候，明明眼神里满是对她的渴望，终究还是会选择去卫生间自己解决。

有时反倒是她，听着门内"哗哗"的水声夹杂着他隐忍低哑的呼吸声，感到一阵心痒难耐。

　　复诊完时间还早，两人在外面吃了顿饭庆祝，结束后林晚还想继续感受重获新生的新鲜感，好不容易撒娇半天，周衍川才同意带她去看场电影。

　　买票时他还有些迟疑地叮嘱道："不舒服了记得说。"

　　林晚知道他内心的紧张，笑盈盈地点头说好。

　　两个多小时的电影看完，林晚没有任何不适。周衍川这才放下心来，开车载她回了云峰府。

　　一路上，林晚整个人都有点儿莫名的亢奋。

　　刚取下护具时她本来比较不习惯，可几个小时后，腰间那种自然的轻松感，就让她真真切切地体会到了正常的生活有多么可贵。

　　周衍川看她一眼说："再这样下去，休假结束我也不敢回去上班了。"

　　"为什么？"

　　"怕你高兴坏了，趁我不在的时候出去撒野。"

　　林晚靠着椅背哈哈大笑，等车开进车库停稳了，才缓慢地扭过身子，红唇贴近他的耳廓小声说："怎么会呢，我只在宝贝儿的床上撒野呢。"

　　空气一瞬间被她点燃了。四处望去满是飞溅的火花，照亮了双方眼中最本能的欲望。压抑得越久，迸发的时候也就越猛烈。

　　这种时候，连上楼都变成了一种浪费时间的奢侈。

　　他们在客厅里亲吻彼此，脚下厚实的地毯吞噬了足音，却遮不住急促的气息与唇齿缠绵的暧昧声响。

　　林晚今天穿了条连衣裙，周衍川摩挲着她滚烫而柔顺的身体，修长的手指把火焰从皮肤一路烧进了她的身体里。

　　疼爱的、喜悦的、珍惜的，林林总总的情感全部汇集在一起，迫切地需要找到一个宣泄的出口，来填补那漫长的空白。

　　林晚用脸磨蹭着他的脖颈，气息凌乱而甘甜地喘息着问："我腰上有好长一道疤，会不会很难看？"

　　"你说呢？"周衍川穿过拉链的缝隙，轻轻触碰那道让他心脏揪紧的疤痕说，"再问这种问题，就是故意让我伤心了。"

　　愈合的伤口处传来了一阵酥麻的战栗。

　　林晚轻哼一声，忽然扭过腰不让他碰了。她眼睛里浸着盈盈水光，嘴里却言不由衷地说："好啦，我比你慷慨多了，不光让你看，还让你摸。"

周衍川皱了下眉，似乎没明白她的意思。

林晚缓了缓呼吸，故意拿腔捏调地说："医生叮嘱我要适量，我仔细想了想呢，暂时还是别了吧。"

周衍川停住动作，安静地看了她几秒。

她眼里那点儿狡黠和得意，如何能够逃脱他的注视？

小小的报复手段而已。报复他那日在卧室里"欺负她"。

"行，那就不做。"

林晚一愣，刚想说"不必这么听话"，紧接着就感觉手腕被他拉着往下一沉。

"用手帮我。"

周衍川这个人和他的家一样，有种很淡的清冽气息。初以为冷淡至极，等到置身其中之后，才能察觉出真实的侵略性。

林晚现在就是很后悔，然而后悔也无济于事。她平时调戏男朋友调戏得很顺手，可真到了这种时候，生疏的技巧就无处可躲了。

"唔……"周衍川轻哼一声，眉间微蹙，深深地看她一眼。

林晚被他看得心尖一颤，手停在那里，不知该不该继续。她微微抬起眼，与他对视的目光中平添了几分无辜，声音也不自觉地软下来说："我好累啊。"

周衍川无奈了，哄她似的低头含住她的嘴唇，时轻时重地吮着。细密的吻缓缓往下蔓延，落在她的肩头时停了下来。男人的额头抵在她肩上，低哑地笑着，一副拿她没办法的样子。

撩火的人是她，撒娇耍赖的也是她。

偏偏她难得示弱一次，他就心甘情愿地顺着她来。

周遭的空气又湿又热，情动的间隙里，唯有两人交错凌乱的呼吸还在持续。

林晚被他禁锢在狭小的范围内，只觉得身体还在升温，好像再不做点儿什么，整个人就要被他的气息融化掉。她蹭了蹭周衍川的脸，小声说："还是去床上吧。"

周衍川抬起头，桃花眼中满是潋滟春光，却用有些慵懒的调调问："刚才是谁先拒绝的？"

"小狗。"

林晚很没原则地去咬他的喉结，用尽手段想哄他换个方式继续。

说来荒唐，他们两人之中，最无法克制的人竟然是她。

仔细想了想，到底还是怪她的宝贝儿太勾人。

卧室只开了一盏小吊灯，被风吹得轻轻摇晃着。

房内的两个影子靠近重叠，在墙上描绘出起起伏伏的画卷。风与月都温柔下来，只剩下情人的呢喃，如同氤氲的水汽，渐渐填满了所有的空虚。

…………

月光被浓云遮住的时候，卧室内恢复了一片静谧。

周衍川看了她许久，才克制住微微急促的呼吸，躺回到床的另一边。两人在昏暗的光线中各自平复呼吸，皮肤都沾上了对方潮湿的汗水。

过了几分钟，他哑声说："我去洗澡。"

林晚听懂了他的潜台词，盯着天花板听着他下床的动静，随后便是这段时间以来，让她熟悉又脸红的声音再次响起。

光是想想，她都替周衍川委屈。

可她到底才刚取了护具，不敢真的太过随性。只能仰面躺在床上，等他从卫生间出来了，才慢吞吞地下床清洗。

她现在不便弯腰，平时周衍川都会帮她。

但这会儿他却不敢再碰——怕克制不住再折腾一回——只能嘱咐了一句"小心"，然后就走到阳台上吹风。

南江今年的夏季比去年要短，十月下旬，晚风已经带着点儿凉意，吹散了身体里的躁意。

林晚洗完澡出来时，发现周衍川正懒散地靠在栏杆处看手机。

他没穿上衣，裤子松垮地卡在腰间，背后流畅的肌理中间有道深凹的线条，性感得让人想不顾一切地从背后抱住他。

于是林晚也确实这么做了。

周衍川的后背感受到她温软的身体，指尖顿了一下，就不小心把还未写完的消息发了出去。

曹枫正在跟他谈公事，看到没有结尾的一段话，发来了三个问号。

"手滑了，继续说。无人车可以做，配合 RTK（一种提高 GPS 位置测量精度的测绘工程技术）开发多地形巡测功能，以后农业系统也能用上。"
他单手将林晚的手拉到身前揉捏着，另一只手不紧不慢地回消息。

"在跟谁聊天？"林晚问。

"曹枫。他打算明年给星创开个新部门，专做农业植保。"周衍川张开手掌，与她十指交错，掌心与掌心紧紧地贴合在一起，"先在地球上给你种小麦。"

林晚将脸贴在他身上，弯起眼笑。纤长的睫毛一眨一眨地掠过他后背的皮肤，带来阵阵酥痒的感觉。

周衍川很快就受不了她这种小把戏，转身揽住她的腰，把她带进自己怀里说道："别闹了，我在谈正事。"

林晚点了下头，凑过去看他和曹枫聊天的内容。

全是关于星创明年的计划，涉及某些无人机领域相关的专业名词她看得不太明白，但结合上下文已经大概能猜到意思。

偶尔好奇地问上几句，他便淡声解释给她听，讲解完后，就好似索要学费一般弓身吻她。

林晚简直由衷地感到佩服，这人如何能做到一边正经专业地与合伙人讨论工作，一边慵懒性感地与她接吻。

等到正事谈完，周衍川才收起手机问："明天要回去上班？"

"是啊，鸟鸣涧的大家想我想得快疯了。再不回去，我怕他们爬到树上跟那几只喜鹊一起叫。"

"嗯？什么喜鹊？"

林晚这才想起周衍川至今还没去过鸟鸣涧的办公室，她把舒斐精心设计的露台装置讲了一下，笑着说："不过我也是后来才知道的，原来'大魔王'最喜欢的鸟就是喜鹊。"

她说话的时候，气息一张一合地落在周衍川赤裸的胸膛上。

他绷紧下颌，分不清她是在故意勾引还是无意诱惑，只能微微滚动了几下喉结，静了几秒，低声问："为什么是喜鹊？"

"因为喜鹊特别聪明，它能认出镜子里的自己，也就是我们说的拥有自我意识。"

周衍川意外地挑了下眉。

他以前很少主动跟人询问关于鸟类的知识，也没别的原因，就是兴趣不在这方面而已。但不知为何，每当林晚提起这些时，他就都能听进去。

就像他去年无论如何也没料到，那个气势汹汹地跑下山劝告他们不要滥用无人机的女人，有一天会靠在他的怀中，和他讨论关于"RTK驾驶仪""智能平地仪""固定道自动作业"的话题。

这个世界上的学问太多，许多人终其一生，都未必能参透其中一门，更何谈光顾另一门新的。但就像你无法知道何时会爱上一个人那样，你也无法预料，某年某月的某一天，你会愿意为了身边的那个人，停下脚步，转过视线，去看他眼中的风景。

仿佛是有某种默契一般，林晚同样心生感慨。

她抬起头，借着月色凝视他的双眸，片刻后轻声说道："时间过得好快啊，我们居然认识一年了。"

周衍川怔了一下。

近来发生的意外太多，让他根本没意识到，时间已经不知不觉地走过了一年。

林晚踮起脚尖，笑得如初见时那般明艳地问："周先生，还敢说我俗不可耐吗？"

久违的评价被她再次提起，让周衍川漫不经心地勾唇笑了笑。

"不敢。"

林晚回到鸟鸣涧的第一天，大家纷纷夹道欢迎。

郑小玲还夸张地送了她一束花，祝贺她终于能够自由行走。

舒斐难得没有催促员工赶紧滚回去工作，她站在总监办公室的门边，等众人差不多玩够了，才问林晚："想看你男朋友做的巡逻系统吗？"

"男朋友"三个字一出，四下里顿时响起了一片善意的调侃声。

林晚眼睛都亮了，朗声道："好呀。"

早在她回来之前，舒斐就叫人把巡逻系统装到了林晚工作用的电脑里。她走到办公桌前，打开电脑时有些许不适应的感觉，毕竟近段时间她都躺在床上用笔记本，几乎忘了台式电脑的屏幕尺寸有多大。

不过，当那个测试期看过无数次的图标，正式出现在她的电脑桌面上时，林晚还是下意识地放慢了呼吸。

她一下下地敲击键盘，输入工号与密码登录。

下一秒，简洁清晰的界面便映入了她的眼帘。

相比夏天时那孤零零的一个试验保护区，如今系统地图里显示的保护区数量，早已贯穿了中国的大江南北。那些密集的圆点就像漫天的星辰，组成了一幅瑰丽的图画，在她眼中一闪一闪地发着光。

郑小玲在旁边说："你可以点击那些圆点，展开后能看到当地的巡逻数据报告。我跟你说很好用的，连水位下降多少毫米都能检测出来。上周有个保护区还发现了刚开始搭建的盗猎网，他们顺藤摸瓜揪出了一个盗猎团伙呢！"

林晚握紧鼠标，试着点开其中一个。

果然就像郑小玲所说的那样，保护区内所有的变化都一一记录在册，相比过去纯粹的人工巡逻，更加全面，也更加安全。

她轻声笑了笑，笑意里夹杂着骄傲与怀念。

第一次去星创开会时，周衍川站在白板前，淡然而笃定地向他们介绍巡逻系统的功能。转眼半年过去，那些曾被他们认为有些不可思议的计划，终于完整地呈现在了所有人面前，还得到了所有人的认可。

不愧是她的宝贝儿，永远不会让人失望。

下班后，林晚走出大楼，就看见周衍川正站在车边等她。

周围全是刚结束工作的白领，个个步履匆忙，唯他一人安静地站在那里，好像比那些路过的男人都高，也明显要帅很多。

不少人都放慢脚步，想看这位开豪车的帅哥是要接谁。

等他们看见林晚面带微笑地向他靠近时，纷纷心服口服地收回了目光。

天生一对，羡慕不来呀。

林晚走到他面前，眼中满是意外地欢喜道："你要来怎么不说一声？"

"告诉你还叫惊喜吗？"周衍川替她打开车门，目光专注地望着她的身影。直到确认林晚上车的动作没有表现出任何不适之后，才走到另一边坐进驾驶座问："晚上想去哪儿？"

林晚低头系安全带，想了想："吃完饭去帮我搬家行吗？今天好像会有人来看房子呢，我觉得还是早点儿搬走把房间腾出来比较好。"

全世界大概只有林晚，才会如此顺理成章地叫周衍川干这种活。

他点点头，打转方向盘，将车驶入了下班高峰期的车流之中。

不过林晚万万没有想到，来看房的人居然会是郝帅。

这套别墅没有安装电梯，她上楼时走得很慢。结果从一楼到三楼这几分钟的时间里，就接连不断地听到郝帅的声音从楼上欢快地传来。

"我觉得可以！"

他们进门时，郝帅正站在窗边比画着说："很久没开烤肉派对了，实不相瞒，我的烤肉技术最近大有长进，等我搬进来的时候我们再玩一次啊！"

同样背对房门的徐康问："房租你能接受吧？比你现在的公寓贵两千块，但环境好太多了。"

郝帅摸摸下巴，开始犯难了："每月多交两千块，四舍五入就是一个亿啊。不行，我得找个理由申请加工资。兄弟，你觉得'虽然我对星创爱得深沉，但高薪挖我的公司实在给得太多了，让我陷入左右为难的纠结中'，这个理由强不强？"

林晚嘴角一抽，出于同情地清了清嗓子。

与此同时，周衍川调侃的声音响起："可以，很强。"

郝帅整个人以肉眼可见的速度迅速石化了。

好半天后，他才哭丧着一张脸转过头来哆嗦道："老大——"

林晚差点儿就笑疯了。

她发现郝帅这人简直太好玩了，每次翻车都翻得十分别致。

周衍川看她一眼，又错开视线，望向满脸写着"吾命休矣"的郝帅，笑着问："想加工资？"

"不想。"

"到底想不想？"

"超想。"

"行，年底统一涨薪。"周衍川淡声回道。

郝帅猛地瞪大了眼睛，几乎不敢相信自己听见了什么。

他刚才其实也就随便开开玩笑而已，毕竟星创提供的薪资在行业内已经算是极为优渥了，真想申请再加多少工资，他心里根本就没有底气。

徐康也被周衍川的果断震了一下，一瞬间差点想问"你们还招人吗"。

两人面面相觑地走出房间，彼此眼中都还流露出了些许错愕。

"会不会是陷阱？"郝帅说。

徐康沉思片刻，梳理道："我猜可能是林晚刚才笑得太开心了，所以你们周总见她高兴就心情好，他心情一好就给你们涨工资。"

郝帅："你这样讲，让我觉得自己很像那种后宫戏里面专门逗宠妃开心的角色，宠妃笑了，皇上就重重有赏。"

如果此时正在星创大楼加班的许助听见这番对话，他一定会握住郝帅的手，诚恳地说一句："恭喜你领悟了真相。"

十一月初，恰逢周六。

林晚坐在沙发上看电视。

蒋珂拿到了比赛冠军，这段时间都在紧锣密鼓地参加宣传活动，听说个人单曲也在筹备之中。她打算等单曲出来买一些，挨个儿送给认识的人。

"你打算看她看多久？"周衍川被冷落了整整15分钟后，终于忍不住问。

电视里的蒋珂还在面对镜头谈论比赛期间的心得体验。林晚剥开一颗松子，吹掉手上沾到的碎屑，眼睛都没眨一下，直接把松子往旁边一喂说："宝贝儿别吵，这档节目有半小时呢。"

周衍川真想把电视关了。这玩意儿买来后他就没怎么用过，在家想看电影的时候往往都是接投影仪，放在那里纯粹成了一个摆设，结果这摆设却妄想独占他女朋友30分钟的注视。

简直大逆不道，应该扔去垃圾回收站。

但女朋友剥好的松子还是要吃的。

他往前一倾身，低头含住她的手指，舌尖卷走松子后也没撤退的打算，一点点地吮过她白皙细长的指尖，然后轻轻咬了一口才松开。

林晚感觉有股强烈的电流从指尖猛然蹿出，让她的半边身体都麻了。

她转过头，迎上周衍川冷淡中带着些许不爽的目光，一脸无辜地眨眨眼睛说："电视都不让看哦，周先生，你越来越小气了。"

周衍川轻哼一声，领了"小气"的指控，靠回沙发仰着头，盯着天花板沉默半晌后，缓声开口道："我明天出差一周。"

林晚一愣，问："什么时候决定的？"

之前没听说啊。

"刚才，大概1分钟前吧。"周衍川脸上没什么表情，语气平静得像在问晚上吃什么，"本来叫了其他人去，可反正我留在这儿也没人在意，还不如出去几天。"

林晚顿时顾不上什么蒋珂了——反正电视节目而已，以后在网上也能看。

她撑起身体，像一只敏捷的小猫般爬过来，跨坐到周衍川腿上，双手搂住他的脖子说："既然不是重要的事，干脆就别去嘛。"

周衍川漫不经心地扫她一眼。

她穿着之前他送的星创T恤，宽大的男款，底下也没再多加条短裤。因为跨坐的姿势，衣摆往上蹿了一截，就那么明晃晃地露出了莹白的大腿。

"算了，还是工作重要。"他似乎考虑了一下，表现得非常敬业地说，"说不定能有意外收获。"

"哪有意外？我看你分明就是故意的。"林晚趴在他硬邦邦的胸口上，视线由下往上，莫名显得可怜，"我就十几分钟没理你，你就要离家出走一星期。你出去问问，哪有这样当男朋友的？"

周衍川懒懒地问："不想我走？"

林晚抱得更紧地说："你说呢？"

必须出差也就罢了，像这种可去可不去的工作，她当然还是希望周衍川能留在南江。

"那宝贝儿亲我一下。"周衍川终于低笑一声说，"亲了就不走。"

林晚仰起脸，嘴唇眼看着就要碰上去的瞬间，就听见手机响了。

她侧过身去找手机，好不容易才在沙发缝隙里拿出来，看见屏幕显示的联系人姓名时愣了一下，居然是研究所的魏主任打来的。

魏主任说话一如既往的小声，他慢悠悠地问："林晚啊，你的伤恢复得怎么样啦？"

林晚从男朋友身上下来，示意他把电视声音关小些，冲电话那头回道："恢复得蛮好的。"

周衍川索吻未遂，干脆心情复杂地把电视关掉了。

"能接点儿私活不？"魏主任说，"有个出版社的老朋友找到我，说看过你在鸟鸣涧画的科普手册，想问问你愿不愿意跟他们合作，出一本鸟类科普图鉴。"

林晚悄然握紧了手机，思绪飘回到还在研究所工作的时候，她加班加点赶完的图鉴交上去就石沉大海，到现在还不知道在谁的电脑里放着等待审核。

魏主任继续说："我觉得是个好机会，用业余时间以你个人的名义出一本书。"

林晚没有拒绝的理由。

鸟鸣涧的工作虽然忙碌，但她做事效率很高，除非事务实在太多，否则一般都不需要怎么加班。晚上回家抽空画画，理应难度不大。

"谢谢魏主任，我愿意试试，"她爽快地回答道，"但是需要提前跟我们舒总监说一声。这样吧，周一我问过她后，就马上给您回复可以吗？"

魏主任笑呵呵地说："不急不急，一切等商量好了再说。"

挂断电话后，林晚拨拨头发，趾高气扬地看向周衍川说："下周你还是出差吧，我大概没空陪你了。"

"……"

周衍川挑了下眉，伸手揽住她往回一拽，直接把人按在了沙发里。

"不去。"他欺身上前，将她的双手举过头顶，不给她留出挣脱的余地，"留下来陪你，行吗？"

林晚还想跟他有来有回地调侃几句，下一秒就被他以吻封唇。

她被周衍川压制得动弹不得，事实上也只是象征性地扭了几下，就乖乖放弃抵抗，温顺地躺在他身下，稍仰起头配合他的亲吻。

如今周衍川调情的手法越发纯熟，平日里敲惯键盘的手指，一下下抚摩过她暴露在空气中的细腻肌肤，就能演奏出世间最动听的暧昧呢喃。

林晚被他亲得喘不过气，全身的骨头都酥软了下来，唯有脚尖不住地绷直又蜷紧。轻微缺氧的感受让她晕乎乎的，有种能够在他怀中溺死的错觉。

周衍川当然舍不得让她真的溺死，他适时拉开距离，手臂半撑起身体，垂眸时眼底掠过一丝浅淡的笑意道："说，行不行？"

他说话时，颈间突起的喉结微微振动，性感又撩人。

林晚眼中含着春光，抿了抿嘴唇道："行。"

周衍川勾了下唇角，松开她的手。

林晚却依旧保持着之前的姿势，她好像完全忘记了其他的一切，只想专注地望向他。

两人的视线在空气中交织纠缠，如同方才交换的呼吸，慢慢进入彼此的身体，沿着血管往心脏的部位涌去。

怦然响起的心跳声，搅乱了一池春水。

有些人，就是认识他越久，就会爱他越深。

那种与生俱来的吸引力浸进了骨子里，所以只要看他笑一笑，她就会忍不住为之心花怒放。

静了片刻，林晚拉住他的衣领，让他放低了些身子。

两个年轻的身体贴合在一起，皮肤互相传递着滚烫的温度，她张开嫣红饱满的嘴唇，去咬那个令她流连忘返的喉结。

周衍川闷哼一声。

他其实不太理解林晚对喉结的执着，她总说觉得他这里很性感。可对他而言，亲吻喉结并不是一种很舒服的体验。

书上说这是人类身体里本能的一种抗拒，因为脖颈向来脆弱，被猛兽一口咬住便可致命。

然而只要想到这个人是林晚，她的舌尖、牙齿、唇瓣，温热而潮湿的触感密密地贴上来，就让一切都变得可以接受。甚至渐渐地，产生了过电般的感受。

林晚一边亲他，一边摸他。匀称分明的胸肌与腹肌被她触碰到绷紧，两道清晰的人鱼线伴随急促的呼吸起伏，他身体的每一寸皮肤，都让她不愿意放开。

窗外秋意正浓，杂糅在绵绵夜色之中，静谧而温柔。花园里几株丁香树舒展开枝丫，树叶随风拂动，挡住了几只小鸟往内窥探的眼睛。

十一月下旬，赵莉又一次披上了婚纱。

她和郑老师的婚礼本来定在九月举行，后来由于林晚受伤的事，只能延期。

原先预定的婚纱在微凉的秋天变得有些单薄，但那天早上起来，她还是笑容灿烂地把它穿在了身上。

林晚把她拍鸟的专业相机拿出来，尽职地担当起了婚礼摄影师，想把母亲的笑脸逐帧记录下来。

赵莉在镜子前转了一圈，回头问她："好看吗？"

"美翻天。"林晚比了个大拇指夸赞道，"你在我心里是全天下最美的新娘，没有之一。"

赵莉被女儿夸得心满意足，过了会儿才想起摆出母亲的架子，假装训斥她道："没大没小。"

林晚点头承认错误。

今天是她妈妈的大好日子，她才不会像平时那样跟赵莉顶嘴胡闹。

请来的化妆师和发型师一直好奇地打量着她们，大概他们是没见过关系如此融洽的母女。

两个都是挑不出毛病的美人，无非就是年长和年轻的区别而已。但此时那些年龄的界线似乎又不太重要，从她们脸上能看到的，只有对爱情的向往与投入。

发型师帮赵莉戴好头纱，忽然从镜子里看见林晚转过身去，不由得愣了一下。

林晚今天的礼服款式并不夸张，只有后背剪裁出了一条若隐若现的空隙。

她是极为匀称的身材，增一分则多，减一分则少。本该是非常完美的一幅画卷，却因为背上那道略显狰狞的伤疤破坏了美感。像一件精美瓷器的瓶身上，突兀地出现了裂痕一般，看得叫人惋惜。

发型师出于好意，提醒她说："我们带了针线来，要帮你把裙子的背面缝上吗？"

林晚一怔，扭身照了下镜子，才明白对方指的是什么。

订这条裙子的时候她还没有受伤，当时只想着得体又不失漂亮就行，哪里想过将来它会遮不住手术留下的痕迹。

这道疤也不是不能祛除，但考虑到明年还要再做一次手术取钢钉，她就没有急着把它解决掉。

"不用啦，谢谢！"林晚笑着摆摆手说，"大家都知道我受过伤，没必要瞒着。"

听她这么说，发型师也没有强求，只不过仍是不太理解，为什么别的女孩都恨不得把自己难看的地方遮得严严实实的，她却完全不在意呢？

答案在一行人抵达婚礼现场后揭晓。

周衍川的身份只是林晚的男朋友，按照规矩来说，当然不能提前去赵莉家。他和其他宾客一样，拿着请柬走进了举办婚礼的宴会厅。

林晚站在门口接待客人，见他来了就说："等下你坐我旁边哦。"

"嗯？"周衍川把红包递给她，低头签到时间，"不怕我把红酒打翻，又弄脏你的裙子？"

林晚笑起来说："放心吧，我妈妈又不是罗婷婷，扔捧花的时候没那么大力气。"

"怎么啦，怎么啦？"刚好过来的罗婷婷听见两人在说自己，凑过来茫然地问。

没等两人回答，她又后退几步，左右两手分别挽着父母的胳膊，语气中满是止不住的炫耀说："爸，妈。给你们介绍一下，这是曹枫公司的合伙人周衍川周先生。林晚就不用说了吧，是你们看着长大的。他们现在在谈恋爱呢，是我介绍他们认识的哦！"

罗老师夫妻俩看向林晚，异口同声问："真的？"

林晚点头说："说起来还要谢谢婷婷。"

周衍川放下笔，礼貌地笑了一下。

两家人多年邻居的关系，罗老师二人对林晚向来关爱有加。如今见她和男朋友看起来郎才女貌的般配模样，自然连声说好。

罗婷婷一下子更骄傲了："我婚礼那天的捧花还被林晚拿到了呢，你们结婚一定要记得请我！"

林晚差点儿就被呛到了。

她干巴巴地咳了一声，心想不愧是当初强行把周衍川的微信塞给她的罗婷婷，想一出是一出的能力，真是与日俱增。

周衍川淡淡地扫她一眼，瞥见她脸上那抹可疑的红晕，不由得轻声笑了笑。

他看向还在等待答复的罗婷婷，承诺道："好，到时你和曹枫都要来。"

林晚："？"

罗婷婷心满意足地挽着父母开开心心地走远了。

剩下林晚茫然地站在原地，思考周衍川刚才那句话是什么意思。

"周衍川先生。"她清清嗓子，故作正经地问，"你记得自己说过的话吗？"

"哪句？"周衍川单手揣进西装裤的口袋里，看着她问。

林晚抬起头说："你说你结婚不请我。"

周衍川想了想说："我原话好像不是这样。"

"但反正意思差不多。你结婚我又不会到场，到时你一个人接待罗婷婷和曹枫去吧。"

周衍川无声地叹了口气，平时挺聪明一姑娘，怎么关键时候犯傻了？

他靠近半步，捏了下她的脸道："我结婚确实不会请你。"

"……"林晚瞪大眼睛，难以置信地望向他。

"新娘本来就该到场，"他笑得不行，眉眼间全是散不开的笑意，"哪里需要特意去请？"

林晚哽了哽，回味过来后气得在他肩上捶了几下，迅速找到了新的理由："警告你别太得意，我不一定会嫁给你。"

"那你想嫁给谁？"周衍川收回手，唇边笑容收敛，慢条斯理地问她。

林晚哪里知道，她硬着头皮说："你猜？说不定是一个比你更帅，还更聪明的男人呢？"

周衍川冷淡地"哦"了一声，见又有宾客过来，便退到一边站着。

因他的长相实在太引人注目，和林晚两人站在一起，视觉效果翻倍地好。好几个人过来看到他俩，都会不由自主地停下脚步多看几眼，甚至有不认识林晚的人，还误以为赵莉结婚专门请了两个模特过来。

接下来几分钟，林晚疯狂纳闷：该不会生气了吧？

她不时扭头看周衍川，心想这可怎么办？等下要用什么方式来哄他？

等到入口处的人少了，周衍川才扫她一眼道："你要敢跟别的男人结婚……"

林晚竖起耳朵，想听他接下来要说什么。

周衍川一字一顿地说："我就把你醉酒绕柱的视频，拿到你的婚礼上循环播放。"

林晚差点儿崩溃，羞愤地说："那种东西麻烦你删掉好不好？"

"不好。"

"求你了，我丢不起这个人。"

"求我也没用。"周衍川眼底荡开温柔的色彩，逗她似的低声说，"视频在我手里，选择权在你手里。要不要丢人，自己看着办。"

林晚顿时好奇地问："如果我一咬牙决定丢人呢？"

周衍川懒洋洋地抬起眼皮说："那我就只能抢婚了。"

"……"

在旁边帮忙的婚礼策划师默不作声，努力把存在感降到了最低。

她刚才听赵莉的发型师说新娘的女儿背上有道疤，还感到万分可惜。现在看来，这个女孩哪里需要旁人的惋惜。

她的男朋友明明爱死她了好不好？

几场秋雨过后，南江的冬天缓缓来迟。

用旧的日历从桌面撤下，换上一本崭新的日历，翻开精美的封面，便是新的一年到来。

今年的春节到得很早，元月刚过，城市的大街小巷便纷纷张灯结彩，营造出欢庆团圆的氛围。

放假的前一天，林晚得到舒斐的正式通知。等开年复工的时候，她将正式成为鸟鸣涧的副总监，协助舒斐管理鸟鸣涧的一切大小事务。

听到这个消息时，林晚意外地平静。有种沿着路一直走，便能看见答案在前方等待的尘埃落定感。但她还是深吸一口气，真诚地对舒斐说了声"谢谢"。

谢谢对方的栽培与肯定。

大年三十晚上，林晚和周衍川回赵莉家过年。

春节期间的南江交通格外顺畅，那些外地来此的人都纷纷回到了自己的家乡，去和他们的亲人团聚。从科园大道开过去，除了沿途的几个红绿灯以外，几乎没有遇到任何阻碍。

周衍川一路都没怎么说话。

在一年中最为重要的日子里，带上礼物去长辈家拜访，这种经历对他而言显得格外陌生。他几乎已经记不清，上一次与长辈其乐融融地坐在一起吃年夜饭是在什么时候。

车子停在家属院楼下时，谁都没有急着开门出去。

林晚握住他的手，掌心的温度温暖着他微凉的指尖，问道："要不要在学校里散散心再上楼？"

"倒也不用。"周衍川摇了摇头说。

他这半年来和赵莉见过许多次面，早已深知她的为人。能培养出林晚这样的女孩的女人，显然是一位值得尊敬和爱戴的长辈。

"我不是不想见你妈妈，只是还有点儿不适应。"

林晚体会过他的感受，点点头说："我懂。郑老师和我妈妈领证那天，说今后会把我当亲生女儿看待。我当时其实特别感动，但是心里却有些说不清道不明的感觉。现在想来，可能还需要时间慢慢调整。"

　　周衍川反握住她的手，宽大的手掌将她的拢在手心里。

　　他知道林晚现在和郑老师相处得很好，不是父女，却又有着患难见真情的感恩。

　　她受伤那段时间，碍于性别原因，贴身照顾只能由赵莉负责。

　　郑老师心疼她，就用别的方式来帮助她，就说丰富又营养的一日三餐，他就能做到至少一周不重样。害得林晚到现在，有时还会半夜嘴馋，说想吃郑老师做的菜了。

　　林晚挠挠他的手心，笑着说："所以你不用急，可以像我那样慢慢习惯。我妈妈会对你很好，郑叔叔也会对你很好。虽然他们无法代替你的亲生父母，但是或多或少，能够填补你过去缺失的长辈的关爱。"

　　每次说到这个话题，林晚就会忍不住心疼周衍川。

　　从小到大那么优秀，那么值得喜欢的一个人，倘若他的父母还活在世上，怎么可能允许那些伤害落到他的身上。

　　周衍川沉默片刻，忽然问："我说过我爱你吗？"

　　林晚愣了愣，想起了他送的那枚书签，犹豫着说："写过。"

　　"嗯。"周衍川笑了笑，靠过来吻着她说，"我爱你。"

　　林晚的眼眶瞬间有些湿润，她说："我也爱你。"

　　不光是我，我的家人也会非常爱你。

　　她在心里补充道。

　　除夕的晚饭，照例交由全家厨艺最好的郑老师负责。

　　除了一桌丰盛的南江本地菜之外，他还特意照着网上的菜谱做了两道燕都菜给周衍川吃。

　　吃过晚饭，赵莉指挥女儿把碗筷放进洗碗机，就开始准备出门逛花市。

　　南江人大多不爱看春晚，每年除夕的保留节目，必定是全家老小去迎春花市采购一番，给新的一年添些好彩头。

　　到达举办花市的体育馆后，饶是周衍川做了心理建设，还是被眼前人山人海的景象震惊了一番。好像全南江的人都挤到这里来了，四周全是一张张喜气洋洋的笑脸，在五彩斑斓的光影流动下掠过。

林晚买来四个小风车，一个不落地塞到大家手里。

赵莉本来心态就很年轻，举起小风车和女儿在那里比画。可怜周衍川跟老郑两个大男人，互相尴尬地对视一眼，笑得都很无奈。

不过很快，两个女人就把风车收好了。

周围人太多，摩肩接踵地挤来挤去，稍不留神就会挤坏手里漂亮的小玩具。

"还是快点儿买吧，"老郑语重心长地劝告妻子道，"小心挤到晚晚的腰。"

赵莉一听，马上收起童心，化作雷厉风行的赵主任。她安排四人分成两组，她和郑老师去买装饰用的桃花枝，林晚和周衍川去更里面的摊位买金橘树。

越往里走，林晚就越不敢轻举妄动。

她那腰伤虽然平时没有大碍，但拥挤的时候还是要注意些，万一哪个玩疯了的小孩冲过来撞她一下，那她的春节恐怕就要回医院报到了。

周衍川比她更加谨慎，右手始终护在她的腰间，随时准备替她承受意外的撞击。

幸好花市确实太过拥挤，熊孩子们根本跑不起来。

好不容易在重重人影中看见了卖金橘树的摊位，林晚便戳戳他的手腕道："那里，那里！"

周衍川费了一番工夫，总算买到了一盆金橘树。

新鲜饱满的果实重重地垂在枝头，透着沁人心脾的清新香气，将新年的吉祥气氛衬托得更加浓重。

这点儿重量，对于周衍川来说不算什么。

但他抱着一米多高的金橘树，确实走得比的时候稍慢些。

南江的冬天并不寒冷，逛了一段时间后，林晚的鼻尖就热出了一层薄汗，脸也变得红扑扑的。

周衍川怕她待久了难受，快到出口时，索性把车钥匙拿出来对她说："去车上等我。"

"好的！"林晚欢快地回答道，接过车钥匙后，就加快脚步往停车场走去。

然而还没等她走出体育馆，人群中一张苍老的面容，便引起了她的注意。

林晚下意识地停下脚步，目不转睛地看向那个步履蹒跚的女人。

是周衍川的伯母，周源晖的母亲。

林晚不会忘记，这个女人用多么恶毒的眼神看过周衍川，连带着那张脸的五官轮廓都深深刻进了她的脑海里。

相比那次见面，周衍川的伯母好像又老了许多。

她明明身处热闹的花市，眼神却浑浊而迷茫。仿佛她只是按照习惯来到这里，却根本不知自己接下来要做什么。哪怕有认识的人上前跟她寒暄，她也只是木讷地附和几句而已。

等女人的身影渐行渐远后，刚才和她说话的两人就议论起来：

"听说她和老公离婚了？"

"是啊，你说他们惨不惨？中年丧子，老年离婚，今后恐怕只能孤孤单单地一个人过下去了。"

"我倒认为还是她儿子比较惨。前几个月他们不是总吵架吗？闹到周围邻居半夜都睡不好觉，有天我打开窗户听他们吵什么，才知道周源晖原来是被他们逼死的。可惜两人谁都不肯承认，你怪我，我怪你。"

"唉，算是报应吧。"

林晚呆站在原地，意外于故事的结局，却也分不出半分同情给他们。

"你怎么还在这里？"身后传来了熟悉的男声。

林晚回过头，目光穿过璀璨灯火，看见周衍川就站在几步之外的地方，远远地望向她。

"在这里等我的宝贝儿呀。"她笑盈盈地迎上前，决心不告诉他那些琐碎又烦人的消息，陪他走完了剩下的路。

回家时照例是周衍川开车。

林晚坐在副驾，把刚拍的金橘树的照片发给钟佳宁，称赞男朋友虽然不是南江人，但挑选金橘的眼光一等一地好。光看这一棵的长势，便知来年必定大吉大利。

钟佳宁被她千方百计夸男友的动机给折服了，没聊几句就表示"打扰了，告辞"。

林晚放下手机，听见赵莉在后排提议放首歌来听听。

她点开中控台的屏幕，选了最常播放的那首。

这首是蒋珂作为艺人出道后发的首张单曲，歌词是蒋珂自己写的，作曲、编曲则全部交由江决完成。

前奏过后，女人沙哑婉转的歌声响了起来。

林晚靠着椅背，望着窗外流动的光影，慢慢闭上了眼睛聆听。

她没想到乐队女主唱出身的蒋珂，最终会选择一首情歌开始自己在演艺圈的道路。

更令林晚没有想到的是，当记者采访蒋珂的创作灵感时，她竟然坦言这首歌是送给朋友的礼物。

"其实我和她遇见的那天，她现在的男朋友也在场。有机会的话，我真的很想介绍他们给大家认识，他们是我平生见过的，灵魂最为契合的情侣。"

记者问："那么你写这首歌，是想祝福他们的爱情吗？"

蒋珂说："不只是爱情，还有他们今后的人生，我把所有的祝福都写进了歌里。"

祝吹向你的风都温柔，落向你的雨都缠绵，爱过你的人都不会离开。

祝你们未来的每一天，都能如见春光。

番外

婚礼记

两人的婚礼定在元旦。

按照林晚最初的想法，原本没打算马上举办婚礼。周衍川最近的工作过于繁忙，恐怕没空准备那些烦琐的流程。

头一个提出反对意见的，自然是她的妈妈赵莉。

周末回南江大学家属区时，赵女士戴着老花镜，一边浏览南江适合举办婚礼的场所，一边问："林小姐，是我平时对你太放纵了吗？"

林晚还没来得及回答，赵莉又说："订婚不和我商量，心血来潮跟小周领了结婚证，我也没跟你计较。现在居然连婚礼都不想办，你是希望我稀里糊涂地就把女儿嫁出去了？"

"……"林晚默默反省，的确是她太散漫了些。

几个月前，她精心筹备了一场求婚，其间跟身边的朋友商量了个遍，却唯独忘了通知她亲妈。

领结婚证也是因为当天她与周衍川都有空，又凑巧是七夕节，两人干脆便去民政局办手续，喜庆的红章盖下，她和周衍川从此成为合法夫妻。

连续两次先斩后奏，也难怪赵莉会提出抗议。

林晚觉得好笑地说："原来你都偷偷记着呢。"她的眼睛往厨房一扫，看向在里面帮郑老师打下手准备晚饭的周衍川，故作委屈道："可你也不能只批评我啊。"

赵莉理直气壮地说："小周平时多正经的人，坏主意肯定都是你出的。"

林晚无话可说。

周衍川那副天生自带清冷气质的长相，许多时候确实很能骗人，以至于向来聪明的赵莉女士都疏忽了一点——订婚和拿证，都绝非林晚一人可以包揽的。这两件事最后能成功，其中肯定少不了周衍川的参与。

这人也就是表面正经而已，私底下小花招多着呢。

可惜林晚的脸皮不够厚，没办法当着她妈妈的面控诉周衍川平时有多不正经，只能用标志性的大眼睛望着赵莉，一眨一眨地表示冤枉。

赵莉被她逗笑了，无奈地拍拍她的手背说："你要是嫌麻烦，婚礼可以办得简单些，只请几位亲朋好友参加，就像是平时聚会那样。当然这只是我的建议，最后还是要看你们的意愿。"

林晚点了下头，心里也很清楚，她妈妈说是建议，就绝不会拿出长辈的态度来强加干涉，顶多也就有小小的怨念而已。

吃过晚饭回家的路上，她把赵莉的话转述给周衍川，问："你觉得呢？"

这会儿正好遇到红灯。

周衍川没有立刻回答，轻叩方向盘的指尖停顿了几秒，才反问了她一句："你不喜欢婚礼？"

林晚想了想说："也不是不喜欢，只不过……"

周衍川意味深长地"哦"了声，目光淡淡地扫回来时，已经杂糅进了调侃的意味："原来是我不配。"

他状若释然地勾了下唇角，语气拿捏得隐忍："也对，不能让林小姐鱼塘里的其他鱼知道，你现在是已婚的身份。"

林晚发誓，若非为了交通安全着想，她绝对会扑上去直接封住周衍川那张喜欢调戏她的嘴唇，省得他整天总笑话她是后宫三千的"海王"。

"怎么又吃醋了？"不能扑上去亲，但话依旧可以聊，她转头有些迷茫地问，"我最近也没跟外面的小妖精乱来啊。"

周衍川斜睨她一眼，发现她脸上的疑惑并非伪装。

所以她是真不记得了。

绿灯亮了，周衍川踩下油门时说："前天晚上你不睡觉，在阳台和钟佳宁打了一小时电话。"

　　林晚振振有词道："那是因为她遇到了工作上的麻烦，找我诉苦呢。"

　　周衍川继续道："上周三晚上，说好了一起吃饭，结果你却陪郑小玲去逛街买衣服。"

　　"她要出席一个规定必须穿晚礼服的活动，我就去帮她参谋嘛。"林晚回答得还算流畅，但语气已经远不如之前坚定。

　　"是吗？"周衍川又问，"那么月初你跟新认识的那个……"

　　林晚扛不住了，连忙举手投降道："别说了，宝贝儿。我的错，我不该冷落你。"

　　她以前只知道和周衍川在一起，恋爱与工作不会发生任何冲突。却万万没有想到，原来日益壮大的交际圈才是最大的阻碍。

　　周衍川不提的话，她自己根本都没意识到，仅仅一个月而已，她就已经放了他好几次鸽子。

　　真是太不应该了。

　　林晚心中对周衍川的同情又增添了一分，不禁放软声调回归正题说："婚礼肯定是要办的，只不过考虑到我们都没时间，我才想要么干脆推迟一两年再说。"

　　在她看来，这场婚姻最重要的是她与周衍川是否彼此相爱。至于所谓的浪漫婚礼是在今年抑或许多年后再举办，都不算头等重要的事。

　　周衍川却笑了笑说："婚礼是大事，再忙我也愿意抽出时间去办。"

　　言下之意，就是看林晚的意思了。

　　听他这么承诺，林晚的疑虑就打消了。她当即拿出手机翻看日历，此时距离国庆只有两周，不用猜也知道，南江所有的婚庆场所必定早被预订了。

　　车辆缓缓地驶入别墅车库，周衍川停好车，伸手覆过她的手机屏幕，建议道："国庆来不及准备，不如元旦？"

　　那也只剩三个月而已。

　　林晚犹豫片刻，不确定地说："难道是我的错觉吗？你好像很期待婚礼？"

　　"嗯，很期待。"

周衍川俯身吻着她的耳垂，呢喃道："我已经迫不及待，想看到你穿上婚纱向我走来的画面。"

南江的冬天并不寒冷，临近新年也保持着十几摄氏度的温暖。

仗着地理环境的优势，林晚在婚庆公司交来的策划案里，一眼相中了草坪婚礼。她从小就喜欢大自然，能在绿草茵茵的户外嫁给周衍川，是她所能想象的最完美的婚礼。

元旦当天，周衍川只邀请了几位朋友，倒是林晚这边的宾客占了大多数。除了赵莉拟定的亲戚与邻居，剩下的全是她这些年在外面结交的各路朋友。

休息间有一扇落地玻璃窗，周衍川换好西服出来往外一看，就不由得挑了下眉。

林晚确实有八面玲珑的本事，此刻草坪上三三两两聊天的女孩子们，个个脸上都夹杂着喜悦与不舍的神情，看上去跟嫁女儿的赵莉女士没有两样。

旁边的郝帅凑过来，由衷地感慨道："不愧是林妹妹，她好受欢迎。老大，能娶到她真是你的福气。"

周衍川微怔半拍，才很浅地笑了一下说："你说得对。"

换作以前，郝帅绝不敢拿他开玩笑。他不太懂得如何拉近与别人的距离，导致公司的员工每回见到他，都会下意识地又敬又怕。

直到林晚带着她的亲和力与烟火气出现，才不知不觉中消除了他与众人之间的隔阂。

"曹总在外面招待客人。"郝帅主动解释自己出现在休息室的原因，"让我作为男方代表过来，看你这里需不需要帮忙。"

新郎在婚礼流程里，往往属于衬托新娘的配角。

婚戒早已准备妥当，周衍川换完服装后就只剩等待仪式开始了。

他一摇头，目光望向黑色窄框玻璃门，仿佛已经看到走廊那头的新娘休息间。

静了几秒，他说："我过去看看。"

穿过走廊到对面的房间，不需要花费太长的时间。而就在这短短的十几步距离里，周衍川的心跳频率，却有了微妙的失衡。

他微微蜷曲手指，向来聪明的头脑在此刻也变得混沌，想不通明明置装时就已经见过林晚试穿婚纱的模样，为何此时仍旧有些紧张。

更叫他意外的是，当他叩开那扇房门进去后，并没有看见那抹熟悉的身影。

以钟佳宁为代表的伴娘团，以及婚庆公司的工作人员，都用一种欲言又止的眼神看过来，然后整齐划一地抬手指向外面。

新娘休息间比新郎那边的宽敞些，自带一个十平方米左右的小花园。周衍川来到门边站定，下一刻，唇边勾起了一道无奈的笑意。

花园的勾花栏杆上，停着一只羽毛艳丽的小鸟。

而他的新娘，仿佛忘记了今天是什么日子，正聚精会神地半蹲在地上，举起相机对准小鸟拍个不停。

洁白如雪的婚纱裙摆拖曳在地上，层层包裹住她的身体。她像盛开在冬日里的绚烂花朵，美得毫无自知，连华贵的蕾丝边缘浸到了昨晚雨后的水坑里也没察觉。

林晚似乎忘记了选定这件婚纱时的喜爱，露出侧脸的神色中，只余留一位动物保护学者的专注。

阳光在此时跳出云层，将温暖的光落在了她的眼尾。

婚礼结束的第二天，林晚从钟佳宁那里收到了一张照片。

照片是用手机拍摄的，画面左侧是她穿着婚纱心无旁骛地观鸟，右侧则是一身白色西装的周衍川靠在门边，嘴角噙着笑意，就那么无声地看着她。

林晚愣了愣，随后幸福地笑了起来。

照片记录的，仿佛只是人生中极为短暂的一秒钟。但当它以图像的形式被保留下来后，又仿佛化作了时光镌刻的一道永恒光影。

她在做喜欢的事，而周衍川在身后陪伴她。

林晚清楚地知道，这就是爱情最美好的模样。

甚至远远超过了她曾经所有的期盼与幻想。

图书在版编目（CIP）数据

喜欢你时，如见春光 / 猫尾茶著. — 北京：北京
燕山出版社，2022.6
ISBN 978-7-5402-6465-9

Ⅰ.①喜… Ⅱ.①猫… Ⅲ.①长篇小说 – 中国 – 当代
Ⅳ.① I247.5

中国版本图书馆CIP数据核字（2022）第 048455 号

喜欢你时，如见春光

作　　者：猫尾茶
出 品 人：一　航
选题策划：航一文化
出版统筹：康天毅
责任编辑：李　涛
特约编辑：丁娓娓
封面设计：玖时柒
版式设计：林晓青
出版发行：北京燕山出版社有限公司
地　　址：北京市丰台区东铁匠营苇子坑138号C座
邮政编码：100079
发行电话：（010）65240430
印　　刷：湖南天闻新华印务有限公司
开　　本：880mm×1230mm　1/32
印　　张：12.375
字　　数：405 千字
版　　次：2022 年 6 月第 1 版
印　　次：2022 年 6 月第 1 次印刷
书　　号：ISBN 978-7-5402-6465-9
定　　价：49.80 元